Mare Nostrum

Brice Nadin

Mare Nostrum

Les Étoiles d'Orion, 1096

ISBN numérique : 979-10-262-9403-0

EAN papier : 9791026294047

Librinova

Courriel : contact@librinova.com
Internet : www.librinova.com

À tous les voyageurs.
Quoi de mieux que le voyage pour ouvrir son esprit à la différence et se rendre compte qu'on peut la respecter et même l'aimer...

Retrouvez et suivez les étoiles d'Orion sur Facebook
https ://www.facebook.com/NadinBrice/

Introduction

En 1095, à la veille de la première croisade, l'Occident chrétien est porté par une vague de foi sans précédent. Les pèlerinages vers les Villes saintes, Saint-Jacques-de-Compostelle, Rome et Jérusalem se multiplient et partout *la terre se couvre d'un blanc manteau d'églises*[1].

La reconquête chrétienne est en marche. Soutenus par la puissante abbaye de Cluny, les chevaliers francs combattent les Maures en Espagne aux côtés du roi Alphonse VI. Les Normands ont déjà reconquis l'Italie du Sud et la Sicile. Les nouvelles républiques de Pise et de Gènes dominent désormais la Méditerranée occidentale d'où elles ont chassé les musulmans.

En Orient, l'empereur byzantin Alexis Comnène a lancé un appel à la papauté romaine et aux combattants du Christ pour la défense de son empire contre les Turcs seldjoukides qui occupent la Syrie et la Palestine et menacent désormais Constantinople.

En Égypte, les Fatimides ont créé un puissant califat chiite centré sur Le Caire qui s'oppose au califat abbasside sunnite de Bagdad. Ils contrôlent la mer Rouge et la vallée du Nil, grand axe commercial, mais ils buttent en Syrie sur les Seldjoukides qui règnent sur Jérusalem.

Depuis le royaume de France, le pape Urbain II, ancien prieur de Cluny, s'apprête à tenir un important concile à

1. On doit cette formule au moine clunisien Raoul Glaber (985 - 1047), chroniqueur du roi Robert le Pieux, qui témoignait au début de l'an mil du phénomène de reconstruction des églises.

Clermont en novembre 1095... On y attend des annonces de la plus haute importance et notamment la réponse à l'appel de l'empereur Alexis.

C'est dans ce contexte que commence notre récit. À l'été 1095, des moines clunisiens et des chevaliers bourguignons embarquent pour une mission secrète. Leur objectif : rallier Nicée, Antioche et Jérusalem afin de repérer dans l'ombre les forces et faiblesses des places-fortes turques et préparer le grand dessein du pape : libérer Jérusalem.

Prologue

La mort ? Ce n'est rien...

Moi, Odon, je vous l'affirme. Criez-le haut et fort ! J'ai percé son secret : l'esprit est plus fort que le corps. J'ai quitté la vie terrestre. Je vous ai laissés, vous ma famille, vous mes enfants : Paula, Moïse, Clément et Joachim. Votre chemin continue ici-bas. Le mien est autre désormais.

Je suis mort et pourtant... Malgré ce jour funeste où je fus frappé par l'épée d'Helgon, malgré ces heures sombres où notre maison de Beaulieu fut détruite par les flammes, je suis bel et bien vivant.

Je suis là, le même. Je suis simplement passé de l'autre côté du chemin.

De là où je demeure, sachez que je veille sur vous. Je vous accompagnerai sur les routes, compagnon invisible. Je m'installerai avec vous devant l'âtre à chaque étape.

Alors pourquoi nous quitter ainsi ? Pourquoi vivre séparément ?

Car il faut bien que la vie ait une fin pour qu'on puisse en saisir la substance. Et devant cette mort qui nous guette tous, ne sommes-nous pas enfin égaux ? Riche, pauvre, puissant, faible, elle nous attend tous au bout de la route sans distinction de race ni de sexe.

Mes chers enfants, écoutez la voix de mon âme : gardez la foi. Ne redoutez pas l'heure ultime. Vivez votre vie, accomplissez votre destinée et soyez-en assurés : nul ne naît par hasard ni ne vient au monde contre sa volonté. Car tout a un sens ici-bas. Mais n'attendez rien de la providence et faites en sorte de pouvoir être fier de ce que vous aurez accompli. Vivez chaque jour comme s'il était le dernier et, ce jour venu, vous n'aurez rien à regretter.

Rappelez-vous la phrase de Socrate que j'aimais parfois à vous répéter : *Je sais que je ne sais rien*... Elle m'a éclairé, toute ma vie durant, et continue de me guider dans ma nouvelle vie. Car je sais une chose désormais : la mort, ce n'est rien...

Chapitre 1
Mare Nostrum [1]

La terre avait définitivement disparu et la masse plane de l'eau s'étendait désormais à perte de vue. Notre galée avait quitté le port après l'office de prime et les îles joyeuses du golfe de Marseille n'étaient déjà plus qu'un lointain souvenir. Accoudé à l'épaisse rambarde, balloté par une houle naissante qui poussait les deux voiles triangulaires dans la direction du levant, je cherchais la terre en vain. Dans le regard de mes frères de Beaulieu, adossés à mes côtés, je lisais la même pointe d'inquiétude : cette appréhension que l'on éprouve lorsqu'on atteint ce point ultime que tout homme censé redoute. Celui où la côte disparaît tout à fait pour laisser place à l'immensité liquide.

Ce matin encore, la cité vivante et son port qui fourmillait d'hommes pressés et de goélands au bec acéré. Notre petite troupe composée de moines, de chevaliers francs ainsi que des deux femmes qui nous accompagnaient avait abandonné dès l'aube le confort du monastère Saint-Victor pour embarquer avant laudes sur ce fier navire marchand.

Depuis les quais de Mâcon, après un voyage éclair le long de la Saône et du Rhône, la plus puissante abbaye de Provence nous avait accueillis pour une nuit réparatrice.

1. Mare Nostrum, « notre mer », nom donné par les Romains à la mer Méditerranée lorsqu'ils en prirent le contrôle au IIe siècle avant J.C. après avoir battu les Carthaginois au cours des guerres puniques.Cette mer, qui est littéralement « au milieu des terres » (medi terraneum) et des continents, est, depuis l'Antiquité, au croisement de plusieurs peuples et civilisations : « Grande Mer » pour les juifs, « Mer Blanche » pour les Turcs, et même « Grande Verte » pour les anciens Égyptiens.

Saint-Victor rayonnait sur la cité marseillaise comme sur toute la région. Ne m'avait-on pas dit que ses moines possédaient toute la rive sud du port ainsi que de multiples prieurés et biens qui s'étendaient de la lointaine Castille jusqu'à l'île de Sardaigne ?

Où allais-je maintenant ? Je ne l'ai jamais su. Pas plus à dix-sept ans qu'à onze. Mais j'avais l'impression d'avancer dans la bonne direction, sur une voie où je me sentais enfin moi-même. Je voguais désormais sur les traces de mon regretté maître, Odon. Comme lui, j'étais devenu ce qui le caractérisait le mieux parmi ses existences multiples : un voyageur en quête de connaissances.

De même qu'un sculpteur découvre le point où son œuvre entre en résonance avec le monde et donne à la contempler, j'avais atteint la certitude que ma vie commençait ici, sur cette nef, et que j'en devenais l'unique dépositaire. J'avais quitté Cluny, son cloître et sa ronde d'offices incessants. Désormais voyageur, je n'étais plus ce novice, hier encore destiné à vouer sa vie à la prière et à la liturgie. Sur cette embarcation massive, taillée pour la haute mer, en route vers l'inconnu, je me sentais l'égal d'Odon : libre et sans attache.

J'avais toujours en tête la carte géographique qui ornait la cellule de mon maître à Beaulieu. Plus jeune, j'avais passé des heures à rêver devant cette représentation des terres habitées que les Grecs anciens nommaient l'*œkoumène*[2]. La *Mare Nostrum* des Romains qui séparait l'Europe de l'Afrique y conduisait jusqu'au centre du monde : Jérusalem, la Ville sainte des chrétiens. Au travers du voyage qui s'amorçait, j'espérais pouvoir toucher toutes ces contrées dont les seuls noms m'avaient émerveillé et résonnaient depuis en moi : Rome, Constantinople,

2. L'œkoumène (« terre habitée ») désigne depuis le Grec Strabon (Ier siècle après J.C.) la partie de la terre occupée par l'humanité.

Antioche, Jérusalem et enfin au bout du voyage, ce fabuleux pays d'Égypte aux confins de la mystérieuse Afrique.

Et maintenant, nous étions là. Debout, sur ce pont balayé par le vent marin. Nous, les rescapés de Beaulieu, nous, les moines copistes formés par Odon, notre prieur, lâchement assassiné par les soldats d'Helgon, ce jour tragique où notre monastère fut incendié et détruit. Il y avait là, côte à côte, tels les piliers du cloître, Moïse d'Antioche, Jacques de Molesmes, Clément de Tours et celui qui nous guiderait désormais sur les routes de l'Orient : Aldebert de Chalon, armarius [3] de Cluny. À leurs côtés, se trouvaient les chevaliers de Bourgogne, dirigés par Hugues de Mâcon.

Moines et soldats avaient pris la mer pour une mission secrète. Depuis des années, mes frères, spécialistes dans la recherche de manuscrits anciens, s'étaient constitués en Orient, voyage après voyage, un solide réseau d'érudits qui les accueillaient volontiers. Orderic, le grand prieur de Cluny avait eu l'idée de leur adjoindre les soldats aguerris qui nous accompagnaient. Une fois en Syrie, habillés en moines inoffensifs et sous couvert d'une mission d'étude, ces combattants pourraient analyser les forces et faiblesses de l'occupant turc. Tel était là le projet ambitieux d'Orderic : faciliter l'invasion de milliers de combattants chrétiens en Terre sainte et permettre le grand dessein du pape Urbain II : libérer Jérusalem. Avant de mourir, Odon avait refusé d'encadrer cette mission. Orderic l'avait maintenue et en avait délégué la direction à Aldebert, son homme de confiance.

Non loin des frères, à proximité des autres voyageurs qui arpentaient le pont, se tenaient les deux femmes que nous escortions jusqu'à Rome. Il y avait Paula. Son allure

3. L'armarius est le troisième personnage de l'abbaye bénédictine après l'abbé et le prieur. Ce moine dirige la bibliothèque et le scriptorium.

volontaire et sa silhouette élancée semblaient défier les vagues. Et puis, il y avait Alix... Contre toute attente, celle dont je pensais ne plus jamais croiser la route était réapparue à Mâcon au moment précis où nous embarquions.

Désormais sous la protection de l'ordre clunisien, les deux femmes partaient se mettre à l'abri. Paula, parce qu'elle était la fille d'Odon, celui-là même qui s'était dressé face à l'armée d'Helgon. Alix de Saint-Germain parce qu'elle s'était farouchement opposée à son propre mariage avec ce seigneur cruel qui avait près de trois fois son âge. Après la déroute de son armée au pied des remparts de Beaulieu, Helgon avait perdu la face partout en Bourgogne. Ne pouvant s'en prendre directement à la puissante abbaye de Cluny, il allait chercher à se venger sur ceux qui étaient à l'origine de son humiliation et s'en prendre aussi à leurs proches.

Il avait donc été décidé que les deux femmes accompagneraient notre mission au moins jusqu'en Italie, où elles devraient résider le temps que les esprits échaudés se calment.

Les choses ne prennent-elles pas parfois une tournure bien surprenante ? Moi qui pensais ne jamais revoir Alix de Saint-Germain, voilà qu'elle se trouvait là, sur cette galée qui nous menait vers Pise. À son insu, par sa décision de se refuser à Helgon, elle avait provoqué la chute de Beaulieu et la mort de mon maître. Mais y avait-il un *normal* dans l'invraisemblable histoire qui me liait désormais à Alix ?

À mon grand regret, depuis notre départ, nous n'avions pas encore pu échanger trois mots. Celle qui hantait toujours mes nuits depuis notre première rencontre était inaccessible. La promiscuité forcée sur la barge qui nous avait conduits en Provence avait d'abord annihilé toute mes tentatives. À Saint-Victor, les femmes avaient été séparées des hommes dans l'hôtellerie de l'abbaye comme l'exigeait la règle d'accueil des visiteurs extérieurs. Je guettais avec impatience l'instant où j'allais enfin pouvoir la croiser et lui parler. Mais un détail me troublait. Alix s'était liée d'amitié avec Marcus, le palefrenier qui accompagnait notre équipe. Il avait mon âge, le visage rieur et la grâce naturelle des voltigeurs que l'on voit les jours de foire accomplir mille acrobaties sur leur monture. Simple apprenti, il ne souffrait, lui, d'aucun complexe pour tenir compagnie à la fille d'un seigneur, et elle semblait prendre du plaisir à l'écouter en contemplant l'horizon.

En attendant mon heure, je m'accoutumais peu à peu à mes nouveaux habits de voyageur et je découvrais aussi le véritable visage de la mer. J'avais toujours aimé la contempler du rivage, mais je ne l'avais jamais affrontée. Cette fois, le moment était venu.

La traversée jusqu'à Pise, première étape de notre aventure, s'annonçait périlleuse. Comme dans une sorte de prélude, depuis notre départ de Mâcon quelques jours plus tôt, nous nous étions d'abord laissés glisser le long de la Saône puis du Rhône entre Empire et Royaume [4].

De ce premier bout de périple fluvial, j'avais déjà appris que le voyageur, quelle que soit sa condition, n'effectuait pas un trajet aussi long sans une conscience aiguë du danger. Aux périls habituels qui le guettaient, tels que les aléas climatiques ou les mauvaises conditions de navigation, il fallait ajouter la promiscuité permanente et gênante avec des compagnons souvent inconnus, l'impossibilité de se laver, les affres incessantes du ravitaillement, les risques d'agression aux étapes ainsi que la crainte des maladies pouvant sévir dans les contrées traversées. Sans oublier le principal écueil lorsqu'on a

4. En 1095 la Saône et le Rhône font office de frontières naturelles entre le royaume de France de Philippe 1er et l'empire romain germanique d'Henri IV.

décidé de s'embarquer sur n'importe quel objet flottant : le naufrage ! En pleine mer et sans plus aucun repère terrestre, ce péril prenait désormais toute son ampleur. Sentant l'angoisse me gagner, je cherchai machinalement sous ma coule les deux objets familiers que j'y dissimulais : une petite fiole d'encre et mon couteau. *Mes trésors*, comme j'aimais à les nommer. À vrai dire, c'étaient les seuls biens que je possédais avec mes habits de novice. Leur seul contact avait sur moi un effet apaisant. Un moine se devait de porter son couteau sous sa coule en toute circonstance. Quant à l'encre, j'avais la responsabilité de tenir le journal de bord de l'expédition. Élaborée à l'abbaye selon une recette uniquement connue des moines, elle était précieuse et je la gardais sur moi en permanence.

À mesure que nous gagnions la haute mer, la houle se renforçait et le bateau se mit à tanguer. Désormais seul face à cette mer immense, je me remémorai ce manuscrit si particulier rédigé par saint Luc au premier siècle : *Les actes des apôtres.* J'avais eu l'occasion de le copier récemment dans le *scriptorium* de Beaulieu. Un passage célèbre y relatait le terrible naufrage de saint Paul aux alentours de l'an 60. Mon inquiétude dut devenir palpable. Une voix familière m'interpella :

— Eh bien Joachim, te voilà bien pâle. Tu es aussi blanc que ces deux voiles qui flottent au-dessus de nos têtes.

Clément de Tours venait à ma rencontre. Je tournai la tête vers la silhouette de mon frère. Son ample coule noire claquait au vent tel un étendard. Depuis mon arrivée à Beaulieu lorsque j'avais onze ans, ce jeune moine, de cinq ans mon aîné, était mon protecteur. Celui-là même qu'on trouve dans l'entourage de ceux qui ont grandi privés de leurs parents. Depuis lors, il veillait sur moi avec bienveillance, comme si j'avais été son propre frère.

— Alors c'est le moment de vérité, n'est-ce pas !

— Comment ? De quel moment parles-tu ?

— C'est maintenant que l'on découvre qui a le pied marin et qui ne l'a pas.

— Le pied marin ? Qu'entends-tu par-là ?

Voyant que je contemplais mes chausses, le jeune moine éclata de rire.

— C'est une expression ! Avoir le pied marin signifie ne pas être sujet au mal de mer lorsque le vent se lève et que la galée se met à tanguer.

Et, reprenant son souffle après avoir bien ri :

— Alors, à quoi pensais-tu donc ? Tu semblais bien songeur ?

Mais, déjà, je ne l'écoutais plus. À ma plus grande joie, le moine bénédictin n'était pas seul. Il avait entraîné Alix de Saint-Germain dans son sillage et je n'avais plus d'yeux désormais que pour la jeune femme qui s'approchait enfin. C'était ma chance ! Renouer le contact après des mois de silence. Cette fois, je n'avais vraiment pas l'intention de la laisser filer. Je n'étais pas doué pour la voltige mais j'avais d'autres qualités...

Chapitre 2
Saint Paul de Tarse

– Je pensais au dernier voyage de saint Paul vers Rome. Enfin à son naufrage plutôt... À Beaulieu, Odon m'avait confié la copie de ce manuscrit, *Les actes des apôtres*. Face à cette mer immense, les fragments de ce texte, et en particulier ceux qui relatent le naufrage de saint Paul, me reviennent à l'esprit.

Clément et Alix me fixaient désormais avec curiosité...

– Ah oui ! Ce passage où il est conduit en captivité de Judée à Rome. N'ont-ils pas été confrontés à un terrible ouragan ? Mais pourquoi t'inquiéter ? La saison des tempêtes est encore loin. Nous sommes en été et c'est la meilleure période pour naviguer.

Je ne l'écoutais plus. Alix était là, toute proche et je m'efforçai de regarder ailleurs pour ne pas me trahir. C'est elle qui fit le premier pas.

– Un naufrage ? Que s'est-il donc passé lors de cette traversée vers Rome ?

Enfin, elle me considérait ! Je la contemplai furtivement. Fine et élancée, elle avait un visage parfait, légèrement ambré par le soleil et magnifié par des yeux noisette piqués d'éclats dorés. Malgré ses cheveux blonds coupés court et son simple bliaud à manches longues lacé élégamment sur le devant, elle gardait ce je ne sais quoi qui m'avait tout de suite conquis. Comme à chacune de nos rencontres, je me sentais mû par une force inconnue. Je me devais de lui répondre au mieux de mes possibilités, comme si ma vie en dépendait. Heureusement, la copie du manuscrit de

Luc m'avait demandé tant d'efforts qu'il était toujours bien présent dans ma mémoire.

— Paul et d'autres prisonniers avaient été placés sous la garde du centurion Julius et de sa cohorte. Julius était bienveillant à l'égard de Paul et c'est lui qui permit à Luc, disciple de Paul, témoin et rédacteur des *Actes*, d'embarquer avec eux. Partis de Césarée et après une étape à Sidon, au Liban, prisonniers et soldats embarquèrent finalement depuis Myre, en Anatolie, sur un grand navire de marchandises égyptien en partance pour Rome. Luc nous précise dans le manuscrit que la fête de *Yom Kippour* était passée, et que l'époque des tempêtes suivant l'équinoxe d'automne avait déjà commencé.

— Leur galée a pris la mer malgré les risques ?

— Oui. Il y a bien eu discussion entre marins, soldats et passagers, mais contre l'avis général il fut finalement décidé d'entreprendre la traversée. Quand cette lourde nef, chargée de ses deux cent soixante-seize passagers, longeait cette grande île qu'on nomme la Crète, presque aussitôt s'est alors déchaîné le vent d'ouragan qu'on appelle *Euraquilon*. Le bateau a été emporté, sans pouvoir agir contre le vent et il est donc parti à la dérive...

— À la dérive... Et qu'est-il advenu des malheureux passagers ?

— Pendant près de quatorze jours, alors que ni le soleil ni les étoiles ne se montraient, une tempête violente et peu commune a sévi et, selon Luc lui-même, *tout espoir d'être sauvés nous était enlevé...*

—Tu veux dire qu'ils sont tous morts ? Les marins et les passagers comme les soldats et les prisonniers ?

Alix était devenu blême. Je continuai mon récit avec parcimonie, trop heureux d'avoir accroché l'intérêt de la jeune femme à partir de ma propre angoisse.

— Lors de la quatorzième nuit, vers minuit, les matelots

ont pressenti l'approche d'une terre. Mais en touchant un banc de sable ils ont fait échouer le navire. La proue, qui s'était enfoncée, restait immobile, tandis que la poupe se disloquait sous la violence des vagues....

— Et après que s'est-il passé ? Qu'est-il advenu de Paul ? N'était-il pas enchaîné avec les autres captifs ?

— Les soldats ont eu alors l'intention de tuer les prisonniers pour éviter que l'un d'eux ne s'enfuie à la nage. Mais le centurion, en voulant sauver Paul, les a empêchés de réaliser leur projet ; il a ordonné de les faire détacher afin qu'ils puissent gagner la terre en nageant ou en s'accrochant à des planches ou tout autre débris du bateau.

— Et qu'est-il arrivé à Paul ?

— Il était bon nageur et, comme il le leur avait annoncé un peu auparavant, ils sont tous parvenus à terre sains et saufs et ont pu être recueillis par les habitants de l'île de *Melita*[1] où ils s'étaient échoués.

— Comment cela « comme il l'avait annoncé » ?

— Eh bien, il se trouve qu'au troisième jour de la tempête, alors qu'ils n'y voyaient plus rien, ni le ciel ni la côte, et que l'espoir de survie était bien mince, Paul avait rassuré tout le monde : *Je vous invite à avoir bon courage, car aucun de nous n'y laissera la vie, le navire seul sera perdu.*

Alix semblait interloquée.

— Mais comment pouvait-il le savoir ?

Attirés par notre discussion animée, quelques passagers rejoignirent notre petit cercle. Tout le monde semblait intéressé par mon récit du voyage de Paul. Ravi d'être au centre d'autant d'attention, je me mis à faire de grands gestes, à la façon d'un conteur, pour mieux illustrer mes propos.

— Selon Luc, l'apôtre aurait eu une vision

1. Malte en latin

céleste pendant laquelle un ange lui aurait dit : *Sois sans crainte, Paul, il faut que tu comparaisses devant César, et voici que Dieu t'accorde la vie de tous ceux qui naviguent avec toi.*

— Un ange qui se manifeste à un homme pour lui révéler le futur ! Voilà qui me rappelle quelque chose ! s'exclama Clément d'un air malicieux en se tournant vers moi.

Je rougis machinalement et je détectai également un sourire fugace sur le visage d'Alix. Clément ne faisait-il pas référence à la prédiction publique que j'avais réalisée quelques semaines auparavant en pleine séance capitulaire à Cluny ? Devant toute l'assistance médusée, j'avais annoncé que la fille du seigneur de Saint-Germain, pourtant inconsciente depuis plus de dix jours, allait se réveiller le jour même. Contre toute attente, ma prédiction du chapitre s'était réalisée et Alix et moi-même étions devenus, à notre insu, le couple le plus célèbre du comté de Mâcon. Pour tous, j'étais désormais ce moine que Notre Seigneur avait choisi pour révéler le devenir de la jeune promise. Malheureusement cette prédiction avait été le point de départ de l'animosité du seigneur d'Helgon à notre égard et elle s'était étendue à toute notre communauté monastique [2].

— Comment s'est donc fini le voyage de saint Paul vers Rome ?

— Après deux mois passés sur cette île, Paul et ses compagnons furent embarqués sur un autre navire en partance pour la région de Naples, où ils purent admirer le Vésuve fumant, un peu avant la grande éruption qui marqua cette époque. Au terme de la route, après avoir emprunté la célèbre voie Appia, c'est enchaîné et au milieu d'autres prisonniers, qu'il entra finalement dans Rome. La capitale de l'Empire comptait alors près d'un million

2. Voir *Les étoiles d'Orion, Cluny, 1095.*

d'habitants qui s'entassaient dans des rues étroites et tortueuses avec tout ce que cela suppose de promiscuité, d'insalubrité, de bruit assourdissant et d'insécurité. Selon Luc, Paul demeura dans la cité deux années entières en semi-captivité. On lui permit d'y louer un logis placé sous la surveillance de la garde prétorienne [3]. Il y recevait tous ceux qui venaient l'y trouver, proclamant le Royaume de Dieu et enseignant le Seigneur Jésus-Christ avec pleine assurance et sans obstacle.

Un homme élégant et à l'allure prospère m'interpella alors dans un latin parfait où pointait un léger accent toscan.

— Mais ne devait-il pas être conduit à Rome pour y être jugé ?

— Exact, mais Luc termine son récit des *Actes* de façon abrupte sur cette semi-captivité de Paul. Le livre se termine ainsi : *Saint Paul est dans les chaînes, mais sa Parole est libre.* Je n'en sais malheureusement pas plus...

L'homme parut dépité. Il n'était pas un passager ordinaire car les membres de l'équipage lui manifestaient tous une déférence ostentatoire. Face à la déception de mon public qui réclamait la fin du récit, j'appelai Clément à la rescousse.

— Clément, peux-tu nous dire ce qu'il est advenu de saint Paul par la suite ?

Mon aîné ne se fit pas prier. Il parcourut l'auditoire du regard, attendit le silence et se lança à son tour.

— L'épisode du naufrage n'est qu'un exemple de ce qui fut une vie complexe et mouvementée, précisa Clément après une seconde de réflexion. Paul de Tarse faisait partie de cette race d'hommes à la destinée hors du commun. Il est né à la fois juif et citoyen romain, huit ans après le Christ,

3. Dans l'antiquité romaine, la garde prétorienne était une unité de l'armée romaine constituée de soldats d'élite. Ces unités tirent leur origine du petit groupe d'hommes dont s'entouraient les magistrats républicains connus sous le nom de préteurs.

qu'il n'a jamais croisé de son vivant. Paradoxalement, il fut d'abord un opposant farouche au christianisme. Le mouvement naissant des disciples de Jésus menaçait sa foi : la foi d'Israël. En pourchassant lui-même ces renégats dangereux et en les persécutant, il pensait protéger ses compatriotes juifs.

— Vous voulez dire que Paul était juif? Qu'il persécutait les chrétiens? Mais ce sont eux qui ont fait tuer notre Seigneur Jésus! Qu'ils soient tous maudits pour cela, s'indigna un autre passager.

— Jésus lui aussi était juif. répliqua sèchement Clément. Tout comme bon nombre d'hommes et de femmes nés dans ces contrées de Syrie et de Palestine à cette époque. Sachez que le terme *chrétien* n'a sans doute pas été employé du vivant du Christ. On assimilait alors ses premiers disciples à la secte des nazaréens. Cela peut nous paraître aberrant aujourd'hui mais à l'époque de Paul, la chrétienté ne représentait presque rien. Le monde d'alors balançait entre deux pôles : l'Empire romain, qui écrasait le monde de sa force, et les dix commandements donnés par Dieu à Moïse, symbolisant la loi des juifs. Paul était le fruit de ces deux blocs. Et puis, il y eut l'épisode de la route de Damas, cadre de son extraordinaire conversion. Alors qu'il cheminait sur cette route de Syrie, il fut interpellé par le Christ ressuscité qui lui dit : *Je suis celui que tu persécutes.* Paul fut profondément bouleversé par ce Christ venu lui dévoiler l'amour infini de Dieu pour tous les hommes, qui se mettait du côté des faibles et qui s'identifiait à chacun d'eux. Il fut touché par l'amour miséricordieux et gratuit de Dieu, à un moment où rien ne le préparait pourtant à cette révélation. Cet homme, qui était le plus grand persécuteur des premiers chrétiens, expérimenta alors cette nouvelle voie naissante et devint le plus grand évangéliste de toute l'histoire de l'Église, en mettant sa culture et son éloquence au service des premiers défenseurs de notre foi. Mais, comme la plupart des êtres à la destinée peu commune, il fut confronté aux difficultés et à l'adversité jusqu'à la fin de sa vie.

— Mais qu'est-il advenu de lui pendant sa captivité à Rome ? l'interrogea Alix.

Je jetai un coup d'œil au petit attroupement qui nous entourait. Clément faisait preuve d'éloquence et tous écoutaient attentivement l'histoire de Paul.

— Cette période de semi-liberté compte parmi les années les plus fructueuses de sa vie d'évangéliste. Du matin au soir, il recevait des visiteurs de toute condition et de religions diverses, juifs, païens, chrétiens, esclaves, malades et même des dignitaires romains. Il a aussi multiplié les contacts par ses lettres célèbres adressées aux Églises naissantes qu'il avait partout encouragées. Paul était un orateur hors pair dont la foi se déversait aussi auprès des soldats romains qui se relayaient pour le garder. Il a été le fondement de la conversion progressive de l'Empire au christianisme. Peu à peu son petit logis est devenu un lieu de rencontre et un lieu de pèlerinage à Rome où se retrouvaient les adeptes de la nouvelle foi.

— Et l'Empire l'a laissé faire ? Néron ne considérait-il pas les premiers chrétiens comme une menace ? demanda l'homme élégant à Clément.

— N'oubliez pas qu'il était citoyen romain et que sa captivité était d'abord liée aux accusations des Juifs de Judée à son encontre. Son procès ne pouvait pas démarrer sans que ses accusateurs de Jérusalem déposent leurs griefs auprès du tribunal. Il est probable que ceux-ci aient choisi de ne pas venir à Rome par peur de l'empereur, ce qui a prolongé sa captivité.

— Mais il a bien été exécuté à Rome, n'est-ce pas ?

— Oui, mais cet épisode malheureux n'est arrivé

que beaucoup plus tard. Dans un premier temps, il a vraisemblablement été acquitté par la justice de Néron qui n'avait rien de sérieux contre lui. Paul a mis alors à profit sa liberté retrouvée pour recommencer à voyager et à évangéliser de vastes territoires.

— N'est-ce pas à ce moment-là que se produisit ce gigantesque incendie qui a ravagé la ville entière ?

— Effectivement. Un peu après la libération de Paul, en 64, la capitale romaine a connu l'incendie le plus meurtrier et le plus dévastateur de son histoire. Pendant une semaine entière, le feu dévasta tout sur son passage. Ce désastre a d'abord été attribué à l'insalubrité qui régnait partout dans la ville, mais Néron a subtilement fait désigner la secte des chrétiens, dont Paul était issu, comme incendiaire et bouc émissaire.

Paula avait rejoint notre groupe. Elle était accompagnée d'un seigneur franc qui la courtisait depuis notre départ, ce qui manifestement l'amusait beaucoup.

— Que justifiait donc un tel changement d'attitude ?

Clément fit un demi-tour sur lui-même pour répondre à la fille d'Odon.

— À Rome, la montée en puissance de la nouvelle foi chrétienne irritait désormais Néron. Paul en était l'un des principaux instigateurs. Il faut dire que, dans ses prêches, il prenait systématiquement la défense des minorités et en particulier celles des esclaves souvent traités de façon inhumaine par les citoyens romains eux-mêmes. Pour Paul, tous les hommes devaient être mis sur un même pied : Juifs, Grecs et Romains, esclaves et citoyens libres. Comprenez bien que ce message d'égalité universelle était une menace énorme pour le pouvoir romain où quatre-vingt-dix pour cent de la population de la ville était esclave ou considérée comme inférieure. C'est pourquoi il fut de nouveau arrêté et reconduit à Rome. Cette fois, les conditions d'incarcération furent beaucoup plus dures et il fut condamné à mort par Néron. Dès lors, l'empereur ordonna des centaines d'exécutions sans aucune forme de procès. De nombreux chrétiens furent jetés vivants aux lions lors des jeux du cirque, devant des spectateurs romains avides de spectacle. Néron alla même jusqu'à faire couvrir de cire et de combustible les chrétiens arrêtés par centaines, pour les faire brûler vifs et éclairer ainsi ses jardins devant des invités ébahis par tant d'inventivité...

La nausée avait gagné notre auditoire et Paula s'était figée.

— Moi qui me faisais une joie de visiter Rome et son célèbre Colysée. Je ne verrai plus la ville de la même façon après avoir entendu cela.

— C'est pourtant bien la réalité, conclut le jeune moine. Trente ans après la mort du Christ, des hommes et des femmes ont été sauvagement assassinés à cause de leur foi en lui.

— Et Paul ? Comment tout cela s'est-il terminé ? N'est-il pas mort en martyr tout comme l'apôtre Pierre, premier représentant de l'Église ?

— Oui, tous deux ont été incarcérés dans la même geôle macabre, véritable antichambre de la mort. Leur fin fut tragique. C'est dans cette même salle basse, dénuée d'ouvertures, que Vercingétorix lui-même aurait été étranglé un siècle plus tôt. L'apôtre Pierre fut crucifié la tête en bas. Quant à saint Paul, un groupe de soldats le conduisit au sud de la ville où il eut la tête tranchée par un glaive romain. Mais Néron, malgré sa cruauté aveugle, avait déjà perdu la bataille. L'Histoire était en marche. Grâce au courage de nos aînés, Néron se donna finalement la mort et l'Empire devint chrétien quelques siècles plus tard. Le destin de Pierre et de Paul, qu'on associe fréquemment dans la dédicace des églises, marqua notre monde à jamais.

— Par sa cruauté envers ses hommes, Néron n'a fait qu'accélérer le développement de la chrétienté, constata l'homme élégant.

— Oui, mais il y a eu encore un autre facteur déterminant. À son insu, l'Empire romain a accéléré le processus de développement du christianisme, mais en Orient cette fois, en y accomplissant un acte monstrueux.

— Comment ? Et qu'ont donc bien pu faire de pire les Romains en Orient ? demanda un passager.

— Eh bien, peu après la mort de Paul à Rome, c'est Jérusalem et le pays des Juifs qui furent détruits par l'Empire romain. Ce fut un épisode fatal pour ce peuple qui s'était révolté contre l'occupant romain partout en Judée. Selon l'historien Flavius Josèphe [4], après un siège de la Ville sainte de près de quatre mois, le Temple de Jérusalem fut incendié, la ville rasée et des milliers de Juifs crucifiés par les légions romaines. Les archives d'Israël furent anéanties et le pays des Juifs rayé de la carte définitivement. Beaucoup considèrent que la religion chrétienne a véritablement pris son essor à partir de cette destruction. Les premières communautés chrétiennes, les plus influentes, furent d'abord celles créées en Orient, en Palestine, en Syrie et en Égypte.

On n'entendait plus que le claquement du vent dans les deux grandes voiles. L'homme élégant rompit le silence et se rapprocha un peu plus de nous.

— Merci à tous les deux pour ce récit passionnant, déclara-t-il dans un mélange d'italien et de latin. Je suis pisan moi-même et je me passionne pour l'Histoire à l'époque du Christ. Excusez ma curiosité mais comment de simples moines peuvent-ils posséder autant de

4. Flavius Josèphe né à Jérusalem en 37/38 et mort à Rome vers 100, est un historiographe romain juif d'origine judéenne.

connaissances et les exposer aussi facilement ? Vous n'êtes ni évêque, ni abbé, et vous semblez tous les deux si jeunes...

Je fixai Clément. Lequel de nous deux devait répondre ? Ce passager m'intriguait. Il était à l'aise et maniait le latin comme seul un fin lettré pouvait le faire. De taille haute et mince, il était aussi élancé que notre navire. Qui pouvait-il être ? Ce n'était pas le capitaine, un homme petit, trapu et resté à l'écart de la conversation. Néanmoins, tout l'équipage manifestait à ce personnage une sorte de déférence ostentatoire. Aldebert avait été très clair au moment du départ : *défense de révéler à quiconque l'objet de notre mission, où nous allons et qui nous y envoie.* Partout, et notamment dans les ports tels que Marseille ou Pise, les espions pullulaient, et la prudence la plus élémentaire était donc de mise. Il nous fallait donc être prudents sur la manière de nous présenter.

Chapitre 3
Francesco Alberti

Alors que Clément s'apprêtait à répondre à l'homme qui nous interpellait, il fut interrompu par Paula.

— Ce sont des moines clunisiens, lui répondit-elle avec fierté et un large sourire. Clément est *armarius*. Il dirige un *scriptorium* où l'on collecte et copie des manuscrits anciens. Le plus jeune, Joachim, est lui aussi copiste à Cluny et il parle le grec aussi bien que le latin. Il est aussi le neveu du comte Raymond de Toulouse, l'un des principaux soutiens de notre pape Urbain II. C'est grâce à ces frères et leur travail que les connaissances se partagent et se transmettent en Francie et partout dans l'Empire. À Cluny, ils ont pu rassembler et recopier des centaines de manuscrits regroupant l'essentiel des savoirs du monde chrétien.

Ces mots flatteurs me firent bomber le torse, même si je me doutais bien, qu'à travers nous deux, c'était à son père, Odon, que Paula rendait hommage.

— Des moines clunisiens, quel honneur de vous avoir à bord ! reprit l'homme élégant. Votre abbé, Hugues de Semur, n'est-il pas un proche conseiller de notre pape Urbain ? Votre ordre bénédictin est très influent désormais.

— C'est d'ailleurs le grand prieur de Cluny lui-même qui envoie ces moines à Constantinople puis en Orient.

— Une mission au service de Cluny ? C'est passionnant. Quelle chance vous avez de pouvoir servir ainsi la chrétienté.

Un rictus d'agacement émailla le visage de Clément qui

n'était pas homme à tomber dans le piège de la vanité. Il semblait décidé à couper court et à empêcher Paula d'en dire plus à cet inconnu.

— Nous ne sommes que de simples moines, répondit-il d'un ton sec. Et vous-même, qu'allez-vous faire à Pise ?

— Je me nomme Francesco Alberti. Notre Seigneur a fait de moi un homme comblé car j'ai la chance d'être le propriétaire de ce modeste navire dont le port d'attache est Pise. Je suis donc votre humble serviteur jusqu'à notre arrivée dans ma ville.

— Modeste navire ! reprit Paula d'un ton taquin. C'était le plus grand bateau du port ! On nous a aussi assuré partout à Marseille que cette galée était la plus fiable pour traverser cette mer et gagner rapidement la côte italienne. Et prenant notre groupe à témoin en souriant : Il se nomme d'ailleurs *Divizia* ce qui signifie « abondance » en Italien. N'est-ce pas ?

— Vous me flattez, répondit-il. Je ne suis qu'un simple armateur qui gagne sa vie en transportant marchandises et passagers dans les meilleures conditions. Et se tournant vers Paula et Alix.

— Et puis-je vous demander à mon tour ce que font deux ravissantes créatures en compagnie de pauvres moines et de soldats ?

— On ne peut rien dire de plus à ce sujet dit-elle en riant et en lançant une œillade discrète en direction de Clément.

— Avouez que ce n'est pas commun, repris le Pisan... et fixant Paula en particulier, j'aime votre façon de rire. Je n'en avais jamais entendu d'aussi charmant auparavant.

Je sentis Paula rougir. L'homme devait avoir son âge et il ne la laissait pas indifférente.

— Nous nous rendons toutes deux à Rome pour y faire pèlerinage et nous recueillir sur les tombeaux de saint Pierre et de saint Paul, dont ces frères viennent de nous relater la triste fin.

— Rome est une ville sainte, mais c'est aussi une cité magnifique, répondit l'homme. J'ai moi-même eu l'occasion de découvrir la basilique qui accueille le tombeau de saint Paul à l'endroit même où il fut exécuté au sud de la ville. C'est un lieu étonnant. Si vous avez de la chance, vous pourrez aussi vous y recueillir devant les chaînes qui ont retenu le saint pendant sa captivité, il y a près de mille ans. C'est quelque chose de très émouvant, et je garde de cette visite un souvenir intense. Mais j'y songe : je dois moi-même me rendre à Rome pour mes affaires dès notre arrivée à Pise. Si vous le souhaitez, je pourrai me joindre à vous et vous servir de guide à travers la ville, une fois sur place…

Une lueur s'était allumée dans les yeux bleus de Paula. L'aplomb de Francesco Alberti lui plaisait. Elle était d'une grande beauté, de celles qui ne laissent aucun homme indifférent. Elle avait le front de son père, un regard profond et des cheveux aux boucles noires qui virevoltaient dans le vent. Comme Odon, elle s'exprimait avec ardeur et se passionnait de toute chose. Depuis notre départ, elle était donc logiquement courtisée par l'un des chevaliers qui menait notre escorte. L'homme, un seigneur dénommé Hugues, était un influent vassal du comte de Mâcon. Il ne perdait pas une occasion de s'approcher d'elle, mais je la sentais distante et peu sensible à la compagnie du seigneur franc dont la conversation l'ennuyait. À l'image de son père, elle était instruite et exigeante. Elle m'évoquait ces forteresses de Bourgogne, telles que Berzé ou Brançion, qu'on contemple du pied de leurs remparts : majestueuses et imprenables à la fois. Mais que savais-je d'elle après tout ? La fille d'Odon vivait seule dans sa belle maison de la ville haute de Mâcon. On ne lui connaissait pas de relation et, à ma connaissance, elle ne s'était jamais mariée. Ne dirigeait-elle pas de main de maître un atelier de copistes florissant ? Elle comptait d'ailleurs parmi ses clients l'évêque, le comte de Mâcon, ainsi que la plupart des riches notables de la cité. Elle était à l'aise, dans la fleur de l'âge et plus épanouie que jamais. Un entrepreneur italien prospère, cultivé et plein d'allant, voilà un homme qui semblait davantage à la mesure de l'impétueuse fille d'Odon.

— N'y a-t-il pas meilleurs guides que des moines bénédictins pour visiter les lieux saints, lui répondit-elle d'un air faussement ingénu.

— Leur culture et leur connaissance de l'histoire de la chrétienté sont certes de précieux atouts, mais je doute fort que ces frères puissent connaître Rome aussi bien que moi. Quant à ces soldats qui vous accompagnent et qui déambulent sur le pont de mon navire, ils ne ressemblent en rien aux pèlerins que nous acheminons habituellement. Ils ne vous seront d'aucune utilité pour visiter des lieux saints. Voilà qui attise encore plus ma curiosité vous concernant. Vous formez là un bien curieux équipage... Vous devez être des personnalités importantes pour bénéficier d'une pareille escorte !

— Ces soldats sont tous des chevaliers francs aguerris au combat et je vous confirme qu'ils réduiront en bouillie tous ceux qui s'approcheront de nous d'un peu trop près...

Alix et moi-même éclatâmes de rire. Mais le Pisan ne se laissa pas troubler par la malice de Paula. Il lui sourit, faisant apparaître des dents parfaites et nacrées au milieu de son beau visage hâlé. Paula baissa immédiatement les yeux, comme pour masquer le trouble manifeste que provoquait chez elle la prestance de l'Italien.

— Des Francs ! Et toisant Hugues de Mâcon qui se tenait aux côtés de Paula, vraiment, je suis impressionné. Cela est avéré, rien n'arrête vos guerriers. Je les ai vus moi-même à l'œuvre en Espagne où ils combattaient aux côtés d'Alphonse VI sur de redoutables destriers pour repousser les Maures vers le sud. Même inférieurs en nombre, rien ne leur résiste et leur bravoure n'a pas d'égal. Mais pourquoi envoyer ceux-ci à Pise et à Rome ? Nous n'y avons pas d'infidèles à combattre. Savez-vous que Pise présente la flotte militaire la plus puissante de toute la mer Tyrrhénienne ?

— Je pensais que les ports comme Gênes et Pise étaient des lieux de commerce, s'étonna le chevalier agacé par l'audace de l'armateur.

— Détrompez-vous ! Vous n'avez pas l'exclusivité de la lutte contre les mahométans. Et pointant alors les flots devant lui d'un large geste, mais pour nous, Pisans, notre champ de bataille, c'est la mer. Nos destriers, ce sont nos navires. Depuis plus de dix ans, grâce à nos victoires navales et notre domination militaire, notre libre commune de Pise contrôle aujourd'hui cette mer jusqu'en Ifriqiya [1]. Nous sommes allés jusqu'à occuper Mahdia. Nous avons chassé la flotte sarrasine de ces eaux définitivement, et rares sont leurs navires qui osent s'y aventurer désormais.

Il avait déclamé son couplet à la façon d'un acteur et gratifié Paula d'une œillade complice.

— Libre commune... Qu'entendez-vous par là ?

Soignant toujours ses effets, Francesco fit trois pas en direction de la proue.

— Nous Pisans, nous sommes autonomes. Le Pape comme l'Empereur ont tous deux reconnu l'indépendance de notre ville en remerciement des services rendus. Nous ne dépendons plus d'aucun comté ni d'aucun duché... Pise dispose de ses propres consuls assistés d'un Conseil

1. L'Ifriqiya représente une partie du territoire d'Afrique du Nord pendant la période du Moyen Âge, qui correspond à la province d'Afrique dans l'Antiquité tardive. Le territoire de l'Ifriqiya correspond aujourd'hui à la Tunisie, au Nord-Est de l'Algérie et au Nord-Ouest de la Lybie.

des anciens. Mais l'autonomie politique n'est rien sans la puissance économique et financière. Aujourd'hui nous rayonnons sur la mer et vous trouverez nos comptoirs commerciaux dans chaque grand port méditerranéen, de Barcelone à Constantinople et jusqu'à Alexandrie. Nous disposons de nos propres banques et de notre propre monnaie et contrôlons partout le trafic des marchandises.

Paula applaudit la tirade comme si elle était au théâtre, sous l'œil agacé d'Hugues de Mâcon qui toisa l'Italien.

— On dit pourtant à Marseille que les razzias menées par les Maures sont encore nombreuses et qu'ils y ont encore des repaires en Sardaigne et en Corse.

— Notre puissance fait des envieux. Mais ne vous laissez pas abuser par ceux qui nous jalousent. Il ne s'agit que de quelques pirates isolés. Il y a environ trois ans d'ici, le pape Grégoire VII lui-même a placé ces deux îles sous le contrôle de Pise pour nous remercier d'avoir libéré ces eaux du joug sarrazin. La Corse comme la Sardaigne sont d'ailleurs redevenues prospères. Le commerce s'y fait désormais sans entraves.

— Le commerce ! Vous n'avez que ce mot à la bouche. Savez-vous qu'il y a des choses qui ne s'achètent pas, comme l'honneur de servir le Pape lui-même.

La tension était montée d'un cran. Francesco semblait piqué par la remarque du seigneur franc.

— Ce que je sais, c'est que Pise, tout comme Gênes, Amalfi et Venise, toutes nos républiques indépendantes, représentent un monde nouveau : l'avenir c'est nous ! Qui d'autre draine aujourd'hui les innovations techniques et commerciales et attire les capitaux dans les établissements de crédit ?

— Vous gagnez sans doute beaucoup d'argent, mais la richesse ne fait pas l'homme. Vous n'êtes après tout qu'un simple commerçant pour qui tout s'achète et tout se vend. Notre Seigneur Jésus n'a-t-il pas lui-même chassé du Temple de Jérusalem les marchands de votre espèce ? Au travers de votre commerce et de votre joli navire, vous servez d'abord vos intérêts personnels. Voici la vérité.

La conversation tournait à l'affrontement. Le cercle des curieux s'était reformé autour des protagonistes qui s'affrontaient dans un duel inattendu. Une lueur d'orgueil traversa le regard de l'armateur, bien décidé à en découdre avec le chevalier.

— Vous ne savez pas de quoi vous parlez. Vous ne voyagez pas assez pour voir que le monde a changé et que votre pauvre royaume de Francie reste extérieur à ce changement. C'est grâce à ce commerce que vous semblez abhorrer, que nos villes et nos ports d'Italie s'agrandissent, que notre population augmente et que de nouveaux métiers apparaissent. Le commerce, voyez-vous, est une source d'enrichissement pour tous et pas seulement pour ceux qui l'organisent. Savez-vous combien d'hommes sont employés à Pise pour concevoir, assembler et entretenir des navires tels que celui-ci ? Savez-vous à combien d'ingénieurs, de charpentiers, de menuisiers, de maîtres voiliers, de navigateurs et de marins il donne du travail pour une vie entière ? En revanche, vous, les seigneurs, et tous ceux que vous servez, vous représentez le monde du passé. Vous restez englués dans vos certitudes de pieux guerriers et dans vos serments d'allégeance. Vous êtes certes des combattants valeureux, fidèles et dévoués, mais votre monde stagne. Je m'en rends compte à chaque visite : votre roi n'y a aucun pouvoir, vos territoires sont morcelés et émiettés par des conflits incessants entre vos comtés et vos duchés que ni la trêve, ni la paix de Dieu des évêques et des moines n'ont pu endiguer. Vos meilleurs combattants s'affrontent sans cesse pour quelques arpents de terre, provoquant partout le malheur et la ruine des paysans.

Dans quoi d'autre que ces guerres stériles avez-vous investi ? Combien de ports, combien de navires, combien de routes avez-vous construits ? Votre présence sur mon navire est la meilleure illustration de votre échec. Combien de semaines vous aurait-il fallu pour gagner Rome à travers les Alpes ? Trois jours suffiront grâce à ce navire. Vous devriez me remercier de transporter vos dignitaires plutôt que de m'insulter devant mes passagers et mon équipage.

Un silence de plomb s'était abattu sur le pont. Tous les témoins de l'altercation retenaient leur souffle. Le navire lui-même semblait s'être arrêté. Matelots et passagers guettaient et redoutaient la réaction du seigneur de Mâcon. Hugues était grand de taille, il avait de larges épaules robustes accentuées par la cotte de mailles qui lui donnait l'aspect d'une forteresse vivante. Son visage était sombre malgré son teint clair et des cheveux châtains tirés vers l'arrière dégageant ainsi un front conquérant. Il fixa l'armateur d'un regard intense et glacial. En un éclair, j'eus l'impression qu'il le jaugeait comme il devait évaluer ses adversaires sur le champ de bataille avant le combat. L'affront public du Pisan devait être lavé. D'un geste vif et précis, il tira une longue dague de sa ceinture, dont la lame fine et argentée étincela au soleil. Tout le groupe sursauta et fit un pas en arrière lorsqu'il la fit passer au-dessus de sa tête, dans un mouvement ample. Il s'apprêtait à le transpercer ! Lui faisant front, l'Italien n'avait pas bronché. Devant pareil menace, beaucoup auraient reculé ou auraient déjà demandé grâce. Mais lui, stoïque, faisait face. Le temps suspendit son cours quand la lame s'abattit violemment dans sa direction. La dague vint se ficher entre les deux pieds de l'armateur qui sursauta à peine sous les vibrations émises par le choc. L'énorme éclat de rire du seigneur vint rompre le silence glaçant.

— Vous n'entendez rien à la façon dont vit et meurt un

chevalier. Vous avez visité sans doute notre royaume, mais vous n'y avez pas perçu l'essentiel concernant les Francs. Voici les trois grandes passions qui nous animent : la foi, la valeur et le courage. Aussi, je reconnais que vous êtes brave et sans peur. C'est ce que j'apprécie d'abord chez un homme. Je retire ces paroles qui ont pu vous offenser. Mon nom est Hugues de Mâcon.

Et faisant un pas en direction de l'homme : « Marchand... soyons amis ! ».

Chapitre 4
Les Perséides

L'obscurité avait recouvert de son voile sombre la mer Tyrrhénienne. Poussé par un léger vent d'ouest, le *Divizia* glissait dans le silence nocturne en direction de la côte italienne.

Malgré le noir, mes yeux s'étaient ouverts et cherchaient en vain des repères familiers. Comme chaque nuit depuis l'âge de onze ans et mon arrivée dans le monde monastique, je m'étais réveillé un peu avant l'heure présumée de l'office des vigiles qui se tient au beau milieu de la nuit. Même en pleine mer, et loin de tout monastère, on ne chasse pas facilement la force de l'habitude. D'un bond, j'avais quitté ma paillasse et le coin du dortoir dévolu aux hommes, situé sous le pont principal à l'arrière du bateau.

Un rapide coup d'œil autour de moi me fit comprendre que je n'étais pas le seul. Mes frères bénédictins avaient déjà tous délaissé leur couche, comme attirés par la même force nocturne. D'un bond je gravis l'escalier menant vers l'extérieur et me retrouvai sur le pont en quête de mes camarades. Dehors, je fus saisi par l'immensité de la voûte céleste. Le ciel était vierge de tout nuage et la nuit étoilée s'étendait à l'infini au-dessus de la mer sombre. Des milliers d'éclats colorés se reflétaient dans les flots transpercés par de subtiles et éphémères pointes argentées.

À cette heure de la nuit, le navire était désert et silencieux. À l'arrière du pont, à l'endroit où il était le plus surélevé, se tenait le poste de pilotage et deux hommes d'équipage affectés à la navigation en haute mer. Seuls au monde, les yeux rivés vers les astres, ils semblaient lire dans les étoiles comme dans un livre ouvert pour guider le navire.

Où étaient donc passés les moines ? Scrutant l'obscurité, j'aperçus vers la proue, des formes mouvantes évoquant des coules sombres. Mes frères s'étaient regroupés à l'avant afin d'y célébrer l'office de nuit. Ils se tenaient autour de l'un des deux mâts, au pied duquel brillait une lueur orangée émanant d'une lampe à huile et figurant le cœur d'une chapelle improvisée. Je m'approchai pour prendre ma place. Sous la direction d'Aldebert, les vigiles allaient commencer.

Pourquoi célébrer l'office de nuit alors que personne ne nous y contraignait ? En dehors de nos monastères, nous, bénédictins, étions tenus de nous conformer à la règle de saint Benoît lorsque cela nous était possible. Mais cela ne présentait pas un caractère obligatoire. Les sept offices de jour qui ponctuaient habituellement la journée d'un frère étaient quasiment impossibles à tenir en voyage, sur les routes chaotiques, et même aux étapes. Mais l'office de nuit présentait un caractère particulier pour chacun d'entre nous. Les vigiles étaient ce moment privilégié représentant l'ordre du Seigneur par lequel il nous appelait à veiller et à faire de la nuit un temps propice à la prière et à l'élévation de l'âme.

L'office se déroula selon un rite immuable : après les lectures, on chanta trois cantiques de l'Ancien Testament avec leur antienne, puis on proclama l'Évangile comme à la messe, avec *Alléluia* et encensement, suivi d'une homélie. Les vigiles s'achevèrent par le chant du *Te Deum* – À toi Dieu – qui semblait se propager dans l'immensité des flots encerclant le *Divizia*. Pour nous les moines, le chant et la musique étaient incontournables et omniprésents à chaque office. Nous les placions au sommet des sept arts formant le *septivium*[1], enseignés dans nos monastères et devant des matières aussi prestigieuses que la grammaire, la rhétorique, la dialectique, l'arithmétique, la géométrie ou l'astronomie. Par nos chants, nous exprimions l'harmonie parfaite de toute chose, la perfection de Dieu, perfection qui se retrouvait donc dans la liturgie monastique et la prière, activité première de tout moine clunisien.

L'office s'achevait à peine quand je l'aperçus. Mon cœur se mit à battre plus fort. Là, dans la nuit sombre, blottie dans un recoin du pont, Alix se tenait assise, discrète, attentive, enveloppée dans une couverture de laine. La douce lueur des astres donnait à son visage des allures de vestale gardant le feu du temple. Les frères s'étaient déjà tous dispersés mais je restai là, sur le pont, immobile, dans l'espoir que cette vision ne s'évaporerait pas. Elle avait dû suivre notre office improvisé et nous observer silencieusement...

Lorsque je fus certain d'être seul, je me saisis de la lampe à huile et je me dirigeai dans sa direction, bien décidé à prendre mon courage à deux mains. Elle n'avait pas bougé et me fixait d'un air amusé tandis que je m'approchais. Cette fois, j'en étais sûr, c'était moi qu'elle attendait !

— Joachim de Saint-Ange ! Enfin, tu daignes te montrer. Tu auras mis le temps !

Devant ma mine confuse, elle me sourit malicieusement et déploya sa couverture comme pour m'inviter à la rejoindre.

—Tu fais là un bien curieux oiseau de nuit. Attends-tu toujours l'obscurité pour apparaître ? Cela me rappelle notre première rencontre à Saint-Germain et ta magnifique apparition nocturne... C'était bien la première fois que je

1. *Septivium* : programme d'enseignement des novices qui comprend : la grammaire (littérature), la rhétorique (éloquence), la dialectique (philosophie), la musique, l'arithmétique, la géométrie et l'astronomie.

voyais un jeune homme nu dans une église [2] !

Je dus rougir comme un idiot tandis que je m'asseyais à ses côtés. Elle enroula aussitôt la couverture autour de nous. Son assurance me troublait. J'avais tellement attendu ce moment que je ne savais plus trop quoi dire et j'avais une peur terrible de bafouiller mes premiers mots. Je devais me reprendre rapidement... La lueur de la lampe donnait à son visage un aspect si chaleureux, si vivant... La tiédeur de son corps, désormais contre le mien, me troublait encore un peu plus.

— Te rappelles-tu les berges de la Saône ce printemps à Mâcon ? Cela ne t'a pas laissé un souvenir impérissable... Nous nous sommes pourtant embrassés dans les hautes herbes. Et cette nuit passée sur la roche de Solutré ? Les étoiles ne brillaient-elles déjà pas comme cette nuit ?

Les yeux levés, elle se mit à contempler les astres qui se réfléchissaient dans la mer Tyrrhénienne. Le ciel d'été, immense et somptueux s'offrait à nous. La vue des étoiles familières me redonnait tout à coup un peu de ma contenance perdue. Elles allaient m'aider à retrouver mon assurance.

— Sais-tu qu'il y plus de cinquante constellations dans le ciel ? dis-je timidement.

— Elles sont si nombreuses... Depuis combien de temps brillent-elles ainsi ? répondit-elle, ravie de me voir enfin ouvrir la bouche.

— La date de leur création nous est inconnue. L'histoire des étoiles se perd dans la nuit des temps. Personne ne sait quel âge elles ont au juste. De mémoire d'anciens, elles ont toujours été là. Aussi loin que remonte les différents textes que les moines ont pu recueillir, rédiger ou copier, on y décrit toujours les mêmes groupes d'étoiles.

— Depuis des siècles, ce sont toujours les mêmes ?

2. Voir Tome 1, Cluny, 1095, chapitre 8, Alix de Saint-Germain.

— Oui, c'est comme si elles avaient toujours existé. Je crois qu'elles défient le temps des hommes.

— Sais-tu que depuis cette nuit passée ensemble à Solutré[3], je guette souvent la constellation d'Orion ? Je repère d'abord ces trois étoiles identiques et alignées qui forment ce que tu appelles la ceinture du chasseur. Puis, à partir de cette triade, je me mets en quête des étoiles voisines. En les prolongeant en direction du levant je peux facilement retrouver Sirius, l'étoile la plus brillante du ciel, de la constellation du Grand Chien. Puis, en procédant de même vers le couchant, je retrouve Aldébaran, l'astre à la lueur orangée qui figure l'œil du taureau. Dès lors, je peux aussi situer les magnifiques pléiades, ces sept sœurs, que le taureau céleste protège des velléités du chasseur Orion et de son chien.

J'étais ravi. Elle avait parfaitement retenu mes explications. Alors qu'elle me parlait, je notai qu'elle avait machinalement porté la main à son cou où brillaient trois perles à l'éclat similaire. J'avais remarqué ce bijou le jour de notre départ de Mâcon. Le lien avec Orion m'avait déjà profondément troublé.

— L'observation du ciel est une source d'épanouissement inépuisable.

— J'ai pu admirer Orion pendant quelque temps mais un jour, un peu à ta manière, la constellation a complètement disparu. Même ce soir, j'ai beau la chercher, impossible de la repérer. Où est-elle donc passée ?

— Eh bien, la raison est simple : la plupart des étoiles font l'objet d'un vaste mouvement circulaire et se déplacent constamment. En été, Orion n'est visible qu'en toute fin de nuit. Une fois le jour levé, on ne peut plus la voir. En hiver en revanche, elle est facilement observable dès la nuit tombée et c'est la raison pour laquelle tu la repères

3. Voir Tome 1, Cluny, 1095, chapitre 17, La nuit étoilée.

facilement.

— C'était donc cela ! Il me semblait que certaines étoiles étaient pourtant visibles quelle que soit la période de l'année ?

— Oui, regarde l'étoile polaire, là-haut. Celle-ci reste immobile. Toute la voûte céleste tourne autour d'elle. Elle constitue donc un repère facile pour les voyageurs car on peut l'observer constamment. Vois-tu ces deux hommes là-bas, à la poupe du navire ?

— Tu veux parler des pilotes ?

— Oui. Ils sont chargés de nous faire suivre le bon cap et, la nuit, c'est beaucoup plus simple.

— J'imagine qu'ils se servent de cette étoile fixe comme d'une sorte de repère céleste ?

— Exact. Ils utilisent aussi ce tube de métal pointant le ciel à leur côté.

— À quoi leur sert-il ?

— Ils l'orienteront vers l'étoile polaire un peu avant l'aube. Cette dernière indique invariablement la direction du nord. Ainsi lorsque le jour viendra, le tube indiquera ce point cardinal comme une sorte de témoin. Ils pourront s'y référer pendant la journée si le soleil et les vents qui guident les navigateurs font défaut.

— Y-a-t-il d'autres étoiles similaires à celle-ci ?

Tous les astres qui sont proches de la polaire restent visibles en permanence : c'est le cas de la Petite et de la Grande Ourse ainsi que du Dragon qui les sépare, ou encore là-bas, de Cassiopée et de son mari Céphée. Ces astres sont visibles chaque nuit.

— Cassiopée et son mari ! Il y donc des couples chez les étoiles ? demanda-t-elle amusée.

— Oui, mais attention, il s'agit d'un roi et d'une reine. Leur histoire est très surprenante. Toutes les étoiles environnantes y jouent un rôle à la façon de ces acteurs se produisant à la cour d'un seigneur et à qui on raconte des fables pour le distraire.

J'avais volontairement marqué une pause, espérant intéresser Alix avec ce mythe... Les moines de Beaulieu me l'avaient souvent raconté lorsque j'étais plus jeune. Cela semblait fonctionner... Elle s'était blottie un peu plus et prenait manifestement du plaisir à m'écouter.

— Qu'attends-tu donc ? Ne sais-tu pas que je suis la fille du seigneur de Saint-Germain, dit-elle, amusée par mon attitude. Je t'écoute.

Je souris intérieurement, cette fois, j'allais pouvoir briller.

— Chez les anciens Grecs, Cassiopée était l'épouse du roi Céphée. Tous deux régnaient sur ce pays qu'on nomme Éthiopie et qui se situe aux confins du lointain pays d'Égypte, à la frontière du monde connu. Un jour, la reine Cassiopée prétendit que sa fille Andromède, qu'on aperçoit ici en direction du levant, était plus belle que les Néréides, nymphes de la mer pourvues d'une beauté incroyable. Vexées par l'insolence de Cassiopée, les nymphes se plaignirent auprès de Poséidon, dieu de la mer chez les Grecs. En colère, ce dernier envoya un redoutable monstre marin, nommé Cétus, dévaster les rivages d'Éthiopie en y provoquant des tempêtes si violentes que le pays sombra dans le chaos.

— Et où se trouve-t-il donc, dans le ciel, ce monstre marin ?

— Non loin d'Andromède, dans cette zone là-bas, réservée aux constellations maritimes. Mais écoute un peu la suite : les tempêtes provoquées par Cétus causèrent tant de dommages dans le pays que Céphée, ne sachant plus que faire, demanda conseil à un oracle. Ce dernier conseilla de sacrifier Andromède, dont la beauté était la cause du malheur, en l'offrant au monstre afin de calmer ainsi sa furie. Elle fut donc attachée à un rocher du rivage.

— C'est donc la mignonne qui est sacrifiée ! Qu'est-ce que c'est que cet oracle ? m'interrompit-elle sur un ton indigné.

— Oui, mais attends ! L'histoire ne s'arrête pas là. Vois-tu cette constellation là-haut, non loin d'Andromède ? Il s'agit de Persée, petit-fils du roi d'Argos. Sur son cheval ailé, Pégase, qu'on aperçoit là-bas, il va venir secourir Andromède et affronter ce monstre.

— Un prince pour sauver la jolie fille... Alix se fendit d'un sourire moqueur. C'est donc la faible femme qui doit être secourue. Et comment cette charmante fable se poursuit-elle ?

Je continuai, un peu décontenancé.

— Avant de combattre, Persée avait arraché à Céphée la promesse de lui donner Andromède comme épouse, s'il la délivrait.

— Cela je l'aurais parié !

— Au terme d'un âpre combat, Persée repoussa Cétus à coups de pierres et parvint à délivrer Andromède ainsi que le pays.

— Le roi tint-il sa promesse ?

— Oui, Persée fut vainqueur et il épousa finalement Andromède avec qui il eut une nombreuse descendance, conclus-je d'un ton mi-dépité tellement l'effet produit sur Alix semblait loin de mes espérances.

— Et donc, j'imagine que chaque enfant a aussi sa propre constellation, là-haut, pour magnifier ce conte où les femmes sont justes bonnes à être belles, à être gouvernées par des oracles ou encore à donner des enfants à leur sauveur !

Je ne répondis pas immédiatement. Alix se moquait de moi et du mythe de Persée. Moi-même, à présent, je le trouvais stupide. Je venais de pécher par vanité. Je l'avais séduite à Solutré avec mes connaissances et pensé un peu trop vite qu'il me suffisait de lui resservir une belle fable pour susciter à nouveau son admiration.

Impossible avec elle ! Elle exigeait et méritait plus qu'une histoire facile. Comment allais-je pouvoir m'en sortir maintenant ? Je levai alors la tête vers le ciel pour trouver quelque chose à dire.

C'est alors qu'un miracle se produisit. Mon visage fut subitement éclairé par une lueur venant du ciel. Je n'osai pas y croire tellement le phénomène se déclenchait à point nommé. Incroyable ! Je me mis à rire tellement la chance me souriait.

— Qu'y-a-t-il, pourquoi ris-tu ainsi ?

— Pour les enfants de Persée et d'Andromède, c'est un peu différent.

— Un peu différent ? Que veux-tu dire ?

Pour seule réponse, j'indiquai à Alix la constellation de Persée qui brillait désormais de mille feux dans le ciel sans lune.

— Voici les enfants de Persée et d'Andromède... On les appelle les Perséides.

Des flèches de lumière vive s'étaient mises à strier ce coin de ciel. Des dizaines de traits argentés naissaient dans l'obscurité puis se propageaient à vive allure vers les flots, éclairant la mer en créant de somptueux reflets tout autour du navire.

— Des étoiles filantes [4], s'écria-t-elle ! Comment as-tu fait cela ? Elles sont merveilleuses.

Je la regardai d'un air mystérieux.

— Les étoiles sont mes amies, dis-je malicieusement. Et puis un conteur ne doit pas dévoiler ses secrets...

4. Les Perséides sont un essaim de météores (ou pluie d'étoiles filantes), constitué de débris d'une comète et visible dans l'atmosphère terrestre. Ces météores sont observables chaque année lorsque les débris rencontrent l'atmosphère terrestre, soit à partir du 20 juillet environ jusqu'aux alentours du 25 août, avec un maximum habituellement situé entre les 11 et 15 août.

Elle me regarda d'un air suspicieux…

J'approchai mes lèvres des siennes et, sans lui laisser le temps de répliquer, je l'embrassai sous la nuit étoilée.

Chapitre 5
Les deux sœurs

Avions-nous déjà connu une nuit plus douce ? Nous étions-nous déjà sentis si légers ? Des étoiles plein les yeux et le cœur pétillant, nous avions retenu la nuit le plus longtemps possible. Ce n'est qu'un peu avant l'aube que nous nous décidâmes à regagner l'un après l'autre nos couches respectives afin de ne pas attirer l'attention des deux pilotes restés à la poupe.

Je demeurai seul à la proue du navire quand un évènement curieux se produisit. Un bruit particulier se fit entendre dans le silence nocturne. Une voix dans l'obscurité ! C'était comme une sorte de plainte qui semblait provenir des flots en contrebas. Il y avait quelqu'un, là, quelque part en bas. Peut-être nageait-il et essayait-il d'appeler à l'aide ? C'était insensé ! Peut-être un passager tombé à la mer ? Je me hissai tout de même par-dessus l'épaisse rambarde, scrutant les eaux sombres de part et d'autre de la proue. Rien, il n'y avait personne, mais, inexplicablement, la plainte reprit. Plus insistante, cette fois. Une voix de femme, jeune sans doute, qui sanglotait quelque part dans l'obscurité. Cela ne pouvait provenir que de l'intérieur du navire. Me penchant davantage, j'aperçus une petite ouverture le long de la coque d'où semblait provenir la lamentation. À ma connaissance, la partie avant de la cale du *Divizia* était réservée aux marchandises et aucun passager n'y avait accès. Il y avait pourtant quelqu'un, là quelque part, et il semblait être en difficulté.

Je descendis les quelques marches qui séparaient la proue du pont principal et fis face aux lourdes portes de bois qui délimitaient l'accès aux cales. Elles étaient toutes méticuleusement fermées mais je repérai dans un coin une trappe sur la surface du pont. Contre toute attente, elle s'entrouvrit facilement et laissa apparaître une échelle menant vers les profondeurs du navire.

— Il y a quelqu'un ? risquai-je, me penchant prudemment à travers l'ouverture.

Aucune réponse. À l'intérieur, l'obscurité était totale. L'huile de ma lampe s'était depuis longtemps consumée et je ne disposais d'aucun briquet permettant d'allumer une des torches de service. Autour de moi, le pont était toujours parfaitement désert. Prenant mon courage à deux mains, je me saisis de l'échelle et descendis dans la cavité obscure. Lorsque je touchai enfin le sol, j'eus l'impression de débarquer dans un univers inconnu, d'où la vision avait été exclue. L'odeur de la laine brute me saisit immédiatement à la gorge. La laine... c'était bien cela que le *Divizia* transportait vers le Nord de l'Italie. Ses cales en étaient pleines. Le périple du navire avait commencé à Barcelone où il avait initialement appareillé. La reprise de Tolède au Maures par les Francs dès 1086 avait libéré d'immenses espaces agricoles. Au fur et à mesure que la *Reconquista* progressait, l'élevage de moutons y était partout encouragé par de grands propriétaires nobles ainsi que par l'ordre de Cluny qui y implantait ses monastères au fur et à mesure de la christianisation. Chargé de cette matière première espagnole, le *Divizia* avait ensuite fait halte à Marseille où notre groupe avait embarqué.

Là, il avait achevé de remplir ses cales avec la laine provenant des collines de Francie. Des centaines de ballots y étaient entreposés, avant d'être transportés vers les ateliers de Pise où la laine serait filée, teintée puis transformée en toutes sortes de vêtements qui seraient finalement acheminés vers de nombreux ports méditerranéens pour y être vendus. J'avais atterri dans une sorte de minuscule vestibule qui semblait desservir les différentes cales du navire via une sorte de couloir de service. D'où pouvait donc provenir la voix entendue sur le pont ? Je tâtonnai dans le couloir dans la direction présumée de la proue.

— Il y a quelqu'un ?

Cette fois, la voix, toute proche, se fit de nouveau entendre.

— Hé... À l'aide, nous sommes ici ! Vous m'entendez ?

Cette voix semblait sortie du néant. Un détail me fit sursauter ! Je la comprenais parfaitement. Ce n'était pourtant ni du latin, ni du roman, mais de l'occitan [1] ! Ma langue maternelle. La langue du comté de Toulouse, parlée dans toute la partie sud du royaume des Francs. Quelle surprise ! Ici en pleine mer...

— Mais où êtes-vous donc ?

— Nous sommes là, dans la dernière cellule au fond du couloir. J'entends le bruit de vos pas tout proche. S'il vous plaît, aidez-nous ! C'est ma sœur Judith... Elle a de la fièvre et nous n'avons plus d'eau. Je ne sais plus quoi faire.

— J'y suis ! Vous devez être derrière cette porte, mais elle est fermée. Pouvez-vous m'ouvrir ?

— Non. Nous sommes cloîtrées ici depuis plusieurs jours. Nous sommes de Barcelone. L'homme qui nous a enfermées ne vient plus nous voir depuis deux jours et ma sœur est malade. C'est lui qui a la clef. S'il vous plaît, aidez-nous !

— Ta sœur ? Mais combien êtes-vous, là, derrière, et quel

1. L'occitan, ou langue d'Oc, est une langue romane parlée dans le tiers sud de la France, dans le Piémont, en Ligurie et en Calabre en Italie et en Catalogne en Espagne. L'occitan a connu son âge d'or entre le XIe siècle et le XIIIe siècle grâce à sa littérature et surtout aux compositions des troubadours qui ont eu du succès dans toute l'Europe.

âge avez-vous ?

— Nous sommes deux. Je me nomme Esther Espinosa et j'ai dix-sept ans. Ma sœur Judith est âgée de treize ans.

— Le comté de Barcelone dis-tu ? Mais enfin c'est insensé, cela doit faire plus de sept jours que ce navire a quitté Barcelone ! Que faites-vous ici, toutes les deux, dans les cales ?

— S'il vous plaît, auriez-vous de l'eau pour ma sœur ? C'est compliqué à expliquer ce que nous faisons là. Pouvez-vous nous faire sortir d'ici ?

Je tâtonnai dans le noir et auscultai le mur et le sol dans les environs de la porte à la recherche d'une hypothétique clef.

— Impossible, sans la clef, et je ne la trouve pas. La porte semble massive et je ne pourrai pas l'enfoncer seul. Ta sœur est-elle consciente ?

— Elle délire depuis hier. Faites vite s'il vous plaît. Nous sommes à bout de forces toutes les deux...

— Sois tranquille, je vais chercher mes frères et de l'eau. À plusieurs, nous pourrons venir à bout de cette porte. L'un d'eux est moine-médecin, il pourra s'occuper de ta sœur. Je fais aussi vite que je peux...

Je me précipitai dans l'autre sens, trébuchai dans le noir, afin de retrouver au plus vite le vestibule, l'échelle et la fraîcheur de la nuit. L'atmosphère étouffante de la cale m'oppressait et j'étais impatient de me retrouver à l'air libre afin de secourir au plus vite ces malheureuses.

Tâtonnant dans le noir, je retrouvai difficilement le bas de l'échelle. Pourquoi le vestibule était-il si obscur ? J'aurais pourtant juré avoir laissé la trappe d'accès ouverte avant de me risquer en bas ! Un affreux pressentiment me gagna tandis que je remontais l'échelle précipitamment. La trappe était rabattue. Se pouvait-il que quelqu'un sur le pont l'ait simplement fermée pour éviter un accident ? Arrivé tout en haut, de ma seule main libre, je poussai l'épaisse pièce de bois vers le haut. Elle ne bougea pas d'un pouce. Lâchant l'échelle, afin d'en avoir le cœur net, je m'y pris à deux mains cette fois et poussai de toutes mes forces. Un bruit de métal qu'on entrechoque me glaça le sang. Là, tout près sur la droite, à hauteur de ma tête, une barre métallique avait été tirée et un cadenas empêchait son ouverture. Quelqu'un avait verrouillé la trappe de l'intérieur et rendu toute sortie impossible.

— Par tous les diables de l'enfer ! Une main ferme avait agrippé ma cheville et, d'un geste brusque, m'avait tiré violement vers le bas. Je dégringolai le long de l'échelle, tentant sans succès de m'accrocher aux barreaux. Je m'effondrai sur le dos, hébété, aux pieds de mon agresseur. Tentant de me redresser, je fus aussitôt plaqué au sol par un pied épais qui laissait deviner une corpulence massive. Le souffle coupé, je ne perçus que l'âcreté de son odeur... celle d'un homme qui ne s'était pas lavé depuis de nombreux jours.

— Tu as vu quelque chose que tu n'aurais pas dû voir.... Tu vas me suivre gentiment maintenant...

Mon premier réflexe fut de me débattre et de crier le plus fort possible.

— Au secours, à l'aide !

Je fus alors violemment frappé à la tête par un lourd objet de bois. Assommé, je sentis que je perdais pied. La dernière image que j'emportai avant de sombrer dans le néant fut celle de ces poissons que l'on estourbit, une fois arrachés à l'eau, et que l'on jette négligemment dans un panier.

La douleur comprimait ma tête. Mon cœur battait à grands coups et s'enflait à chaque pulsation, tel un volcan avant son éruption. Je basculai de nouveau dans la conscience. Il devait faire jour car un mince filet de lumière irradiait d'une minuscule ouverture qui semblait avoir été calfeutrée.

Il faisait une chaleur effroyable. J'étais allongé sur le ventre à même un plancher de bois. L'odeur écœurante de la laine, conjuguée à celle de l'humidité, me donnait des haut-le-cœur. C'est en en tournant la tête que je l'aperçus : assise, toute proche, à moins d'une coudée, comme si elle me veillait. Une fille plus jeune était couchée sur ses genoux et me fixait d'un regard sans expression. Autour d'elles, des ballots de laine débordant de leurs sacs de chanvre tapissaient tous les murs.

— Où suis-je ?

— Dans la cale du navire, répondit-elle d'un air consterné. Prisonnier, tout comme ma sœur et moi-même. L'homme qui t'a frappé t'a déposé ici il y a un bon moment. Comment te sens-tu maintenant ?

Ma grimace répondit pour moi.

— Au moins, grâce à ton intervention, nous avons pu recevoir à boire et à manger...

C'était bien la voix qui m'avait répondu en occitan, en fin de nuit. Mais cette fois je pouvais distinguer ses traits dans la pénombre de la pièce. Ses cheveux noirs retombaient comme un voile sur son épaule. Je sentis sur mon visage son haleine chaude. Elle avait des yeux étonnants, bleu sombre tirant sur le violet, des sourcils longs et bien dessinés portés par un regard d'une étrange intensité.

— C'est donc toi, Esther Espinosa... Je t'avais bien dit que je ne serais pas long...

Un pâle et froid rictus se dessina sur son visage. Ses pupilles se nimbèrent aussitôt d'un grand désarroi. Malgré la pénombre je pouvais parfaitement distinguer le frémissement convulsif de ses lèvres.

— Il n'y a pas de quoi rire, te voilà prisonnier désormais, tout comme nous deux.

— Qui est cet homme qui m'a frappé ? Et pourquoi vous

retient-il ici ?

— Il a dit s'appeler Gozo. Il semble être chrétien, tout comme toi, et originaire du Sud de l'Italie. Tu es moine n'est-ce pas ?

— Mais enfin c'est insensé !

Je tentai de me relever et je pris conscience que ma cheville droite était entravée par une chaîne et que je ne pouvais pas me déplacer de plus de deux coudées.

— Qui êtes-vous donc et que vous veut cet homme ?

— Je suis la fille aînée d'un médecin de Barcelone et voici ma sœur Judith. Il y a dix jours de cela maintenant, nous avons été prises toutes les deux lors d'une attaque contre le *Barrio.*

— Le *Barrio* ?

— C'est comme cela que nous désignons le quartier juif de Barcelone. C'est l'endroit où nous vivons, ma sœur et moi, avec notre famille.

— Le quartier juif ? Une attaque ? Qu'est-ce que c'est que cette histoire ?

— Nous sommes juives, voilà tout. Détestées de tous et des chrétiens en particulier.

— Pourquoi dis-tu cela, je suis chrétien et je ne te déteste pas. Je n'ai rien contre les Juifs.

— Les chrétiens, tes congénères, nous jalousent parce que nous sommes différents et que les miens ont souvent de belles existences : artistes, penseurs, grammairiens, traducteurs, médecins, banquiers... Nous nous distinguons de vous par nos savoir-faire et notre érudition. Hélas, cela ne nous protège ni des persécutions religieuses ni de ces attaques qui sèment le drame au sein de notre société.

Je regardais Esther avec un étonnement teinté de compassion. Mon maître Odon m'avait souvent parlé des Juifs et de la façon dont ils étaient considérés et traités. Depuis la destruction de leur pays par l'Empire romain au 1er siècle, certains avaient opté pour l'exode et au fil des siècles, ils s'étaient regroupés en communautés un peu partout en Occident, en Espagne et en Italie en particulier. Même si l'on en croisait très peu dans le comté de Mâcon, j'avais pu constater qu'ils généraient souvent un sentiment d'hostilité. Pour le petit peuple, ils étaient, sans raison, jugés dangereux, sectaires et leur religion qualifiée de *Superstitio.* Pour l'Église et le Pape, la position vis-à-vis d'eux était assez ambiguë. Même si officiellement ils ne devaient subir aucun préjudice, ils étaient considérés comme une sorte de peuple subalterne, simple « témoin » de l'incarnation du Christ. On les tolérait mais rien de plus…

— Tu veux dire que ce sont des chrétiens qui vous ont arrachées à votre famille et séquestrées sur ce bateau ? Mais dans quel but ? poursuivis-je.

— Ne sais-tu pas que, dans le comté de Barcelone, tes frères chrétiens traitent les Juifs aussi mal que les Maures qu'ils combattent ? Tes congénères sont à l'origine de l'agression, et cet homme, ce Gozo, il a su habilement en profiter pour nous enlever au moment où la plus grande confusion régnait dans le *Barrio.*

— Que s'est-il passé exactement ?

— Comme cela se produit à chaque fois, quelques provocateurs incitent les oisifs qui traînent dans les rues du centre-ville de Barcelone à se rassembler et à venir forcer nos portes et piller nos maisons. Le prétexte est toujours le même. Les Juifs s'enrichiraient sur le dos des chrétiens en pratiquant l'usure. C'est nous qui prêtons de l'argent aux Barcelonais car, dans votre religion, cela vous est interdit. Les pilleurs affirment qu'ils ne font que récupérer ce que nous leur avons volé. Dans le meilleur des cas, ils enfoncent les portes, ils saccagent les maisons et dérobent des biens de valeur. Mais de temps en temps ils s'en prennent aux personnes, nous frappent et nous contraignent à nous regrouper dans la synagogue où nous pouvons rester parfois un jour ou deux sans manger, le temps que les esprits échaudés se calment et que le pillage cesse. Ensuite la vie reprend son cours comme s'il ne s'était rien passé.

— Comment une telle chose est-elle possible ? Et le roi, et l'évêque du comté ? Que font-ils pour s'opposer à ces pillages ?

— Officiellement, le roi Alphonse VI nous protège. Lorsqu'il a repris Tolède aux Maures en 1085, il nous a garanti quelques privilèges pour nous éloigner des Maures avec qui nous vivions jusqu'alors en bonne intelligence dans l'Espagne sarrasine.

Tous les miens se sont alors mis au service de ce roi chrétien, allant jusqu'à combattre dans les armées royales contre les guerriers almoravides [2]. Près de quarante mille combattants juifs sont ainsi morts pour la chrétienté à la bataille de Sagrajas. Alphonse nous a accordé en échange un statut comparable à celui de la noblesse. Le propre médecin du roi est d'ailleurs un Juif nommé Cidelo. On aurait pu croire qu'un tel soutien nous protégerait. Malheureusement, il n'a fait qu'engendrer la jalousie de la noblesse espagnole vis-à-vis de mon peuple et attiser la vieille haine des Juifs et de leur réussite. En territoire chrétien, à Tolède comme à Barcelone, les Juifs sont restés similaires aux Maures et soumis aux exactions des vainqueurs chrétiens.

— Et cet homme, comment vous a-t-il capturées ?

— Lui ? Il était à l'affût quand l'émeute a commencé, à la façon d'un chasseur. Quand les guetteurs du *Barrio* ont donné l'alerte, nous n'étions pas à la maison, ma sœur et

2. Les Almoravides étaient une dynastie berbère qui constituait du XIe siècle au XIIe siècle une confédération de tribus puis un empire englobant le Maroc, la Mauritanie, l'Ouest de l'Algérie ainsi qu'une partie de la péninsule ibérique.

moi. Nous avons couru pour nous mettre à l'abri mais, malheureusement, le destin a voulu que nous croisions sa route. Il s'est emparé de ma sœur et a menacé de l'étrangler si je ne le suivais pas en silence. Nous avons alors gagné la plage de la ville où des portefaix chargeaient et déchargeaient plusieurs bateaux tels que celui où nous nous trouvons. À la nuit tombée, lorsque la plage s'est vidée de toute présence, il nous a fait monter sur une barque avec laquelle nous avons gagné ce navire. Il nous a alors immédiatement conduites dans cette pièce que nous n'avons pas quittée depuis. Le navire a appareillé dans la soirée du lendemain.

— Que sais-tu de ce Gozo ?

— Presque rien et je ne pressens rien de bon le concernant. Il nous parle et il tente même de justifier son geste, mais ses propos sont confus et ses intentions restent floues. Je ne comprends presque rien à son dialecte, un mélange d'italien et de latin. Il pratique en revanche couramment la langue arabe que je comprends parfaitement. Et toi ? Comment se fait-il que tu connaisses si bien l'occitan ? Es-tu de ces moines qu'on envoie dans le sillage des soldats francs qui combattent les Maures en Espagne ?

— Non, je suis moine novice à l'abbaye de Cluny dans le Nord de la Francie. Par ma mère, je suis originaire de Toulouse. J'ai pratiqué l'occitan jusque l'âge de onze ans et mon entrée au monastère où l'on ne parle que le latin.

— Nous sommes bien loin de Barcelone à présent. Sais-tu seulement où nous nous rendons ? Cela fait tellement de jours que nous sommes ici, ma sœur et moi, dans le noir, que j'ai l'impression que nous avons dû dépasser les limites du monde connu.

— Nous voguons vers l'Italie et nous devrions accoster dans le port de Pise aujourd'hui même ou peut-être demain.

— À Pise ? Seigneur... Comment est-ce possible ? C'est tellement loin de ma ville. Mon Dieu, ma famille... Ils doivent être morts d'inquiétude. Pourquoi cet homme agit-il ainsi ? Que va-t-il faire de nous ?

— Je n'en ai pas la moindre idée. Comment s'y est-il pris pour vous faire monter à bord à l'insu de l'équipage ?

— Il n'a eu aucun mal, il travaille sur ce navire. C'est lui qui gère les cales et surveille la cargaison pendant la traversée. Aucun autre membre de l'équipage ne s'aventure donc par ici pendant le voyage. Mais je pense que nous ne sommes pas ses premières victimes car il semble bien organisé.

— Il se livrerait à un trafic ! Mais dans quel but ? L'argent ? Il veut peut-être vous échanger contre une rançon ?

— L'argent est certainement l'un de ses motifs. Mais pour la rançon, tu te trompes. Mon père ne possède pas grand-chose à Barcelone, et pourquoi nous éloigner autant ?

— Mais pourquoi n'as-tu pas essayé d'attirer plus tôt l'attention des autres marins ou de l'un des passagers ? Je t'ai moi-même entendue appeler à l'aide !

Elle me jeta un regard sombre.

— Sais-tu ce que c'est que d'avoir peur ? Cet homme nous a menacées à plusieurs reprises. Il s'en est même pris physiquement à ma sœur pour me faire taire lorsque j'ai essayé de me rebeller. Il s'est emparé d'elle et l'a étranglée sous mes yeux. Elle est comme prostrée depuis et ne parle plus. Et puis, depuis environ deux jours, il ne s'est plus montré. Comme il semblait nous avoir abandonnées, seules, sans nourriture et sans eau, j'ai décidé finalement d'appeler à l'aide et tu m'as entendue. Malheureusement, il devait ne pas être bien loin et il t'a pris toi aussi dans ses filets.

— Il a commis une erreur. Les moines qui m'accompagnent ont sans doute déjà remarqué ma disparition. À l'heure qu'il est, ils doivent me chercher à bord et ils penseront nécessairement à fouiller les cales du navire.

— Que Dieu t'entende.

— Nous devons attirer leur attention par tous les moyens. Nous sommes situés tout près de la proue. Malheureusement, personne ne vient jamais sur cette partie du pont car elle est interdite aux passagers.

— Depuis ton arrivée, l'homme a soigneusement calfeutré la seule ouverture de la pièce. C'est pour cela qu'il fait aussi étouffant, ici. Même si nous crions tous les deux, personne ne s'en apercevra. Tu m'as entendue cette nuit car il avait laissé ce hublot ouvert afin que nous puissions avoir de l'air pendant son absence.

— Sais-tu pourquoi il vous a laissées seules pendant deux jours ?

— Non. Mais comme il empeste l'alcool, j'imagine qu'il devait cuver son vin quelque part dans un autre coin de la cale quand tu as débarqué dans ce cauchemar.

Dans le couloir attenant à la cellule un bruit de pas se fit entendre. Quelqu'un approchait. Je tendis l'oreille. Le crissement d'une clef dans la serrure nous fit sursauter. Alors que la porte s'ouvrait sur notre ravisseur, je vis Esther devenir blême et sa sœur cadette se cramponner à son aînée comme si sa survie en dépendait.

Malgré son jeune âge, Gozo avait un crâne dégarni précocement. Il se tenait voûté, comme s'il portait le poids du monde sur ses épaules. Il était sale, le teint blafard et son allure négligée contrastait avec le reste de l'équipage qui se distinguait par une tenue exemplaire. Comment un tel homme pouvait-il travailler pour Francesco Alberti sur l'impeccable *Divizia* ? Je croisai son regard alors qu'il nous observait dans la pénombre. Ses yeux injectés de sang et son regard fou ne présageaient rien de bon. Comme il restait silencieux et qu'il me fixait dans le noir, je me dis qu'il me jaugeait. Il devait se demander si j'étais susceptible de lui poser des problèmes et de contrecarrer ses plans. À la façon dont les deux filles étaient recroquevillées en sa présence, je compris qu'il les dominait complètement. Elles semblaient totalement résignées face à lui et il savait ne rien avoir à craindre de leur côté. Quoi qu'il advienne, elles resteraient prostrées et dociles. Je devais le jauger moi-même.

— Je suis moine bénédictin et mes frères ont déjà dû remarquer ma disparition. Ils vont venir immanquablement me chercher ici et ils seront accompagnés des soldats qui nous escortent et nous protègent pendant notre voyage. Je ne sais pas ce que tu veux, mais je te suggère de relâcher ces malheureuses. Je plaiderai ta cause auprès de ces hommes si tu ne leur fais plus aucun mal.

— Je ne leur ferai rien si elles restent tranquilles et c'est la même chose pour toi, dit-il dans un mauvais mélange d'italien et de latin. Tu as compris ?

Je restai interloqué un instant, me demandant comment m'y prendre avec cet homme. Je devais réfléchir. Qu'aurait fait mon maître Odon dans pareil cas ? À son allure et son expression, je me dis qu'il lui aurait peut-être diagnostiqué un léger retard mental. Cela faisait sens : un déséquilibré qui aurait enlevé deux filles à Barcelone pour les conduire à Pise sans raison apparente... Comment expliquer son geste autrement ? Pourtant, ce Gozo semblait agir avec méthode. Cela ne correspondait pas vraiment au comportement d'un attardé. Mais le plus troublant était ailleurs. Malgré ma menace verbale, il n'avait manifestement aucune crainte de voir moines et soldats débarquer dans la cale d'un moment à l'autre. Il semblait assuré et je ne détectai aucune peur en lui. Quelque chose m'échappait... Je devais comprendre ses motifs et trouver pourquoi il se comportait de la sorte.

— Pourquoi agis-tu ainsi ? Ne vois-tu pas que ces filles souffrent et que tu les terrorises en les retenant ici ?

— Les filles ne souffrent pas, ne les écoute pas.

— Et pourquoi agis-tu ainsi ?

— Je me rend quelque part et vous allez venir avec moi. Tu vas rester tranquille jusque-là, sinon je leur ferai du mal à cause de toi.

J'étais exaspéré.

— Comment veux-tu que je reste tranquille alors que tu m'as assommé et attaché ici, dans cette cale puante ! Les soldats vont venir me chercher et tu seras puni pour tes actes !

Contre toute attente, il fit alors un pas en direction d'Esther et lui arracha sa jeune sœur des bras. Il la suspendit alors à trois coudées du sol et se mit à l'étrangler comme on serre le cou d'une volaille attrapée dans une basse-cour. Des hurlements stridents retentirent. Les étranges yeux bleu sombre d'Esther s'exorbitèrent en tirant vers le violet tandis qu'elle tentait en vain de retenir sa sœur.

Pour la faire taire, Gozo lui décocha un coup de pied si brutal qu'il l'envoya rouler contre un ballot de laine. Elle en eut le souffle coupé et resta un instant immobile face contre terre.

— Arrête ! Je resterai tranquille. S'il te plaît, lâche-la.

Il laissa tomber Judith comme on se débarrasse d'un objet encombrant. Cette fois j'en étais certain : il n'éprouvait aucune compassion pour ses deux victimes et il semblait dénué de tout sentiment humain. Esther se précipita sur sa sœur et la reprit aussitôt dans ses bras. Le regard de la cadette me fit froid dans le dos. Malgré l'agression dont elle venait d'être victime, elle continuait à fixer inlassablement le vide, comme si son esprit était ailleurs, loin de cette cale sordide.

— Et où nous mènes-tu donc ?

— Après Pise, nous irons vers le sud.

— Que vas-tu faire vers le sud ?

— Tu verras bien.

Je décidai de ne plus le contrarier, dans l'idée d'en apprendre plus sur ses motifs et dans l'espoir que mes frères interviennent rapidement pour me retrouver.

— Pourquoi souhaites-tu nous emmener avec toi ?

— Je vais offrir les deux filles à mon maître.

— Offrir les filles à ton maître ? Tu as donc un maître ? dis-je sur un ton étonné.

— Oui.

— Comment se nomme-t-il, ton maître ?

— Al-Mamoun.

— Al-Mamoun ? Mais ce n'est pas un nom chrétien ! Tu veux donc nous conduire chez les Maures ?

— Non. Rujar, le chef des *Franj*[3] a pris possession de ma terre mais il a laissé les mahométans vivre là-bas. Al-Mamoun est toujours le maître des lieux

— Des *Franj* ? Qu'est-ce que cela signifie ?

Gozo me regarda curieusement. Comme si la réponse coulait de source. C'est Esther qui m'apporta la réponse du fond de la pièce où elle s'était réfugiée avec sa sœur.

— C'est comme cela que les Maures nomment les chrétiens comme toi. Cela doit venir de Franc. Pour eux, tu es un *Franj* et Rujar doit correspondre au prénom chrétien de Roger.

— Tu es chrétien aussi n'est-ce pas ?

— Je n'aime pas les *Franj* comme Rujar et toi.

3. À l'époque des croisades, les chroniqueurs arabes appelaient les Francs *Faranj, Franj, Faranjah*. Ces variantes désignaient les croisés, les Européens et leurs descendants au Proche-Orient et au Levant.

J'y voyais de moins en moins clair. Pourquoi cet homme nous détestait-il et souhaitait-il se rendre avec deux jeunes captives auprès d'un maître nommé al-Mamoun ?

— Mais si ta contrée est chrétienne… tu n'as plus besoin d'obéir à ton maître ! Si cette terre a été reprise par les Francs… tu es un homme libre et tu peux donc nous libérer sans crainte. Mes amis ne te feront aucun mal lorsqu'ils viendront nous délivrer. Je te le promets…

— Tes amis ne viendront pas. Toi aussi, tu vas venir avec moi.

La cale me sembla encore plus étouffante. Je fixai l'homme dans les yeux. Son regard me fit froid dans le dos. Il exprimait une détermination mêlée à une sorte de haine.

— Mes amis me cherchent, ils vont venir ici. Je ne pourrai pas t'accompagner.

— Non, tes amis ne viendront pas.

— Mais pourquoi ne viendraient-ils pas ?

— Parce que tes amis pensent que tu es mort.

Mon sang se glaça dans mes veines malgré l'atmosphère étouffante.

— Mort ! Comment cela, mort ? Pourquoi penseraient-ils une chose pareille ?

— Parce qu'ils sont persuadés que tu es tombé dans la mer et que tu t'es noyé cette nuit….

Tu appartiens à al-Mamoun maintenant.

Chapitre 6
Disparu en mer

Où donc était passé Joachim ? Une inquiétude naissante se lisait sur le visage de Clément qui arpentait le *Divizia* depuis prime[1]. Dès son réveil, il avait remarqué que son protégé n'était pas sur sa couche. Parti à sa rencontre, il avait d'abord pensé le trouver rapidement, mais il ne l'avait pas aperçu sur le pont. Il n'était pas non plus aux lavabos, ni aux latrines. Où pouvait-il être ? Dans la pièce qui tenait lieu de réfectoire pour les passagers, il ne l'avait pas vu non plus mais il y avait croisé Paula. Face au trouble grandissant du moine, elle lui avait immédiatement proposé son aide. Tout en arpentant le pont aux côtés de la fille d'Odon, Clément suspectait silencieusement Joachim de s'être isolé quelque part avec Alix. Il n'était pas exactement au fait de ce qu'il s'était passé entre le moine novice et la fille du seigneur, mais il connaissait l'attirance que les deux jeunes gens éprouvaient l'un pour l'autre. Pour lui, c'était inéluctable, ils allaient forcément se retrouver à un moment de ce voyage vers Rome et s'isoler tous les deux. Cet instant avait dû arriver et cela expliquait la subite disparition de Joachim. N'y tenant plus, il posa à Paula la question qui lui brûlait les lèvres.

— Sais-tu où se trouve Alix ? J'ai le sentiment que Joachim est avec elle en ce moment.

— Je vais sans doute te décevoir. Elle dort à poings fermés dans le dortoir des femmes et je puis t'assurer que, malheureusement, ils ne sont pas ensemble.

---

1. Prime est le second office du jour après laudes qui marque le lever du soleil.

Clément prit un air si dépité que Paula s'empressa de le rassurer.

— Il y a forcément quelque chose qui explique son absence. Il se trouve immanquablement dans un endroit du navire que nous n'avons pas pu encore fouiller et auquel les passagers n'ont pas accès : le quartier de l'équipage, la cabine des pilotes ou du capitaine... Cela laisse beaucoup de possibilités...

— Tu as sans doute raison. Il est forcément dans l'un de ces lieux.

— Tu m'as dit toi-même qu'il avait assisté à l'office de nuit sur le pont et que tu ne l'avais pas vu depuis. Il a dû s'y endormir quelque part après l'office et il n'est pas encore réveillé.

— Allons explorer ces places dans ce cas.

— Mais j'y songe... Alix elle-même a quitté notre dortoir pendant la nuit. Elle est partie prendre l'air et je ne me suis donc pas inquiétée. Mais peut-être allait-elle rejoindre Joachim quelque part ? Allons le lui demander. Elle sait sans doute où il se trouve.

Quelques instants plus tard, Paula était de retour, accompagnée d'Alix. De son côté, Clément avait été rejoint par Aldebert de Chalon et l'armateur du *Divizia*, Francesco Alberti. Tous deux avaient été mis au courant de la disparition du jeune novice par le moine et tous attendaient le retour de Paula.

— Alix et Joachim étaient bien ensemble cette nuit, déclara Paula.

Alix baissa aussitôt la tête pour échapper aux regards des deux frères et de l'armateur. Elle était manifestement gênée par cette déclaration. Joachim n'était-il pas censé respecter les trois vœux monastiques : pauvreté, obéissance et chasteté ? Ne devait-il pas, en tant que futur moine *profes*, suivre Jésus-Christ tel qu'il vécut lui-même ? Mais pour l'heure, il s'agissait de comprendre ce qu'il était advenu de lui. Elle se devait de rapporter avec exactitude les faits de la nuit à ses frères.

— Après l'office de nuit, nous sommes restés un moment ensemble sur le pont à l'avant du bateau. Un peu avant l'aurore, je suis repartie seule vers le dortoir des femmes. Il devait regagner celui des hommes un peu plus tard.

— Où étiez-vous exactement ? T'a-t-il donné une indication qui nous permettrait de savoir où il se trouve actuellement ?

— Non, je ne comprends pas. Il devait attendre quelques instants après mon départ afin de ne pas attirer l'attention. Je ne vois pas du tout où il peut être.

— Quelqu'un vous a-t-il vus sur le pont ?

— Non le pont était désert cette nuit. Il n'y avait que les pilotes situés à l'arrière du navire. Ce sont les seuls qui peuvent nous avoir aperçus.

La mine de l'armateur s'éclaira.

— Les pilotes de nuit ? Mais bien sûr ! Je vais aller les faire chercher et les interroger. Ils savent sans doute quelque chose. En attendant, je vais demander au capitaine de procéder à la fouille complète du navire.

Un peu plus tard, à la demande de l'armateur, les deux pilotes qui officiaient la nuit ainsi que le capitaine avaient rejoint le petit groupe sur le pont afin de répondre aux questions de Francesco Alberti.

— Ils étaient bien ensemble à l'avant du bateau cette nuit, précisa le plus jeune des pilotes. Cela nous a amusés car le garçon faisait partie du groupe des moines et il semblait pourtant au mieux avec la jeune femme...

Alix était rouge de confusion. L'armateur intervint sèchement.

— Je ne vous paie pas pour vous amuser du comportement de mes passagers. Avez-vous remarqué quelque chose d'anormal concernant le jeune moine ? Il a mystérieusement disparu et nous le cherchons depuis prime.

Les deux pilotes se regardèrent...étonnés... Le silence se fit sur le pont. Manifestement ils avaient observé quelque chose concernant Joachim.

— Il a disparu, vraiment ?

— Alors quoi ? Qu'avez-vous à dire concernant notre jeune frère ?

— Un peu avant l'aube, la jeune femme l'a laissé seul sur le pont. Ensuite il s'est dirigé vers la proue du bateau.

Le plus âgé avait fait une pause avant de poursuivre.

— Malgré l'obscurité et la distance, nous l'avons clairement vu se pencher dangereusement par-dessus bord...

— Et alors ? Qu'a-t-il fait ensuite ?

— Nous ne savons pas ! À partir de là nous ne l'avons pas revu.

— Comment cela, pas revu ? reprit Aldebert, hors de lui. Vous n'allez tout de même pas me dire qu'il est tombé à l'eau sous votre nez et que vous n'êtes pas intervenus ?

Autour d'eux, surpris par le ton que prenait la conversation, certains passagers et quelques hommes d'équipage s'étaient approchés pour ne rien perdre des explications des pilotes.

— Sur le moment nous n'y avons pas vraiment prêté attention. Il est très fréquent que les passagers se penchent par-dessus bord lorsqu'ils sont malades. Ce n'est pas un comportement anormal sur un navire...

— Mais enfin c'est impossible, se révolta Alix, il n'a pas pu tomber à l'eau ! Vous l'auriez entendu crier ou appeler au secours.

— C'est exactement ce que nous nous sommes dit à ce moment précis. C'est la raison pour laquelle nous ne sommes pas intervenus et sommes restés concentrés sur nos étoiles et la bonne direction de ce navire...C'est parce que vous dites qu'il a disparu que j'ai jugé bon de vous faire part de cette observation.

— Vous soupçonnez un homme d'être tombé à la mer et vous ne prenez pas la précaution élémentaire d'aller vérifier s'il va bien ?

— Nous ne l'avons à aucun moment vu tomber, se justifia le plus âgé. Comment imaginer un instant qu'il ait pu passer par-dessus bord ? Il faisait nuit et nous nous tenions à la poupe, au plus loin de l'endroit présumé.

— Ces deux-là ! C'est leur faute aussi ! déclara le plus âgé des pilotes, sur un ton agacé en pointant Alix du doigt. Ils ont tout fait pour qu'on ne les aperçoive pas la nuit durant en se dissimulant. On a pensé que ce jeune moine était retourné ce coucher pendant qu'on avait le dos tourné, voilà tout !

Alix était devenue blême. Soutenue par Paula, elle était désormais en proie à la panique.

— Non ! C'est impossible. Il n'avait pas le mal de mer... Il n'avait aucune raison de se pencher par-dessus bord... Il n'a pas pu tomber !

Autour d'elle, l'assistance se partageait entre mines consternées et grimaces horrifiées... C'était trop soudain, trop injuste... Ce jeune moine se serait imprudemment penché et il aurait basculé ! Comme un seul homme, les frères de Beaulieu s'étaient précipités vers la proue, à l'endroit présumé où Joachim avait disparu, à la recherche du moindre indice.

Le capitaine, atterré, se retourna vers les moines.

— Votre frère sait-il nager ?

— Non, lui répondit Clément sur un ton fautif, les épaules basses. Nous apprenons beaucoup de choses à nos novices mais pas l'art de se mouvoir dans l'eau...

— Malheureusement, s'il est tombé de cette hauteur et sans savoir nager, ses chances de survie sont très minces. J'ai déjà vu des hommes couler à pic dans pareil cas. Une fois dans la mer, ils se débattent, ils avalent de l'eau et ils ne remontent jamais à la surface. Cela expliquerait pourquoi les pilotes ne l'ont pas entendu appeler au secours. Mon Dieu, il nous faut prier pour son salut.

— La mer a toujours le dernier mot sur les hommes... murmura un marin au teint hâlé et à l'air expérimenté. On ne la défie pas impunément...

— On ne brave pas non plus la règle de son ordre sans enfreindre une punition divine, marmonna un pèlerin à l'air sévère. Que faisait ce novice en pleine nuit en compagnie d'une demoiselle ? C'est Notre Seigneur qu'il a défié. C'est Notre Seigneur qui l'a puni...

Se tenant au centre du groupe, observé de tous, Aldebert de Chalon leur jeta à tous deux un regard noir. En tant que responsable de la mission, il se devait de rester lucide et de ne pas céder à la panique. D'un coup d'œil, il interrogea les frères partis examiner l'endroit d'où Joachim aurait pu tomber. À leurs mines déconfites, il comprit qu'ils n'avaient trouvé aucun indice. C'était comme si Joachim de Saint-Ange s'était volatilisé dans l'air pensa-t-il. Il connaissait bien le jeune moine avec qui il avait de nombreux points communs. Comme lui, Odon lui avait enseigné patiemment le grec et l'avait formé aux métiers de la traduction et de la copie de manuscrits anciens. Puis Aldebert avait rejoint Cluny où il était devenu écolâtre et *armarius*[2] de la prestigieuse abbaye. Il comptait Joachim parmi ses propres élèves et il lui enseignait la rhétorique et la philosophie[3]. Joachim avait la tête bien faite et,

2. Dans les monastères clunisiens, il revenait fréquemment à l'armarius de diriger le scriptorium et la fabrication des livres mais aussi de former les enfants.

3. Ces deux matières font partie du *septivium* (sept arts libéraux), programme d'enseignement des novices qui comprend : la grammaire (littérature), la rhétorique (éloquence), la dialectique

malgré son jeune âge, il n'était pas homme à prendre des risques inconsidérés. Aussi, Aldebert partageait-il le sentiment exprimé avec fureur par Alix. Joachim n'avait aucune raison de se pencher imprudemment et rien ne justifiait qu'il ait pu passer par-dessus bord. Il devait donc y avoir autre chose pouvant expliquer sa disparition... Il fixa l'endroit où Joachim avait été aperçu pour la dernière fois. Il n'était pas homme à se résigner aussi vite à la mort soudaine et inexpliquée du neveu du comte de Toulouse.

— A-t-on retrouvé ses affaires ? Avez-vous fouillé le dortoir des hommes ?

Clément lui répondit aussitôt :

— Son sac de voyage est bien à côté de son lit. Hormis le couteau et la fiole d'encre qu'il porte en permanence sous sa coule, tout le reste est bien dans son sac.

Aldebert tâchait de garder son sang-froid.

— Peut-être y a-t-il d'autres témoins ? Et, s'adressant au capitaine : que trouve-t-on sous la proue ? Il est sans doute possible que quelqu'un ait vu ou entendu quelque chose depuis cet endroit.

— Ce sont les cales réservées aux marchandises. Elles sont fermées à clef et inaccessibles aux passagers, comme à tous les membres de l'équipage pendant toute la traversée. Il est impossible qu'il ait pu y pénétrer...Mais nous allons interroger l'homme en charge de leur gardiennage. Je vais aller le faire chercher. Il est cantonné dans les cales à proximité de cet endroit pendant la traversée. Il aura peut-être vu ou entendu quelque chose concernant ce novice.

Une sueur froide coula dans la nuque de Gozo. Il se tenait sur le pont au milieu du groupe et suivait attentivement les débats, comme la plupart des marins du *Divizia*.

— Je suis là Capitaine !

(philosophie), la musique, l'arithmétique, la géométrie et l'astronomie.

Ce dernier le toisa comme un père regarde un enfant dont il a honte. À cet instant précis, les hommes chargés de fouiller le navire firent leur retour sur le pont afin de rendre compte à l'armateur et au capitaine.

– Nous avons inspecté méthodiquement chaque recoin du *Divizia* et nous n'avons pas trouvé trace du jeune moine. Le seul endroit que nous n'avons pas pu visiter est la cale située à l'avant. Tous les accès y sont bien cadenassés. Impossible qu'il ait pu y pénétrer.

À ces mots, certains passagers qui appartenaient à un groupe de pèlerins se mirent à genoux, joignant les mains, et commencèrent à prier en silence. Telle une force mystérieuse, un sentiment général de compassion avait envahi le pont du *Divizia* et enveloppait l'assemblée dans une sorte de voile réunissant marins et passagers. Certains pleuraient...

Le capitaine se tourna de nouveau vers Gozo.

– As-tu entendu quelque chose cette nuit ? As-tu aperçu ce jeune moine qu'on suppose être tombé à l'eau ?

Tous les regards convergeaient désormais dans sa direction. L'homme se tenait légèrement en marge des groupes et semblait encore plus voûté que d'habitude. Il respira profondément avant de répondre sur un ton assuré.

– Non, Capitaine, je n'ai pas aperçu ce jeune moine. En revanche, cette nuit, il s'est produit quelque chose de curieux.

Gozo avait fait une pause, comme s'il cherchait à ménager son effet.

– Quoi ? Que s'est-il produit cette nuit ? Eh bien parle ! Tu ne vois pas que tout le monde t'écoute ?

– Vers la fin de la nuit, j'ai été réveillé par un bruit singulier. Sur le moment je n'y ai pas prêté attention et je me suis rendormi très vite.

– Un bruit ? Quel bruit ? Parle donc ou je te fais arracher

la langue !

— C'était le son de quelque chose d'assez lourd qui tombe dans l'eau à proximité de la proue. C'était suffisamment net pour me réveiller... Si j'avais su qu'il pouvait s'agir d'un homme tombé à la mer, j'aurais pu donner l'alerte et tenter de secourir ce malheureux. Mais comment imaginer une chose pareille !

Un silence de mort envahit le pont du *Divizia.* Seuls les claquements intermittents des deux grandes voiles triangulaires vinrent le rompre. Passagers et membres d'équipage regardaient à présent Gozo comme s'il avait lui-même précipité Joachim dans la mer afin qu'il s'y noie.

— Es-tu certain de ce que tu avances ? La vie d'un homme est en jeu ici.

— Devant Dieu, je le jure. Le bruit que j'ai entendu cette nuit, ce bruit qui m'a réveillé est tout à fait similaire à celui d'un homme qui tombe à la mer depuis le pont. Seigneur Jésus ! Ayez pitié de ce jeune homme... Il se retourna vers Aldebert. C'est injuste... Si cela était possible, je demanderais à Dieu de prendre ma misérable existence en échange de la sienne...

La consternation s'était abattue sur le pont. Les regards avaient cessé de se croiser et chacun s'efforçait de chasser la pensée abominable du jeune homme en train de se noyer et l'image de son corps inerte dérivant sans sépulture, entre deux eaux.

Mais déjà la terre était en vue. La côte toscane se dessinait désormais à l'horizon, de plus en plus précise, à mesure que le *Divizia* progressait dans sa direction. Comme s'ils répondaient à un ordre invisible, les marins se dispersèrent pour regagner leurs postes respectifs et préparer les manœuvres qui permettraient au navire de faire son entrée à Pise, son port d'attache, un peu plus tard dans l'après-midi.

Chapitre 7
Le port de Pise

Seul sur le quai du port de Pise [1], Aldebert semblait abattu. Sa taille, son allant, sa blondeur, tout ce qui le caractérisait jusqu'alors s'était mystérieusement estompé. Prostré, impuissant et sombre, il observait, sans la voir, l'armée de portefaix qui débarquait depuis le matin, un par un, les innombrables ballots de laine remplissant les cales du *Divizia*. Ces travailleurs portuaires affectés au déchargement des navires se succédaient en cadence sur les deux étroites passerelles reliant le navire à la terre. Le bateau vomissait sa laine. Il vidait ses entrailles, déversant son contenu sur les quais. L'*armarius* de Cluny aurait aimé pouvoir soulager son esprit aussi facilement. Mais celui-ci était tourmenté et il ne lui laissait aucun répit. Il ne pouvait détacher son regard du dernier endroit où il avait aperçu le jeune novice vivant. Comment se résigner à la mort de Joachim de Saint-Ange ? C'était inconcevable ! On lui avait confié la protection de ce jeune homme et il l'avait perdu. Il devait le protéger en l'éloignant du comté de Mâcon et voilà que le jeune copiste avait disparu en pleine mer et qu'il n'avait même pas un corps à ramener à la famille !

1. L'ancien port de Pise, *Portus Pisanus*, a été l'un des ports maritimes les plus influents d'Italie durant plusieurs siècles. Ce complexe portuaire, qui assurait à Pise une puissance économique et maritime, s'est progressivement développé, avant que le port maritime de Livourne ne soit construit dès la fin du XVe siècle. Le port perdu était cependant décrit au début du Ve siècle comme étant « une grande lagune naturellement protégée » qui accueillait des navires marchands, suggérant un complexe maritime majeur, doté d'importantes infrastructures artificielles pour atteindre la ville située à 18,5 km au nord. La situation géographique du complexe portuaire reste cependant toujours controversée et son évolution environnementale complètement inconnue (Source CNRS).

Sa première mission pour le compte de Cluny prenait une tournure catastrophique alors que Rome, la première étape du périple, n'était même pas atteinte. Comment justifier l'injustifiable ? Le regard perdu dans la ronde des débardeurs il n'osait imaginer les conséquences politiques de ce drame... Le neveu du comte Raymond de Toulouse, premier soutien de l'ordre clunisien et du pape Urbain était porté disparu ! Comment allait-il annoncer une pareille nouvelle à son mentor, Orderic de Cluny, grand prieur de l'abbaye et commanditaire de l'expédition des moines en Terre sainte ?

Comment Raymond de Toulouse allait-il réagir à la tragique disparition de son neveu ? Le comte n'était-il pas pressenti par le Pape pour jouer un rôle militaire primordial dans le projet de libération de Jérusalem qui prenait corps dans tout l'occident chrétien ? À quarante ans passés, Aldebert connaissaient les hommes et leur fonctionnement. S'il ne doutait pas du dévouement du comte envers le Pape et Cluny, il savait que cette disparition aussi surprenante que subite pouvait changer les bonnes dispositions de Raymond vis-à-vis des projets de reconquête de la Terre sainte. Le pape Urbain, ancien grand prieur de Cluny, avait besoin de Raymond, seigneur puissant du royaume des Francs et de ses innombrables vassaux et chevaliers provençaux pour chasser les Turcs de Jérusalem. Ce n'était vraiment pas le moment de lui annoncer la perte de son neveu ou de lui fournir un prétexte à une éventuelle porte de sortie...

Aldebert en voulait aussi à Odon de Beaulieu. C'était lui, son ancien maître, qui aurait dû diriger cette mission. Odon n'était-il pas le choix initial d'Orderic ? Mais Odon était mort et le grand prieur l'avait choisi, lui... Certes, il avait des compétences. On lui avait enseigné l'art de mener les hommes, de comprendre leurs intérêts, de déceler leurs motivations. On lui avait appris à les galvaniser et à leur forcer la main quand cela était nécessaire. Orderic le pressentait comme futur conseiller auprès du Pape lui-même et ce voyage était la parfaite occasion de le faire connaître à Rome. Tout comme Odon, il connaissait Constantinople et la route de Jérusalem où il avait déjà accompagné son ancien maître par le passé. Enfin, il parlait couramment le grec et le syriaque [2]. Il présentait donc bien les compétences requises...Mais, contrairement à Odon, il n'avait pas cette soif de découverte ni cet amour de l'imprévu. Il se sentait, lui, l'âme d'un diplomate. Il aimait le cadre feutré des bibliothèques et des antichambres. Il aimait le voyage mais pas l'aventure. Et maintenant Odon était mort, Joachim avait disparu et il était ici, seul, sur ce quai, à faire face à ce désastre...

Dépité, Aldebert continua de suivre un temps le ballet incessant des portefaix. Au prix d'un violent effort, il tourna le dos au navire et prit la direction des locaux de l'armateur. Fraîchement débarqué, Francesco Alberti lui avait proposé d'accueillir son équipe de moines et de soldats, afin de décider sereinement de la suite des opérations. Situés face aux quais, les entrepôts du Pisan occupaient un espace considérable dans la zone du port dédiée au commerce. Symbole de la puissance de son propriétaire, le bâtiment cossu s'affichait sur trois niveaux. Les vastes entrepôts disposés au rez-de-chaussée accueillaient les marchandises en provenance des rivages d'occident et d'orient tandis que les étages abritaient les bureaux de négoce ainsi que les appartements privés. Plus loin, sur les quais adjacents, on apercevait les innombrables mâts des navires de guerre. C'étaient eux qui avaient imposé la cité pisane comme la première puissance

2. Depuis le XIIe siècle avant J.-C., le syriaque désigne un dialecte d'araméen oriental, parlé à Edesse (Turquie actuelle), et qui s'est répandu après l'apparition du christianisme. Le syriaque a donc pour origine l'araméen parlé dans le Nord de la Mésopotamie.

militaire de Méditerranée. Ils avaient notamment permis la reconquête de la Sicile sur les Sarrasins aux côtés du normand Roger de Hauteville. La prise de la ville de Palerme[3] et sa mise à sac avait ainsi été à l'origine de la construction de la somptueuse cathédrale de Pise sur le *Campo dei Miracoli* qui se dressait un peu plus loin en remontant le fleuve Arno en direction de Florence.

Alors qu'il se frayait un chemin parmi les innombrables voyageurs, marins, soldats, arrimeurs, passeurs, agents du port, négociants qui s'y côtoyaient du matin au soir, Aldebert ne remarqua pas l'attroupement de portefaix qui venait de se former sur le quai principal. Les porteurs s'agitaient autour d'un tas de ballots de laine fraîchement débarqués du *Divizia*. S'il y avait prêté attention, il aurait remarqué qu'un certain nombre de ces ballots s'étaient déchirés lors de leur transfert sur le quai. La laine qu'ils contenaient s'était répandue sur le sol et formait de petits monticules grisâtres. Cela suscitait une grande agitation parmi les débardeurs. Selon la législation stricte qui régissait leur travail, ces hommes étaient tenus responsables de toute dégradation survenue à la marchandise pendant son déchargement. Ils prenaient dès lors mille précautions à charger et à décharger les navires et leur précieuse cargaison. Pour l'heure, la laine s'était répandue sur le quai et, mélangée aux souillures, elle présentait une mine affreuse. Leur responsabilité semblait donc engagée, mais ces travailleurs ne l'entendaient pas de cette oreille et ils plaidaient désormais leur cause auprès du représentant de leur corporation. Au moment même où Aldebert pénétrait dans les locaux de l'armateur,

3. En 1063, eut lieu le sac de Palerme, sous la direction de l'amiral Giovanni Orlando et du roi normand de Sicile, Roger Ier. C'est ce pillage de la ville sarrasine qui permit le début de la construction de la cathédrale de Pise et des autres monuments du fameux champ des Miracles (*Campo dei Miracoli*) qui deviendrait ensuite la *Piazza del Duomo*. Une inscription sur la façade de la cathédrale indique la source de financement.

le défenseur des portefaix y fit irruption à son tour, bousculant presque l'*armarius*, Il se rua aussitôt sur le responsable des entrepôts pour faire valoir les droits de sa corporation. Une discussion animée débuta entre les deux hommes. Alors qu'il attendait qu'on l'invite à monter à l'étage, Aldebert se résigna à assister, contraint et forcé, à la conversation.

— Si c'est un sabotage, il est hors de question que mes hommes en soient tenus responsable !

Le représentant brandit un sac à moitié déchiré sous le nez du gestionnaire.

— Un sabotage ? Qu'est ce qui te fait penser une chose pareille ? Ces sacs ne se sont pas déchirés tout seul. Comme c'est l'usage, ceux qui les ont éventrés doivent payer la laine qui s'y trouvait. Et je dis que ce sont tes maladroits de portefaix qui sont les fautifs. Ce sont bien eux qui les ont déchargés ! Non ?

— Les portefaix de Pise sont les meilleurs au monde. Ne le savais-tu pas ? Si ces sacs se sont déchirés c'est qu'ils sont de mauvaise qualité ou qu'ils étaient déjà abîmés avant qu'on les décharge. Dans les deux cas, c'est la responsabilité de ton patron qui est engagée et pas la nôtre.

Un jeune commis haletant fit son entrée dans le vaste entrepôt. Il battait frénétiquement l'air à l'aide de quelque chose qu'il tenait en main. Il fonça sur l'administrateur et lui tendit un bout de parchemin. Après un rapide examen, ce dernier rendit son verdict :

— Voici justement le décompte de ceux qui se sont éventrés. Il y en a une vingtaine. Toute la laine qu'ils contenaient est irrécupérable. Cela va vous coûter cher. Je vous conseille de faire jouer votre caisse de solidarité.

— Puisque je te dis que nous ne sommes en rien fautifs. Demande plutôt à ton fournisseur de laine d'améliorer la qualité de ses sacs.

— Oh là ! Comme tu y vas. Nous n'avons jamais eu de problème auparavant. Fais-moi voir un peu celui que tu tiens là.

— Le voilà ! Regarde dans quel état il est.

Le responsable examina la toile attentivement. Un peu à l'écart, Aldebert semblait exaspéré par cette querelle stérile. Heureusement, Francesco Alberti descendait l'escalier, suivi de près par les visages familiers et sombres des moines de Beaulieu.

— C'est étrange, poursuivit le gestionnaire, on dirait qu'il a été éventré par quelque chose de tranchant. Peut-être un rasoir ou la lame d'un couteau. Et regarde un peu la laine qu'il contient. Elle est toute noire. Elle a été souillée par quelque chose de foncé. Qu'est-ce que c'est que ça ? On dirait de l'encre, non ?

À ces mots, Aldebert pivota sur lui-même, fondit sur l'homme en trois pas et lui arracha le tissu des mains comme si ce dernier avait contenu un fragment entier de la Vraie Croix[4].

— Fais-moi voir ce sac !

Son intervention avait été si brutale que, dans l'entrepôt, tout le monde s'était figé. Alors que l'armateur et les moines clunisiens rejoignaient Aldebert, ce dernier examinait avec la plus grande attention le ballot éventré et sa laine. Le grand moine devint subitement blême. Il s'agitait désormais comme si le diable lui-même l'avait piqué.

— Regardez, rugit-il en direction des moines. Regardez ! C'est de l'encre !

— Et bien quoi, de l'encre ? répondit l'administrateur, abasourdi par la brusque intervention du moine et son

4. Le nom de « Vraie Croix » a été donné à un ensemble de reliques remontant à la croix découverte par sainte Hélène au début du IVe siècle. Découpé en nombreux fragments dispersés entre plusieurs sanctuaires chrétiens, en particulier Jérusalem et Constantinople, le bois de la Vraie Croix représentait au Moyen Âge une relique très recherchée.

étrange comportement.

— C'est de l'encre comme nous en fabriquons à Cluny pour les manuscrits !

— En es-tu sûr ?

— Regardez par vous-même ! Malgré l'odeur de la laine, on distingue bien celles de la noix de Galle et de la sève que nous utilisons au *scriptorium.* Celui qui a fait cela dispose d'une encre similaire à la nôtre, et il l'a simplement diluée dans de l'eau. Dans combien de ballots comme celui-ci a-t-on retrouvé cette encre ? demanda-t-il, impatient, au représentant des portefaix.

— Une vingtaine de sacs contiennent ces traces noirâtres, répondit-il. Ils ont aussi tous été déchirés par un objet tranchant. Une lame de rasoir ou un couteau.

— Mon Dieu, réagit Clément. Ce ne sont pas les portefaix qui ont éventré ces ballots... Il n'y a qu'une personne à bord du *Divizia* capable de les découper de la sorte et de les maculer d'encre...

— C'est Joachim de Saint-Ange ! explosa Aldebert. Il n'est pas mort noyé ! Tu m'as dit toi-même qu'il portait son couteau et sa fiole d'encre sous sa coule. Il est quelque part dans les cales où cette laine était entreposée. C'est le moyen qu'il a trouvé pour attirer notre attention. Par naïveté nous n'avons pas inspecté les soutes. Il ne pouvait être que là ! Merci mon Dieu, il est vivant... Pourquoi n'y a-t-on pas pensé plus tôt ?

L'armateur donna aussitôt des consignes à ses hommes et au capitaine du navire présent dans l'entrepôt.

— Faites fouiller les cales du *Divizia* au plus vite. Je ne sais ni comment ni pourquoi, mais nous allons certainement y retrouver notre jeune ami.

— C'est peut-être trop tard, s'écria Aldebert sur un ton dépité. Les portefaix l'auraient découvert s'il y était encore. Il y a un élément qui nous échappe. Mais au moins nous savons qu'il ne s'est pas noyé. Allons explorer ces soutes. Il y aura sans doute laissé des indices. Et s'adressant à l'armateur : faites chercher immédiatement cet homme, ce Gozo. Celui qui veille sur les marchandises. J'ai l'impression qu'il s'est moqué de nous...

Un peu plus tard, les moines et les soldats, accompagnés d'Alix et de Paula, étaient de retour sur le navire pour procéder à la fouille méthodique des cales. Comme Aldebert l'avait pressenti, les premières recherches ne donnèrent rien. Toutes les cellules situées sous la proue étaient vides de marchandises et sans aucune trace de Joachim. Manifestement, il n'était plus à bord. Soudain, la voix d'Alix retentit en provenance de la proue. Elle y avait trouvé quelque chose.

— Par ici ! IL y a des taches d'encre sur le sol. C'est là que Joachim devait se trouver.

Les autres accoururent aussitôt à sa rencontre.

— Là-haut ! À l'arrière de cette poutre ! Regardez, il y a quelque chose de gravé : *Joachim, Gozo, Servi.* Mon Dieu, c'est un message laissé par Joachim à notre intention. Il a bien été enlevé par cet homme.

— Gozo... grimaça le capitaine. Je me doutais bien que ce sale type me mentait. Je l'égorgerai moi-même dès qu'on me l'aura amené.

Aldebert maugréa :

— Je doute fort qu'on le retrouve aussi rapidement et qu'il vous laisse ce plaisir. Depuis combien de temps cet homme travaille-t-il pour vous ?

— C'était son troisième voyage sur le *Divizia.* Il est originaire de Calabre.

— *Servi* [5] nous indique que Joachim a bel et bien été capturé par votre employé, fit remarquer Clément.

— Ce Gozo est bourré de défauts, répondit le capitaine,

5. *Servi* : esclaves en latin.

mais c'est d'abord un idiot et je ne le sens pas capable d'avoir monté à notre insu un quelconque trafic.

L'armateur toisa son capitaine ;

— Il n'est pas si idiot que ça. Il a réussi à se faire engager par tes soins et à vous berner, toi et ton équipage. Mais nous réglerons nos comptes plus tard. L'important maintenant est de retrouver sa trace et celle de ce novice au plus vite.

— Que sait-on de cet homme exactement, demanda Paula. Où habite-t-il lorsqu'il est à terre ? Ils sont sans doute tous les deux encore à Pise.

— Je ne sais pas grand-chose sur lui. Je l'ai engagé faute de mieux. En réalité je n'avais pas d'autre candidat pour ce poste.

Cette fois l'armateur semblait vexé et surpris :

— Comment cela ? Pas d'autre candidat ? Tous les marins de Pise rêvent de naviguer sur le *Divizia.*

— Gardien des cales, ce n'est pas à proprement parler un poste pour un marin. Ce travail consiste à surveiller la marchandise pendant toute la traversée. Songez qu'on doit rester plus de dix jours, seul, dans des soutes humides, sans rien voir d'autre que des étoffes, de la laine ou du bois. Le gardien doit éviter de se mélanger à l'équipage et aux passagers pour éliminer tout risque de vol et de trafic. On trouve difficilement des volontaires pour effectuer ce travail, sans compter que c'est très mal payé...

— Quelles étaient ses motivations dans ce cas ?

— C'est un moine qui m'a demandé de l'engager. Sachant que je cherchais à embaucher des hommes, il est venu me voir et m'a demandé de recruter l'un de ses protégés, qui se trouvait démuni et sans ressources. À la demande du moine, ce Gozo est venu me trouver ici même. Il cherchait un emploi comme marin, mais comme il n'avait aucune exigence particulière et qu'il acceptait sans discuter toutes mes conditions, je lui ai fait effectuer un voyage d'essai comme gardien qui s'est bien déroulé. Je l'ai prolongé dans ses fonctions, même si je ne l'apprécie guère.

— Comment s'appelle ce moine ?

— Geoffroy Malaterra[6]. C'est un proche de Roger de Hauteville. Ils sont normands tous les deux.

— Roger de Hauteville ? Tu veux parler du comte Roger de Sicile ?

— Lui-même, c'est lui qui en a chassé les Maures, épaulé par ses chevaliers normands. Il a fait de même à Malte qui est redevenue une terre chrétienne, il y a près de quatre ans maintenant.

— Et que fait ce moine Geoffroy avec le comte Roger ?

— C'est son chroniqueur. Il consigne le moindre de ses faits et gestes.

— Sais-tu pourquoi ce moine tient Gozo parmi ses protégés ?

— Lorsque Roger a débarqué à Malte pour reprendre l'île aux infidèles, il a fait libérer dans la foulée des centaines de chrétiens qui y étaient maintenus en condition d'esclavage. Peut-être que Gozo était l'un d'eux. Une fois libres, la plupart se sont installés en Sicile en répondant ainsi à l'invitation de Roger. D'autres ont préféré regagner les villes et les régions où ils avaient été capturés lors de raids sarrasins et retrouver ainsi leur famille et leur région.

— Et Gozo ?

— Selon Geoffroy Malaterra, il n'avait aucune famille nulle part ailleurs. Lorsqu'il est venu me trouver, ce moine a été tellement convaincant que j'ai accepté d'engager cet homme afin de lui donner une nouvelle chance. Je regrette amèrement de l'avoir fait aujourd'hui.

— Mais pourquoi s'en prendrait-il à Joachim ?

---

6. Moine bénédictin originaire de Normandie, Geoffroi Malaterra quitta sa région dans sa jeunesse pour les monastères italiens de Calabre et de Sicile, où le comte normand Roger de Hauteville, qu'il connaissait personnellement, le chargea d'écrire sa biographie.

— Je ne sais pas. Et se retournant vers Paula. Peut-être a-t-il appris, comme nous tous sur le pont, que votre novice était le neveu d'un comte prestigieux du royaume des Francs ? Peut-être a-t-il décidé de l'enlever afin de vous demander une rançon pour le récupérer ?

Paula devint rouge de confusion. Elle était effectivement à l'origine de cette indiscrétion et, se sentant fautive, elle préféra baisser la tête.

— Il y a une chose étrange dans le message de Joachim, précisa Clément.

— Quoi donc ?

— Il a écrit *servi* au pluriel. Pourquoi ? Cela semble indiquer qu'ils seraient plusieurs captifs. S'il avait été seul, il aurait simplement écrit *servus.*

— Très juste. Joachim aura peut-être découvert quelque chose cette nuit-là qui expliquerait sa disparition et ce Gozo l'aura capturé pour cette raison ! Peut-être avons-nous affaire à un trafic d'esclaves.

Aldebert s'adressa de nouveau au capitaine du *Divizia.*

— Sais-tu où ce Gozo réside à Pise ? On a peut-être encore une chance de l'attraper si on fait vite.

— Aucune idée, répondit le capitaine. Mais Geoffroy Malaterra pourra sans doute vous renseigner.

— Et où peut-on trouver ce moine ?

— Lorsqu'il est à Pise, il réside chez l'évêque Daimbert. L'archevêché est situé à côté de la cathédrale sur le *Campo dei Miracoli* à proximité du centre de la ville. Pour ma part, j'ai toujours rencontré ce frère dans une taverne située sur le vieux port. C'est là-bas qu'il m'a présenté ce Gozo.

— Comment se nomme cette taverne ? Peux-tu nous y conduire ?

— Elle se nomme *La Cantina.* Elle est tenue par un ancien négociant originaire de Barcelone qui s'est installé à Pise il y a longtemps. Je peux vous y mener mais je vous préviens :

c'est un lieu sombre et mal fréquenté. Les marchands y côtoient bien les travailleurs du port, mais on y trouve surtout une foule hétéroclite attirée par les richesses qui transitent dans la ville : des aventuriers, des mercenaires, des prêteurs, des femmes de mauvaise vie qui opèrent à l'étage, sans compter les trafiquants en tous genres. Un vrai coupe-gorge.

– Ce moine Geoffroy y tient tout de même ces audiences !

– C'est un personnage assez singulier. Il est loin de l'image qu'on se fait habituellement d'un clerc. Pour moi, et sans vouloir offenser votre ordre bénédictin, s'il vient régulièrement à Pise, c'est surtout dans le but d'informer le comte de Sicile de ce qui se passe dans notre ville. Pour cela, il n'y a pas de meilleur moyen que de fréquenter des endroits tels que l'archevêché de Daimbert ou *La Cantina* sur le port.

–Tu veux dire que ce Geoffroy est un espion ?

–Peut-être ! Dans tous les cas, si votre Joachim a été pris dans un trafic c'est le meilleur endroit pour obtenir des informations. À Pise comme dans la plupart des ports, il ne se fait pas un mauvais coup sans qu'un tavernier y soit pour quelque chose, comme commanditaire ou comme complice.

Aldebert était déjà prêt à partir. Il se retourna vers Hugues de Mâcon qui se tenait avec ses hommes d'armes sur le seuil de la grande porte donnant sur les quais.

– Messieurs, j'espère que vous avez soif. L'heure est venue pour nous d'aller goûter le bon vin du pays toscan. Allons donc faire un petit tour dans cette *Cantina*.

– Nous vous accompagnons là-bas, déclara l'armateur. Avec l'aide de Dieu, nous aurons récupéré notre jeune ami avant l'office du soir.

Chapitre 8
La Cantina

La Cantina[1] de Pise se tenait sur ce qu'on appelait communément *il porto vecchio*. C'était un bassin aux quais irréguliers, dont le pavage fatigué éreintait les chevilles des voyageurs pressés. Cette sorte d'annexe, qu'on avait voulu cacher aux regards, était plus exiguë que les deux ports principaux. Elle regroupait une foule d'embarcations hétéroclites qui n'étaient plus les bienvenues sur les bassins officiels. S'y côtoyaient pêle-mêle petits bateaux de pêche, galées de marchandises usées jusqu'à la corde, embarcations privées et toutes celles dont les propriétaires n'avaient plus les moyens de payer les frais exorbitants prélevés par les agents des bassins principaux. On y trouvait aussi tous les navires qui s'adonnaient à de petits trafics, tolérés par la ville dès lors qu'ils savaient se cantonner dans cette enceinte officieuse. Surplombant la rade, *La Cantina* était à l'image de cet endroit : tarabiscotée et bondée. L'auberge en bois se tenait sur deux niveaux regroupés autour d'une cour dont les tables donnaient directement sur les quais. Au rez-de-chaussée on trouvait la salle principale, une arrière-salle et la cuisine. Un peu avant sexte, la vaste pièce était déjà pleine de clients. Le brouhaha des voix et le son joyeux de la flûte associés à l'odeur du chevreuil rôti donnaient au lieu une atmosphère gaie et conviviale. À l'étage, l'établissement proposait aussi des chambres aux voyageurs de passage. Partout à Pise, il se disait que les hôtesses que l'on pouvait croiser là-haut

1. *La Cantina* : la cantine en occitan.

étaient le meilleur réconfort possible pour le visiteur depuis l'embouchure de l'Arno jusqu'à Florence.

Son propriétaire, Josep Arcega, avait prospéré dans le négoce de marchandises avec sa ville natale de Barcelone. Quelques années auparavant, une sombre affaire de taxes impayées auprès du comté catalan l'avait contraint à choisir précipitamment Pise comme nouvelle terre d'accueil. Il avait investi ses gains de négociant dans cet établissement qu'il avait rebaptisé *La Cantina*. Officiellement, il y pratiquait le commerce du vin et le métier de tavernier, mais les mauvaises langues prétendaient qu'il y exerçait aussi le métier de prêteur. Son arrière-salle accueillait fréquemment des parties de dés et l'abondance de menue monnaie engendrée par la taverne lui permettait de consentir des prêts à intérêt aux joueurs malchanceux.

Lorsque les passagers du *Divizia* se présentèrent à l'entrée de son établissement, il reconnut immédiatement Francisco Alberti. Il l'avait souvent croisé sur le port principal devant ses somptueux bureaux. Ce dernier était devenu puissant à Pise. Il n'était pas un simple citadin enrichi par le négoce. Le Pisan incarnait cette nouvelle élite marchande amenée à gouverner la ville dans les années à venir en insufflant partout les nouvelles valeurs du commerce. Cultivé dans le domaine juridique et institutionnel, il était pressenti par beaucoup pour intégrer le groupe de consuls qui dirigeaient désormais la cité en supplantant ainsi féodaux et évêques. C'était un honneur pour lui de recevoir un tel homme à *La Cantina* et sa venue ne pouvait lui être que bénéfique. Il héla discrètement son responsable de salle afin qu'il fasse libérer au plus vite sa meilleure table pour l'armateur et ses convives. Il irait le saluer une fois que tous seraient installés. Mais lorsque Aldebert s'adressa à son employé, le tavernier catalan déchanta aussitôt.

— Nous ne sommes pas là pour consommer, nous recherchons un homme, un familier des lieux.

— C'est que nous avons beaucoup d'hommes ici et pas mal d'habitués...

— C'est un moine, précisa Aldebert.

L'employé pressé répondit sur un ton glaçant :

— Comment se nomme-t-il, ce moine ?

— Geoffroy Malaterra. Sais-tu s'il est visible ici, où quelque part à Pise ?

Le chef de salle semblait agacé par cet interrogatoire soudain. Resté en retrait, Josep, lui aussi, était surpris. Il ressentait de la tension dans ce groupe. Ils n'étaient manifestement pas venus goûter aux bons vins qui faisaient la réputation de son établissement et la bande était bizarrement constituée : des moines bénédictins en coule sombre, des chevaliers inquiétants en cotte de mailles et deux jeunes femmes distinguées curieusement habillées en hommes. Que faisait donc un puissant armateur avec une pareille troupe ? On croisait souvent des gens curieux sur le port de Pise, mais ceux-là étaient vraiment particuliers. Quelque chose lui échappait.

— Ce nom ne me dit rien. Notre clientèle est nombreuse et je n'ai pas la chance de connaître personnellement tous nos visiteurs.

— On dit pourtant qu'il vient ici fréquemment. C'est un moine normand. Nous avons besoin de lui parler au plus vite.

— C'est que nous sommes ici dans une taverne. Nous préférons les consommateurs aux curieux... même s'ils sont moines. Si vous ne buvez rien, passez votre chemin...

Un rictus d'agacement apparut sur le visage d'Aldebert, mais il n'eut pas le temps de répondre à l'impertinent. Déjà, Hugues de Mâcon s'était approché de l'homme, bien décidé à lui présenter d'autres types d'arguments. Le géant fit trois pas vers le responsable de salle, le saisit par le col et le souleva à une coudée du sol.

— Écoute-moi attentivement, je vais te reposer la question une seule fois. Je te conseille de ne pas jouer au plus malin si tu ne veux pas finir sur la broche que j'aperçois là-bas.

Dans la vaste salle, les conversations et la musique s'étaient arrêtées net. Josep Arcega devint blême. La situation dérapait. Il lui fallait intervenir avant qu'elle ne lui échappe. Il fit signe aux deux hommes de main postés à l'entrée de ne pas intervenir et il apostropha lui-même le chevalier franc.

— Je connais l'homme que vous cherchez. Vous pouvez lâcher mon maître d'hôtel.

Tous les regards convergèrent vers Josep qui faisait maintenant face au groupe. Ce dernier se tourna vers l'armateur tandis que le chef de salle s'éloignait, se tenant la gorge en maugréant sous le regard circonspect des autres consommateurs.

— Signore Alberti, c'est un honneur de vous recevoir ici ! Voici ma meilleure table, prenez place avec vos compagnons et je me ferai une joie de vous renseigner.

Le ton affable du tavernier ramena Hugues de Mâcon à de meilleures dispositions et tous s'installèrent prestement autour de la grande table en compagnie de Josep. Dans la salle, le ballet des serveurs et les conversations interrompues reprenaient déjà. Sur un signe du patron, le son léger de la flûte résonna et les gobelets en étain s'entrechoquèrent de nouveau.

— Mais avant toute chose, il nous faut du vin. Il chuchota quelque chose à l'oreille d'une servante et s'adressa à Francesco Alberti.

— Nous comptons bien Geoffroy Malaterra parmi nos

habitués. Que souhaitez-vous savoir ?

— Nous cherchons des informations sur un homme nommé Gozo. C'est un proche de ce Geoffroy et, selon nos informations, ces deux-là se sont rencontrés ici même à plusieurs reprises.

— Gozo, dis-tu ? Je connais effectivement cet homme. Quant à Frère Geoffroy, c'est une personne de bien. Il aide les plus démunis et ce Gozo fait partie de ses protégés. Ils sont effectivement venus plusieurs fois ici.

— Sais-tu où on peut le trouver maintenant ? C'est une question de vie ou de mort et, comme tu l'as compris, nous n'avons pas un instant à perdre.

— Eh bien, voyons voir...

L'homme fit mine de réfléchir. Mais l'armateur n'était pas dupe.

— Si tu nous aides, je saurai m'en montrer très reconnaissant. Car tu sais qui je suis, n'est-ce pas ?

— Signore Alberti, le seul plaisir de vous rendre service me suffira amplement. Je n'ai pas vu Gozo ici depuis plusieurs jours car il a pris la mer. C'est un solitaire qui ne se mélange pas beaucoup aux autres clients. Une vraie tombe !

— Que peux-tu nous dire d'autre sur lui ? Sais-tu où il habite lorsqu'il est à Pise ?

— Non, mais je sais qu'il a trouvé un emploi de marin grâce à son protecteur. Il travaille sur l'un de vos bateaux, n'est-ce pas ? Qu'a-t-il donc fait qui mérite pareil empressement ?

— Nous savons déjà tout cela ! Peux-tu nous aider à le localiser au plus vite ?

— Sans doute. Je connais quelqu'un, ici-même, qui pourra nous en dire plus sur votre homme. Il s'agit de son confident.

— Son confident ?

Josep n'eut pas le temps de répondre. Il fut interrompu par trois serveurs. Le premier présenta de l'eau afin que les convives puissent se laver les mains. Le second déposa devant chacun une large tranche de pain en guise d'assiette. Un dernier se présenta avec un énorme plat fumant composé de viande et de légumes en sauce. Il distribua enfin une cuillère à chacun des convives.

— Oui, son confident… enfin sa confidente plutôt.

Alors qu'on leur servait le vin, Josep fit signe à une serveuse.

— Vas trouver Marta. Dis-lui de venir ici immédiatement.

La fille de salle emprunta le grand escalier de bois et disparut promptement à l'étage sous l'œil étonné des moines et des deux femmes.

— Qui est donc cette Marta, demanda Paula ? Elle loge ici ?

— En quelque sorte, répondit-il d'un air gêné. Disons qu'elle travaille ici en même temps qu'elle y loge, mais elle ne prend son service qu'à partir de complies [2].

Paula étouffa un sourire. Si la vie de Joachim n'avait pas été en jeu, elle aurait certainement éclaté de rire. Les regards ébahis des moines se croisèrent. Eux aussi venaient de comprendre quelle profession exerçait Marta à l'étage. Le sort de Joachim de Saint-Ange dépendait d'une fille de joie !

— Comment peux-tu être certain que cette Marta pourra nous renseigner sur Gozo ?

— Disons qu'il a passé beaucoup de temps avec elle lors de ses derniers séjours ici. Comme c'est parfois le cas, certains clients demandent toujours la même fille et souvent des liens se créent. Ils leur confient leurs malheurs, leurs espoirs et parfois même leurs secrets. Si quelqu'un à

2. Les complies (du latin : *completorium*, « achevé, terminé ») est la dernière prière chrétienne du jour (après le coucher du soleil) dans la liturgie des heures.

Pise peut vous renseigner sur ce Gozo, c'est bien Marta, soyez-en assuré.

— Comment est-elle arrivée ici ? demanda discrètement Aldebert à Josep. Es-tu certain qu'on puisse se fier à elle ?

— C'est une orpheline. Son père est mort à Rome lorsque les partisans de notre Pape ont chassé ceux de l'antipape Clément III afin d'y réinstaller Urbain. Avant d'évacuer la ville, les soldats de l'empereur se sont vengés sur les familles des hommes qui soutenaient le Pape. Ceux qui ont tué son père sont passés chez elle avant de fuir la région. Ils ont violé, puis tué sa mère sous ses yeux avant de s'en prendre à elle et de la laisser pour morte.

Paula semblait indignée et révoltée :

— Mais c'est horrible !

— Elle a eu la chance de survivre. Mais depuis, elle voue une haine féroce à l'antipape Clément, à l'empereur Henri IV ainsi qu'aux soldats qui ont tué ses parents et qui l'ont violentée.

— Et c'est comme cela que vous aidez cette fille ? En l'incitant à se prostituer dans votre auberge.

Devant le reproche, Josep ne chercha pas à se dérober.

— Chez moi, Madame, comme partout à Pise, chacun est libre. Marta a tout perdu, mais ici, elle échappe à l'existence tout à fait misérable auquel la mort prématurée de ses parents la destinait. Elle ne vit que dans la seule idée de se venger. Pour cela, il lui faut gagner suffisamment d'argent. Je lui loue donc une chambre, je la nourris et je lui procure une protection. Elle attire ici une clientèle bénéfique à mon établissement, mais je puis vous assurer qu'elle gère elle-même ses propres affaires.

La silhouette d'une jeune femme avait fait son apparition en haut de l'escalier, précédée de la servante. Marta jeta un œil surpris aux personnes attablées qui la scrutaient avec attention.

— Je préfère vous prévenir avant qu'elle n'arrive. Elle ne vous aidera que si vous êtes des soutiens affichés de notre Pape.

Aldebert soupira. Il trouvait saugrenue l'idée de devoir se justifier aux yeux du tavernier. Mais il ravala se fierté, bien décidé à être un peu plus diplomate, cette fois, dans sa façon de procéder.

— Nous sommes des moines clunisiens, précisa-t-il sobrement. Urbain a été lui-même grand prieur de Cluny, avant de devenir souverain pontife. Cela devrait lui suffire en termes de soutien…

Il jeta un coup d'œil aux soldats francs qui se régalaient du plat qu'on leur avait servi, tartinant sur leur pain d'impressionnantes quantités de viande et de légumes.

— En revanche, je ne suis pas sûr qu'elle confie quoi que ce soit à pareille assemblée. Elle aura sans doute peur, ou elle se méfiera.

Paula se leva aussitôt et fit un signe à Aldebert.

— Je m'en charge. Je vais lui parler seule à seule.

— Parfait. Tâche de tout savoir sur ce Gozo et de relever le moindre indice nous permettant de localiser Joachim au plus vite.

Jocep et Paula se levèrent pour accueillir Marta qui descendait l'escalier. Elle devait avoir une vingtaine d'années tout au plus. Elle était vêtue d'une longue tunique à capuche qui masquait sa silhouette et une grande partie de son visage. Les hommes attablés marquèrent leur étonnement. De prime abord, on était loin de l'image qu'on se faisait de la prostituée officiant dans une auberge portuaire.

Le catalan installa les deux femmes dans l'arrière-salle déserte, à l'une des tables de jeu de dés. Il tourna les talons en prenant soin de fermer les tentures afin de les isoler de la salle principale. Paula savait qu'elle n'avait pas de temps à perdre. Elle devait aller droit au but avec cette fille.

— Je m'appelle Paula. Je fais partie de ce groupe de moines bénédictins et de chevaliers que tu as aperçu. Nous représentons l'abbaye de Cluny et nous nous rendons à Rome pour y être reçu par notre pape Urbain et ses conseillers.

Marta avait gardé son capuchon et fixait Paula silencieusement.

— Je suis aussi la fille d'un prieur bénédictin originaire de Bourgogne. Mon père a été assassiné par les soldats de l'empire il y a quelques mois. Les moines que tu as aperçus sont ses frères. Les soldats, eux, assurent notre sécurité.

— Tu dois faire erreur me concernant. À qui donc penses-tu donc t'adresser ?

Paula posa délicatement ses mains sur les épaules de la jeune femme.

— Non. Il n'y a pas d'erreur. Je sais qui tu es. Tout comme moi, tu as perdu tes parents dans des circonstances terribles et tu as aussi traversé des moments que je ne souhaite à personne. Aujourd'hui j'ai besoin de ton aide. Je saurai m'en montrer reconnaissante en retour. Laisse-moi t'aider en échange des informations dont j'ai besoin.

Joignant le geste à la parole, Paula se saisit délicatement du capuchon de Marta et le rabattit doucement, découvrant ainsi le visage de la jeune femme. Elle était brune, plutôt fluette et présentait un visage gracieux duquel émanait une tristesse infinie.

— Même si je t'aide, tout l'argent du monde ne pourra jamais enlever ceci.

Elle tourna son visage vers la lumière et exhiba une vilaine cicatrice qui s'étendait de la base de son cou jusqu'à son oreille.

Au prix d'un gros effort, Paula s'efforça de dissimuler son émotion. Marta avait dû endurer un supplice terrible. La jeune femme baissa la tête avant de s'adresser à Paula à voix basse.

— Ces porcs se sont acharnés sur moi pendant deux jours. Avant de partir, ils ont incendié la maison de mes parents et ont tenté de m'égorger afin que je ne puisse pas témoigner contre eux. Alors je me suis évanouie dans mon sang et ils m'ont cru morte. Malheureusement j'ai survécu, et même si je suis présente devant toi, ma vie, mes espoirs et mes rêves se sont définitivement brisés ce jour-là.

— Cette cicatrice n'enlève rien à la grâce de ton visage, souffla Paula d'une voix bienveillante. Et je vois dans tes yeux une petite lueur qui ne demande qu'à être ravivée. Tu as souffert et je ne peux rien faire pour atténuer le mal que ces hommes t'ont causé. Mais, à l'image de Notre Seigneur, nous devons faire face à l'adversité et nous devons nous relever, quoiqu'il nous en coûte. Si tu m'aides maintenant, je t'aiderai en retour. Sache que les gens qui m'accompagnent sont puissants. Je te propose plus d'argent que ce que tu pourras espérer gagner ici en un an. De quoi te permettre de reprendre pied dignement et te fixer de nouvelles perspectives... Qu'en dis-tu ?

La jeune fille resta silencieuse. Elle dévisageait Paula comme on dévisage un vieil ami de retour après un long voyage.

— Qu'attends-tu de moi ?

— Nous recherchons un homme que tu as rencontré ici à plusieurs reprises. Nous le suspectons d'avoir enlevé un jeune novice qui fait partie de notre groupe. Nous cherchons à le localiser.

— Comment se nomme celui que je suis censé connaître ?

— Il se fait appeler Gozo. Il est marin à bord d'un bateau nommé *Divizia.*

Marta était devenue pâle.

— Je connais effectivement cet homme. Que veux-tu

savoir ?

— Sais-tu où il se trouve maintenant ?

— Non, je n'en ai aucune idée.

— Sais-tu où il réside lorsqu'il se trouve à Pise ?

— Il habite une mansarde, sur la colline, à la limite du vieux port.

— Que peux-tu me dire sur lui ?

— Pas grand-chose. Il me fait peur. Il est violent, il ne supporte pas la contradiction et j'aimerais ne plus le compter parmi mes visiteurs.

— Pourquoi le garder dans ce cas ?

— Il a de l'argent. C'est tout ce qui m'intéresse chez lui. À chacune de ses visites, il me paie largement plus qu'il ne le devrait. Il s'est pris d'affection pour moi et il s'est mis en tête de m'aider.

— Comment le gardien des cales d'un navire marchand peut-il avoir autant d'argent ?

— Je ne sais pas trop. Il s'est enrichi soudainement. Au départ, il n'avait rien. C'était un moine originaire de Calabre qui subvenait à ses besoins. Chaque jour, il venait prendre ses repas ici à *La Cantina*. C'est comme cela que je l'ai rencontré. Il a ensuite été engagé sur ce navire marchand qui faisait la liaison avec Barcelone. En revenant de son second voyage, il s'était subitement enrichi.

— Tu veux dire qu'il a trouvé une source de revenus là-bas ? Penses-tu qu'il ait pu mettre en place un quelconque trafic qui justifierait cet enrichissement soudain ?

— Sans doute. Mais il ne s'agit pas seulement de deniers d'argent ou de besants d'or. Il y cela également.

Marta sortit du pan de sa robe un petit sac en étoffe d'où elle extirpa un pendentif doré auquel était suspendu un anneau en or sur lequel on pouvait lire une inscription circulaire gravée sur son pourtour :

דחָאֶ הוָהְ, וניהֵלֹאֶ הוָהְ : לאֵרָשְׁיְ, עמַֹשְׁ.

— Cela ressemble à la langue des Maures, non ?

— Non, répondit Paula, qui examina rapidement le bijou. C'est de l'hébreu, c'est un bijou juif. Je me demande où il a pu se le procurer. Il doit valoir une petite fortune.

— Tu sais donc ce que les mots inscrits signifient ?

— Non, mais nous avons parmi nous un moine nommé Moïse. Il est originaire d'Antioche et il connaît cette langue. Il pourra nous renseigner.

— Gozo l'a déposé cette nuit à mon intention.

— Tu veux dire qu'il est passé te voir cette nuit même ?

— Oui, mais je ne l'ai pas vu. Cela devait être en toute fin de nuit et je devais déjà dormir. J'ai trouvé ce présent tout à l'heure à mon réveil. Il l'avait déposé à côté de moi.

— Pourquoi ne t-a-t-il pas réveillée pour te l'offrir lui-même ?

— Je ne sais pas. J'ai trouvé cela curieux également. Il devait être pressé. La dernière fois qu'il est venu ici, il y a environ trois semaines de ça, il m'a dit qu'il s'apprêtait à quitter Pise et le monde des marins. Il m'a dit aussi qu'avant de partir définitivement, il me ferait un cadeau qui me permettrait de voir venir...

Paula se leva d'un bon.

— Si c'est son cadeau d'adieu, nous n'avons plus une minute à perdre. Peux-tu nous conduire, mes amis et moi, là où habite cet homme ?

— Oui je peux vous guider jusque-là. C'est un peu plus bas, à la limite du vieux port, mais je te préviens, ce n'est pas le plus bel endroit qu'offre cette ville à ses visiteurs.

Chapitre 9
La colline

Clément fixait le ciel et la concentration de goélands qui tournaient inlassablement au-dessus de la colline où Marta les avait conduits. Ce monticule naturel se dressait à l'extrême limite du port. La ville s'achevait là, avec cet endroit. Au fur et à mesure qu'ils s'en approchaient, cette masse informe lui paraissait de plus en plus vivante et grouillante à la fois. Avait-il déjà vu un tel enchevêtrement de masures et de cabanes ? En comparaison, la moindre habitation du quartier populaire de Mâcon, en bordure de Saône, faisait figure de palais. Les taudis qu'ils longeaient maintenant semblaient tellement exigus que tout le monde, ici, vivait à même la rue. Enfants, vieillards, hommes, femmes, infirmes, animaux… se mélangeaient là, criant et pataugeant dans une fange boueuse. Des rigoles puantes avaient été creusées au milieu de ce qui tenait lieu de chaussée. Malgré la chaleur de l'été, elles charriaient un flot incessant d'immondices vers un recoin oublié du port où même l'eau de mer semblait s'être figée. On était loin du clinquant des bassins officiels, des pavés impeccablement alignés du port militaire et des bâtiments flambant neufs du port de commerce.

La ville de Pise dévoilait ici son arrière-cour. Sa face cachée. Venaient s'y échouer tous les malheureux issus des campagnes avoisinantes, attirés par les richesses portuaires et les industries naissantes de la libre commune de Toscane. Malgré la forte croissance, les bonnes places étaient rares et convoitées. Les exclus et les refoulés des filatures et des ateliers de construction finissaient inexorablement ici, sur la colline.

À l'image de ses frères, Clément avait dû relever les pans de sa coule et devait vérifier à chaque pas ce sur quoi il mettait le pied. En tête, les chevaliers guidés par Marta ouvraient la marche en écartant d'un bras nerveux tout ce qui pouvait freiner la progression du groupe. Clément avait l'habitude de côtoyer la misère. Mais cette fois-ci, c'était différent et il ressentait une immense gêne. En tant que moine bénédictin, il avait fait vœu de pauvreté et il ne possédait rien lui-même. À Cluny, fidèlement à la règle de saint Benoît, ses frères et lui recevaient tous les jours les nécessiteux du comté, leur distribuant nourriture et vêtements. Mais là, devant l'extrême dénuement des malheureux qui s'entassaient, il se sentit pour la première fois de sa vie privilégié et honteux.

La mansarde de Gozo était semblable aux dizaines d'autres : petite et insalubre. Sur l'indication de Hugues de Mâcon, les soldats francs encerclèrent l'habitation constituée de planches disjointes et d'un toit branlant. L'accès était barré par un lourd bardeau de bois. Les soldats s'approchèrent discrètement, tentant de repérer la présence de vie à l'intérieur.

– Ils sont là, chuchota Hugues en direction des moines restés un peu en retrait… J'aperçois aux moins deux personnes, l'une d'elle semble plus jeune.

Aldebert intima aux autres de faire silence.

– Que font-ils ? demanda le moine sur un ton anxieux.

– Je ne sais pas, personne ne bouge là-dedans… Nous allons vite être fixés. Reculez-vous.

Le géant dégaina son épée et fit signe à ses hommes de faire de même. À son signal, il se disposèrent de part et d'autre de la porte, prêts à l'assaut. D'un coup de pied violent et précis, Hugues enfonça la porte qui, sous le choc, se brisa en deux morceaux dans un bruit assourdissant. La masure entière trembla, menaçant de s'effondrer. Les occupants alités et endormis se réveillèrent en sursaut. Apercevant les chevaliers qui soulevaient leurs armes, prêts à frapper, deux d'entre eux, apeurés par leurs silhouettes massives, se recroquevillèrent au fond du minuscule abri. L'homme qui paraissait le plus âgé se jeta, lui, aux pieds d'Hugues de Mâcon,

— Pitié, Seigneur ! Épargnez-nous.

Aldebert devint livide. Cet homme ne ressemblait en rien au gardien des cales du *Divizia*. Dans le fond, l'une des silhouettes se redressa. Contournant l'homme au sol, l'*armarius* s'approcha, passa la tête à travers l'ouverture béante de la mansarde et recula subitement comme s'il avait vu le diable.

— Ce n'est pas lui, maugréa-t-il. Ce sont une femme et ses deux enfants. De rage, il ramassa l'un des pans de bois de la porte qui gisait au sol et le fracassa contre une large pierre plate qui devait servir de banc aux habitants de la misérable cahute.

— Es-tu certaine que ce Gozo vit bien ici ? demanda Hugues de Mâcon à Marta.

En guise de réponse, Marta s'adressa à l'homme qui était toujours face contre terre aux pieds du seigneur franc.

— Où est Gozo ? demanda-telle. Pourquoi êtes-vous chez lui ?

— Il a quitté la ville, murmura l'enfant du fond de la cabane. Ne faites pas de mal à mon père et ma mère. Nous n'avons rien fait...

— Toi, approche ici...l'interpella Aldebert sur un ton excédé. Dis-moi tout ce que tu sais sur ce Gozo.

Paula, Alix, Clément et Moïse fixaient le moine, stupéfaits. C'était la première fois qu'ils voyaient l'*armarius* de Cluny dans un tel état d'énervement.

— C'est un enfant, lui murmura Clément. Laisse-moi interroger ces gens.

Au prix d'un gros effort, Aldebert respira profondément et tenta de faire le vide dans sa tête. Il devait se calmer immédiatement, au risque de perdre toute crédibilité en tant que chef de l'expédition.

— Tu as raison, concéda-t-il. Nous les avons manqués, tâchons d'en savoir plus et de rester sereins.

Clément s'approcha de l'individu resté au sol et l'aida à se relever.

— Nous cherchons l'homme qui habite ici et celui qui l'accompagne. Si tu parles, il n'arrivera rien à ta famille.

L'homme jeta un coup d'œil effrayé en direction des chevaliers et baissa le regard vers le sol, comme s'il avait quelque chose à confesser.

— Ils sont partis en fin de nuit.

— Était-ce un jeune moine avec lui ?

Il fixa ses pieds, comme s'il hésitait à répondre.

— Alors ! insista Clément sur un ton plus ferme. Tu préfères sans doute que les soldats interrogent la femme et l'enfant ?

— Oui ! Il y avait un jeune moine avec lui. Il y avait aussi deux jeunes femmes. Leurs mains étaient entravées.

— Où sont-ils allés ?

— Je ne sais rien de plus dit-il d'un ton hésitant.

— Fais venir sa femme et son fils, répondit Clément en s'adressant à Hugues.

— Non ! Attends ! Je vais parler... Ils ont pris la mer à l'aube.

— Ils ont quitté Pise ?

— Oui ! Ils ont mis le cap vers le sud. Cet homme que vous recherchez, c'est un marin. Il sait naviguer. Il y a environ trois semaines, il a acheté une embarcation sur le vieux port. Mais il devait s'absenter quelque temps et il a demandé à mon fils de la gardienner. Il l'a payé trois deniers d'avance pour cela. Cette nuit, il est revenu sur la colline pour nous annoncer qu'il prenait la mer. Il m'a demandé d'acheter des vivres et de l'eau pour cinq jours de mer et quatre passagers et de les faire porter sur l'embarcation immédiatement. C'est ce que j'ai fait.

— Ou sont-ils allés ?

— Je vous jure que je n'en ai aucune idée. Il a promis de revenir nous tuer si je révélais à quiconque cette histoire dc batcau.

— Les deux filles dont tu parles, les connaissais-tu ?

— Non, je les ai à peine aperçues. Elles ne sont pas d'ici. Il s'est adressé à l'une d'elle dans la langue des Maures. Elles étaient ses prisonnières et semblaient terrorisées.

— Et le jeune moine ?

— Ses mains étaient entravées et sa bouche bâillonnée. Il les a fait embarquer tous les trois sur son voilier dès que mon fils y a fait déposer les vivres.

— Quand sont-ils partis ?

— Les laudes n'avaient pas encore sonné. C'était un peu avant l'aube.

— Et tu n'as rien fait pour l'en empêcher ? Sais-tu que tu es le complice d'un rapt ?

— Il a menacé de s'en prendre à ma femme et à mon fils si nous ne l'aidions pas. Qu'aurais-je pu faire d'autre ? Personne ne nous protège ici, lança-t-il sur un ton indigné.

— Pourquoi te trouves-tu chez lui dans ce cas ? T-a-t-il demandé de garder son habitation pendant son absence ? Sais-tu s'il va revenir ?

— Non ! Il ne reviendra pas.

— Comment peux-tu en être certain ?

— Il m'a dit que je pouvais prendre son habitation en guise de salaire. Elle est bien meilleure que la mienne, alors nous nous y sommes installés immédiatement après son départ. Si je ne l'avais pas fait, d'autres l'occuperaient déjà. Les places sont chères sur la colline...

– Il n'y a aucun indice laissé par Joachim à l'intérieur, indiqua Alix qui avait inspecté sommairement l'habitation.

Dépité, Aldebert fit signe à tous de se rassembler autour de lui. Sa mine était sombre. Il se tourna d'abord vers l'armateur.

– La piste de Gozo s'arrête ici. Il a des provisions pour cinq jours de mer et a mis cap au sud. As-tu une idée de sa destination ?

– Cinq jours ? C'est assez pour gagner la Sardaigne ou la Sicile.

– Il a trois otages avec lui. Qu'irait-il donc faire en Sardaigne ou en Sicile ?

– S'il veut monnayer des otages chez les Maures, il doit rejoindre les côtes de l'Ifriqiya. Il peut gagner Tunis, Sfax ou Mahdia en cinq jours, mais il doit savoir parfaitement naviguer pour cela.

– Selon Marta, cet homme s'est déjà considérablement enrichi, précisa Alix. Pourquoi irait-il prendre autant de risques pour aller vendre trois captifs de l'autre côté de la mer ? Il y a décidemment quelque chose qui nous échappe sur l'identité de ce Gozo.

Une clameur se fit entendre à l'entrée de la colline. Des cavaliers approchaient. Sans prendre garde à ceux qui se trouvaient sur leur route, trois soldats se frayaient un chemin à travers le sentier qui serpentait à travers les cahutes, soulevant un nuage de poussière et des cris d'indignation à leur passage. Ils arrêtèrent leurs montures à hauteur du petit groupe.

– Ce sont les soldats du comté de Toscane ! murmura Francesco Alberti qui reconnut le blason rouge et blanc de la puissante famille de Canossa. J'ai l'impression qu'on vous cherche.

Le plus gradé d'entre eux s'adressa à Hugues de Mâcon.

— C'est bien vous les moines et les soldats envoyés par Cluny ?

— Et qui nous demande ?

— Nous vous cherchons partout depuis ce matin. Vous êtes attendus à l'archevêché de Pise. Vous auriez dû vous y rendre dès votre arrivée au port.

— Nous avons été retardés. Nous visitons votre belle cité marchande qui ne cesse de nous étonner au fur et à mesure que nous la découvrons.

Le géant éclata de rire tout en adressant une œillade à l'armateur qui, lui, riait jaune.

— Je ne sais pas ce que vous fabriquez dans ce cloaque, mais nous avons ordre de vous conduire immédiatement au *Campo dei Miracoli.* Des montures vous attendent sur le port.

— Qui nous demande, là-bas ? demanda Aldebert.

— L'évêque Daimbert et la comtesse Mathilde.

— Tu veux parler de Mathilde de Toscane ?

— Elle-même ! Et à votre place, je ne la ferais pas attendre davantage. Le Pape lui-même ne fait pas attendre Mathilde de Canossa.

— Nous te suivons... répondit sombrement Aldebert.

Tandis qu'il descendait la colline, l'*armarius* soupira. Cette fois, l'heure de rendre des comptes était arrivée...

Chapitre 10
L'île mystérieuse

Au terme de deux jours et deux nuits de navigation, à la faveur d'un vent favorable, nous atteignîmes notre but. Devant nous se profilaient les côtes desséchées d'une île. La vue était saisissante et à la hauteur de l'angoisse qui ne me quittait plus. Pour mieux appréhender la terre inconnue qui se dessinait, je pivotais sur moi-même avec la sensation étrange de contempler, là devant moi, l'un des derniers remparts du monde chrétien avant les rivages de l'Afrique et de l'Orient.

Pourquoi notre ravisseur nous conduisait-il ici? Je l'ignorais encore, mais je savais désormais qu'il était doté d'une remarquable capacité d'adaptation et qu'il obéissait à un plan minutieusement préparé. À Pise, je n'avais rien pu faire pour m'opposer à notre transfert. Dès notre arrivée au port en fin de journée, le *Divizia* avait été déserté par ses passagers et son équipage. À la nuit tombée, lorsque l'activité portuaire s'était tarie et que la surveillance du navire s'était relâchée, il nous avait contraints, sous la menace constante d'égorger Judith, à quitter discrètement le navire pour rejoindre sa mansarde un peu plus loin à l'extrémité du port. Un peu avant l'aurore, nous avions embarqué sur ce petit voilier qui nous attendait un peu à l'écart, sur un bassin annexe. Déjà, la côte italienne s'estompait comme si je ne l'avais jamais atteinte. Seul et sans réponse, inéluctablement, je m'éloignais de mes frères de Beaulieu, d'Alix et de Paula. Je regardai mes compagnes d'infortune, Esther et Judith, réfugiées dans un coin du pont minuscule. Sales et fatigués, nous étions irrémédiablement perdus au beau milieu de cette mer immense.

Où nous avait-il donc menés ? Depuis notre départ de Pise, cette question m'obsédait. Quelle était cette terre qui se présentait désormais face à nous ? Je devais le savoir à tout prix. N'étais-je pas l'élève d'un moine géographe ? J'essayai de me situer mentalement sur la carte des voyages d'Odon. À Beaulieu, cette représentation du monde sur vélin [1] était fixée sur le mur de la cellule de mon maître, face à son bureau de prieur.

Pendant des années, il y avait soigneusement répertorié toutes les contrées connues s'étendant des colonnes d'Hercule jusqu'aux confins des mystérieux déserts de l'est. Grâce à ce document et son enseignement, j'avais appris la géographie avec passion. Des heures durant, j'en avais étudié et mémorisé les villes et les pays y figurant. Depuis Pise, j'avais pu observer que nous avions suivi quelque temps la côte italienne tout en la gardant à une distance raisonnable. Puis la terre avait disparu et notre embarcation avait gagné la haute mer et fait voile vers le sud plus de deux jours durant. Cela éliminait donc la Corse qui devait se trouver plus au nord. Je découvris alors avec stupeur une facette inconnue de notre ravisseur : Gozo savait naviguer à l'estime. Il se repérait au soleil à l'aube et utilisait le couchant pour ajuster son cap. La nuit, j'avais remarqué qu'il se fiait à certaines étoiles et notamment à Arcturus, l'étoile la plus brillante de la constellation du Bouvier. Deux nuits durant, j'observai qu'il guettait son apparition pour déterminer notre position. Il avait alors tenu son cap vers le sud, puis brusquement, il avait obliqué en direction du levant à la façon d'un navigateur aguerri.

1. Le vélin était un parchemin confectionné avec de la peau de veau mort-né dit *velot*, ou de la peau de très jeune veau, afin de servir de support pour l'écriture et l'enluminure.

Moi qui le prenais pour un dégénéré inculte ! D'où tenait-il ce savoir ? Visualisant mentalement de nouveau la carte d'Odon, j'éliminai aussi la Sardaigne qui devait se situer vers le couchant, à l'opposé de notre dernier cap. J'en était désormais quasiment certain. Nous devions nous trouver en face de la Sicile. S'il nous avait bien conduits sur une île, cela ne pouvait être que celle-ci ! Cela concordait : je savais qu'elle était redevenue chrétienne assez récemment, tout comme la partie sud de l'Italie. Cette terre correspondait donc bien aux rares indices donnés par Gozo.

J'avais prononcé son nom à voix haute comme pour mieux en avoir la confirmation.

« Mais bien sûr ! »

Ce n'était pas la Sicile qui se présentait au loin. Je savais où nous étions. Cette terre en face de moi, c'était Malte ! L'île du naufrage de saint Paul près de mille ans auparavant ! Comment ne l'avais-je pas compris plus tôt ? Sur la carte d'Odon, sur les murs de sa cellule, Malte était représentée par deux points figurant deux îles. Pour indiquer la plus importante, Odon avait inscrit le nom latin de *Melita.* Mais pour la plus petite, située au nord-est de la principale, il avait inscrit...*Gozo* ! Tout comme la Sicile, Malte était redevenue chrétienne après plus de deux cents ans d'occupation par les Sarazins. Gozo ! c'était le nom de mon ravisseur et c'est de là qu'il provenait sans doute. Cela expliquait aussi pourquoi cet homme parlait l'arabe, bien qu'il soit manifestement chrétien. Je devais en avoir le cœur net. Je me levai et m'approchai de lui alors qu'il fixait le littoral qui s'approchait.

— Cette terre, c'est Melita, n'est-ce pas ? C'est bien d'ici d'où tu viens, toi, qui te fais appeler Gozo ?

Il me fixa un instant. Je vis de l'étonnement dans ses yeux et je compris aussitôt que j'avais vu juste. Lui aussi, il m'avait sous-estimé, me dis-je.

— Tu verras bien, répondit-il, s'efforçant de masquer sa surprise.

À mesure de notre progression, l'archipel se dessinait. Je distinguais effectivement deux îles principales, entre lesquelles se trouvait un îlot plus réduit. De loin, le littoral présentait le visage d'un gros rocher aride aux tons gris et mordorés cerné par une étonnante mer turquoise. J'avais beau scruter la terre, je ne voyais nulle montagne ou forêt. Le paysage présentait un relief à l'aspect calcaire, aux côtes déchiquetées, alternant falaises et baies servant de refuge à quelques rares esquifs de pêcheurs. Nous accostâmes dans une petite crique isolée à l'abri des regards. L'endroit était désert et nul ne nous y attendait. Une fois l'encre jetée, Gozo descendit sa voile et prépara son bateau pour le mouillage, à la façon d'un marin expérimenté. Il fit alors débarquer les deux sœurs et moi-même.

— Et maintenant que fait-on, demandai-je ? Il n'y a rien ici…

— Maintenant, nous marchons, me répondit-il sur un ton assuré.

Il me lança une outre remplie d'eau douce et s'empara lui-même d'un sac qui semblait bien lourd et que je n'avais pas remarqué jusqu'alors.

— En route, profitons de la fraîcheur du matin. D'ici peu, le soleil nous cuira la peau.

— Où allons-nous ?

— à Mdina, à l'intérieur des terres. Nous allons devoir marcher.

— Que va-t-on faire à Mdina ? Quelqu'un nous attend là-bas ?

— Je vais vous présenter au *caïd.*

— Au *caïd* ?

— C'est le chef dans sa langue. Et Mdina signifie la ville, me précisa Esther qui semblait revigorée par le contact avec la terre ferme après tant de jours de mer. Elle se retourna vers la colline qui encadrait la crique et huma l'air qui portait de doux effluves inconnus. Puis elle s'adressa à celui qui l'avait arraché aux siens.

— Allons-y puisque c'est la volonté de Dieu. Assez de mer, de bateaux et de solitude. Retournons parmi les hommes. Là est notre place.

Aussitôt elle se mit en marche, entraînant sa jeune sœur dans son sillage. Quittant la crique et ses somptueuses eaux turquoise, nous empruntâmes un étroit sentier qui serpentait au cœur d'un paysage escarpé et sauvage. Le chemin s'élevait en dominant la mer. Sous le soleil éclatant, derrière nous, l'étendue bleue se mouchetait d'innombrables points blancs. Au gré du vent, les doux parfums de la terre se mêlaient à l'odeur du large. Au terme de la montée, nous atteignîmes une sorte de promontoire rocheux. Là-haut, une vue à couper le souffle s'offrit à nous. Je remarquai que nous avions débarqué à l'extrémité nord de l'île principale. De là on distinguait nettement la seconde, plus petite, ainsi qu'un minuscule îlot qui semblait faire la jonction entre les deux terres. Nous empruntâmes alors un nouveau sentier en direction du sud qui devait vraisemblablement nous conduire à Mdina. Au fur et à mesure que nous progressions, mes pensées s'entrechoquaient.

Avais-je déjà vu pareil lieu ? Nous cheminions au milieu d'une végétation rase et étonnamment clairsemée. Partout, la roche affleurait. Pas le moindre arbre, ni le moindre bosquet en vue pour se protéger des ardeurs du soleil ! Il y avait bien quelques arbustes épineux. Il n'en sortait que des choses tourmentées, désespérées, dont on ne savait si c'étaient des branches ou des racines. Les plus audacieux faisaient environ ma taille. J'observai encore. De bois ou de forêts, ce pays n'en comptait point. Pourtant, je m'aperçus vite que malgré la sécheresse apparente, partout, la vie abondait. Ici un lézard sous la roche, là des oiseaux d'un bleu étonnant, ou encore des multitudes de lapins blancs gambadant entre d'étranges buissons pourvus de longues fleurs jaunes odorantes.

Un autre détail attira mon attention. Nous progressions depuis un bon moment et nous n'avions encore croisé personne. Où étaient donc les habitants ? Ce coin de l'île semblait désert. Nous traversâmes une étendue sableuse. Aucune culture, pas de pâturages ni de maisons en vue. Impossible d'oublier que nous étions sur une île. À chaque instant, la mer se rappelait à nous. Au loin, des falaises fantastiques se jetaient dans l'immensité bleutée et alternaient avec des collines plus douces qui se prolongeaient en plages de sable aux milles reflets dorés.

Pourtant, au fur et à mesure que nous nous enfoncions vers l'ouest, la terre semblait s'élargir. Nous vîmes enfin apparaître avec soulagement les premiers signes d'une présence humaine. D'abord des murets de pierres blanchies délimitant de maigres pâturages où je dénombrai quelques chèvres. Puis se présentèrent de petites parcelles travaillées en terrasses qui épousaient la forme d'élégants vallons et formaient un camaïeu de couleurs allant du beige à l'ocre et parsemées de petites touches de vert clair. Des oliviers et des figuiers se dressaient çà et là. J'avais déjà eu l'occasion récemment d'observer ces arbres entre Arles et Marseille. Mais il y avait aussi d'étonnants végétaux que j'étais bien incapable d'identifier. Une espèce d'énorme plante me fit sursauter et je crus d'abord avoir affaire à une sorte de dragon terrifiant tel qu'on en croise seulement dans les contes. De couleur verte et d'au moins douze pieds de haut[2], la créature extravagante se présentait comme un invraisemblable enchevêtrement d'épaisses semelles

2. Figuier de barbarie très répandu dans les îles méditerranéennes.

allongées et reliées entre elles. Elle était curieusement recouverte d'épines menaçantes. Des fruits de couleur rouge et de forme oblongue tapissés de graines brunâtres complétaient ce tableau effrayant.

Enfin, un peu avant que le soleil n'ait atteint son plus haut, la citadelle apparut au loin. Surplombant une large colline, elle dominait la vaste vallée dans laquelle nous venions de pénétrer. De forme ronde et cerclée d'harmonieux remparts de pierre claire, la cité semblait avoir été déposée sur une couronne verdoyante d'arbustes et de champs en terrasses. Il fallait suivre une route en lacets sinueux pour en atteindre sa porte principale. Tout près, dans un champ attenant, j'aperçus aussi pour la première fois la présence rassurante de l'homme. Trois individus au teint buriné par le soleil étaient affairés autour d'un puit et semblaient occupés à le nettoyer. Çà et là, nous vîmes également des paysans travaillant la terre ainsi que de jeunes bergers veillant sur des troupeaux de moutons blancs qui formaient de petites taches sur le vert des parcelles irriguées de la vallée. Nous avions rejoint la route principale plus fréquentée et nous croisions maintenant de frêles charrettes chargées de marchandises ainsi que quelques piétons, hommes ou femmes, rejoignant la ville ou s'en éloignant.

Lorsque nous arrivâmes à leur hauteur, les puisatiers jetèrent un coup d'œil dans notre direction et se figèrent à notre vue. Je perçus de la stupeur sur le visage des deux plus âgés. Ils dévisageaient Gozo comme s'ils avaient vu un revenant. Aussitôt, l'un deux se pencha vers le plus jeune des trois, qui devait avoir mon âge, et lui murmura quelque chose à l'oreille. Ce dernier détala vers la ville, sans doute pour nous y devancer et, ainsi, y annoncer notre arrivée. Nous continuâmes notre route et traversâmes la vallée sous un soleil de plomb. Sous ma coule de moine, je suais à grosse gouttes.

Mais déjà, empruntant le dernier lacet qui menait à Mdina, nous avions atteint le pied de la muraille qui encerclait la ville et nous atteignîmes enfin le seuil de la grande porte où deux gardiens enturbannés étaient en faction. Cette fois c'était certain, je touchais du doigt cet Orient inconnu qui m'avait tant fait rêver. Je lus dans leur regard la même sidération lorsqu'ils aperçurent Gozo. Curieusement, ils nous laissèrent passer sans encombre. Une fois la grande porte franchie, nous fumes happés par une atmosphère insolite. La ville inconnue, son bruissement rassurant et sa fraîcheur protectrice s'offraient enfin à nous. Revigorées par ce premier contact urbain, Esther et Judith semblaient revivre. Pour la première fois depuis les cales du *Divizia* je vis une expression émailler le visage de la plus jeune, comme si elle émergeait d'un songe prolongé. Ce sont des citadines me dis-je. Elles retrouvent enfin quelques repères après avoir été arrachées si brutalement à leur famille et leur environnement. Mon regard croisa celui d'Esther. Pensait-elle à la même chose que moi ? Alors que nous remontions ce qui semblait être une des rues principales à la suite de Gozo, je me portai à sa hauteur et m'adressai à elle discrètement en occitan.

— Les chevaliers normands doivent contrôler cette ville qui est la plus importante de l'île, lui dis-je. Dès que nous croiserons un soldat, j'attirerai l'attention sur nous et ferai valoir que nous avons été enlevés.

Esther acquiesça silencieusement à ma proposition. Mais pour l'heure, autour de nous, pas la trace du moindre soldat ou du moindre chrétien. Mdina semblait être une ville sarrasine habitée exclusivement par des mahométans ! Où étaient donc les Normands ? Ceux qui avaient fait de Malte une île chrétienne ? Mon sang se glaça dans mes veines. Et si nous n'étions pas au bon endroit ? Ce pouvait-il que j'aie fait une erreur d'appréciation ? Que nous ne soyons pas à Melita, mais quelque part plus au sud, à proximité des côtes de l'Ifriqiya ?

Autour de nous, déambulaient de nombreux citadins, des hommes pour la plupart, tous vêtus à la mode musulmane. De prime abord, la ville me parut agréable. Les rues et les ruelles étaient parfaitement entretenues et ornées d'élégants massifs de plantes inconnues. Ici, des sortes de plantes grasses débordaient de leurs pots en terre cuite et se répandaient généreusement le long des ruelles pavées. Là, d'étonnants arbustes poussaient le long des murs et explosaient plus haut en bouquets de fleurs rouges ou fuchsia, créant des sortes de tonnelles en parvenant au mur d'en face. Le dédale que nous traversions était délimité de part et d'autre par des maisons suffisamment hautes pour ne pas laisser pénétrer le soleil. Nous devions être aux alentours de sexte et il régnait partout une douce fraîcheur. Tous les murs extérieurs étaient percés de petites ouvertures à partir du premier étage. Sur les habitations les plus cossues, on pouvait admirer d'étonnants ouvrages de menuiserie suspendus à la façade, parfois pris en encorbellement. Dans certains, on distinguait des silhouettes féminines qui conversaient entre elles d'une maison à l'autre.

Débouchant sur ce qui s'apparentait à la place principale de la ville, l'animation se renforça encore. Il s'y tenait un marché assez semblable à ceux d'Occident, à la différence que celui-ci semblait se dérouler essentiellement à couvert. Trois galeries distinctes partaient de la place et semblaient s'enfoncer dans le cœur même de la cité. On en apercevait seulement les premières échoppes qui préfiguraient une multitude de commerçants et d'artisans variés, opérant à même la rue devant une foule de badauds et de clients qui s'y bousculaient joyeusement. Certains métiers ne m'étaient pas inconnus. Des artisans y travaillaient le cuir et proposaient un large choix d'outres et de sacs de toutes les formes. Tout près, d'habiles cordonniers offraient aux chalands d'étranges chaussures allongées dont j'admirai la finesse. Une galerie entière semblait consacrée aux denrées alimentaires et l'on y distinguait dès l'entrée de petites montagnes d'herbes ou d'épices richement colorées prenant forme dans de magnifiques jarres en terre cuite qui embaumaient l'air d'effluves inconnus.

Sûr de son fait, Gozo marchait en tête. Il paradait même ! Il jubilait à chaque fois qu'un passant se retournait sur nous. Inexplicablement, il ne semblait pas du tout redouter la moindre initiative de notre part. Notre arrivée en ville avait manifestement produit son petit effet et nous étions à présent talonnés par un petit cortège de curieux et d'enfants rieurs auxquels se mêlaient quelques citadins intrigués par notre présence et nos airs hirsutes.

Alors que nous traversions la place, notre petite troupe fût finalement stoppée net. Deux miliciens armés arborant des bonnets de feutre nous barraient la route. Ils s'adressèrent à Gozo sur un ton vindicatif, mais je ne compris pas un traître mot.

— C'est la milice de la ville. Nous devons les suivre jusqu'au *divan*, s'empressa de me traduire Esther. Le cadi, leur chef, veut nous voir immédiatement.

— Le cadi ? C'est lui qui envoie ces hommes ?

— Oui ! C'est une sorte de juge de paix chez les Maures. Il règle les problèmes entre citadins. Notre arrivée ici ne passe manifestement pas inaperçue.

Nous les suivîmes jusqu'à une noble bâtisse qui terminait élégamment la place. Elle jouxtait un long bâtiment clair surplombé d'une sorte de clocher qui s'élançait vers le ciel. La colonne d'environ 45 pieds [3] de haut, de forme carrée et

3. Environ 13 mètres. Le pied romain tel qu'il était utilisé au Moyen Âge, par exemple pour

de couleur blanche, était agrémentée d'élégants motifs en céramique verte à la base et à son sommet. Elle se terminait par une plateforme plus petite où l'on apercevait une sorte de cube finement ciselé surmonté d'un dôme. *Ce doit être la mosquée du lieu* me dis-je, me remémorant les paroles de mon maître Odon. C'est comme cela que les Maures nomment leurs lieux de culte : *le minaret y remplace le clocher.*

Il se produisit alors un fait curieux. Nous n'étions qu'à quelques pas du *divan* lorsqu'un spectacle étrange s'offrit à mes yeux écarquillés. Un homme, barbe grise, turban en tulipe, habit blanc, apparut sur cette plateforme qui dominait la place. Etonnamment, à la façon de nos moines bénédictins lorsqu'ils sont réunis au chœur lors de l'office, l'homme se mit à psalmodier une sorte de chant grave et solennel. Sa voix, à la foi suave et rauque était suffisamment forte pour couvrir le brouhaha de la place où un silence respectueux s'était installé dès les premières mesures. J'observai alors l'homme avec attention : il pivotait de droite à gauche pendant qu'il chantait. Il se bouchait les oreilles avec ses index en disposant ses mains en œillères afin de ne pas être perturbé et de se concentrer sur son étrange récitation scandée et modulée. Esther se tenait toujours à mes côtés et semblait ravie de partager à nouveau ses connaissances avec moi.

— C'est le *muezzin*, précisa-t-elle. Chez les Maures, c'est l'homme qui lance l'appel à la prière. Regarde, le soleil est à son zénith ! Il s'agit de *Dhur*, la seconde prière de la journée sur les cinq que les musulmans effectuent chaque jour.

— Cela correspond à sexte chez nous, répondis-je. Mais pour les chrétiens, sexte est déjà le quatrième office de la journée sur les huit offices monastiques.

Je considérai alors Esther avec étonnement :

---

l'édification de l'abbatiale Cluny III en Bourgogne (XIe - XIIe siècles), était de 29,5 cm.

— Comment connais-tu autant de choses sur la religion des mahométans ?

— Avant de gagner Barcelone avec ma famille, nous vivions à Tolède, du temps où cette ville était dominée et administrée par les Maures. Je les ai côtoyés là-bas pendant près de sept ans. C'est pour cela que nous parlons aussi leur langue, ma sœur et moi.

En haut du minaret, le *muezzin* s'était tu. En réponse à son appel, plusieurs dizaines de personnes se dirigeaient désormais vers la mosquée, affluant de toute part. Situé à l'intersection de deux grandes artères principales, l'édifice marquait le centre de la cité. C'était visiblement l'un des pôles essentiels de la ville, à partir duquel l'ensemble du réseau urbain semblait s'organiser.

Nous pénétrâmes finalement dans le bâtiment abritant le *divan*. Nos gardes avaient manifestement reçu des consignes et on nous indiqua une sorte d'antichambre où on nous demanda de patienter, sous la surveillance de l'un d'eux. Gozo, lui, fut conduit directement dans la salle où le cadi allait vraisemblablement le recevoir seul.

Comme si elle avait devancé mes pensées, Esther s'adressa aussitôt au garde dans sa langue.

— Nous sommes bien à Mdina qui est la principale ville de Malita n'est-ce pas ?

L'homme eut l'air surpris par la question mais lui fit tout de même un signe de tête affirmatif en guise de réponse. Je ne m'étais pas trompé ! Nous étions bien à Malte, l'île où saint Paul avait fait naufrage avant de gagner Rome ! Au moins, nous étions fixés sur l'endroit où nous nous trouvions ! Il ne nous restait plus qu'à trouver les nouveaux maîtres de l'île, les chevaliers normands, et à clarifier au plus vite avec eux notre situation.

Pour l'heure, nous nous trouvions dans une pièce confortable, garnie de coussins douillets qui nous firent rapidement oublier tous ces jours éreintants passés sans aucun agrément. Au bout d'un certain temps, alors que la discussion entre Gozo et le cadi semblait s'éterniser, une femme élégante fit son apparition et déposa à notre attention un plateau garni de choses délicieuses que nous dévorâmes sans nous faire prier. Un peu plus tard, elle revint et s'adressa cette fois aux deux filles qui se levèrent aussitôt en souriant. Avant de disparaître à sa suite, Esther se tourna vers moi.

— Le cadi va nous recevoir dans la journée. Mais comme notre hôtesse trouve que nous avons une mine affreuse, elle veut nous conduire *au hammam* sur la place. C'est une sorte de bain public où nous pourrons nous laver et nous changer afin que nous soyons plus présentables. Elle me demande de te dire que tu pourras toi-même t'y rendre un peu plus tard, quand il sera réservé aux hommes.

Je restai seul avec le milicien et en profitai pour m'enfoncer davantage dans ces merveilleux coussins. Malgré mes appréhensions, ces Maures savaient recevoir les étrangers. Baissant ma garde pour la première fois depuis bien longtemps, je me laissai aller et je plongeai dans un profond sommeil sans rêves.

J'eus du mal à reconnaître Esther et Judith à leur retour. Toutes les deux portaient désormais des tenues propres et soignées. On leur avait ôté leurs pauvres hardes mises à mal par la rudesse du voyage pour les vêtir à la mode locale. Elles avaient revêtu des tuniques fluides coupées dans une matière fine et légère. Des ceintures de la même étoffe marquaient leur taille. Leur front étaient cerclés d'un bandeau blanc recouvert d'un élégant foulard assorti à la ceinture qui passait sous le menton et retombait derrière l'épaule. Ce ne sont pas les mêmes me dis-je ! Je fixai Esther Espinosa, fasciné par la métamorphose de la jeune femme. Ses yeux bleu sombre avaient été soulignés d'un astucieux trait noir, ce qui leur donnait un éclat incomparable. *On pourrait se perdre dans de tels yeux* me fis-je remarquer à moi-même au moment où nos regards se croisaient. Avait-elle perçu que je l'observais ? Embarrassé, je tournai la tête avec empressement dans une autre direction. Notre hôtesse intervint à point nommé pour nous annoncer que le cadi allait enfin nous recevoir. Je me levai, réajustai ma coule et suivis notre hôtesse d'un pas décidé.

Chapitre 11
Mdina

Nous pénétrâmes dans la grande salle du *divan* où, à ma plus grande surprise, nous n'étions pas seuls. De nombreux visiteurs étaient présents mais personne ne semblait avoir remarqué notre arrivée. À l'autre bout de la pièce, notre hôte trônait, entouré de gardes et de quelques conseillers d'un certain âge. Parmi eux, se trouvait l'homme à la tenue blanche et à la barbe grise aperçu en haut du minaret. Cela ressemblait à une sorte d'audience publique où le dignitaire recevait des plaignants et rendait la justice.

Au bout d'un certain temps, alors qu'il réglait une affaire opposant deux femmes, le cadi nous aperçut enfin.

Manifestant sa lassitude, il interrompit la vive discussion entre les deux plaignantes et s'adressa à nous suffisamment fort pour que toute l'assemblée l'entende distinctement. Comme un seul homme, toute l'assistance réunie se retourna alors vers nous.

— Que dit-il ? demandai-je à Esther qui me répondit aussitôt à voix basse.

— Ils nous souhaitent la bienvenue à Malita et nous remercie pour les présents que nous avons apportés de nos contrées.

— Des présents ? Il doit nous confondre avec d'autres, et je ne vois Gozo nulle part ici.

— Attends... il dit aussi qu'il est très honoré de notre visite.... et qu'il est ravi d'accueillir dans sa ville un chrétien, noble voyageur, fils de haut dignitaire, venu expressément du royaume des Francs. Il nous invite à nous asseoir jusqu'à ce qu'il mette un terme aux affaires en cours afin qu'il puisse nous recevoir ensuite comme il convient.

L'un des conseillers, certainement le plus âgé, se leva alors et se dirigea vers nous pour nous accueillir et nous installer dans la salle d'audience.

— Comment ? Il faut encore patienter ?

N'y tenant plus, je fis un pas vers le cadi, bien décidé à clarifier la situation au plus vite. Avant que j'aie pu ouvrir la bouche, le vieux conseiller m'attrapa habilement par le bras et s'adressa à moi à voix basse, dans un latin parfait.

— Écoute, jeune homme, le Très-Haut t'a comblé de l'art de la parole et je suis certain qu'il t'a aussi appris qu'il y avait parfois sagesse à se taire et que, dans le doute, le silence était toujours le parti le plus sûr.

— Il doit faire erreur, lui soufflai-je sur le ton de la confidence. Nous n'avons apporté aucun présent.

— Je puis t'assurer qu'il n'y a aucune confusion sur ton identité. D'ailleurs, à Malita, il n'y a jamais d'autre confusion que celles que nous créons volontairement.

Autour de nous, un vaste brouhaha avait gagné la salle. Sur un geste du juge, la séance publique avait été levée et les gardes raccompagnaient désormais les visiteurs jusqu'à la sortie. Seuls les conseillers du cadi étaient restés en place. Une fois la dernière personne évacuée, celui-ci nous fit signe d'approcher.

L'homme nous scruta longuement. Il avait une carrure, un regard perçant et une présence naturelle qui me rappelaient mon regretté maître Odon. Son turban était assorti à la couleur de sa barbe parfaitement taillée. Il s'adressa à nous dans un latin approximatif mais tout à fait compréhensible.

— Tu voulais la parole ? Eh bien parle. Nous n'écoutons.

Son ton était neutre et glaçant à la fois, mais je ne me laissai pas impressionner.

— Mon nom est Joachim de Saint-Ange, je suis moine de l'abbaye de Cluny et je viens du royaume des Francs. Nous avons été enlevés et conduits ici de force par cet homme qui se nomme Gozo alors que j'étais en route pour Pise.

— Nous savons déjà tout cela… Celui qui vous a conduits ici et que tu nommes Gozo nous a déjà expliqué longuement qui vous étiez et d'où vous veniez. La question est de savoir ce que nous allons faire maintenant.

— Si tu sais que nous avons été enlevés par cet homme, à quoi rimc la misc cn scènc dc tout à l'hcurc ? Nous nc t'avons apporté aucun présent ; nous étions ses captifs.

— Nous l'avons fait dans votre intérêt et afin de vous faciliter les jours qui arrivent. Il vaut mieux que nos citadins vous considèrent comme des hôtes de marque plutôt que comme les victimes d'un rapt.

— Merci de ta bienveillance, mais je te demande maintenant de nous remettre immédiatement aux chrétiens normands qui contrôlent Melita.

Le juge esquissa un léger sourire. Sur un signe de sa part, le vieux conseiller traduisit mes propos au reste de l'assemblée. À ma plus grande surprise, tous les hommes présents se mirent à rire de bon cœur.

— Qu'y a-t-il de si drôle ?

— Tu as l'arrogance de la jeunesse et l'excuse d'un long voyage. Comme tu dois avoir l'âge de mon fils, je vais te parler comme à un homme.

— Où sont les Normands ? Pourquoi n'en voit-on aucun en ville ?

— Il n'y a aucun Normand ici, ni en ville, ni ailleurs sur nos îles.

— Aucun Normand ? Mais alors où sont-ils ? Melita est une terre chrétienne !

— Les Normands et leur chef Rujar ont conquis notre terre, cela est vrai. Mais cela ne signifie pas qu'ils l'occupent et encore moins qu'on y pratique désormais la religion des *Nasârâ*[1].

Devant ma mine déconfite, le cadi reprit d'un ton plus apaisant.

— Notre *cheikh*[2] ici présent va t'expliquer cela dans ta langue et dans le détail.

Sur un signe du juge, le vieux conseiller se leva et s'adressa à moi en latin sur un ton bienveillant.

— Mon fils, sache qu'il y a souvent une différence entre les traités signés et la réalité. Les Normands ont accumulé les conquêtes et Malita a été leur dernière en date. Comme ils ont suffisamment à faire en Sicile pour y installer un pouvoir durable, nous avons fait en sorte que Malita ne fasse pas partie de leurs priorités.

— Tu veux dire qu'ils ont renoncé à leur souveraineté sur l'île ?

— Non, je veux dire que nous avons trouvé un accord dans l'intérêt des deux parties.

— Un accord ?

— Les Normands sont des guerriers redoutables. Lorsqu'ils ont débarqué ici avec leurs chevaliers, nous avons vite compris que nous n'avions aucune chance de nous opposer à eux dans le combat. Les habitants de Malita sont des gens paisibles. Ils ne sont pas coutumiers des activités militaires. Plutôt que de les combattre et de leur opposer une résistance vaine, nous avons préféré négocier avec le comte Roger. Ainsi, nous lui avons promis l'obéissance et nous lui payons aussi une sorte de tribut annuel. En échange, il nous laisse vivre tranquillement, un peu comme avant la conquête. Le comte nous assure même sa protection militaire. Mais on ne les voit ici qu'une fois

1. Nasârâ : appellation des chrétiens dans le Coran.

2. Un cheikh est un homme sage respecté en raison de son grand âge et surtout de ses connaissances scientifiques ou religieuses (c'est-à-dire la connaissance du Coran et de la sunna).

l'an, lorsqu'ils viennent chercher leur dû.

— Tu veux dire que Roger de Sicile a renoncé à faire de Malte une terre chrétienne contre de l'argent ?

— Non, Roger est un prince habile et intelligent. Contrairement aux *Franj* qui imposent tout par la force, il est possible de discuter avec lui. Ainsi, il a su gérer les priorités et vivre en bonne intelligence avec les musulmans d'ici, tout en marquant les esprits. Chacun sait désormais à Tunis ou à Mahdia que Malita est contrôlée par Rujar. Nous sommes désormais une sorte de rempart entre son royaume chrétien de Sicile et les côtes de l'Ifriqiya.

— Tout cela est très bien, mais n'enlève rien au fait qu'il n'y a aucun chrétien sur l'archipel. Nous sommes donc coincés ici en attendant la venue prochaine des Normands sur l'île.

— En quelque sorte ! Mais il y a une autre façon de voir les choses.

— Laquelle ?

— Dans sa grande mansuétude, le Créateur vous a tous les trois comblés. Ce matin même, vos existences ne valaient pas grand-chose. Victimes d'un rapt, loin de vos contrées, vous étiez voués à la servitude et à une destinée misérable. Au lieu de cela, vous voilà ce soir hôtes de marque à Malita et sous la protection de notre émir al-Mamoun. Remerciez le Très-Haut mille fois pour cela.

— L'émir al-Mamoun ?

— Il est le chef de Malita. Dans ma langue on dit le *caïd*. Dans ton royaume, un émir est l'équivalent de ce que vous appelez un comte ou un duc. Comme ces personnages importants, l'émir règne sur un territoire et il est lui-même placé sous l'autorité du calife de Bagdad, seul Commandeur des Croyants et unique successeur du prophète Muhammad.

— Pourquoi votre émir nous protégerait-il ?

— Allah a jugé bon de vous mener jusqu'à nous. Il nous appartient donc de vous accueillir comme il se doit. L'un des principes de notre foi se nomme *Sadaqa.* Cela veut dire charité. Elle peut prendre de très nombreuses formes, comme l'aide aux nécessiteux ou aux endettés. Elle s'adresse aussi aux non-croyants dont les cœurs sont à convertir, ou aux voyageurs en détresse. Vous faites partie de ces deux dernières catégories, d'où la décision de vous venir en aide.

— Et celui qui nous a enlevés, Gozo, qu'est-il advenu de lui ? Va-t-il être condamné par ce conseil pour ses actes ?

Le *cheikh* me regarda avec compassion.

— Puis-je te parler comme un grand-père s'adresserait à son petit-fils, sans détour ? Me promets-tu de ne pas te froisser ?

D'un regard, je l'encourageai à poursuivre.

— Cet homme s'est mal conduit envers vous. Cela est vrai. Mais, comme nous tous, il a une histoire et un vécu. Il nous les faut prendre en compte pour comprendre ses actes et le juger avec équité.

— Mais c'est une crapule ! Il a arraché ces deux filles à leur famille. Il les a séquestrées et terrorisées pendant des jours. Il ne mérite aucune indulgence.

— Je comprends ta colère. Mais sois conscient qu'au jour du jugement à venir, tous les hommes devront rendre acte à Allah de leurs actions et de leur foi. Il devra lui aussi faire face à son créateur.

— Qui est-il ? Pourquoi a-t-il agi ainsi ?

— Ce que je peux te dire, c'est qu'il s'appelle Abu. Il est né à *Ghawdex* qui est le nom local de ce que tu nommes Gozo.

— Il vient donc bien de cette île plus petite ? Il y a bien vécu avant la conquête de Melita par Roger de Hauteville ?

— Effectivement. Il est né et a grandi sur cette terre. Sache que c'est un garçon intelligent, doué en tout et pour tout. À *Ghawdex*, il a reçu une bonne éducation et, en particulier, il y a appris l'art de la navigation ce qui est très important lorsqu'on réside sur une île. Il a ainsi entrepris de nombreux voyages vers la Sicile et les ports de Tunis et Mahdia avec qui nous commerçons régulièrement.

— Cela explique qu'il sache naviguer en haute mer. Mais que s'est-il passé ensuite ?

— Cet homme a une particularité.

— Laquelle ?

— Ici, il est également appelé *ibn al Nasrani.*

— Qu'est-ce que cela signifie ?

— Nous le traduisons par *le fils de la chrétienne.* Avant l'arrivée des Normands, une partie de la population de Malita avait la même confession que toi et vivait en bonne intelligence avec les musulmans. Sa mère en faisait partie.

— Que sont devenus ces gens après la conquête ?

— La plupart ont pris le parti des vainqueurs. Ils ont quitté l'île et leurs demeures. Ils se sont installés en Sicile à l'invitation de Rujar, afin de faciliter la christianisation du nouveau royaume du comte. Paradoxalement, Malita est plus musulmane maintenant qu'avant le débarquement car tous les chrétiens qui y résidaient en sont partis.

— Gozo a donc quitté l'île à ce moment-là également. Est-il chrétien comme sa mère ?

— Non pour Abu, cela a été différent. Il avait quitté Malita avant ces évènements. Malgré la religion de sa mère, il ne s'est jamais considéré comme chrétien.

— Pourquoi est-il parti dans ce cas ?

— Il a une autre particularité.

— Encore ! Laquelle cette fois ?

Le vieux *cheikh* se racla la gorge, rajusta son turban et fit une pause tout en me fixant. Comme s'il voulait souligner l'importance de ce qu'il allait dire maintenant.

— Il est le fils aîné de l'émir al-Mamoun.

— Quoi ! Ce scélérat, le fils de l'émir ? Comment une telle infamie est-elle possible ?

— Seul le Très-Haut dans sa toute-puissance a décidé des circonstances de sa naissance. On ne peut pas le juger pour cela.

— Il est tout de même responsable de ses actes, non ! Pourquoi essaies-tu d'atténuer sa responsabilité ?

— Je ne lui cherche aucune excuse. J'essaie simplement de t'éclairer sur les jours difficiles que tu viens de traverser.

— S'il est le fils de votre chef et qu'il était, comme tu le disais, un garçon brillant, comment expliques-tu une telle décadence ? Je n'ai vu en lui qu'un homme peu soucieux de lui-même, violent et désabusé.

— Tu es jeune. Tu dois savoir que certaines circonstances peuvent parfois briser une existence.

— Que lui est-il arrivé ?

— Abu était ambitieux. Il était l'aîné, mais il ne pouvait pas être considéré, ici, comme un héritier possible, du fait de la religion de sa mère. Celle-ci n'était que l'une des concubines de l'émir. Ce dernier avait d'autres femmes, toutes musulmanes, qui lui avaient donné des héritiers males. Ces derniers étaient donc considérés comme plus légitimes dans l'ordre d'accession au pouvoir. Abu n'a pas supporté qu'on l'écarte et qu'on lui fasse sentir sa particularité. Un jour, il a eu une violente dispute avec Badis, l'un de ses demi-frères. Son père a alors pris publiquement le parti de son cadet et pour Abu, ce fut la goutte de trop. Le jour même, il a pris la mer sur son bateau sans se retourner. On ne l'a plus jamais revu jusqu'à aujourd'hui. C'était environ une année avant que les Normands ne débarquent ici.

— Je comprends mieux maintenant certaines réactions des habitants à son approche. Mais pourquoi revient-il après tout ce temps ?

— C'est ce qu'il nous a expliqué aujourd'hui même. Il nous a avoué avoir fait une erreur en quittant Malita sur un coup de tête. Il nous a affirmé regretter son départ depuis le jour où il a pris la mer. Il dit aussi avoir trouvé refuge chez les chrétiens du Sud de l'Italie. Mais là-bas on l'y considérait comme un Maure, un infidèle comme vous nommez les musulmans. Sans identité propre, balancé entre deux mondes, il y a vécu l'enfer. Pendant toutes ces années, il ne souhaitait qu'une chose : revenir ici et pouvoir vivre à nouveau parmi les siens.

— Dans ce cas, pourquoi avoir arraché ces deux malheureuses à leur famille ? Comme s'il tentait de leur faire subir ce qu'il a lui-même enduré ?

— De son propre aveu, il voulait réapparaître ici la tête haute. Vous êtes tous les trois ce qu'il apparente à *un acte de rachat*. Il souhaite offrir les deux filles à son père et il t'a présenté comme le fils d'un dignitaire franc que les chrétiens paieront une belle somme pour récupérer.

— Comment ? Tu veux dire que nous sommes son cadeau de retour ?

— Pour tout te dire, il a également apporté une petite fortune constituée de bijoux, de dinars et de besants en or qu'il s'est procurés on ne sait comment. Il semble qu'il ait fait fortune en commerçant.

Je regardai Esther et Judith qui attendaient patiemment la fin de notre conversation,

— Je crois savoir où et comment il s'est enrichi de la sorte, et si c'est ce que je pense, cela n'est pas glorieux. Que compte-t-il faire de son trésor ?

— Il nous l'offre. C'est sa contribution à notre liberté. Il a appris que les habitants d'ici se saignaient pour payer un tribut annuel aux Normands. Il sait que cet argent nous permettra de rester autonomes encore quelque temps. C'est une façon pour lui de se montrer solidaire avec son peuple.

— Mais enfin c'est insensé ! On ne peut pas se racheter de la sorte en mettant en esclavage des personnes innocentes. Qu'en pense l'émir ? Son fils doit être puni pour ses actions. Quant à nous trois, nous devons être rendus aux nôtres au plus vite. Vous devez avertir les Normands de notre présence ici.

Le *cheikh* resta imperturbable, mais lorsque je croisai son regard, je perçus que ce dernier point l'embarrassait.

— Ce n'est pas si simple, répondit-il. Comme tu le vois, je suis parfaitement transparent avec toi et je ne te cache rien. Mais la situation est complexe et nous devons prendre le temps de l'analyser pour le bien de tous. Vous êtes les bienvenus ici en attendant. Comme nul ne sait dans ton entourage que vous êtes ici, les choses risquent donc de prendre un peu de temps avant que nous ne les résolvions.

Les pensées se bousculèrent dans ma tête. Je sentis qu'il essayait de me sonder. Ce vieux bonhomme tentait habilement de savoir si j'avais pu laisser des indications permettant à mes proches de me localiser à l'insu de Gozo. Je devais jouer carte sur table et *arranger* un peu la vérité dans mon intérêt.

— Merci pour ta franchise. À mon tour de l'être avec toi : j'ai pu laisser un message dans la cale où il nous séquestrait. Il identifie clairement notre ravisseur. Comme il se fait appeler Gozo, il ne faudra pas longtemps à mes amis pour comprendre qu'il est lié à ma disparition et qu'il m'a amené ici, à Melita.

— Mais... tes amis te croient mort !

— Bien sûr que non ! Comme je te l'ai dit, j'ai pu rédiger quelques mots à leur intention. Je suis moine copiste. Je disposais de quoi écrire quand Gozo m'a capturé, mais il a omis de me fouiller. Ils savent désormais que je suis bien vivant et j'ai pu leur désigner mon ravisseur. Crois-moi, ils ne tarderont pas à retrouver ma trace qui les conduira ici. Si vous ne nous remettez pas aux Normands, les Francs viendront me chercher eux-mêmes et beaucoup plus vite que tu ne le penses.

La contrariété avait envahi le visage du vieux *cheikh.* Il fit un geste presque imperceptible et aussitôt, à mon plus grand étonnement, je vis un serviteur s'approcher, un plateau d'argent à la main. Un autre arrangea aussitôt des coussins sur lesquels il prit place à même le sol. On lui servit un gobelet de sirop de rose avec le plus grand soin et il m'en fit offrir un également pendant qu'on installait des coussins à mon intention. Alors que nous buvions lentement, je sentis son regard s'arrêter sur moi. Il avait perçu mon étonnement.

— Chez nous on ne doit jamais boire debout.... Abu a donc vu juste te concernant... Tu n'es pas seulement un simple moine... Tu dois être bien important pour que tes amis prennent la peine de venir te chercher jusqu'ici.

— Peu importe qui je suis ! Dis à ton émir que nous le remercions pour son accueil. Dis-lui aussi qu'il doit nous livrer aux Normands au plus vite et dans votre intérêt à tous.

Quelque chose avait changé dans le regard du *cheikh.* Mais je n'arrivais pas à le définir. J'eus l'impression fugace que sa bienveillance s'était un peu estompée.

— Notre émir sait déjà tout ce qu'il doit savoir te concernant. Si tu ne l'as pas encore compris, notre émir est là, assis sur ces coussins juste devant toi... Le *caïd* de Malita c'est moi... Je suis l'émir al-Mamoun.

Je le fixai stupidement sans rien dire.

— Écoute jeune homme, aujourd'hui, Allah le Miséricordieux a fait de moi le plus heureux des hommes. Il m'a rendu Abu, mon fils bien-aimé. Il faut être père pour comprendre ce que je ressens et je te souhaite de l'être un jour…. Oublie ta rancœur contre lui et fais contre mauvaise fortune bon cœur. Car, sois-en assuré, rien n'arrive ici-bas qui ne soit ordonné par le Très-Haut. Pour l'heure, cela ne change rien à ce que je t'ai dit. Vous êtes les bienvenus ici. Pourquoi ne pas transformer ce séjour chez nous en quelque chose de bénéfique ? Repose-toi… reprends des forces… Tu es un lettré et tu sembles vif d'esprit. Profites-en pour apprendre notre langue et découvrir notre culture, comme j'ai moi-même appris la vôtre au contact de ceux qui nous ont envahis. Quant à moi, je dois montrer ma gratitude envers le Très-Haut. La reconnaissance que toutes les choses viennent de lui est la marque d'un vrai musulman. D'ici trois jours, un banquet sera donc donné dans mon palais en l'honneur de mon fils afin de fêter dignement son retour. Vous êtes libres d'ici là d'aller et venir à votre guise. Le soir de ce banquet, tous les notables de Malita seront invités. Je vous présenterai à tous comme des hôtes de marque et non comme les otages de mon fils. Tâchez d'y faire bonne figure et d'être à la hauteur de l'accueil que nous vous faisons… dans notre intérêt à tous.

Chapitre 12
Daimbert de Pise

L'archevêché de Pise jouxtait la cathédrale sur le *Campo dei Miracoli.* Pour le rejoindre depuis le port, les envoyés de Cluny avaient chevauché durant plusieurs milles, le long du fleuve Arno, pour franchir les imposantes murailles qui encerclaient la ville. Depuis l'époque romaine, ces *mura di Pisa*, maintes fois restaurés, avaient su préserver les Pisans des attaques sarrasines lorsque les rois de la dynastie Zirides [1] régnaient en maîtres sur la mer Tyrrhénienne. *Intra-muros*, moines et soldats avaient bifurqué vers la gauche, puis remonté la veille ville jusqu'à cette place des Miracles, qui marquait le centre religieux de la cité toscane.

Depuis le bureau de l'archevêché où on l'avait introduit avec ses compagnons, Aldebert contemplait la cathédrale attenante. Malgré les travaux qui dévoraient toute une partie de son aile sud, elle se tenait fièrement sur l'immense esplanade. Ses proportions l'étonnaient. Avait-il déjà contemplé un bâtiment plus grand et plus majestueux ? À Cluny, en comparaison, l'église actuelle Saint-Pierre-le-Viel paraissait minuscule. Même si le chantier de la nouvelle abbatiale clunisienne devait en faire le plus grand édifice religieux de la chrétienté, il ne serait pas achevé avant des dizaines d'années [2]. Ces Pisans n'étaient pas seulement d'excellents marins, pensa-t-il. Ils

1. Les Zirides étaient une dynastie berbère, originaire du Maghreb central (Algérie), ils contrôlaient épisodiquement une grande partie du Maghreb entre 972 et 1014 et ont régné sur l'Ifriqiya (Tunisie et Est de la Lybie) jusqu'en 1148.

2. L'abbatiale de Cluny III, dont le chantier démarra en 1088, n'a été achevée qu'en 1130 et est devenue alors la plus grande église chrétienne avant la construction de Saint-Pierre de Rome.

savaient aussi construire les églises...

Son regard resta accroché sur l'élégant appareillage extérieur où un architecte de génie avait fait alterner des marbres blanc et foncé donnant ainsi à l'ensemble un étonnant relief. La façade, elle aussi, était somptueuse avec ses quatre rangées d'arcatures aveugles.

— Vous devriez visiter l'intérieur, lui glissa un homme qui l'avait rejoint. Une fois achevée, la nef sera composée de cinq vaisseaux et le transept en comprendra lui-même trois. Le dôme situé à la croisée s'inspire de la basilique Saint-Marc de Venise et des plus belles architectures byzantines. Savez-vous que les colonnes corinthiennes en granit situées entre la nef et l'abside proviennent de l'ancienne mosquée de Palerme ?

— Elle est magnifique, répondit sobrement Aldebert.

— Cette cathédrale est à l'image de notre belle cité. Le pape Urbain lui-même en a fait une église primatiale [3]. Elle rayonne désormais sur la chrétienté tout entière.

— Les travaux seront donc bientôt achevés ? demanda subtilement Aldebert.

— Vous ne voyez là que la première étape d'un ensemble qui sera bientôt complété d'un baptistère, puis d'un campanile. Ils feront date eux aussi. Le monde entier nous les enviera [4].

— Une construction d'une telle ampleur doit coûter une fortune à la ville ?

— Les peuples passent, les royaumes s'écroulent, seules les églises demeurent. Revenez dans mille ans, ces œuvres de pierre et de marbre seront toujours là, à vous éblouir de leur beauté... Mais pour tout vous dire, les premiers fonds nécessaires à leur construction ont été apportés par

3. La cathédrale de Pise devint cathédrale primatiale et Pise, un archidiocèse, en avril 1092.

4. La cathédrale sous sa forme actuelle n'a été achevée qu'en 1118. Le campanile (l'actuelle tour de Pise) a été érigé à partir de 1173 et achevé en 1372.

nos ennemis eux-mêmes et font suite à nos prouesses militaires.

— Que voulez-vous dire ?

— Le début de la construction date de 1063. L'année de la reprise de Palerme aux Sarrasins sous l'action conjuguée des Pisans et de nos alliés normands. L'énorme butin réalisé a été employé très utilement ici... L'or des infidèles pour servir la gloire de Notre Seigneur...

L'homme émit un petit rire sec et bref qui fit frissonner Aldebert. Le moine se retourna vers l'inconnu qui se présenta aussitôt.

— Je suis Daimbert, l'archevêque de Pise. Nous vous attendions plus tôt...

Aldebert préféra ne pas relever la pique. Il est à l'image du marbre de son église, pensa-t-il. Il alterne le chaud et le froid...

— Je me nomme Aldebert de Chalon. Je suis l'*armarius* de Cluny et voici là-bas ceux qui m'accompagnent.

— Je sais qui vous êtes... répondit l'archevêque. Nous avons reçu des consignes vous concernant. Vous allez devoir changer vos plans...

— Des consignes ? Vous avez reçu des consignes de Cluny nous concernant ?

— De Cluny ? Certes pas. Sachez que je ne prends mes ordres que du Pape lui-même. N'est-il pas la seule autorité à laquelle nous devons tous nous référer ?

— Qu'a donc dit le Pape concernant notre mission ? Nous devons nous rendre à Rome pour le rencontrer en personne.

— C'est impossible. Le Pape n'est plus à Rome. Il a quitté la Ville sainte pour gagner le Puy-en-Velay. À l'heure où je vous parle, il doit s'entretenir avec l'évêque de la ville, Adhémar de Monteil lui-même. Je pars d'ailleurs dès aujourd'hui le rejoindre sur place.

— Mais alors quand reviendra-t-il ?

— Pas avant plusieurs mois... Urbain accomplit un voyage officiel [5] qui le mènera dans plusieurs villes du royaume de France. Il sera d'ailleurs à Cluny en octobre pour la consécration du maître-autel de votre nouvelle abbatiale. Il tiendra ensuite un important concile à Clermont en novembre où il fera une annonce de la plus haute importance.

Aldebert semblait décontenancé. Il savait que le Pape devait se rendre à Cluny dès l'automne. Mais cette tournée dans le royaume ne lui avait pas été divulguée. Il n'aimait pas les contrariétés. Décidemment quelque chose ne tournait pas rond dans sa mission.

— Cela est surprenant ! Nous devions nous rendre à Constantinople et porter à l'empereur Alexis un message d'Urbain lui-même.

— Comme je vous l'ai dit, vous allez devoir changer vos plans...

— Mais enfin c'est insensé. Tout ce chemin pour rien ?

— Vous savez jeune homme, ici vous n'êtes plus dans votre *scriptorium*... Il arrive parfois qu'une main invisible prenne un malin plaisir à désorganiser vos rayonnages. L'essentiel, au bout du compte, c'est de ne perdre aucun ouvrage et surtout de ne pas montrer que cela vous affecte. Un diplomate peut tout trahir...mais jamais ses émotions !

Aldebert était blême. Il se faisait donner la leçon par cet archevêque Daimbert.

— C'est que je suis responsable de mon groupe, notamment de ces deux femmes, et pour différentes raisons, je ne peux pas les ramener immédiatement dans

---

5. Entre août 1095 et août 1096, Urbain II, accompagné d'une suite considérable, parcourut une vaste partie du royaume (Midi, Centre, Ouest), en évitant le domaine royal du roi de France Philippe 1er qu'il avait excommunié. Il présida des conciles (Clermont, Tours, Nîmes), consacra cathédrales, basiliques et autels, et bénit prieurés et chantiers de construction ; il rendit la justice et accorda des privilèges. Le point d'orgue du voyage fut le concile de Clermont en novembre 1095 et l'appel à la première croisade.

le comté de Mâcon.

— Qui vous parle de rentrer à Cluny ? je vous ai dit que nous avions de nouvelles consignes pour vous.

— Ah ! oui, de nouvelles consignes...mais de qui donc ?

— De Mathilde de Toscane. La comtesse est le principal soutien armé du Pape ici dans le comté. Elle identifie sa cause personnelle à celle de l'Église depuis des années maintenant. Croyez-moi, parler à Mathilde de Canossa, c'est parler au Pape lui-même. Savez-vous qu'elle est également une proche de votre abbé Hugues de Cluny ?

Un moine en coule sombre fit alors son apparition dans la vaste pièce. Daimbert lui fit signe de s'approcher.

— Frère Geoffroy, voici les moines qui nous viennent de Cluny et qui mettent beaucoup d'empressement à vous localiser.

— Geoffroy Malaterra ! s'exclama Aldebert, c'est vous ?

— Lui-même, répondit le moine. On m'a dit que vous cherchiez partout un homme nommé Gozo. Que lui voulez-vous ?

Aldebert fixa les deux hommes. Malgré ses suspicions, il devait leur exposer les faits.

— Ce scélérat était gardien des cales à bord du navire qui nous a conduits jusqu'à Pise. Il y a enlevé un novice de mon équipe en le faisant passer pour noyé. Selon les informations recueillies sur le port aujourd'hui même, le ravisseur a repris la mer ce matin vers le sud avec ce jeune moine et deux jeunes filles que nous n'avons pas pu identifier.

Frère Geoffroy parut contrarié.

— Voilà qui est inattendu. Je connais bien ce Gozo pour l'avoir aidé moi-même. Pourquoi aurait-il pris autant de risques pour enlever un simple novice ?

— C'est la question que j'allais vous poser. Mais pour tout vous dire. Joachim de Saint-Ange n'est pas seulement un novice.

— Qui est-il donc ?

— C'est un proche parent du comte Raymond de Toulouse. Il a été confié à Cluny par sa puissante famille il y a quelques années. Nous devons en faire un dignitaire. Gozo a malencontreusement eu connaissance de son identité pendant la traversée. Nous pensons qu'il l'a enlevé pour cette raison.

— Voilà qui est fâcheux, déclara Daimbert. Pourquoi n'êtes-vous pas venu immédiatement me voir avec cette information, plutôt que de partir à l'aventure dans les tavernes ?

Il se tourna aussitôt vers Geoffroy.

— Si c'est bien l'homme auquel je pense. Nous allons devoir régler le problème au plus vite.

— Oui c'est bien lui... répondit Geoffroy sur un ton amer. Il se retourna vers Aldebert.

— Gozo n'est pas un simple gardien de cales sur un navire pisan. Il est avant tout le fils aîné de l'actuel émir de Malte. Comme sa mère est chrétienne, son père l'a écarté de la succession au profit de son frère cadet. Il ne l'a pas supporté. Il a alors quitté Malte à la suite d'une violente altercation avec son frère et il a rejoint la Calabre, où il s'est présenté à la cour du comte Roger. C'était il y a environ six ans, un peu avant la conquête de l'île par les Normands.

— Que s'est-il passé entre lui et eux ?

— Pour les Normands, son ralliement était du pain bénit. Ils l'ont accueilli comme un prince et lui ont fait miroiter un avenir s'ils les aidaient dans leurs plans.

— Vous voulez dire qu'il a collaboré à la conquête de Malte ?

— Il est toujours resté évasif à ce sujet, mais il pourrait leur avoir communiqué une foule d'informations concernant l'île. Il aurait même guidé secrètement la flotte de Roger en indiquant les meilleurs mouillages pour y faire débarquer sans risque les chevaliers et les soldats normands.

— Il aurait trahi son père et son peuple ?

— Les Normands ne lui en ont pas vraiment laissé l'occasion. L'archipel a été envahi en un éclair et ils sont arrivés facilement à un accord avec l'émir al-Mamoun. Ce dernier s'est montré docile et ne s'est jamais opposé militairement à la conquête chrétienne. Comme ils ont obtenu de lui un tribut annuel exorbitant, ils n'avaient donc plus aucune raison de le remplacer par Gozo, ni de garder ce dernier dans leur jeu. Les Normands l'ont donc laissé tomber malgré l'aide qu'il leur avait sans doute apportée. De dépit, et trahi à son tour, Gozo a finalement échoué en Calabre où il a définitivement perdu pied. Il a sombré dans l'alcool et la mendicité pendant plusieurs années. Un jour je suis tombé sur lui et je l'ai aidé. Peu à peu, il s'est confié à moi. Il m'a expliqué qui il était. J'ai alors décidé de l'aider à reprendre pied ailleurs. Il m'a finalement suivi jusqu'à Pise, où je lui ai trouvé un emploi de marin sur un bateau de commerce. Vous connaissez malheureusement la suite…

— Tout cela ne nous dit pas ce qu'il projette de faire maintenant avec le neveu du comte Raymond et ses deux autres captives ?

— Je ne connais pas son plan, mais je suis certain qu'il est retourné à Malte. C'était une idée fixe : rentrer chez lui dans un but bien précis.

— Lequel ?

— Prendre le pouvoir. C'est son obsession. Il est prêt à tout pour cela.

— Mais enfin c'est insensé ! déclara Daimbert, il n'a aucune chance d'y parvenir.

— Connaissant Gozo, je dirais qu'il en est capable. Depuis qu'il a refait surface, il a changé radicalement et il est certainement redevenu l'homme qu'il était précédemment : volontaire, méthodique et déterminé. Il sait aussi que l'émir, son père, se fait vieux et qu'en matière de pouvoir, les choses changent vite… Il doit avoir un plan pour parvenir à ses fins et j'imagine que ses trois captifs en font partie intégrante.

— Au moins maintenant, nous savons où ils se rendent, murmura Aldebert.

— Cela est certain, répondit Geoffroy. Mais j'ai peur que Gozo n'aille se jeter dans la gueule du loup et qu'il n'y entraîne avec lui votre jeune ami.

— Pourquoi donc ? demanda Aldebert, inquiet.

—L'émir sait que son fils aîné l'a gravement trahi en facilitant la prise de l'île par les Normands. Il l'a appris tout récemment de la bouche d'un proche de Roger qui me l'a ensuite confié.

— Que va-t-il se produire sur place, selon vous frère Godefroy ? demanda Aldebert.

— Ils vont y trouver un homme qui ne rêve que d'une chose : faire payer à Gozo la trahison qu'il a commise en pactisant ainsi avec l'ennemi chrétien. Cet homme c'est son père, l'émir al-Mamoun.

— Gozo n'a donc pas conscience du danger qui l'attend là-bas ?

— Non, il pense que son père ignore toujours sa traîtrise. Il est tellement obnubilé par son désir de pouvoir qu'il perd tout discernement. Si vous voulez retrouver votre précieux novice vivant, nous devons ne pas perdre de temps. Il est en grand danger là-bas.

Aldebert se retourna vers Daimbert.

— C'est entendu. Nous partirons pour Malte dès aujourd'hui afin de le récupérer au plus vite. Combien de jours de navigation y-a-t-il entre Pise et Malte ?

D'un geste brusque, Daimbert interrompit Geoffroy qui

s'apprêtait à répondre, tout en foudroyant Aldebert du regard.

— Dois-je vous rappeler que vous êtes en mission pour le Pape ? Dois-je vous signaler que vous avez failli en perdant ce Joachim de Saint-Ange, alors qu'il était placé sous votre responsabilité ? S'il y une chose qui est certaine ici, c'est que vous ne décidez de rien ! La comtesse Mathilde vous transmettra vos nouveaux ordres de mission. Merci de vous y tenir et de ne plus improviser.

Un silence glacial s'installa entre les trois hommes. Un jeune page fit discrètement son entrée et glissa un mot dans l'oreille de l'archevêque qui se retourna alors vers les deux hommes.

— Veuillez m'excuser un instant. La comtesse ne devrait pas tarder à vous faire appeler. Frère Geoffroy, elle me fait dire qu'elle requiert aussi votre présence lors de cet entretien.

Le moine normand acquiesça de la tête, tandis que Daimbert quittait la pièce à la suite du page.

— Vous allez être fixé rapidement, souffla Geoffroy. Avez-vous déjà eu affaire à Mathilde de Canossa ?

— Non, jamais. On dit que c'est une femme étonnante.

— C'est le mot qui convient en effet ! Savez-vous qu'elle règne sur d'immenses territoires, ici en Toscane, mais aussi en Lombardie et en Lotharingie [6] Le latin, le français, l'italien et l'allemand n'ont aucun secret pour la comtesse.

— Je savais effectivement qu'elle était finement lettrée.

— Elle est surtout le bras armé de la papauté contre l'empereur Henri IV. Depuis plus de vingt ans, elle est au centre de la querelle qui oppose nos souverains pontifes à l'empire romain germanique sur la question des

6. La Lotharingie est un royaume de l'époque carolingienne (Xe siècle) situé entre la Meuse et le Rhin. Son nom vient de son premier souverain Lothaire II, arrière-petit-fils de Charlemagne. Par déformations successives, son nom a fini par désigner l'actuelle Lorraine.

investitures[7].

— N'est-ce pas devant son château de Canossa que l'empereur vint s'humilier devant le pape Grégoire en 1077 pour implorer son pardon[8] ?

— C'est bien cela. Mais l'empereur a eu depuis l'occasion de prendre sa revanche sur Mathilde et la lutte reste acharnée entre eux. Savez-vous comment on la surnomme, ici en Toscane ?

— Non je l'ignore.

— On l'appelle la comtesse combattante.

— À quoi doit-elle un tel surnom ?

— Au cours de sa jeunesse, elle a appris les arts de la guerre auprès de son tuteur militaire. Il lui a enseigné l'équitation, le maniement de la lance, de la pique, de la hache et de l'épée.

— Ne me dites pas qu'elle participe elle-même aux combats ?

— Non. Mais en fin stratège, la comtesse organise ses armées et mène à la bataille des hommes bardés de fer. Elle est elle-même entrée dans Rome à la tête de ses troupes pour en déloger l'antipape mis en place par l'empereur.

— J'avais toujours pensé que le monde serait en paix lorsque les femmes le gouverneraient. J'avais tort !

— Les femmes, c'est la paix… Vraiment ? glissa Geoffroy sur un ton ironique. Et le miracle est que, malgré toute cette

---

7. La querelle des investitures est un conflit qui, au milieu du XIe siècle, éclata entre le Pape et l'Empereur à propos de la pratique de l'investiture accordée aux évêques par les pouvoirs laïcs (investiture ecclésiastique). Des clercs éformateurs, désireux de lutter contre la simonie dans le clergé et contre le concubinage des prêtres, dénoncèrent alors une telle pratique comme la racine du mal. En 1059, Nicolas II promulgua un décret interdisant cet usage. La mesure fut reprise par ses successeurs, Alexandre II et Grégoire VII, qui l'inclurent dans un programme plus vaste de réforme de l'Église et de la société. L'empereur Henri IV, qui tenait à contrôler la désignation des évêques de l'Empire parce qu'il leur déléguait des pouvoirs régaliens, s'opposa à ces décisions. Il en résulta un long conflit, qu'on a appelé la querelle des Investitures.

8. La pénitence de Canossa de janvier 1077 fut un moment clef du conflit médiéval entre la papauté et le souverain germanique, au cours duquel le roi des Romains Henri IV vint s'agenouiller devant le pape Grégoire VII afin que celui-ci lève l'excommunication prononcée contre lui.

science militaire dont elle fut gavée jadis, elle est restée très femme, très tendre, sans rien de dur ni de viril... en apparence...

— Vraiment ?

Mais déjà le jeune page était de retour et faisait signe à Aldebert et à tout son groupe de le suivre. La comtesse de Canossa allait les recevoir...

— Vous allez pouvoir en juger par vous-même...

Chapitre 13
La comtesse combattante

Dans la vaste pièce, Mathilde de Toscane se tenait debout et observait attentivement les nouveaux arrivants. Elle portait un somptueux manteau aux reflets d'or et au col orangé. Ses cheveux étaient dissimulés par un voile blanc vaporeux, dont les pans retombaient élégamment de part et d'autre en se rejoignant subtilement. Sous le manteau, on devinait une robe couleur turquoise qui prolongeait une silhouette fine et élancée.

Aldebert fit trois pas vers elle, mais elle l'ignora sciemment et porta son attention sur les deux femmes restées un peu à l'écart. Elle interpella Paula d'une voix si ferme que toute l'assistance se tut aussitôt.

— J'ai connu votre père, Odon... Un homme remarquable. C'est avec regret que nous avons appris sa mort soudaine. Il a rendu de grands services à la chrétienté... On m'a dit que vous étiez vous-même copiste à Mâcon ?

— C'est exact, répondit Paula, intimidée. Mon père m'a transmis son amour de l'écriture. Je dirige un atelier dans la ville haute où je forme des apprentis, tout comme il le faisait lui-même.

— Vous deviez vous rendre à Rome, mais le Pape ne s'y trouve plus et cette ville n'est pas si sûre. Je vous offre l'hospitalité dans mon château de Canossa, à vous, ainsi qu'à votre jeune compagne.

Puis elle tourna les yeux vers Alix.

— Présentez-vous jeune fille.

— Je suis la fille du seigneur de Saint-Germain, vassal du

comte Renaud de Mâcon.

La comtesse l'examina d'un regard oblique.

— Je ne vous demande pas de quels hommes vous dépendez. Je vous demande qui vous êtes.

Alix devint blême. La réplique avait jailli, sèche, aussi tranchante que la lame d'une épée de combat.

— Je suis Alix de Saint-Germain se reprit-elle aussitôt. Je me destine à devenir moniale au prieuré de Marcigny.

— N'est-il pas dirigé par la prieure Hermengarde, la sœur d'Hugues de Semur, abbé de Cluny [1] ?

— Oui, répondit Alix. C'est une femme remarquable. Ce serait un honneur pour moi de rentrer dans l'ordre bénédictin et de servir ainsi Notre Seigneur.

— Laissez donc les ordres religieux et les monastères aux hommes... Ils y excellent déjà bien assez. Vous êtes jeune et vive ! Pourquoi vouloir vous enfermer dans un cloître alors que la vie vous tend les bras ? Notre Seigneur aime qu'on le prie, mais il aime aussi que l'on agisse en son nom. Que savez-vous faire d'autre que prier ma fille ?

— Je parle le latin et Paula m'enseigne son écriture. Je monte à cheval et je chasse toutes sortes de gibier. Ma mère m'initie également à la gestion de notre domaine.

— Parfait, écrivez, ma fille, perdurez surtout dans ce projet. La lecture déplisse le front des hommes et les ouvre à autre chose qu'à la beuverie ou aux querelles stériles. Vous aurez tout le loisir de peaufiner vos apprentissages à Canossa. Nous vous y initierons toutes les deux à l'allemand et à l'italien par la même occasion. Pour la chasse, nous avons aussi ce qu'il faut sur place pour vous occuper.

Se sentant délaissé par la comtesse, Aldebert recula d'un pas afin de mieux l'observer. Elle était fascinante, avec son

1. Hermengarde de Semur fut la première prieure du monastère clunisien de Marcigny en 1061. Prieuré réservé aux femmes issues de la noblesse, Marcigny a été fondé par Hugues de Semur, frère d'Hermengarde et lui-même abbé de Cluny.

profil de reine, son cou gracieux, subtilement rehaussé par des épaules bien droites. Son visage dégageait une douceur qui s'accordait mal avec cette légende de femme guerrière. Quel âge pouvait-elle avoir ? Née beaucoup plus tôt dans le siècle, elle avait déjà connu trois papes différents. Elle devait donc avoir plus de cinquante ans ! Elle lui évoquait ces icônes dorées et richement colorées représentant les figures religieuses dans la tradition chrétienne orthodoxe. En la voyant ainsi parée, il avait du mal à l'imaginer à la tête de son armée. Pourtant, à la façon d'une tour de combat cherchant la brèche dans la muraille ennemie, l'icône aux reflets d'or pivota et s'arrêta soudain sur lui.

— Joachim de Saint-Ange...Qu'avez-vous à dire au sujet de son enlèvement ?

Aldebert se figea comme s'il avait été transformé en statue de sel et resta muet un trop long instant.

— Vous comptez bien faire quelque chose ?

Elle occupait l'espace, elle faisait les sons et les silences, jouant avec eux ainsi qu'avec les nerfs de l'auditoire.

— Il semble qu'il ait été emmené à Malte par son ravisseur. Nous allons donc nous scinder en deux groupes. Je prendrai la tête du premier pour continuer la mission papale et assurer la rencontre avec l'empereur Alexis Comnène. Les moines et les soldats les plus expérimentés m'accompagneront.

— Et le second groupe ?

— Clément de Tours, *armarius* de Beaulieu ici présent, partira pour Malte avec le reste de nos moines. Il devra y négocier la libération de Joachim de Saint-Ange avec, si possible, le soutien des Normands. Geoffroy Malaterra pourra certainement intercéder auprès du comte Roger de Sicile afin qu'ils lui déléguent des soldats sur place.

La comtesse grimaça, marquant son insatisfaction.

— Que cela soit clair : récupérer ce novice sain et sauf est primordial pour notre projet. Nous ne pouvons pas nous permettre la moindre contrariété avec le comte Raymond de Toulouse. Ce dernier va jouer un rôle majeur dans le grand dessein du Pape. Qui a donc eu cette idée lumineuse de mêler son neveu à un tel voyage ?

— C'est Orderic, le grand prieur de Cluny lui-même, précisa l'archevêque Daimbert sur un ton ironique. Nous lui devons cet éclair de génie.

— Joachim n'était pas censé dépasser Rome, s'empressa de préciser Aldebert, volant ainsi au secours de son mentor. Nous avons joué de malchance. Jusqu'à Rome, ce n'était pas un voyage à risque.

— Cela suffit... lança la comtesse. L'heure n'est pas à incriminer qui que ce soit. Néanmoins, la nature même de cette mission organisée par le grand prieur de Cluny reste problématique.

— En quoi une ambassade à Constantinople est-elle contestable ? demanda Aldebert, piqué par la remarque.

— Ce n'est pas l'ambassade auprès de l'empereur byzantin que je remets en cause. C'est la suite prévue en Syrie et en Palestine. Ce plan extravagant qui consiste à envoyer vos frères et ces soldats déguisés en moines, espionner les Turcs et glaner les informations pour préparer la route vers la Ville sainte...

— Que voulez-vous dire ? Cette mission est pourtant de la plus haute importance.

— Elle l'est certainement pour votre grand prieur Orderic, puisque c'est son idée. Pour moi, elle ne vaut rien. Elle vous exposera inutilement comme vous avez exposé ce novice. On voit déjà le résultat de vos errements.

— Mais enfin vos arguments ne sont pas fondés, répondit Aldebert, révolté.

— Ce qui est fondé, mon ami, c'est que les moines ne devraient pas se mêler des affaires militaires. Vous devriez vous cantonner à vos offices et limiter vos déplacements à l'acquisition de manuscrits, comme le faisait avec talent notre regretté Odon de Beaulieu.

De teint ordinairement blanc laiteux, Aldebert avait pris une couleur violacée qui trahissait sa contrariété. Il n'avait pas l'habitude de se faire remettre à sa place de la sorte. C'en était trop pour son orgueil et il n'avait pas l'intention de se laisser faire.

— Comment préparer la libération de Jérusalem si nous ne disposons pas d'informations sur les contrées à traverser ? rétorqua Aldebert. La route est longue de Nicée à la Terre sainte. Un repérage préalable est incontournable : identifier les places-fortes, les routes praticables, les puits et tous les points de ravitaillement possibles pour les milliers de chevaliers francs et leurs fantassins qui vont y converger.

— Nous recueillons déjà des indications précieuses grâce aux nombreux pèlerins qui se rendent à Jérusalem et transitent par Antioche, Tripoli et Saint-Jean-d'Acre. En outre, nos alliés normands participeront à la conquête. Ils connaissent ces régions du Levant. Ils ont été les premiers à y combattre.

— Les Normands ? Vous voulez dire que les Normands vont participer à la libération de la Ville sainte aux côtés des Francs ?

— Évidemment, reprit-elle. Ils font partie de nos soutiens depuis des années [2]. Le problème avec vous les Francs, c'est que vous vous croyez le centre du monde. Vous pensez

2. En 1059, la papauté, en grande difficulté et de plus en plus isolée du fait de sa rupture d'un côté avec le Saint-Empire romain germanique dans l'affaire des Investitures et de l'autre côté avec l'empire byzantin, causée par le schisme religieux de 1054, décida de reconnaître l'autorité des Normands et d'en faire ses alliés officiels. Aussi à Melfi, haut-lieu normand, le 23 août 1059, le pape Nicolas II officialisa leurs possessions en échange du versement d'une rente annuelle et de la promesse de porter la bannière papale dans leurs guerres. Robert Guiscard, frère aîné de Roger de Hauteville, devint alors duc d'Apulie, de Calabre et de Sicile. À partir de cette date clef, les Normands eurent les mains libres et purent servir l'Église et la papauté tout en légitimant leurs actions et leur prise de pouvoir en Italie du Sud et en Sicile.

être incontournables et indispensables à toute chose. Mais la réalité est autre. L'objectif du Pape est de fédérer désormais autour de la bannière du Christ l'ensemble des peuples chrétiens. Il va rassembler des combattants aux horizons différents, qui ne se sont jamais côtoyés et qui n'ont encore jamais combattu ensemble. Il y aura ainsi au moins quatre armées qui convergeront vers la *Terra Sancta :* les Lorrains menés par le comte Godefroy de Bouillon, les Provençaux, dirigés par le comte Raymond de Saint-Gilles, les Normands d'Italie avec à leur tête, Bohémond de Tarente et enfin différents seigneurs issus de Flandre, de Normandie et d'île de France.

— Il manquera toujours les Italiens... glissa insidieusement Aldebert.

— À quel jeu jouez-vous là ? Il est l'heure d'unir les forces et pas celle de souligner nos désunions. Mais vous avez raison sur ce point. Nombreux seront les princes chrétiens qui ne répondront pas à l'appel du Pape. À commencer par votre propre roi Philippe 1er frappé d'excommunication par Urbain pour ses frasques amoureuses... [3]

— Quels autres seront absents ? s'enquit Paula.

— Les chevaliers de l'empire romain germanique que nous combattons ardemment, les Espagnols qui se trouvent engagés dans leur propre combat contre les mahométans ainsi que les Italiens du Nord et du Centre, toujours englués dans leurs guerres civiles internes. Mais il ne faut jamais désespérer. Le moment venu, beaucoup de ces seigneurs oublieront leurs querelles intestines et se rallieront à notre bannière, guidés par leur seul engagement personnel. Les temps changent. L'Occident est désormais porté par une

3. Au printemps 1092, Philippe s'enticha de Bertrade de Montfort, l'épouse de Foulques IV. Il répudia alors Berthe de Hollande et se remaria avec Bertrade le 27 mai 1092. Le 16 octobre 1094, le concile d'Autun où s'étaient réunis trente-deux évêques prononça l'excommunication du roi. Le couple royal vécut ainsi pendant 10 ans jusqu'en 1104 sous le coup des anathèmes de l'Église

vague de foi sans précédent qui donnera à notre projet toute sa résonance. Partout les ralliements et les donations à l'Église se multiplient. La plupart des hommes qui nous rejoignent ne sont pas des novices. Ils ont déjà accompli leur pèlerinage en Terre sainte et connaissent parfaitement le terrain. D'autres ont déjà combattu contre les Maures ou contre les Byzantins en Espagne, en Calabre, en Corse ou en Sicile. Le moment venu, ces hommes d'armes expérimentés seront nombreux à oublier leur discordes internes pour se ranger à nos côtés et venir libérer le Saint-Sépulcre du joug des infidèles.

— Une telle opération militaire doit être minutieusement préparée, insista Aldebert. Il nous faut nous rendre sur place pour récolter des informations précises, connaître les routes et établir des itinéraires.

— Il n'en sera rien ! répliqua la comtesse sur un ton glacial. Notre principale force doit être la surprise ! Votre mission compromettrait gravement notre projet. Si vous êtes pris pour espionnage, pensez-vous résister longtemps aux tortures de ces barbares ? Orderic aurait dû réfléchir à ces aspects avant de vous envoyer sur place. Vous a-t-il seulement éclairés, vous et vos frères, sur les risques réels que vous encouriez ?

— Pourquoi voulez-vous qu'on nous identifie ? Nous formons un groupe de moines en quête de manuscrits anciens !

— Ils vous remarqueront aussi facilement que mes propres informateurs vous ont repérés ici. Vous n'aviez pas encore quitté l'enceinte du port de Pise que je savais déjà que vous aviez perdu le neveu du comte Raymond... Votre mission nuirait au projet du pape. Elle est donc annulée.

Un silence lourd avait envahi la grande pièce. Aldebert lui-même avait baissé la tête.

— L'effet de surprise sera notre meilleure arme, répéta

machinalement l'archevêque.

— Mais alors qu'elle est le plan d'invasion de la Terre sainte ?

— Nous appliquerons la seule stratégie qui a déjà fait ses preuves, reprit la comtesse. Nous avons sur les Maures l'avantage de la force, sur terre comme sur mer. Le moment venu, les soldats du Christ se rassembleront, chargeront et balaieront ces païens. Ils ne savent pas comment lutter contre la puissance de nos chevaliers bardés de fer, lancés sur des destriers entraînés à la lutte à mort. C'est cette tactique qui nous a rendu le Nord de l'Espagne, la Corse, la Sardaigne, la Sicile, la Calabre et qui a porté victorieusement nos troupes jusqu'à Mahdia en Ifriqiya. La mer tout entière est ainsi redevenue chrétienne. Nous pouvons à nouveau la nommer fièrement comme l'appelaient jadis les soldats de Jules César eux-mêmes : *Mare Nostrum*. Jérusalem sera la dernière marche de cette reconquête.

— Foncer droit devant... C'est donc cela votre plan. Et envoyer ainsi à la mort des milliers de soldats sur des routes inconnues où fleuriront toutes sortes d'embuscades ...

— Les soldats du Christ mourront pour une cause juste. Sachez également que le Pape lui-même dispensera des indulgences plénières[4] à tous ceux qui partiront risquer leur vie et contribueront ainsi à son grand dessein. Jérusalem sera délivrée des infidèles ! Quoi qu'il en coûte et que cela vous plaise ou non.

Désabusé, Aldebert souffla :

— Odon de Beaulieu avait raison finalement : *il n'y a pas de façon propre de faire la guerre...*

4. Dans la doctrine de l'Église, une indulgence plénière est l'annulation du temps de Purgatoire que doit faire l'âme d'un croyant dont les péchés ont été pardonnés par Dieu avant l'entrée au Paradis. La papauté trouve dans la pratique des indulgences plénières un moyen d'encourager les chrétiens à entreprendre la lutte contre les musulmans comme la *Reconquista* en Espagne, puis les croisades en Asie Mineure.

— C'est un peu tard pour citer mon père et avoir des remords, lui rétorqua Paula. Tu as accepté cette mission d'espionnage qu'il avait lui-même refusée pour les mêmes raisons que tu évoques à présent. Assume donc ton choix maintenant !

C'en était trop pour Aldebert. Il tenait la fille d'Odon en grande estime. Elle aussi le lâchait et l'accablait même, au plus mauvais moment.

— Que fait-on pour l'ambassade à Constantinople auprès de l'empereur byzantin ?

Aldebert croisa le regard de la comtesse et il y lut son intention finale les concernant. L'estocade et la fin de ses espoirs diplomatiques étaient proches... Quel naïf il avait été de penser qu'il allait devenir aussi vite un dignitaire religieux capable de représenter le pape.

— Nous avons, ici même, une foule de diplomates expérimentés qui pourront parfaitement représenter Urbain auprès d'Alexis Comnène [5]. Celui-ci est encore plus retors que tous ces émirs musulmans que vous pensiez, à tort, pouvoir duper. Comprenez que je vous évite, là encore, une ambassade bien périlleuse. Vous pensiez sans doute entrer dans l'Histoire avec vos moines chasseurs de manuscrits... Mais voyez-vous mon jeune ami, l'Histoire, c'est quelque chose de sérieux. Y entrer se mérite et c'est toujours le fruit d'un long labeur. Elle ne s'offre pas ainsi au premier venu et encore moins au premier essai. Je vous propose néanmoins l'occasion de faire vos preuves. Avant de reprendre la route de Cluny et de votre *scriptorium*, il vous faudra, vous et vos moines, mettre toute votre énergie à récupérer votre novice. Vous partez donc dès à présent pour Malte. Frère Geoffroy vous accompagnera et vous guidera sur place. Il connaît parfaitement les lieux et vous

5. Alexis Ier Comnène (né vers 1058, mort en 1118) est l'empereur byzantin qui a régné de 1081 à 1118 sur l'Empire romain d'Orient. Il profita de la première croisade pour reprendre Nicée et la partie occidentale de l'Asie Mineure aux turcs seldjoukides en 1097.

aidera à négocier avec l'émir local qui est aussi le père du ravisseur. Croyez-moi, cet homme n'a aucun intérêt à séquestrer Joachim de Saint-Ange. Il devrait vous le restituer sans discuter. Malte est sous tutelle chrétienne et il sait que nous pouvons le chasser du pouvoir au moindre faux pas. Elle se tourna alors vers Geoffroy de Malaterra.

— J'envoie immédiatement un message à Roger de Hauteville, pour le tenir informé de la situation et de votre mission.

Le moine normand acquiesça de la tête sans sourciller.

— Ne devrions-nous pas prévoir un appui militaire pour nous rendre sur place ?

— Vous l'avez déjà... et se retournant vers Hugues de Mâcon et ses chevaliers qui assistaient silencieusement à l'entretien : au moins ces soldats qui vous accompagnent n'auront pas fait le déplacement de Bourgogne pour rien. Inutile donc de déployer une armée pour récupérer ce jeune homme. Si la majorité de la population maltaise est restée musulmane, la plupart des habitants sont des paysans inoffensifs. L'archipel est complétement pacifié. Vous ne devriez rencontrer aucune résistance de leur part.

Hugues ne se fit pas prier pour reprendre la tête des opérations.

— Comment nous y rendrons-nous ?

— Nous apprêtons dès à présent une nef à votre intention. Elle vous attendra sur le port militaire, prête à appareiller, dans la journée.

— Il nous faut aussi des destriers !

— Ils embarqueront avec vous sur le port. Si tout se passe bien, vous serez de retour à Pise d'ici peu avec votre novice et vous pourrez tous retrouver ensuite vos châtellenies et vos abbayes.

— Que faisons-nous, Alix et moi-même? interrogea Paula.

— Ici à Pise, vous résiderez tout comme moi à l'archevêché. Nous y sommes les hôtes de Daimbert. D'ici quelques jours vous m'accompagnerez à Canossa. Cela vous laissera le temps de visiter la ville. Vous passerez ensuite l'automne et l'hiver dans mon château et nous aviserons de votre retour à Mâcon dès le printemps prochain.

Alix s'empressa de répondre à la comtesse :

— Dans ce cas, nous accompagnons nos amis jusqu'au port afin de les saluer une dernière fois.

— Bien ! Puisque tout le monde sait ce qu'il lui reste à faire, je ne vous retiens pas plus longtemps...

Sur ces paroles, le page ouvrit la grande porte, invitant femmes, moines et soldats à prendre congé.

Alors qu'ils s'éloignaient sur le parvis pour rejoindre leurs montures, Geoffroy vint retrouver Aldebert qui restait sombre.

— Ne vous avais-je pas dit que c'était une femme étonnante ?

— Je ne me suis jamais senti autant humilié.

— Allons, n'y pensez plus... Avant de la rencontrer, votre priorité n'était-elle pas de récupérer votre jeune moine ?

— Oui, effectivement.

— Dans ce cas, elle n'a fait que vous conforter dans votre propre choix. Dès que vous aurez digéré votre déception, vous comprendrez pourquoi elle agit ainsi.

— Que voulez-vous dire ?

— Elle nous donne la possibilité à tous les deux de racheter nos erreurs : vous avez tout de même laissé ce Gozo vous subtiliser Joachim à votre nez et à votre barbe.

— Et vous ? Qu'a-t-elle donc à vous reprocher ?

— Cet homme m'a utilisé et m'a roulé, tout comme vous. Je n'ai rien vu non plus. Nous avons donc tous deux quelque chose à réparer à Malte. Mathilde n'a fait que nous le rappeler en nous donnant les moyens de nous rattraper. C'est là le propre d'un vrai chef.

— Selon ses dires, la mission s'annonce facile.

— Peut-être. Mais ne nous y trompons pas. La situation sur l'île est loin d'être aussi claire que vous l'a annoncé la comtesse. Cet émir al-Mamoun et sa suite ne sont pas des idiots et nous devrons déployer tous nos talents de diplomates pour récupérer votre novice. La comtesse le sait pertinemment. Ce sera donc une excellente occasion de faire vos preuves et de lui montrer de quoi vous êtes capable.

Un peu plus loin, sur le parvis jouxtant la cathédrale, alors que Marcus, le palefrenier du groupe, apprêtait les montures, Alix prit Paula un peu à l'écart.

— Nous devions nous rendre à Rome et voilà que nous nous retrouvons consignées tout l'hiver dans son château isolé du monde. Ce n'est pas vraiment comme cela que j'imaginais notre séjour...

— Que veux-tu y faire ? Cette femme commande au Pape lui-même. Nous apprendrons certainement beaucoup à son contact !

— Penses-tu sérieusement qu'elle va consacrer son hiver à mes progrès en latin ? Non, la vérité c'est qu'on nous enferme.

— C'est pour mieux nous protéger.

— Je ne le supporterai pas. Si je dois passer l'hiver dans un château, autant que cela soit chez moi, entourée de mes proches. Écoute-moi Paula... il nous faut trouver un moyen d'embarquer avec les moines et les soldats... Ils pourraient avoir besoin de nous à Malte pour repérer Joachim et le sortir des griffes de cet homme.

— Quoi ? Mais c'est de la folie !

— Bien sûr que non. Rappelle-toi ce que la comtesse m'a dit à l'instant : *Vous êtes jeune et vive ; pourquoi vouloir vous enfermer ? Dieu aime que l'on agisse en son nom.* Je vais donc appliquer ses propres conseils, rien de plus. Je pars secourir Joachim.

— Tu n'y penses pas sérieusement ?

— Si, et je compte sur toi pour m'y aider. Ne trouves-tu pas que nous formons, toutes les deux, une bonne équipe ?

— C'est vrai ! Mais de là à fausser compagnie à Mathilde de Toscane…

— Tu l'as entendu comme moi : c'est l'affaire de quelques jours ! Accompagnons-les jusqu'à Malte et, une fois de retour, nous nous rendrons à Canossa pour y jouer aux femmes savantes…

Le regard de Paula s'était éclairé et la jeune fille comprit que son idée avait germé dans la tête de son aînée.

— C'est insensé, mais j'ai peut-être une idée qui nous permettrait d'embarquer toutes les deux sur ce bateau… Laisse-moi faire.

Paula enfourcha sa monture et rattrapa Hugues de Mâcon à la tête des cavaliers partis en direction du port. Arrivée à sa hauteur, elle savait exactement comment lui présenter les choses.

— Finalement, vous partez pour Malte sans moi. Sachez que je vous envie.

Hugues était d'une humeur sombre et il la fixa froidement.

— Si nous ne remettons pas la main sur votre jeune ami, Dieu seul sait ce qu'il adviendra de lui. Sans compter que nous serons la risée de tout le comté de Mâcon.

— Je suis certaine que sous votre direction, votre équipe parviendra à le récupérer sain et sauf. Nous avions besoin d'un vrai chef.

— Je ne sais pas ce qui nous attend là-bas. Nous devons donc anticiper le pire si nous ne voulons pas être surpris.

— Vous allez me manquer. Moi je devrai rester ici seule à

Pise en compagnie de ce sinistre archevêque Daimbert qui se prend déjà pour le pape.

Hugues continua de chevaucher silencieusement.

— Francisco Alberti m'a proposé de me faire visiter la ville. Ne trouvez-vous pas que c'est un homme charmant ?

Le seigneur de Mâcon arrêta net sa monture.

— À quelle jeu jouez-vous là, Paula ? Vous m'avez habitué à plus de subtilité.

Paula était confuse, elle semblait déjà regretter ses paroles. Elle poursuivit sa route à ses côtés sans un mot de plus.

— Excusez-moi, je ne sais pas ce qui m'a pris. J'ai promis un peu vite à Alix de nous faire embarquer toutes les deux avec vous.

— Et votre plan est donc de m'y inciter en jouant les cartes de la flatterie et de la jalousie ?

— Je regrette, je n'aurais pas dû.

— Vous l'avez fait pourtant. Voilà donc l'image que vous avez de moi : un idiot qu'on berne facilement afin qu'il exauce les désirs d'une jouvencelle !

— Je suis désolée si je vous ai offensé. Je ne voulais pas vous blesser.

— Au moins comme cela, les choses sont claires...

— Qu'allez-vous penser de moi maintenant ?

— La même chose qu'avant cette malheureuse intervention. Elle n'a rien remis en cause. Je ne change pas d'avis sur quelqu'un aussi vite.

— Que pensez-vous de moi dans ce cas ?

— Vous tenez vraiment à le savoir ?

Paula acquiesça.

Je me demande souvent pourquoi une femme telle que vous vit seule à Mâcon, sans aucun ami ni compagnon d'aucun sexe et se réfugie dans le paraître pour donner le change au monde.

Paula blêmit.

— Quoi ? Voilà une bien curieuse question ! Et vous avez trouvé la réponse ?

— Je pense que oui...Malgré vos nombreuses relations, vous vivez seule car vous êtes égoïste et centrée sur vous-même. Vous ne vous intéressez pas aux gens qui vous entourent même si vous savez percevoir leurs failles. Ce qui vous importe au fond, c'est vous-même et l'image que vous avez de vous.

— Est-ce là tout me concernant ?

— Non, je pense que vous parlez trop et que c'est en partie la cause de nos soucis actuels.

— Vraiment ?

— Vous estimiez sans doute que nous partions pour un voyage d'agrément où nous pourrions voir du pays et faire de belles rencontres ... Comment expliquer autrement cette lubie soudaine de vouloir nous accompagner à Malte ? Ne comprenez-vous pas que votre présence à nos côtés nous affaiblirait considérablement si les choses tournaient mal sur place ?

C'en était trop pour Paula dont le sang était subitement monté à son visage.

— Pourquoi m'avoir courtisée dans ce cas, si c'est la triste opinion que vous avez de moi ?

— Parce ce que vous me plaisez Paula et que vous n'êtes pas engagée. J'ai donc tenté ma chance, mais j'ai vite compris que mon intérêt pour vous n'était pas réciproque.

— Je vous ai éconduit et vous vous vengez maintenant en me lançant à la figure toutes ces méchancetés.

— Non, votre agacement fausse votre vision. J'ai simplement répondu à votre question.

— À vous entendre, je serais donc égoïste, vaniteuse et légère...Personne ne m'a jamais traitée comme cela.

Je vous ai parlé comme j'aurai parlé à un ami ou à une

compagne. Auriez-vous préféré entendre de ma bouche les flatteries habituelles ?

— Un ami, vraiment ! Je me demande quel sort vous réservez à vos ennemis.

— Allons ! vous connaissez vos qualités mieux que personne. Vous êtes une femme cultivée, libre et brillante. En revanche, vous percevez mal ces petits défauts qui vous empêchent d'avoir le rayonnement que vous devriez avoir... C'est le rôle d'un ami que de vous éclairer là-dessus. Je ne souhaite que votre bien.

Ils avaient atteint le port militaire et faisaient désormais face à la nef qui les conduirait à Malte. Hugues et Paula restèrent un long moment silencieux côte à côte tandis que moines et soldats prenaient place à bord. Au moment où il engageait son cheval sur la passerelle, fermant ainsi la marche, Hugues se retourna vers Paula.

— J'espère que vous pourrez entendre mes paroles. Nous en reparlerons si vous le souhaitez dès notre retour. Profitez de cette belle ville et de ses trésors. Si tout va bien, dans quelques jours à peine nous vous ramènerons Joachim de Saint-Ange pour le plus grand bien de tous.

Chapitre 14
Le banquet

La soirée commençait à peine. Un vent subtil affluait des collines, portant la douce senteur du jasmin et des bougainvillées. Le palais d'al-Mamoun dominait la citadelle de Mdina et, depuis le patio central, on pouvait accéder à cette partie des remparts réservée à notre hôte et sa cour. À mes côtés, apaisées depuis notre arrivée sur l'île et accoudées au parapet surplombant la vallée, Esther et Judith admiraient le soleil qui déclinait lentement.

— Écoute ! De la musique ! s'exclama Esther... Il y a un orchestre à côté du bassin.

En contrebas, sous un étonnant plafond de vignes, un festin avait été préparé en l'honneur du fils retrouvé. Déjà, les invités hommes se pressaient autour d'une multitude de coupes remplies d'olives, de raisins, de figues et de petits pains. Au centre, disposés à même le sol sur de riches tentures, des mets aux arômes délicats attendaient les convives. J'étais ébahi par cette explosion d'effluves et de couleurs, dont la palette allait du violet intense à l'orange vibrant. Partout, des torches à la lumière suave se reflétaient dans les eaux des fontaines et donnaient aux yeux bleu sombre d'Esther une lueur ensorcelante. La musique, envoûtante et douce, accompagnait la brise qui jouait avec les pans de sa robe et de son voile en les faisant se mouvoir délicatement. La jeune Barcelonaise était resplendissante, et à en croire le nombre d'invités qui regardaient dans sa direction, je n'étais pas le seul de cet avis.

La silhouette discrète d'une servante passa à notre hauteur. Je me figeai en apercevant le haut de son visage... Il était aussi foncé que le bois d'ébène qu'on utilise à Cluny pour sculpter les objets précieux ! Comme j'observais cette étonnante singularité pour la première fois, mes yeux restèrent accrochés au visage de cette jeune femme sans doute plus longtemps qu'il ne convenait. Amusée, Esther me fit un petit signe.

Détournant aussitôt mon regard de la jeune domestique, je me saisis d'une des friandises qu'elle proposait afin de cacher mon embarras. Elle devait être troublée elle aussi par mon étonnement. Alors qu'elle redescendait vers le patio, remarquant que je la fixais toujours, elle ne prit pas garde et manqua la dernière marche. Un bruit de verre brisé, le fracas de la vaisselle sur le dallage... La pauvresse se retrouva au sol sous les rires et les quolibets moqueurs de quelques convives qui se gaussaient stupidement devant ce spectacle inattendu. Je me sentis fautif. Comme elle peinait à se relever, et voyant que nul n'intervenait, j'allais me décider à la secourir, mais, à ma plus grande surprise, c'est Judith qui me devança. La jeune fille se précipita au bas de l'escalier pour porter assistance à la malheureuse qui tardait à se relever. Contre toute attente, d'un regard sombre et glaçant, la jeune sœur fit immédiatement cesser les derniers rires de l'assistance et, pendant un instant, on n'entendit plus dans le patio que le clapotis des fontaines. Alors que Judith aidait la servante en épongeant le sang qui maculait son visage, les conversations et la musique reprirent leur cours. L'incident était clos et la soirée pouvait continuer.

Le matin même, ma journée avait débuté agréablement par une visite au hammam lors de l'un de ces moments où seuls les hommes y sont admis. J'étais propre. Ma coule et mes vêtements avaient été lavés eux aussi. Tout comme les deux sœurs, je ne me sentais plus captif. Mon sang n'avait plus honte. Moi dont les ancêtres avaient foulé en conquérants tout le Sud du royaume des Francs, j'avais retrouvé ma dignité en même temps qu'un semblant de liberté même si, pour l'heure, elle était circonscrite aux limites de l'île. Au terme de rapides palabres, nous étions convenus avec Esther et Judith que le statut d'invités était sans conteste le meilleur compromis. À quoi bon étaler notre condition de captifs et révéler aux habitants de Mdina l'invraisemblable rapt dont nous étions les victimes ? Pour les rares notables connaissant la vérité, nous représentions une menace et cela était bien notre meilleure protection. Si, comme je l'espérais, mes frères clunisiens suivaient ma trace jusqu'à Melita, nos hôtes pourraient toujours se prévaloir de nous avoir fait un bon accueil. La position d'al-Mamoun comme chef de l'île semblait précaire et suspendue au bon vouloir des Normands. Il n'avait donc pas intérêt à nous maltraiter ni à ce que les frasques de son fils s'ébruitent, au risque de voir les conquérants changer de politique le concernant.

Quant à nous trois, mes frères ou les Normands finiraient bien par se montrer. Il nous fallait donc être patients et rester vigilants sur l'opportunité de leur signaler notre présence.

Forts de notre nouveau statut, nous avions passé la journée à parcourir la ville, libres et insouciants. Malgré la surveillance discrète de l'épouse du cadi, qui nous servait officiellement de guide, je m'étais glissé avec entrain dans mes nouveaux habits d'explorateur et nous avions arpenté les ruelles du marché couvert, nous perdant dans les dédales entre les marchands de lait et de figues, prêtant l'oreille aux fables des conteurs de rue ou observant les stratagèmes de faux infirmes pour soutirer quelques piécettes aux naïfs. Esther m'étonnait par sa vivacité et me rappelait Alix à bien des égards. Libérée du joug de notre ravisseur, elle se montrait curieuse et cultivée. N'était-elle pas la digne fille d'un médecin de Barcelone ? Devant l'échoppe d'un herboriste qui proposait une multitude de simples [1], j'avais pu vérifier qu'elle avait de solides connaissances sur les herbes et leur usage médicinal.

Dans le patio, notre hôte et ses convives avaient pris place devant le somptueux buffet. Assis au centre, l'émir tendit une coupe dans ma direction, m'invitant sans doute ainsi à rejoindre le banquet. À ses côtés, Gozo, le héros de la soirée, se tenait fièrement. J'eus du mal à reconnaître notre ravisseur tant son retour semblait l'avoir métamorphosé. Il arborait un turban immaculé qui cachait sa calvitie précoce et se tenait là, assis au milieu des hommes, droit comme la justice, comme s'il venait à lui seul de délivrer Melita du joug des Normands. J'avais envie de crier à tous que cet individu était malfaisant... un imposteur... mais je n'en fis rien.

Toute la cité ne parlait que d'Abu ibn Nasrani, le fils de la chrétienne, et de ces trois étranges visiteurs venus du pays des *Franj*. Je l'avais vérifié lors de notre escapade en ville où une foule de curieux s'étaient précipités sur notre route afin d'en savoir plus à notre sujet. Devant l'affluence, la femme du cadi m'avait d'abord semblé embarrassée. Elle connaissait la vérité nous concernant et, malgré la consigne de l'émir, il lui déplaisait de mentir ouvertement. Mais que dire à notre sujet ? C'est alors qu'Esther avait eu une idée qui m'avait beaucoup surpris et un peu chagriné. Dès la première rencontre, elle s'était présentée de son propre chef comme étant mon épouse. Lorsqu'elle m'avait traduit ses propos, je lui avais aussitôt montré ma contrariété.

— Pourquoi ne pas m'avoir consulté avant d'inventer une

1. Les simples était le nom donné au Moyen Âge aux plantes médicinales. La médecine médiévale était basée sur les vertus des herbes médicinales : elles servaient à fabriquer les médicaments.

histoire pareille ? lui avais-je aussitôt rétorqué. Tu sais bien que je suis moine et qu'un moine ne peut pas être marié ! Nous devons favoriser une plus grande disponibilité pour tous à l'exemple du Christ qui a voulu rester pauvre, chaste et complètement tourné vers le Père...

Face à ma réaction, Esther avait d'abord souri avant d'étouffer un rire moqueur puis de me répondre sans se démonter une seconde.

— Ce n'est qu'une manière de présenter les choses. Et puis, qu'en savent ces gens ? Sais-tu que chez les mahométans, comme chez les juifs, les imans et les rabbins peuvent se marier ? Que c'est même une obligation pour eux et qu'ils condamnent le célibat ? Crois-moi, en dehors de toi, ici personne ne trouvera à redire au fait que je sois ta femme.

— Sans doute, mais j'aurais souhaité que tu ne décides pas de cela seule. Est-ce clair ?

Devant mon air agacé, Esther s'était un peu ravivée tout en poursuivant son argumentation.

— Excuse-moi Joachim. Je ne voulais pas te mettre dans l'embarras. Mais n'y vois qu'une façon habile de nous présenter. Ne trouves-tu pas que c'est une excellente idée ? Elle justifie parfaitement ma présence à tes côtés. Que ferions-nous avec toi, ma sœur et moi-même, si nous n'étions pas mariés tous les deux ? Énoncé de cette façon, tout le monde te verra comme un proche de Gozo qui te fait découvrir son île natale. Comme il s'agit d'un long voyage, ton épouse et sa sœur t'ont accompagné. Ne trouves-tu pas que cela sonne juste ?

À bien y réfléchir, son idée n'était pas si mauvaise. Elle nous donnait une bonne raison de rester ensemble car je redoutais qu'on tente de nous séparer. Et puis, je n'étais pas encore moine *profès*. Je n'avais prononcé aucun vœu de chasteté ni de célibat devant le chapitre des moines[2]. Comme il n'y avait aucun parjure, j'avais finalement cessé de maugréer tout en validant son idée. J'en avais profité pour lui demander de rajouter une précision me concernant.

— Dans ce cas, tu expliqueras également à tous ces curieux que je suis copiste et venu jusqu'ici pour rédiger une description de Melita, à la façon des historiens grecs qui ont parcouru le monde de leur temps.

Esther s'était contentée de sourire tout en acquiesçant subtilement à ma proposition.

Il était temps pour nous de rejoindre les convives et notre hôte. À l'invitation d'un serviteur, nous descendîmes les quelques marches menant des remparts au patio. Je fus installé à proximité de l'émir, juste à côté du cadi. Les deux filles furent conduites plus loin dans le jardin, à l'écart des hommes, sous la tonnelle réservée aux femmes.

Ici, on ne se mélange pas beaucoup... me dis-je, tout en m'installant à la façon des convives masculins, assis à même le sol.

Je dus mal m'y prendre car le cadi me regarda bizarrement. Il se pencha doucement vers moi et me dit sur un ton ironique :

— Mon fils, sache que chez nous, il y a quelques comportements à connaître et à appliquer au moment du repas, afin de rendre grâce à Allah.

Un serviteur s'approcha aussitôt de moi et me tendit une petite coupe remplie d'eau parfumée aux pétales de fleurs. Machinalement, j'y plongeai les deux mains, les frottai délicatement avant de les sécher à l'aide d'une petite serviette que me présenta le domestique.

---

2. Dans la règle de saint Benoît, le novice qui décide de s'engager dans la vie monastique doit émettre ses premiers vœux devant le chapitre de son abbaye. Les moines réunis doivent y donner leur accord par un vote où il faut obtenir la majorité de deux tiers. Tant qu'il n'a pas pris cet engagement avec l'assentiment du chapitre, le novice peut quitter la vie monastique et il reste libre d'en sortir à tout moment.

— Tu viens de réaliser le premier d'entre eux.

— Quels sont donc les autres? demandai-je avec curiosité.

— Pour commencer, tu dois toujours t'asseoir sur ton pied droit.

Je compris alors pourquoi il m'avait regardé de travers. Rectifiant aussitôt ma position assise en prenant exemple sur mon voisin immédiat, j'eus l'impression d'être observé comme une bête curieuse par l'ensemble des hommes réunis.

— Les autres règles sont très simples, poursuivit-il. Pour un musulman, il est fondamental de dire *Bismillah* avant de commencer le repas. Cela signifie "Au nom d'Allah" c'est à dire *bismi Allah.* Tu observeras vite que la plupart d'entre nous prononcent ce mot avant de faire quoi que ce soit. Un autre point très important est que tu dois toujours manger avec la main droite.

— Pourquoi donc?

— Parce que le Prophète, que la prière d'Allah et Son salut soient sur lui, a dit : *Qu'aucun d'entre vous ne mange ni ne boive avec sa main gauche car Chaytan*[3] *mange et boit avec sa main gauche.*

Joignant le geste à la parole, il allongea son bras droit vers le plat le plus proche et se saisit d'un mystérieux légume cuit, farci de viande dorée et épicée.

— Comment nommes-tu ceci? demandai-je à l'homme tandis qu'il dégustait le plat avec appétit.

— Nous conseillons également de détourner le regard de ceux qui mangent... compléta-t-il sur un ton sentencieux...

Devant mon air perplexe, il éclata de rire...

— Nous appelons ce légume *badhinjan*[4]. Ici il a été salé, asséché puis frit dans l'huile d'olive. Cet agneau qui

3. Satan

4. Aubergine

l'accompagne, sache qu'il a une saveur inégalable que beaucoup nous envient de Tunis à Sfax. Il a été haché puis mélangé à de l'oignon et de la coriandre. Goûte-le, poursuivit-il, et mange avec appétit, mais sans jamais te goinfrer. Sers-toi aussi uniquement dans les plats qui te sont les plus proches afin d'honorer la générosité de notre hôte et de remercier le Très-Haut pour ce repas.

Je lâchai alors mon premier *Bismillah*, à la plus grande joie de mes voisins qui m'observaient toujours du coin de l'œil. Puis je fis mon choix parmi les nombreux plats. À la plus grande surprise du cadi, je me saisis d'un mets dans lequel j'avais reconnu des œufs brouillés, mélangés à un étrange légume vert foncé [5]

— Tu n'aimes pas l'agneau ?

— C'est que je ne mange pas de viande. Seulement des œufs et un peu de poisson.

L'homme parut surpris.

— Pas de viande dis-tu ? C'est étonnant pour un *franj*... Dans ce cas, je te conseille plutôt de goûter ceci.

Il me désigna alors un autre plat où je crus reconnaître d'appétissants filets de poisson en marinade accommodés d'herbes, de raisins, de figues et d'amandes.

— C'est un plat à base de poisson cuit dans du vinaigre, précisa-t-il. Celui-ci a été aromatisé au céleri et doré au safran.

Cette fois, je suivis son conseil et je testai le plat indiqué.

— Délicieux ! commentai-je pour le plus grand plaisir du cadi.

— Je pensais pourtant que les *franj* mangeaient et buvaient toutes sortes de choses y compris celles qui sont *haram*, c'est-à-dire interdites à nous, les croyants !

— Voilà un a priori bien curieux... Et quelles sont donc ces choses interdites chez vous que nous mangerions en

5. Épinard

occident ?

— Un musulman ne consomme pas de porc, ni aucun animal omnivore. L'interdiction couvre également les bêtes trouvées mortes et tous les carnassiers ou d'autres encore tels que les ânes, les mulets ou bien les singes. L'alcool est également prohibé ici.

— Tu veux dire que les musulmans ne boivent pas de vin ?

— Oui, le vin nous est proscrit. Mais les choses ne sont pas si simples. Certains considèrent que le Coran ne préconise qu'une simple *mise à l'écart* de l'alcool et qu'il n'est donc pas strictement interdit. D'autres font remarquer que c'est l'ivresse qui est prohibée, ce qui sous-entend qu'il est donc possible de boire de l'alcool avec modération. Mais revenons plutôt à toi. Ton comportement m'intrigue. Tu sembles bien différent de tous ces *nasrani* qui nous ont envahis.

— Qu'as-tu donc à leur reprocher ?

— Ils font preuve d'excès dans bon nombre de leurs comportements. Tes congénères n'ont aucune retenue. Ces guerriers blonds sont sales, s'empiffrent, se vautrent dans l'adultère et s'enivrent à la moindre occasion. Sans vouloir t'offenser, la plupart des musulmans vous considèrent ici comme des barbares incultes et agressifs.

— Je ne me retrouve pas vraiment dans cette description.

— C'est vrai que tu sembles plus mesuré que la plupart d'entre eux. Même physiquement tu ne leur ressembles pas beaucoup. Mais tu as sans doute quelques défauts cachés ?

— Peut-être... En ce qui me concerne, je ne mange pas de porc, ni d'aucune autre viande. Je ne bois pas d'alcool non plus.

— Voilà qui est bien étonnant pour un *Franj* !

— Je me contente de suivre les préceptes de la bible : il y est dit qu'au Paradis, l'homme ne mange pas les animaux, et les animaux ne se mangent pas entre eux.

— Pourtant, Jésus votre prophète n'est pas végétarien ! Ne mangeait-il pas lui-même de l'agneau ?

— Tu as raison sur ce point. Les Évangiles nous apprennent que Jésus consommait bien de la viande et du poisson. Il en a lui-même nourri la foule. Dans une vision de l'apôtre Pierre, il a aussi déclaré que *toute nourriture, y compris animale, était pure*[6]. Pour être précis, ce n'est qu'après le Déluge survenu du temps de Noé, que Dieu a permis à l'humanité de manger de la viande[7] et cette instruction n'a pas changé entretemps.

— Tu exiges donc plus de toi-même que ne te le demande ton propre prophète ? Comment est-ce possible ? Tu es à l'âge où l'on doit pouvoir profiter des plaisirs de la vie !

— La raison est simple : je suis moine novice. J'appartiens à un ordre qui nous impose une somme de directives strictes. Nous la nommons règle de saint Benoît et elle régit aujourd'hui la vie quotidienne de nos moines. Elle a été rédigée il y a plus de cinq cents ans au mont Cassin, non loin de Rome, par le fondateur de notre ordre : le moine *Benedictus de Nursia*[8].

— Un moine novice ? Cela explique-t-il cet étrange habit noir que tu portes ?

— C'est la coule des bénédictins. C'est un vêtement simple à l'image des plus pauvres et du Christ.

— Qu'est-ce que cela signifie pour toi, être moine ? Nous n'avons pas cet équivalent chez nous et je suis curieux d'entendre cela.

—Toute notre vie est organisée afin qu'elle soit tournée vers Dieu : *Qu'on ne mette rien, absolument rien, avant le Christ qui daigne nous conduire à la vie éternelle.*

---

6. Livre des actes des apôtres, chapitre 10

7. Genèse 9.2-3

8. Benoît de Nursie naquit vers 480 à Nursie (Italie centrale). Saint Benoit, pour les catholiques et les orthodoxes, fût le fondateur de l'ordre des Bénédictins et a largement inspiré le monachisme occidental.

Nous vivons en communautés d'hommes ou de femmes, dirigées par un abbé ou une abbesse, regroupées dans des monastères où nous devons respecter quatre principes essentiels.

— Lesquels ?

— Le premier est la *discretio*[9] que nous devons avoir dans les usages quotidiens de la nourriture, de la boisson mais aussi du sommeil. Ainsi nous nous levons chaque nuit pour prier Dieu. Le second est la gravité qui a pour corollaire le silence.

— Le silence ?

— Nous ne pouvons parler qu'à certains moments de la journée. Chez nous, par exemple, nous ne conversons pas pendant les repas comme nous le faisons ici-même tous les deux. Le silence joue un rôle majeur : il permet de purifier l'esprit de toute distraction et d'écouter Dieu plus attentivement.

— Et quoi d'autre encore ?

— Nous devons faire preuve d'austérité qui implique le renoncement à la possession, et enfin de douceur, faite de bonté exercée envers les humbles.

Le cadi me considérait comme si j'étais une sorte de bête curieuse qu'on exhibe les jours de foire.

— En dehors de respecter ces principes, que faites-vous de vos journées ?

— Notre devise résume très bien nos activités, *Ora et labora*[10] : prière et travail. L'organisation de notre vie est rythmée par l'alternance de tâches régulières et quotidiennes avec la célébration des offices. Ainsi, la prière et le travail sont nos deux moyens principaux pour nous consacrer au service de Dieu.

— Tu veux dire que les moines doivent travailler en plus

9. Modération en latin

10. Prie et travaille, en latin

de prier ?

— Oui, pour ma part, je suis traducteur et copiste et j'officie dans un *scriptorium.* J'y traduis des manuscrits anciens du grec au latin ou je copie des textes bibliques pour les différentes abbayes qui composent notre ordre. Tout comme moi, chaque moine tient une fonction qui lui est propre et adaptée à ses capacités telle que prieur, cellérier, *armarius*[11], infirmier, écolâtre[12] sans oublier toutes les tâches manuelles sans lesquels un monastère ne pourrait pas vivre comme le jardinage, l'entretien ou le gardiennage.

— Vous n'avez donc pas de serviteurs dans vos monastères ?

— Bien sûr que non ! Afin de rester humbles, nous exerçons même certaines tâches manuelles comme la cuisine à tour de rôle.

Le cadi semblait perplexe. Il me considéra avec un regard ou pointait maintenant un soupçon de moquerie.

— En résumé, votre vie monastique est faite de pauvreté, de silence, de renoncement, de prières et de travail au service d'autrui... Je n'y décèle aucune passion ni aucun plaisir... si ce n'est, bien sûr, celui de servir votre Dieu.

— Tu caricatures mes propos. Mais il est vrai que pour nous, les moines, les passions sont un danger. Elles se dressent contre la raison et l'asservissent. Le travail monastique vise donc à la maîtrise de soi pour tendre son âme vers Dieu. Saint Augustin[13] ne disait-il pas : *Quand on abandonne la joie charnelle, quelque part on reçoit la joie spirituelle.*

L'homme se tut et me fixa d'un air songeur. Autour

11. Bibliothécaire

12. Maître de l'école monastique

13. Augustin d'Hippone (latin : Aurelius Augustinus) ou saint Augustin, né le 13 novembre 354 à Thagaste (Algérie) était un philosophe et théologien chrétien romain de la classe aisée. Avec Ambroise de Milan, Jérôme de Stridon et Grégoire le Grand, il fut l'un des quatre Pères de l'Église occidentale.

de nous, les hommes conversaient gaiement en faisant honneur aux différents plats.

—Vous les *franj*, vous formez décidemment un peuple bien curieux. D'un côté vous êtes composés de guerriers avides et incultes et de l'autre de moines ascètes dont les pratiques rebuteraient les plus zélés de nos imans. Quel cruel manque d'équilibre ! L'excès semble être votre principale règle de conduite. Heureusement, tu sais t'accorder tout de même quelques compensations !

— De quoi parles-tu ?

— De ta jeune épouse. Elle est ravissante...

Je dus rougir comme un idiot. Je ne pensais pas que le mensonge d'Esther allait m'embarrasser aussi vite.

— C'est que...

— Ne te sens pas obligé de te justifier. Je sais très bien qu'Abu a arraché ces deux filles à leur famille et qu'elle n'est donc pas ta femme. Mais, de toi à moi, je trouve que c'est une bonne idée d'avoir inventé cela.

— Et pourquoi donc ?

— Tu es un homme avant d'être un moine et l'amour fait partie des plaisirs de la vie...

Je préférai ne pas répondre.

— Ne me dis pas que ta règle vous ordonne également de renoncer aux plaisirs de la chair ?

— Ta remarque est injuste. La vie monastique est un choix libre qui n'est imposé à personne. Celui ou celle qui décide de l'emprunter cherche Dieu en suivant le Christ. Il vit donc à son exemple, dans le célibat, pour être totalement disponible. Mais seule une petite minorité de chrétiens en sont capables et le font en réalité. Les autres, la majorité, ont toute liberté de se marier et c'est très bien ainsi.

Je sentis de nouveau une pointe de moquerie dans le regard de mon interlocuteur.

— Je m'étonne qu'un jeune homme aussi instruit que toi

puisse embrasser une voie aussi excessive. Mais cela ne me surprend pas au fond, de la part de gens qui choisissent comme symbole même de leur foi le fils de leur Dieu atrocement mutilé sur une croix.

Je restai estomaqué et choqué par la provocation du cadi.

— Ma religion nous apprend à ne pas imposer nos convictions aux autres ni à les juger trop vite. Que celui qui mange de tout ne méprise pas celui qui ne le fait pas, et que celui qui ne mange pas de tout ne juge pas celui qui le fait, car Dieu l'a accueilli.

— Et à qui doit-on cette belle maxime cette fois ?

La conversation tournait à l'affrontement, mais je décidai de ne pas en rester là.

— Mon regretté maître Odon m'a enseigné une chose vis-à-vis des musulmans. Je constate aujourd'hui qu'il avait raison te concernant.

—Qu'a donc dit ton maître concernant les musulmans ?

— Que les Francs, par leur ferveur en toute chose, suscitaient souvent chez certains d'entre vous un mélange de crainte et de mépris. Il disait aussi que cela était compréhensible de la part d'une nation qui se sentait supérieure par sa culture, sa science et son art de vivre, mais qui avait perdu par ailleurs toute combativité…

Le cadi devint blême. Mais il n'eut pas le temps de répliquer. Tout proche, l'émir l'interpellait.

— Je vois que notre jeune invité te tient tête. Mets donc, pour une fois, ton orgueil de côté. Ce soir je ne souhaite aucune querelle. Je ne veux voir que de la joie sur les visages.

Sur un geste de sa part, la musique et toutes les conversations cessèrent. Comme un seul homme, les notables de Mdina et les représentants des villages voisins se tournèrent alors vers le centre du patio, où deux serviteurs noirs avaient installé une petite estrade. Un murmure se fit entendre. Dans un nuage de voiles et de soie aux effluves de myrte et de jasmin, les femmes du palais et les concubines des convives nous rejoignaient dans le patio principal, prenant place sur de somptueux coussins. Un homme étrange s'avança alors à la façon d'un acteur. Vêtu d'un étonnant habit vert, son turban immaculé parfaitement arrangé n'avait d'égal que sa barbe taillée avec art. Devant mon air ahuri, l'émir se pencha vers moi.

— Voici Abbas. C'est un poète de cour, originaire de la lointaine Bagdad, qui nous rend visite lors de grandes occasions. C'est un excellent conteur et, lui et le musicien qui l'accompagne sont très appréciés dans tous les palais d'Ifriqiya. Il connaît des histoires dont lui seul a le secret. Rien à voir avec les bonimenteurs qu'on entend ici dans les *souks*. Écoute-le avec attention si tu veux comprendre comment vivent les musulmans. Ta jeune compagne peut te traduire ses histoires mais à la seule condition qu'elle reste discrète.

Le poète perse prit place debout sur l'estrade alors que son musicien s'asseyait sur le bord. Ce dernier tenait une sorte d'instrument en bois précieux de forme ovoïde évoquant une demi-poire et dont la table d'harmonie comprenait une rose centrale. L'homme posa l'instrument à l'horizontale sur sa cuisse et s'empara d'une plume d'oiseau afin de pincer les cinq doubles cordes tendues le long d'un manche court. Lorsque la douce musique se propagea, j'eus l'impression un instant d'être de retour chez moi, dans le palais comtal de Toulouse, à la cour de Raymond de Saint-Gilles, où de talentueux troubadours se produisaient devant les vassaux du comte et leurs dames.

— L'instrument se nomme *oud* murmura Esther qui s'était assise dans mon dos. Cela signifie *bois* chez les Maures.

La jeune femme s'était penchée vers moi et, afin de

ne pas faire de bruit, elle murmurait à mon oreille. Je pouvais sentir son souffle sur ma joue et percevoir aussi la tiédeur de son corps contre mon flanc. La musique cessa et Abbas débuta le conte. Dès qu'il s'interrompait, le musicien prenait le relais du conteur ce qui laissait la possibilité à Esther de me traduire l'histoire lors de chaque interlude musical.

« Au 1er siècle de l'hégire [14], dans la ville perse de Koufah, un jeune homme nommé Sabeth marche sous un soleil brûlant en plein midi. Il arrive dans un jardin et voit une pomme tombée à terre. Il la ramasse et en mange la moitié. Puis il se rappelle qu'il n'a pas le droit de manger quelque chose qui ne lui appartient pas, il se blâme d'avoir mangé la moitié de cette pomme et, à ce moment, survient le jardinier.

Sabeth lui dit :

— Je vous demande pardon pour la moitié de pomme que je viens de manger ; voilà, je vous rends ce qu'il reste de la pomme.

Le jardinier dit :

— Je ne suis pas le propriétaire du jardin, et je n'ai pas le pouvoir de vous accorder le pardon.

— Qui est le propriétaire alors ? demande Sabeth.

Le jardinier lui indique une maison. Sabeth s'y rend, demande à voir le propriétaire et lui raconte ce qu'il s'est passé. Le propriétaire dit :

— Je vous pardonne à une seule condition ! Si vous l'acceptez ; vous êtes pardonné, sinon vous me rendrez des comptes au jour du jugement dernier devant Celui Qui veille tout le temps et Qui n'oublie rien.

Sabeth se met à trembler de tout son corps, de peur que la condition ne soit trop dure.

14. Ère de l'islam qui commence l'année où Mahomet s'enfuit à Médine (an 622 de l'ère chrétienne).

— Quelle est cette condition ?

— Je veux vous donner ma fille en mariage.

— Est-ce là une condition ? C'est plutôt un prix de mérite et une récompense d'encouragement.

Mais le propriétaire du jardin poursuit aussitôt :

— Je vais vous décrire ma fille : elle est aveugle, sourde, muette, handicapée. Elle ne peut ni entendre, ni parler, ni voir, ni marcher ! Si vous la prenez pour épouse, je vous pardonne, sans cela vous ne pourrez pas bénéficier de mon pardon.

Sabeth réfléchit longuement, la tête baissée… Puis il dit :

— Je l'épouserai. Maintenant, pardonnez-moi. Je la servirai devant Dieu Tout Puissant.

Le propriétaire fait venir deux compagnons du Prophète pour être les témoins du mariage. Puis arrive le jour du mariage. Le père de la fille dit :

— Je vous ai préparé une chambre dans ma maison.

Il introduit ensuite sa fille dans la chambre et Sabeth entre à son tour. Il la voit assise et lui adresse le salut, conformément aux préceptes de l'Islam. Son père lui avait dit qu'elle était aveugle, muette, sourde, et handicapée. Or celle-ci répond à son salut puis se lève et lui serre la main. Il constate alors qu'elle n'est ni aveugle, ni sourde, ni muette, ni handicapée ! Étonné, il s'exclame :

— Expliquez-moi ? Votre père vous avait décrite autrement ! ! Vous n'êtes donc pas aveugle, sourde, muette et handicapée ?

Elle lui répond :

— Mon père ne vous a pas menti. Il a dit que je ne voyais pas, et effectivement, je suis aveugle à tout ce qui peut provoquer la colère de Dieu Tout-Puissant. Il vous a dit également que j'étais sourde : effectivement, mes oreilles n'ont jamais entendu ni médisance, ni diffamation, ni frivolité, ni futilité. Il vous a dit que j'étais muette : effectivement, je n'ai jamais prononcé de paroles susceptibles de susciter la colère de Dieu. Je suis muette à tout ce qui peut me divertir de mon adoration de Dieu. Il vous a dit que j'étais handicapée : effectivement, je ne fréquente aucun lieu qui ne donne pas satisfaction à Dieu. Je vais seulement à la mosquée et accomplir de bonnes œuvres. Mon père n'a pas menti et a bien dit la vérité.

Sabeth la regarde alors, il la trouve d'une beauté éblouissante et finalement tout deux consomment le mariage... »

L'histoire s'acheva ainsi et le conteur se tut. La musique suave de l'*oud* s'éleva à nouveau, laissant place à l'imagination de chacun... *L'homme et la femme de profil, étendus. Leurs sourires deviennent regards. Leur présence devient chair. Leurs corps se frôlent puis s'enlacent, la mariée n'ayant plus pour seule voile que celui de la nuit qui débute...*

J'avais chaud ! Était-ce cette musique enivrante conjuguée aux épices des plats ou la proximité troublante d'Esther pendant le conte ? ...

Alors que les invités se levaient un à un afin de se dégourdir les jambes et de profiter de la douceur vespérale, l'émir me héla :

— Sais-tu quels fils Dieu a donné à Sabeth et à son épouse ?

— Non.

— De leur union est né le grand iman Abou Hanifa qui vécut dans cette ville de Koufa, non loin de la majestueuse Bagdad. Il fut un grand théologien de l'islam ainsi qu'un juriste remarqué. Garde cette histoire au fond de toi mon fils, car elle montre comment la bonne terre fournit une bonne récolte par la permission de Dieu.

En guise de *bonne récolte*, j'aperçus alors Abu, son propre fils, et aussi mon ravisseur. Celui-là même qui avait arraché à leur famille deux innocentes pour les offrir à son père...

Mais je préférai garder mes pensées pour moi ...

Al-Mamoun fit alors appeler le poète. Il lui indiqua un vase magnifique rempli de pièces qui scintillaient dans la lumière du soir.

— Regarde bien ! Il va devoir remplir sa bouche avec autant de pièces qu'elle pourra en contenir.

J'avais sursauté. C'était Gozo. Il m'avait rejoint et il me commentait la scène comme si nous étions de vieux amis.

— Seul l'appât du gain peut provoquer de telles humiliations. C'est toujours étonnant de voir ce que les hommes sont prêts à faire pour de l'argent...

Abbas avait commencé à se saisir des pièces et il les plaçait lentement dans sa bouche pendant que les convives, amusés, l'encourageaient en les comptant joyeusement, une à une. Quand ils en eurent compté trente et que le visage déformé du conteur sembla sur le point d'exploser, Gozo repris son monologue.

— Il fut un temps où le vase aurait été rempli de dinars en or. Aujourd'hui ce ne sont que quelques dirhems d'argent et de pauvres fels de bronze. Mais cela changera bientôt...

Je le fixai silencieusement, en me demandant ce qu'il manigançait encore... Comme je ne lui répondais pas, sans paraître offusqué par mon mutisme, il enchaîna :

— Bravo pour tes capacités d'adaptation. Je vois que tu sais te faire apprécier ici. Mais profites-en bien. Les choses évoluent vite... Je te félicite également pour ta belle idée de faire passer l'aînée des sœurs pour ta femme. C'est une belle trouvaille. Pour la seconde fois, tu me surprends.

Je me retournai alors pour lui faire face.

— Me concernant, tu n'es sans doute pas au bout de tes surprises. Nous n'en n'avons pas fini tous les deux...

— Ne sois donc pas mauvais joueur alors que je viens te complimenter... Ne sais-tu pas que les ennemis d'aujourd'hui sont souvent les alliés de demain ? Qui sait si nous ne devrons pas unir nos forces dans les prochains jours...

— Que veux-tu dire par là ?

— Vraiment, tu ne vois pas ?

Il s'approcha alors et me glissa sur le ton de la confidence :

— Je suis le fils aîné de l'émir de Melita qui est désormais une possession chrétienne, alors que ma propre mère est de cette confession. Entrevois-tu les possibilités que cela m'ouvre vis-à-vis des nouveaux maîtres de l'archipel ? Ne vois-tu pas que les Normands devront tôt ou tard gérer la transition avec mon père ? Que feront-ils, à ton avis, lorsqu'ils sauront que je suis de retour et que je leur proposerai mes services ?

Je le regardai, stupéfait. Il poursuivit.

— Garde bien à l'esprit que mon père a offert, sans combattre, nos îles aux envahisseurs. C'est ainsi qu'il a pu conserver son pouvoir. Comble de l'ironie, il fait payer à tous les habitants un tribut pour cela. Mais, beaucoup ici pensent silencieusement qu'il trahit le prophète Mahomet en agissant de la sorte. Sais-tu que des versets entiers du Coran, le livre sacré des musulmans, ordonnent de lutter par les armes jusqu'à ce que l'Islam triomphe ? Cet appel à la guerre contre les mécréants se nomme *Jihad*. Dans l'entourage même de mon père, beaucoup rêvent de reprendre les armes contre les chrétiens et de mettre fin à l'humiliation que leur propre émir leur fait subir. C'est notamment le cas de mon demi-frère, Badis ibn Al Mamoun. Les Normands le savent parfaitement et ils ne lui confieront donc jamais le pouvoir. Comme il est encore trop tôt pour qu'ils règnent eux-mêmes ici, à ton avis, qui les Normands préféreront-ils installer à Melita pour servir leurs intérêts et y instaurer une transition douce ?

— Compte sur moi pour leur dire ce que tu as fait à ces

deux filles et que tu ne mérites aucune clémence.

Gozo haussa les épaules.

— Crois-tu vraiment qu'ils vont me châtier parce que j'ai arraché ces deux gamines à leur mère ? De quel monde sors-tu donc ? Tu ne connais pas leur avidité, ni leur sens de l'intérêt. Tu ne connais pas non plus les gens d'ici et encore moins mon père. Crois-moi, le danger n'est pas là où tu le penses. En réalité, je suis de loin ta meilleure planche de salut. Si tu veux survivre à ce périple, tu ferais bien de réfléchir et de considérer mon offre de collaboration : tu as sans doute devant toi le futur maître de Melita.

— Et que devrais-je faire selon toi ?

— Pour commencer, méfie-toi de tout le monde, à commencer par mon père. Ne crois surtout pas que ton idée de présenter la sœur aînée comme ta femme l'arrêtera en quoi que ce soit.

— Et pourquoi donc ?

— Il a une passion pour les jeunes femmes, surtout lorsqu'elles sont à son goût. Je le connais assez pour t'assurer qu'elle l'est.

— Mais, n'est-il pas marié lui-même ?

Gozo me gratifia d'un sourire cynique.

— Tu es bien naïf. Bien sûr qu'il est marié. Les musulmans peuvent compter légalement jusqu'à quatre épouses. Il répudiera donc l'une de ses femmes afin d'accueillir la nouvelle élue...

— Mais enfin si tout le monde la considère comme ma femme, il ne pourra rien y faire.

— Détrompe-toi ! Ton idée pouvait paraître bonne, mais en réalité, elle te met en danger. Tu deviens un obstacle entre cette fille et mon père. En revanche, si tu disparaissais subitement du paysage, l'émir aurait résolu son problème ...

— Mais enfin, il n'oserait tout de même pas...

Je fus interrompu par la servante au visage d'ébène. Après sa chute et l'aide inattendue de Judith, elle avait pu reprendre son service et nous proposait cette fois du sirop de rose. Songeur, je saisis l'un des gobelets d'argent et goûtai la boisson parfumée.

— La fin justifie les moyens, reprit Gozo en se saisissant à son tour de l'autre gobelet. Tu vas vite apprendre que mon père cultive deux passions : les femmes et le pouvoir. Je lui ai offert ces deux filles afin qu'il puisse se vautrer dans la première et pour lui dérober sa place sans même qu'il s'en doute. Rallie-toi à moi ; à nous deux, avec l'appui des Normands, nous pourrons régner sur cette île...

Une sorte de nausée m'avait gagné et la tête me tournait soudainement. Comment un fils pouvait-il tenir de tels propos et comploter de la sorte contre son propre père ? Dégustant doucement mon sirop, j'y voyais plus clair dans son jeu. C'était le pouvoir, son dessein ultime. Il était revenu dans le but de destituer son père et de régner sur l'île avec la bénédiction des Normands. Les manipulations sans scrupules de Gozo me montaient à la tête et, pour couronner le tout, il avait eu le culot de me proposer de devenir son complice.

Mais la soirée s'achevait et déjà les premiers visiteurs s'esquivaient. J'avais abandonné mon verre et il était temps de m'éclipser. Subitement, je me sentis mal. Mes tempes bourdonnaient et j'éprouvai le besoin de m'allonger au plus vite. Je filai saluer l'émir, passai chercher *mon épouse* et sa sœur et nous regagnâmes les appartements du palais où nous avions pris nos quartiers en tant qu'invités.

Chapitre 15
Entre ciel et terre

À l'image du palais, notre appartement était vaste et confortable. Il se composait de deux belles chambres qui donnaient sur une petite terrasse, elle-même séparée des jardins principaux par un muret. Ce secteur était réservé aux hôtes de l'émir, et le conteur Abbas occupait la chambre voisine de la nôtre. Comme il prenait l'air sur la terrasse attenante, au moment même où nous étions rentrés, nous l'avions salué et félicité pour ses histoires avant d'aller nous coucher. J'étais allongé depuis dans l'obscurité et mon mal de crâne s'était accentué. Le doux ruissellement d'une fontaine toute proche n'y faisait rien... Depuis notre retour, j'étais aux prises avec de vives nausées que je tentais de calmer en cherchant le sommeil.

Malgré mes efforts pour dormir, les pensées négatives m'assaillaient elles aussi par vagues. Étions-nous en danger dans cet endroit comme Gozo l'affirmait ? Fallait-il fuir loin d'ici et nous cacher quelque part ailleurs sur l'île tant que cela était encore possible ? Qu'auraient fait mes frères à ma place ? J'avais un instant envisagé l'idée saugrenue de réveiller les deux sœurs et de tenter de rallier la Sicile à l'aide du bateau de Gozo. Elles dormaient l'une contre l'autre dans la chambre voisine et, inexplicablement, mes nausées persistaient et s'accentuaient. L'envie de vomir m'avait désormais gagné. Avais-je mangé plus qu'à l'accoutumée ? Les effets conjugués de la chaleur et d'une nourriture différente avaient-ils eu raison de moi ? Je devais sans doute être en proie à une belle indigestion.

— Tu ne dors pas ?

Je me retournai difficilement dans mon lit et j'aperçus Judith debout sur le seuil.

— Je t'ai entendu gémir. Tu es malade ?

— Non, répondis-je d'une voix rauque et chevrotante. Je ne dors pas mais cela devrait aller. Retourne te coucher et ne t'inquiète pas pour moi.

Silencieusement, la jeune sœur s'était approchée de moi et, sans un mot, avait mis sa main sur mon front.

— Tu es brûlant, dit-elle sur un ton qui ne laissait place à aucune contestation.

Elle se saisit alors d'un linge qu'elle alla humifier à l'eau de la fontaine et revint aussitôt me tamponner délicatement le haut du visage. Elle m'avait également apporté un verre d'eau que je bus goulûment. Je tentai de bafouiller un remerciement mais ma bouche et ma gorge étaient si sèches que j'éprouvai le besoin de saliver de façon excessive. *Ce n'est pas une simple indigestion* pensai-je... Judith dut capter mon trouble.

— Je préviens ma sœur, me dit-elle sur un ton qui se voulait rassurant.

En un instant, Esther était à mon chevet et m'examinait attentivement à la lueur d'une lampe à huile allumée avec précaution.

— Tu as de la fièvre, tes traits sont tirés et tes yeux sont rouges et brillants.

— Je ne comprends pas, bafouillai-je.

— As-tu d'autres symptômes ?

— Mon ventre me fait souffrir maintenant. J'ai comme des sortes de crampes intenses.

Sans hésiter, elle passa aussitôt sa main droite sous ma tunique et me palpa la région de l'estomac.

— Ton abdomen est anormalement tendu me dit-elle.

À cet instant je fus pris d'un spasme si violent, que je

crus que mon estomac allait éclater. Sans céder à la panique, Esther se tourna vers sa sœur.

— Apporte-moi la plus grande quantité d'eau que tu pourras.

— Qu'en penses-tu? demandai-je sur un ton inquiet. Ce n'est pas une simple indigestion comme je le pensais initialement...

— Non. Je ne crois pas. J'ai déjà vu mon père soigner des patients qui avaient des symptômes similaires. Je crois que tu présentes tous les signes d'un empoisonnement.

Mon cerveau était en ébullition.

— Un empoisonnement! Mais comment? Je n'ai rien avalé d'autre que les plats auxquels tous les invités avaient accès.

Mon corps tout entier fut soulevé par un nouveau spasme, comme s'il essayait de se révolter maintenant contre un ennemi invisible. Esther faisait son possible pour dissimuler son inquiétude.

— T'a-t-on servi quelque chose de particulier?

— On m'a bien apporté du sirop en toute fin de soirée. C'était cette fille au visage d'ébène...mais je n'y ai rien décelé de curieux. La boisson n'avait pas d'autre saveur que celle de la rose et sa couleur était normale... Mon Dieu! Et si Gozo avait raison! Si l'émir lui-même tentait de me faire disparaître?

— Nous verrons cela plus tard, répondit-elle. Essaie plutôt de rester calme.

Elle semblait songeuse.

— Tu l'as bu complètement ce sirop?

— Non... à moitié seulement. Mais mes mots de tête ont commencé à partir de là...

— As-tu déjà entendu parler d'arsenic?

— Oui, répondis-je, luttant contre un nouveau spasme. Mon maître l'utilisait comme remède contre certaines maladies infectieuses, mais à très petites doses. Si la concentration est trop forte, son effet peut être mortel.

— Mon père, lui, l'appelle le *poison des rois*. C'est une poudre blanche, parfaitement insipide et inodore. C'est le poison idéal car il se mélange facilement à n'importe quelle boisson et ne laisse pas de trace dans le corps. C'est peut-être cela qu'on t'a fait boire ce soir. Ta présence ici dérange. Cela est certain.

Mes pensées étaient de plus en plus confuses. Mes pieds et mes mains étaient désormais gelés.

— J'ai froid, dis-je en manquant d'air.

Tandis que je frissonnais, Judith avait disposé à côté de moi tous les récipients qu'elle avait pu rassembler dans la chambre, tous consciencieusement remplis d'eau.

— Tu dois avoir raison, repris-je sur un ton rauque. Il doit s'agir d'arsenic... Tu sais ce que cela signifie...

Esther ne répondit pas immédiatement.

— Je vais mourir... Esther, les effets de l'arsenic sont foudroyants...

— Non ! Attends, tu te trompes ! dit-elle en me couvrant davantage. Il y a un moyen de limiter les effets de ce poison. Vois-tu cette eau ? Tu vas en boire le plus possible et vomir ainsi tout ce que tu as ingéré. C'est ce que ferait mon père, je pense.

Je ne percevais plus les paroles de la jeune femme qu'au travers d'un voile brumeux. Les deux sœurs me redressèrent à la hâte sur mon lit afin de m'installer en position assise. Déjà, elles approchaient de ma bouche une cruche entière. Elles allaient me gorger d'eau comme on remplit une outre vide...

— Joachim... ton maître, que ferait-il, lui, en tant que médecin ? S'il a déjà administré de l'arsenic à ses patients, il t'a sans doute parlé d'un antidote ?

La seule évocation de mon maître décédé me fit l'effet

d'une décharge. Comme si j'étais frappé par la foudre. Je vis alors la silhouette du prieur de Beaulieu, là dans la chambre, devant moi.

— Regardez ! bafouillai-je difficilement en recrachant la moitié du contenu de la cruche qu'on tentait de me faire boire... c'est Odon ! Il est vivant... il vient me sauver...

Esther s'adressa à sa sœur sur un ton qui se voulait rassurant.

— Il commence à délirer... C'est l'un des effets de ce poison. Continue à le faire boire, même s'il tente de t'en empêcher.

Je distinguais pourtant bien mon maître au travers d'une brume épaisse. Malgré les spasmes et les nausées accentués par l'eau que j'ingurgitais en grande quantité. Je fouillai alors au plus profond de moi-même et, subitement, j'eus une sorte de déclic... D'un geste volontaire, j'attrapai Esther par la nuque et collai son visage au plus près de ma bouche.

— Du charbon végétal, murmurai-je. Donne-moi de la poudre de charbon... c'est le remède...

Esther me regarda avec surprise.

— Du charbon végétal contre l'arsenic ? Tu es certain ? Mais comment...

— Vite, Esther.... Le marché de Mdina, trouve ce marchand de simples... et rapporte-moi de la poudre de charbon...

Esther me regardait, stupéfaite. Puis son visage s'éclaira et elle comprit ce que j'attendais d'elle.

— L'herboriste du *souk* ! Bien sûr. Je m'y rends immédiatement. Accroche-toi d'ici là. Elle me prit alors par les deux mains comme pour me saluer une dernière fois...

Mais c'était inéluctable... Pris dans un spasme plus violent que les autres, je me redressai subitement dans mon lit et je vomis tout ce que j'avais mangé et bu dans la soirée.

Esther se leva et me regarda avec compassion.

— Tu vas te sentir mieux à présent. Judith, veille sur lui, nettoie-le et surtout continue à le faire boire jusqu'à ce qu'il vomisse de nouveau. Ne vous inquiétez pas pour moi ! je reviens le plus vite possible.

D'un bon, la jeune fille avait enjambé le petit muret et elle disparut dans l'obscurité des jardins du palais.

Obéissant aux consignes de sa sœur, Judith continua consciencieusement à m'abreuver de l'eau de la fontaine tout en m'épongeant le front. Mon corps gelé était désormais aussi gonflé que celui d'un bœuf. Ma tête, plus lourde que le plomb, allait éclater. J'étais pris dans un délire terrifiant et la chambre se mit à tourner autour de moi.

C'est alors que je distinguai à nouveau une silhouette massive à mon chevet. Cette fois, il me sembla reconnaître l'épaisse silhouette du cadi. Que faisait-il là ? Je ne l'avais pas vu s'approcher, celui-là. Était-ce lui mon empoisonneur ? Venait-il vérifier les effets de la toxine qu'il m'avait inoculée, sans doute à la demande de l'émir ? Venait-il achever sa macabre besogne ? Pris de panique, j'appelai à la rescousse la jeune sœur restée à mon chevet.

— Judith... Empêche-le de m'approcher...empêche-le...

Elle me regarda, hébétée.

— Mais, il n'y a personne... répondit-elle, dissimulant au mieux son angoisse tout en s'efforçant d'humidifier mes tempes brûlantes pour me soulager.

Pourtant, la silhouette était toujours là. Mais cette fois je distinguais parfaitement son visage. Ce n'était pas le cadi, non ! C'était Odon ! Mon maître... Son regard bienveillant était posé sur moi.

— Maître ! Cette fois j'en suis certain, c'est vous n'est-ce pas ?

— Oui... Joachim, c'est bien moi...

— Maître ! Par quel prodige puis-je vous voir et vous

entendre ?

— Je suis venu t'apporter la paix.

Autour de moi, les murs de la chambre s'étaient totalement estompés. Je ne percevais plus que sa silhouette rassurante.

— Maître, est ce que je vais mourir ? Êtes-vous venu m'accueillir au seuil du Royaume ?

— Nul ne le sait. Seul le passé est certain et personne ne peut prédire l'avenir... Il ne peut être exprimé que sous la forme de probabilités.

— Maître, alors pourquoi êtes-vous à mes côtés ?

— Tu es en prise avec une grande souffrance. Tu dois rester serein et je suis là pour t'y aider.

— Maître, vous ne pourrez pas me ranimer cette fois [1].

— Non, mais je peux trouver les mots pour soulager ta peine.

— Maître, pourtant, c'était bien vous tout à l'heure ? ... C'est bien vous qui m'avez soufflé le nom de ce remède afin de me donner une chance...

—Tu me prêtes un rôle que je ne peux pas jouer. L'évocation de mon nom aura provoqué la réminiscence d'un savoir que tu avais déjà. Si tu survis, tu ne le devras qu'à toi-même. Tu auras mis en place une conjonction de facteurs favorables.

— Quels facteurs ?

— Tes connaissances personnelles et la confiance que tu as su générer chez ces jeunes femmes pour qu'elles déploient l'énergie nécessaire à te sauver.

— Maître, Esther va-t-elle réussir ? Je ne sens déjà plus mon corps et je n'ai plus la perception du monde.

— Ni toi ni moi ne pouvons l'aider dans sa quête. En revanche nous pouvons l'accompagner par la pensée.

---

1. Voir *Les étoiles d'Orion, Cluny 1095*, chapitre 25 : le chevalier de Saint-Ange.

Sache qu'on peut œuvrer pour autrui tout en restant inactif. Le secret réside dans la force de la pensée.

— La force de la pensée ?

— Oui, la pensée est une arme lorsqu'elle sait être dirigée à bon escient.

— Comme la prière ?

— Oui, une pensée positive ou une prière pour autrui peuvent avoir un effet insoupçonné. Si tu veux aider ton amie et t'aider toi-même, soutiens-la maintenant en pensée de toutes tes forces...

Après un temps de recueillement, Odon se releva et je distinguai un peu mieux sa silhouette. Il semblait plus jeune que dans mon souvenir et il avait un je-ne-sais-quoi dans son regard qui m'apaisa immédiatement.

— Maître, veillez-vous sur moi comme une sorte d'ange gardien ? J'ai souvent le sentiment que vous êtes proche. Je sens souvent votre présence à mes côtés.

— La frontière est ténue entre ceux qui vivent leur vie et ceux qui l'ont quittée. Vois-moi plutôt comme un vieil ami s'enquérant de ta santé.

Je sentis l'émotion me gagner. Depuis mon entrée à Cluny comme novice, Odon avait été plus qu'un père pour moi. Sa subite apparition me confortait dans ce lien qui nous unissait... Le tragique de la situation et ma souffrance physique s'étaient totalement évaporés en présence de mon maître. Je me sentais soudain infiniment mieux.

— Maître, je n'ai pas peur de mourir, mais il y a une question que j'aimerais vous poser...

— Je t'écoute.

— Maître, à quoi ressemble le royaume de Dieu ?

Odon esquissa un sourire et me jeta un coup d'œil amusé.

— Tu as toujours l'esprit curieux... C'est une question difficile qui demande réflexion...

— S'il vous plaît Maître ? Si je meurs maintenant,

j'aimerais savoir ce qui m'attend...

Il poursuivit après un bref instant.

— Les choses sont plus complexes qu'elles n'y paraissent. Tant que nous sommes sur la terre, définir la nature de l'au-delà reste une gageure. Nous sommes prisonniers de nos cinq sens alors que Dieu vit dans un univers si différent que nous ne pouvons le concevoir.

— Mais vous, Maître, cet univers, vous avez pu l'appréhender ! Comment est-il ?

Odon garda le silence un instant. Je croisai son regard, qui dégageait une incroyable intensité.

— Te rappelles-tu les paroles que Jean prête à Jésus dans l'Évangile : *Il y a plusieurs demeures dans la maison de mon Père*[2] ?

— Oui, Jésus s'y adresse à ses disciples pour les rassurer alors qu'il s'apprête à les quitter.

— Selon toi, qu'est-ce cela signifie ?

— Cela évoque pour moi l'immensité de la miséricorde divine, grâce à laquelle il y a place pour tous dans la maison du Père.

— Bien ! C'est une interprétation juste... Mais il y en a d'autres... Par cette phrase, Jésus signifie aussi, qu'après sa vie terrestre, chacun d'entre nous accède à une *demeure* qui correspond à son degré d'évolution personnelle.

Devant mon visage perplexe, Odon esquissa un petit rire.

— Eh bien quoi ? Tu t'attendais sans doute à ce que je te décrive l'au-delà comme un paradis joyeux, peuplé d'anges joufflus et miséricordieux ?

— Non, mais votre réponse me laisse un peu sur ma faim...

— Lorsque nous mourons, notre âme renaît dans un monde qui correspond à son degré d'évolution. Ainsi, Il existe différents plans qui accueillent chacun d'entre nous.

2. Évangile de Jean 14 2

C'est la compréhension ésotérique de ces *demeures* dont parle Jésus. Mais les niveaux les plus hauts, ceux où l'on touche au savoir absolu, ceux-là ne sont accessibles qu'aux plus avancés d'entre nous. La connaissance ultime qui relève du monde de l'*Esprit* ne peut être révélée qu'à ceux qui sont capables de la comprendre.

— Pourquoi donc ?

Imagine que tu séjournes dans une grotte obscure pendant plusieurs années et que, subitement, on t'expose à la pleine lumière du soleil. Qu'adviendrait-il de toi ?

— Je serais frappé de cécité et je perdrais la vue ?

— Exactement. Il en est de même avec l'au-delà et la connaissance de Dieu. Nous cheminons tous, morts ou vivants, sur un chemin tortueux où les choses ne peuvent nous être dévoilées qu'au gré de nos apprentissages. Lors de la mort terrestre, pour le commun, seule une partie du voile tombe. Nous devons donc continuer à progresser sur le chemin de la connaissance pour lever d'autres voiles...

— Vous voulez dire que, même mort, on doit continuer à travailler, à apprendre et à faire des efforts ?

Cette fois-ci mon maître éclata de rire.

— Ne me dis pas que tu crois qu'on gagne le paradis dans le seul but de s'y *reposer éternellement* ?

— Euh, bien sûr que non... dis-je sur un ton hésitant.

— Retiens simplement qu'il existe trois niveaux. Le monde *physique*, qui est le domaine du corps, le monde de l'*âme*, dans lequel nous résidons lorsque nous mourrons, et le monde de l'*Esprit*, vers lequel nous tendons tous.

—Maître, qu'est ce qui nous pousse donc ainsi vers l'*Esprit* ?

— Cela peut sembler bien naïf, mais je crois profondément que la femme et l'homme sont naturellement attirés vers le beau, le juste et l'amour universel.

— Maître, ce monde de l'âme où vous résidez... Comment est-il ?

— La mort, vois-tu, ce n'est rien d'autre que la vie après la vie... Tout comme sur la terre, on continue à faire des rencontres, à avoir des passions, à réaliser des projets et à apprendre de ses expériences.

— Mais enfin, lorsqu'on meurt, on n'a plus de corps... Comment fait-on pour vivre sans enveloppe charnelle ?

— Ai-je l'air si différent aujourd'hui ? En ce moment, là devant toi, n'ai-je pas un corps sensible ? Ne te semble-t-il pas moins grossier que celui que tu côtoyais de mon vivant ? Et toi-même, n'as-tu pas expérimenté récemment les possibilités de ce que les chrétiens nomment âme ?

— Comment vivez-vous donc dans ce monde de l'*âme* ?

— Il y a quelques différences avec la vie telle que tu la connais.

— Des différences ?

— La première est que tous nos sens sont magnifiés. Les perceptions visuelles et auditives sont plus larges et ce monde est d'une grande beauté. L'image du *Jardin d'Eden* dont parle la Genèse lui correspond assez bien. J'ajoute que la nature y est florissante et que l'homme cohabite paisiblement avec toutes sortes d'animaux.

— Et quoi d'autre encore ?

— On y est débarrassé des contraintes liées au monde de la matière dense. Ainsi, toutes les frustrations terrestres liées à l'argent n'existent plus. Nul besoin *de gagner sa vie à la sueur de son front* pour citer encore la Genèse [3]. Chacun est libre par exemple d'y créer son habitation et de vivre à la mesure de ses envies et de son imagination.

Face à ma mine incrédule, il ajouta.

— Comme je te le disais, la pensée est une arme. Dans

3. Dans le livre de la Genèse, Dieu chasse les deux premiers êtres humains du Jardin d'Éden : il condamne Ève à enfanter dans la douleur et Adam à gagner son pain à la sueur de son front.

ce monde *post mortem*[4] elle se matérialise très facilement. On utilise la force de la pensée pour communiquer ou pour créer toutes sortes de choses usuelles ou artistiques. Je ne te cache pas que cela donne parfois des résultats surprenants ! L'imagination humaine est sans limites...

Je n'y avais pas prêté attention jusqu'alors : c'était la première fois que je voyais mon maître sans sa coule de moine. Il portait un vêtement fluide et élégant qui contrastait vivement avec le noir usuel des bénédictins.

— As-tu d'autres questions ?

— Oui ! Je serais très curieux de savoir comment vous vous nourrissez ? Ou encore si vous éprouvez toujours la nécessité de dormir ?

— Voilà des questions essentielles ! répondit-il sur un ton amusé. Retiens simplement que nous sommes débarrassés de l'ensemble des besoins physiologiques... Nous n'avons donc plus à nous nourrir pour vivre... Seuls les aspects conviviaux des repas sont conservés pour ceux qui le souhaitent. Nous pouvons profiter ainsi de tout ce que la nature généreuse de ce monde met à notre disposition et le magnifier à notre guise.

— Cela doit être bien agréable de vivre dans un tel monde.

— Les choses y sont plus faciles. L'univers de *l'âme ne* connaît pas les difficultés propres à la vie terrestre : il n'y a pas de haine entre les êtres qui s'y retrouvent par affinités. En comparaison, l'existence sur terre est une épreuve car elle nous confronte tôt ou tard à l'adversité, la vieillesse, la maladie, la guerre, la pauvreté ou l'injustice. Il est donc bien légitime qu'on puisse, une fois *là-haut*, se reposer quelque temps afin de se remettre d'un vécu terrestre souvent difficile. Mais crois-moi, la nature profonde de l'être humain est de s'élever. Même en bénéficiant de ses

4. Post mortem est une locution latine signifiant « après la mort ».

facilités, on ne s'y arrête qu'un temps et on se remet vite en quête de savoir afin d'accéder à quelque chose de bien supérieur encore.

— Maître, pourquoi devons-nous affronter l'injustice et la dureté de la vie sur terre ? Pourquoi n'avons-nous pas tous accès directement au monde de l'*âme* ?

— Ne te méprends pas sur le sens de mes propos. La vie terrestre reste *la vie* à part entière : elle est intense et mérite d'être vécue pleinement. Elle est surtout une étape indispensable à toute évolution car des conditions plus dures facilitent l'apprentissage. Les contraintes ou l'adversité permettent à beaucoup de se révéler. On progresse moins vite quand les circonstances sont trop favorables.

— Maître, il y a tout de même des choses qui me révoltent ici-bas. Comment Notre Seigneur peut-il tolérer ces conflits qui foudroient les familles et brisent les destinées. Comment accepter que j'aie perdu mon père dans une guerre contre les Maures où que vous-même m'ayez quitté à la suite de cet affrontement stérile avec le seigneur d'Helgon ?

— Tu poses là un grave problème. Mais ne rends pas Dieu responsable d'évènements qui sont uniquement imputables au désir de pouvoir et à l'avidité de certains hommes. En revanche, ta question est recevable pour les catastrophes naturelles ou les épidémies.

— C'est vrai. Comment les justifiez-vous ?

— Je n'ai pas de réponse définitive... Mais, comme je te le disais, elles peuvent être considérées comme utiles car il nous faut les surmonter et affronter l'adversité qu'elles provoquent. La plupart de nos saints, ceux qui aujourd'hui même côtoient les sphères supérieures de l'*Esprit*, se sont souvent révélés dans des conditions extrêmes. Je ne dis pas qu'il faut souffrir pour grandir et qu'il faille souhaiter que des atrocités se produisent sur terre. Mais force est de constater que, lorsque des catastrophes surviennent, elles sont souvent la source d'avancées majeures qui font progresser l'humanité dans le sens du bien : l'homme doit créer, se dépasser et s'oublier lui-même pour les vaincre.

— Maître, j'ai une autre question. Dans la demeure où vous résidez, y-a-t-il uniquement des chrétiens ou trouve-t-on également des juifs, des mahométans ou des adeptes d'autres croyances ?

— Qu'en penses-tu toi-même ?

— À vrai dire, je suis étonné par toutes ces personnes que j'ai rencontrées depuis notre départ de Cluny et qui n'ont pas la même religion que nous.

— En quoi sont-elles étonnantes ?

— Eux aussi, ils croient en un Dieu. Eux aussi, ils prient et suivent différentes règles pour gagner leur salut. Le plus surprenant est qu'ils nous considèrent de la même façon que nous les considérons nous-mêmes. Prenez les mahométans. Pour eux nous sommes des mécréants. Pour nous, ils sont des infidèles.

— Quelle est donc ta conclusion ?

— Nous avons le même Dieu, mais nous l'appelons différemment. C'est l'ignorance et le mépris de l'autre qui conduisent à cette vive adversité entre les hommes de confessions différentes.

— Bien ! Ton premier voyage est déjà riche d'enseignements. Sois-en assuré, il n'y pas une religion meilleure qu'une autre. Elles fournissent toutes des règles de vie un peu différentes, car elles ont été érigées en fonction de la situation géographique et des conditions climatiques de leur peuple à une époque précise.

— Donc, tous les hommes peuvent accéder au monde de l'*âme* puis au monde de l'*Esprit* ?

— Évidemment ! Ce n'est pas la religion ni la race qui

comptent. Ne crois surtout pas que les partisans d'une seule religion iraient au ciel et que les autres en seraient privés ou seraient livrés aux affres de l'enfer et d'une bande de démons s'ils ne respectaient pas certaines règles. C'est absurde. Ce qui compte, c'est le degré de spiritualité et pas le nom que nous donnons à Dieu. Il n'est pas un juge qui passe son temps à regarder ses créatures se combattre en son nom pour récompenser seulement les plus méritants...

— Maître, les religions sont-elles néfastes si elles ont pour conséquence d'opposer les hommes plutôt que de les rassembler ?

— Les religions ne sont pas néfastes. Elles peuvent réellement aider ceux qui en ont besoin à avancer sur le chemin spirituel. Rappelle-toi que la plupart des hommes et des femmes de ton temps sont illettrés et n'ont pas accès aux Saintes Écritures. Il faut donc des lieux de culte, des offices et des règles à respecter pour donner aux fidèles la possibilité de se rassembler et de progresser dans une quête spirituelle. La méditation et la prière sont utiles, que ce soit dans une mosquée, une synagogue ou une église.

— Donc elles sont tout de même nécessaires ?

— Oui, dès lors qu'elles n'attisent pas la haine de l'autre. Le souci majeur que posent les religions, c'est qu'elles sont souvent utilisées par quelques-uns à leur profit et dans le seul but d'asseoir leur domination. Que penser de gens qui sont prêts à persécuter ceux qui ont des croyances différentes pour les convertir ou pour les sauver ? Que penser de ceux qui, au nom du Christ, celui-là même qui prône l'amour de son prochain comme règle fondamentale, appellent à la guerre sainte contre les infidèles ? Chaque religion comporte sa somme de bigots et de dévots qu'on juge parfois excessifs mais ceux-là ne sont rien en comparaison de ceux qui utilisent la religion pour détourner l'aspiration naturelle de l'homme vers la spiritualité et s'en servir habilement pour asseoir leur propre pouvoir.

Je conversais avec Odon et je n'avais plus aucune conscience du temps ni de l'espace. J'étais en paix et, hormis la joie d'avoir retrouvé mon maître, plus rien ne m'importait. Moi qui pensais l'avoir perdu à jamais... Je savais maintenant qu'il serait là avec moi et que, quoi qu'il m'arrive, je pourrais compter sur sa présence.

Mon attention fût alors attirée par un bruit tout proche. Immédiatement, je perçus à nouveau le palais, la chambre, le lit sur lequel j'étais allongé et Judith qui se tenait silencieusement agenouillée à mes côtés. Mon corps me fit de nouveau souffrir atrocement et j'eus l'impression que ma tête allait exploser.

— Esther ? Est-ce toi ? questionna Judith.

D'un seul bond la jeune fille s'était levée. Elle se rua aussitôt à la rencontre de sa sœur qui franchissait le petit muret et pénétrait dans la chambre obscure. J'allais vite être fixé sur ce qui m'attendait maintenant : la vie ou la mort...

Esther avait été rapide. Avait-elle pu trouver cet herboriste ? Avait-elle pu se procurer la poudre de charbon que j'avais aperçue sur son étal de simples ? C'est alors qu'une voix inconnue nous interpella... Je tournai la tête pour comprendre... À ma plus grande surprise, ce n'était pas Esther ! Non. Contre toute attente, je reconnus la jeune servante au visage couleur d'ébène. Que faisait-elle là, en pleine nuit ?

— Elle dit s'appeler Hiba, me traduisit Judith. Elle dit que ma sœur a été arrêtée par la garde du palais alors qu'elle tentait de pénétrer dans l'enceinte. Hiba a entendu l'altercation avec les sentinelles. Elle est venue nous prévenir.

Mon sang se figea dans mes veines. Je n'avais même plus la force de réagir. Les deux filles se lancèrent alors dans un palabre dont les mots incompréhensibles me parvenaient au travers d'un voile brumeux. Judith se pencha vers moi et me résuma la situation.

— Ma sœur a expliqué aux gardes que tu étais malade et elle leur a montré une fiole qu'elle te rapportait. Mais ils n'ont rien voulu savoir et ils l'ont aussitôt enfermée dans l'une des geôles du palais. C'est Badis, leur chef, qui devra décider de son sort.

Je m'agrippai aux manches de Judith avec l'énergie du désespoir.

— Apporte-moi ce remède maintenant où c'en est fini de moi...

Judith me prit la main et la posa délicatement contre sa joue.

— Je vais tout faire pour trouver Esther et revenir au plus vite avec cette poudre.

Elle s'adressa alors à Hiba sur un ton décidé.

— Elle est d'accord pour nous aider et pour me conduire jusqu'à l'endroit où ma sœur est détenue.

D'un bond elle se leva et entraîna la servante dans son sillage. Elles disparurent toutes deux à travers l'ouverture. Autour de moi, les murs du palais se mirent à tourner et je sombrai à nouveau dans l'inconscience.

Chapitre 16
La nuit au palais

Au cœur de la nuit, le palais silencieux était peuplé de craquements et de bruissements. Telles deux ombres, Hiba et Judith se dirigeaient vers la salle des gardes située à l'opposé.

— Pourquoi ces soldats s'en sont-ils pris à ma sœur ?

— Ils ont pour consigne d'arrêter toute personne s'introduisant dans le palais la nuit sans autorisation.

— Ils savent pourtant que nous sommes les hôtes de l'émir ?

— Les gardes du palais n'obéissent plus à l'émir depuis bien longtemps.

— Qui est donc leur chef dans ce cas ?

— C'est son fils cadet, Badis. C'est lui qui est le chef de ces hommes d'armes.

— Mais alors l'émir et le cadi ?

— Officiellement, Ce sont eux qui commandent, avec l'aval des Normands, mais tu vas vite t'apercevoir que toutes les décisions importantes sont prises par Badis ibn al-Mamoun. Lui seul a l'autorité de faire libérer ta sœur et il faudra attendre demain pour cela.

— Mais enfin, ma sœur n'a rien fait de mal !

— Les gardes obéissent à Badis… ils se fichent du bien et du mal.

— Comment allons-nous faire pour approcher ma sœur si elle est enfermée ?

Hiba s'arrêta et fit face à Judith dans la pénombre.

— Écoute, lorsque nous arriverons à l'endroit où ils la détiennent, tu me laisseras parler. Je sers dans ce palais depuis assez longtemps pour bien les connaître. Ce que nous voulons est simple : l'approcher, récupérer cette fiole et revenir au plus vite soigner le mari de ta sœur. Demain, il sera temps de voir ce que l'on pourra faire pour l'aider à son tour.

— Merci pour ton aide. Mais pourquoi fais-tu cela? Tu ne nous connais même pas!

— Dans le pays dont je suis originaire, il y a un proverbe qui dit *le destin n'aide pas ceux qui ne s'aident pas.* Tu m'as secourue tout à l'heure lorsque je suis tombée. Cette fois c'est mon tour... Mais je n'ai encore rien fait. Attends encore un peu avant de me remercier. Je connais bien ces hommes, et crois-moi, ils ne sont pas commodes...

Telles deux ombres dans la nuit, elles avaient atteint le local des soldats.

— Les cellules sont toutes au sous-sol, murmura Hiba. La seule façon d'y accéder est d'emprunter un escalier qui se trouve juste là, dans cette salle. Il va nous falloir convaincre ces deux hommes de nous laisser accéder à ta sœur...

— Qui va là? demanda une voix.,

— C'est moi, Hiba. Je suis accompagnée de Judith dont vous avez arrêté la sœur cette nuit.

— Que voulez-vous? s'enquit le garde. Approchez-vous dans la lumière afin que je puisse observer vos visages.

— Elle souhaiterait voir sa sœur, expliqua Hiba en relevant la tête vers la torche du surveillant.

Elle ajusta aussitôt le voile qui lui masquait la partie inférieure du visage avant de poursuivre.

— Le jeune homme qui les accompagne est malade. Sa sœur a dû partir chercher un remède chez l'herboriste du *souk*. C'est la raison pour laquelle elle a dû quitter le palais en pleine nuit.

— Il n'est pas question de libérer cette fille sans ordre. Tu connais la procédure. Si tout cela nous est confirmé demain matin par Badis, la fille sera aussitôt libérée et tout rentrera dans l'ordre.

— Je comprends ton point de vue. C'est grâce à des hommes tels que vous qu'on peut se sentir en sécurité à Mdina. Mais on ne vous demande pas de la libérer maintenant. On voudrait seulement l'approcher et récupérer ce remède pour l'administrer à ce jeune homme qui en a grand besoin.

Le garde semblait hésiter. Il jeta un coup d'œil à l'autre homme, qui devait être son supérieur et qui restait silencieux dans la pénombre. Judith s'avança à son tour.

— C'est une question de vie ou de mort, lança-t-elle, sans retenue. Le chrétien a été empoisonné. Ce remède est sa seule chance d'échapper à la mort ! Laissez-moi voir ma sœur immédiatement afin qu'on puisse avoir une chance de le sauver.

Hiba lui prit aussitôt la main. Il fallait que Judith se taise car elle risquait de compliquer la situation. La réaction du second garde ne se fit pas attendre.

— Un *nasrani* va mourir et tu voudrais qu'on compatisse ? répliqua-t-il sur un ton glacial. Ne sais-tu pas que ces chrétiens nous affament depuis des années ?

— Elle exagère, tempéra aussitôt Hiba. Écoutez... si vous nous laissez la voir, juste un instant, je vous promets de vous revaloir cela dès demain. Vous me connaissez, je travaille à la cuisine du palais... Je pourrais vous procurer de meilleures rations dès la nuit prochaine pour vous remercier.

Une lueur étrange parcourut le regard du second garde.

— La vie ou la mort d'un *franj* m'importe peu... Mais puisque tu souhaites monnayer un entretien avec cette fille, jusqu'où serais-tu prête à aller pour que ton *nasrani* ait son remède maintenant ?

— Que veux-tu dire... C'est de l'argent que tu veux ?

— Non, tu m'as mal compris. Je ne veux rien... C'est toi qui quémandes quelque chose ici.

Il s'était levé. Il s'approcha d'Hiba et la toisa des pieds à la tête comme on contemple un fruit mur.

— Qu'est-ce qu'une servante aussi avenante pourrait offrir à des gardes consciencieux ? Voilà la question que tu devrais te poser.

— Quoi ? Mais c'est immonde, intervint Judith, tu ne veux tout de même pas que...

— Je suggère une façon rapide et agréable de vous aider, rien de plus...

— N'as-tu pas honte, protesta Hiba. Quel croyant es-tu pour me demander pareille chose ? Ne sais-tu pas que le prophète Muhammad lui-même interdit aux musulmans de contraindre les femmes, servantes comprises, à la prostitution [1] !

— Si vous n'avez rien de concret à nous proposer, passez votre chemin et bonne nuit.

— Attends... rétorqua Hiba. Nous pouvons payer... Combien veux-tu ?

— Si c'est d'argent dont il s'agit cette fois, nous nous contenterons de deux dirhems. Comme nous sommes deux et qu'il s'agit d'un tarif de nuit, cela fera un total de cinq pièces d'argent pour cette visite.

— Cinq dirhems d'argent ! Mais comment veux-tu que nous nous procurions une telle somme ?

— Je t'ai donné l'alternative... Si vous préférez payer, libre à vous... Ce *franj* doit être riche, on dit partout qu'il est le fils d'un dignitaire important. Trouve sa bourse et

1. Coran 24/33 : [...] *Et dans votre recherche des profits passagers de la vie présente, ne contraignez pas vos femmes esclaves à la prostitution si elles veulent rester chastes. Si on les y contraint, Allah leur accorde, après qu'elles aient été contraintes, Son pardon et Sa miséricorde.*

rapporte-nous cette somme. À quoi lui servira sa fortune, une fois mort ?

Hiba pris Judith à l'écart.

— Je te l'avais dit. Ces gardes sont abjects. On ne pourra pas les infléchir. Disposes-tu de cette somme ?

— Bien sûr que non. Je ne possède rien ! Ni moi, ni ma sœur !

— Et son époux ? C'est vrai que l'on prétend au palais que c'est un personnage important... Un copiste qui parcourt le monde. Il a forcément de l'argent ! Payons ces hommes avec sa bourse et ainsi, il aura la vie sauve.

— C'est compliqué à expliquer maintenant, mais sois assurée que Joachim est plus pauvre que Job [2] lui-même.

Hiba jeta à Judith un regard plein d'étonnement.

— Si c'est le cas, nous sommes coincées. Je ne suis qu'une simple servante ; je ne possède pas un tel montant.

— Il doit bien y avoir une solution, rétorqua Judith. On ne peut tout de même pas le laisser mourir...

Hiba semblait résignée.

— Dans ce cas je vais retourner les voir... et tenter de les convaincre à nouveau.

Le visage de Judith s'illumina soudain.

— Non, c'est inutile. ! clama-t-elle sur un ton plein d'espoir. Je sais où trouver cet argent. Suis-moi, cette fois, c'est moi qui vais te guider.

Judith entraina Hiba à travers les couloirs obscurs et, contre toute attente, elle la ramena à leur point de départ : la chambre de Joachim.

— Je ne comprends pas... tu disais toi-même que vous n'aviez rien.

2. Job est un personnage de la Bible, héros du Livre de Job. Ce livre est classé parmi les Ketouvim au sein de la bible hébraïque, et parmi les livres poétiques de l'Ancien Testament pour les chrétiens. Il est également cité dans le Coran en tant que prophète (en arabe : *'ayyoûb*).

— Exact, répondit Judith, nous n'avons pas un sicle[3]... En revanche, notre voisin le poète de cour, lui, est riche... Pense à toutes ces pièces qu'il a dû ingurgiter en guise de salaire !

— Pourquoi accepterait-il de vous aider ? Autant aller réveiller l'émir et lui exposer la situation !

— Surtout pas. Selon Joachim, son empoisonneur... serait l'émir lui-même ! Nous devons nous introduire dans la chambre de cet Abbas, trouver sa bourse et en ressortir le plus vite possible.

— C'est du vol, répliqua Hiba. Si nous étions surprises, je risquerais la vie pour cela.

— Tu en as assez fait pour cette nuit. Je vais y aller seule. Reste ici et fais-moi signe si quelqu'un vient.

Hiba n'eut pas le temps de répondre. Judith avait déjà disparu sur la terrasse. Quelques instants plus tard, la jeune sœur Espinosa était de retour. Elle tenait un petit sac d'étoffe dans la main.

Judith était livide... comme si elle avait vu le diable en personne. Elle détourna les yeux lorsqu'elle se porta à la hauteur d'Hiba.

— Tiens, dit-elle en lui tendant la bourse. Cela devrait permettre de payer ces hommes.

La servante ouvrit de grands yeux en découvrant le contenu du sac.

— Il y a là-dedans une vraie fortune... De ma vie, je n'ai jamais vu autant de pièces. Il y a surtout des dinars en or...

— Ne perdons pas de temps et apportons à ces deux scélérats ce qu'ils demandent. Rien de plus...Laissons le reste ici. Nous aviserons ensuite...

Elle jeta un coup d'œil vers Joachim dont le sommeil était très agité.

---

3. Le sicle est une ancienne unité de poids et une devise monétaire qui était en usage parmi plusieurs peuples du Levant dont les anciens Hébreux.

— Vite, le temps presse !

Une fois payés, les deux gardes ne firent aucune difficulté. Les jeunes femmes trouvèrent Esther, résignée au fond d'une cellule sombre et puante. Hormis une minuscule ouverture vers le haut d'où filtrait la faible lueur d'une cour intérieure, l'obscurité était totale.

Lorsqu'elle les aperçut dans l'escalier menant aux geôles, elle poussa un grand cri de soulagement.

— Judith ! Mais par quel miracle as-tu pu convaincre ces deux-là ? Ils se contrefichent bien qu'un homme puisse mourir.

— Je t'expliquerai plus tard. Donne-moi le remède et dis-moi comment l'administrer à Joachim.

Esther lui tendit la petite fiole de verre à travers les barreaux de sa minuscule cellule.

— Mélange un peu de cette poudre noire dans de l'eau et fais-le boire autant qu'il le peut encore. Cela devrait le soulager rapidement, s'il n'est pas trop tard...

C'est alors qu'elle aperçut la jeune servante qui était restée silencieuse derrière sa sœur.

— Je suis là grâce à Hiba. C'est elle qui nous a avertis de ton arrestation.

Esther n'eut même pas le temps de remercier la jeune servante. Les deux filles disparaissaient déjà dans l'escalier. À l'étage, les deux gardes se partageaient encore leurs gains inespérés.

— Pas un mot sur ce qui s'est passé cette nuit, menaça le chef.

Judith se retourna et lui fit face.

— *Celui qui sème l'injustice moissonnera son propre malheur.* On m'a appris cette phrase lorsque j'avais sept ans. Elle fut prononcée par le roi Salomon, celui-là même qui gouvernait mon peuple lorsque fut érigé le premier temple de Jérusalem. Maintenant, tu la connais ; tout comme moi. Tâche d'en faire bon usage...

Sur ces paroles, elle tourna les talons. Alors qu'elles disparaissaient dans les couloirs obscurs, le garde, perplexe, s'adressa alors à son subalterne :

— Tu savais que les deux filles ramenées par Abu étaient juives ?

Chapitre 17
Judith Espinosa

L'obscurité d'une nuit sans lune baignait toujours ma chambre et j'avais perdu toute notion de temps. J'alternais entre l'inconscience et de maigres périodes de réveil où je reprenais contact avec la réalité. Respirer était un supplice et mon abdomen m'évoquait la corde d'un arc qu'on tend un jour de tournoi. J'avais tellement bu qu'imaginer la moindre goutte d'eau me donnait la nausée. J'avais tellement vomi que mon estomac était plus vide qu'une outre après la traversée d'un désert aride. Mes forces m'abandonnaient et je me sentais las. Où donc étaient passées les deux sœurs et la servante à la peau foncée ? Seul, en proie à un délire terrible, j'avais des hallucinations. Avais-je rêvé tout à l'heure ? Était-ce bien mon regretté maître avec qui j'avais conversé où étaient-ce les effets de cet effroyable poison ?

J'avais à nouveau basculé ailleurs... dans une autre réalité. Je ne sais pas comment, mais je me retrouvai soudain flottant dans une chambre du palais, assez similaire à la mienne. Là, un homme était allongé sur un lit en tout point identique au mien. Il se tordait de douleur lui aussi...

Mon Dieu ! Avais-je quitté mon corps, comme cela s'était déjà produit dans le cloître de Cluny [1] ? Était-ce moi que je contemplais ? Pourtant, ce n'était pas la même pièce... Regardant encore, je reconnus la silhouette malingre et le crâne dégarni de Gozo. Quelle vision terrible... À dix pieds de moi, j'observai mon ravisseur se tordre de douleur, tel

1. Voir *Les étoiles d'Orion, Cluny 1095*, chapitre 6 : Première mort.

un misérable vermisseau. Je compris aussitôt pourquoi il grimaçait ainsi. Il se débattait contre l'arsenic. Lui aussi avait été empoisonné ! Mais comment ? Et par qui ? Son propre père ?

Je me remémorai à nouveau la toute fin du banquet... Le poète Abbas venait d'achever sa prestation... L'étrange servante noire s'avançait vers nous deux... Elle tenait un plateau contenant deux gobelets en argent... L'un d'eux m'était destiné...L'autre était forcément pour Gozo ! Était-ce elle l'empoisonneuse ? Agissait-elle sur ordre de l'émir ou du cadi ?

Gozo m'avait mis en garde sans se douter que lui aussi était menacé ! À son teint verdâtre et aux minces filets de salive qui s'écoulaient de ses lèvres, je compris que sa mort était proche, imminente... Elle s'apprêtait à faire son œuvre et il n'allait pas tarder à me rejoindre. C'était terrible, mais au fond de moi je ne ressentais aucune pitié pour cet homme. Je n'avais qu'une crainte désormais : devoir recroiser sa route dans cet au-delà qui nous attendait tous les deux. Allait-il continuer à me gâcher la vie, même mort ? Les paroles de mon maître à propos du monde de l'âme me revinrent aussitôt en tête : *Il n'y a pas de haine entre les êtres qui s'y retrouvent par affinités.* J'allais pouvoir le vérifier très vite.

Subitement, je sentis une violente traction au niveau de l'estomac, comme si un diable malin tentait de m'attirer vers lui. C'était mon propre corps. Il se faisait à nouveau sentir et me rappelait à lui...

Je me retrouvai à nouveau allongé sur mon lit de souffrance. Une douleur vive me striait la tête d'éclairs jaune violacé. Mais cette fois, je n'étais plus seul. Judith, attentive et dévouée, se tenait à mes côtés. Elle avait délicatement passé sa main sous ma nuque et me relevait doucement la tête afin que je puisse avaler le breuvage qu'elle portait à mes lèvres.

— Bois… c'est le remède rapporté par Esther. Tout va bien se passer désormais…

Il n'est pas d'antidote contre l'arsenic qui soit à la fois plus simple et plus puissant que le charbon végétal. Cette poudre sombre, si ténue, si fine, si déliée, était issue de la calcination du bois à haute température. Connues depuis l'Antiquité, ses vertus thérapeutiques étaient déjà utilisées par les Égyptiens et les Grecs pour contrer diverses pathologies telles que l'épilepsie ou la chlorose… Sous sa forme activée, la poudre de charbon était encore plus efficace. On l'obtenait à partir d'une seconde calcination à laquelle on injectait de la vapeur d'eau pressurisée. Ainsi purifié, le charbon devenait alors poreux et sa capacité d'absorption s'en trouvait renforcée. Il faisait alors de véritables miracles en détoxiquant en profondeur les intestins et le foie. Telle une éponge, il absorbait aussi les métaux lourds et réduisait à néant les venins de serpents ou d'insectes et les poisons mortels tels que l'arsenic.

Alors que la potion faisait lentement son effet sur moi, je contemplai ma jeune sauveuse agenouillée à mes côtés. Je tournai légèrement la tête sur le côté dans sa direction et je me forçai à sourire pour lui exprimer ma gratitude. Après les épreuves qu'elle avait dû affronter depuis son rapt, son courage et sa détermination à me secourir la rendaient profondément humaine. Son regard et sa posture m'évoquaient ces statues de la Vierge Marie que l'on admirait partout dans les églises.

Marie, mère de Dieu et de tous les hommes. La personne la plus parfaite de la création, choisie par Notre Seigneur pour la sublimation du Ciel et de la terre.

N'étaient-elles pas toutes deux filles d'Israël ? Marie, une femme juive en son temps qui manifesta la lente préparation du dessein Divin. Au travers de Judith, envahie de Grâce à l'image de Marie, convergeaient les aspirations et les espoirs des hommes. De sa frêle silhouette se dégageait quelque chose d'impalpable : l'amour universel de la femme qui réconforte, qui donne force et sérénité et qui, surtout, pardonne même au plus méprisable des hommes...

— Gozo ! M'écriai-je soudainement... Lui aussi il va succomber...

Judith avait sursauté. Je contemplai la fiole de charbon noir toute proche de la jeune fille.

— Elle doit savoir... Elle a le pouvoir de sauver ce misérable...Moi, je n'ai même pas la force de lever le bras... Elle doit savoir, et décider de sa vie ou de sa mort...

— Judith, lui dis-je dans un souffle...

Elle s'approcha de moi, interloquée.

— Gozo... lui aussi, il a été empoisonné... Il est là, tout proche, quelque part dans une chambre voisine... Je viens de le voir dans un songe.... Il est mourant... Tu as le pouvoir de le sauver si tu agis maintenant...

La jeune fille devint blême et me fixa intensément.

— Gozo va mourir... reprit-elle en tremblant. Celui-là même qui m'a arrachée aux miens... Celui-là même qui a fait de nos vies un cauchemar sans fin ? C'est bien cet homme que tu me demandes d'aller secourir ?

Je ne sus que répondre. Je croisai son regard et j'y décelai un abîme de doutes. Je l'avais mise malgré moi face à un dilemme insoluble. Elle tenait désormais entre ses mains la vie de l'homme qu'elle détestait le plus au monde. Je regrettais déjà de lui avoir imposé cela.

Soudain elle se leva, déterminée. Elle avait pris sa décision. Elle interpella Hiba qui ne nous avait pas quittés.

— Conduis-moi à la chambre de Gozo.

Elle se retourna vers moi et je croisai son regard teinté de haine.

– Qu'il meure ! C'est tout ce qu'il mérite... Mais je veux le voir. Je veux être là lorsqu'il rendra son dernier soupir. Je veux lui faire face et qu'il voie que sa mort me réjouit autant qu'elle m'apaise. Je veux qu'il emporte cette dernière image de moi, avec lui, chez le diable...

Elles s'engouffrèrent dans le couloir sombre et me laissèrent à nouveau seul. J'étais toujours dans l'incapacité de me lever, mais la poudre de charbon commençait à produire son effet. Mon estomac et ma pauvre tête me faisaient moins souffrir et j'en profitai pour analyser la situation.

Qu'était-il advenu d'Esther ? Pour quelle raison avait-elle été arrêtée ? Sans doute sur ordre de l'émir ? Elle aussi, m'avait sauvé... Que serais-je devenu sans les deux sœurs Espinosa ? Elles étaient admirables dans l'adversité. En revanche, je ne savais pas quoi penser de la jeune servante, Hiba. Avait-elle une responsabilité ? Si elle n'était pas mêlée à cet empoisonnement, elle pourrait sans doute expliquer la provenance des deux gobelets servis lors du banquet.

Une seule chose me paraissait claire désormais : Gozo allait succomber et nous étions en grand danger ici. Quelle que soit l'identité des personnes qui souhaitaient notre mort, nous devions nous éloigner au plus vite.

Alors que l'aurore d'un nouveau jour distillait ses premières lueurs, je tentai de me mettre sur pied. Je m'étais vomi dessus à plusieurs reprises et, malgré l'application de Judith à me nettoyer, je n'aspirais qu'à me traîner jusqu'à cette fontaine attenante pour m'y plonger. La forme en demi-lune de son bassin orné de mosaïque m'attirait comme un aimant et je ressentais déjà avec délectation l'effet rafraîchissant de l'eau claire sur ma peau.

Je n'eus pas le temps de franchir le seuil menant à la terrasse. Un brouhaha en provenance de la chambre du conteur attira mon attention et me figea sur place. Des voix d'hommes qui discutaient, des cris, des bruits de pas et de meubles qui s'entrechoquaient... Que se passait-il donc à côté ?

Une tête apparut soudain dans l'ouverture et m'observa un moment. L'homme, un garde, me héla... Comme je ne réagissais pas, il réintégra précipitamment la chambre voisine. J'eus à peine le temps de me retourner. Des coups sourds résonnaient déjà à ma porte qui, à ma plus grande surprise, vola aussitôt en éclats. J'étais stupéfait ! Il y avait plusieurs hommes, là derrière, et ils me faisaient face désormais, armés de lances menaçantes.

Au milieu des gardes se tenait Abbas, le poète perse, en tenue de nuit. Autour de lui les hommes criaient, s'adressant à moi avec fureur, mais je ne comprenais rien... D'autres se mirent alors à fouiller frénétiquement la pièce, bousculant le mobilier, vidant le moindre tiroir comme s'ils étaient en quête d'un fragment de la Sainte Lance [2].

Dans l'alcôve des deux sœurs, une fouille en règle avait également lieu. Un cri de victoire retentit soudainement... Leur chef présumé vint alors se planter devant moi, et me brandit sous le nez un mystérieux petit sac d'étoffe. Il s'adressa alors à Abbas en lui tendant le sac. Son contenu, des pièces d'or et d'argent, sembla ravir le poète. Cette bourse retrouvée lui appartenait donc...

— Que faisait-elle donc dans la chambre des filles ?

— Regarde ... m'ordonna le chef.

Devant mon mutisme, il s'adressa à moi en mauvais latin :

— Comme tous les *nasrani*, tu es un voleur ! triompha-t-il en brandissant l'objet du larcin. Sais-tu quel châtiment la *charia* [3] réserve aux mécréants de ton espèce ?

2. La Sainte Lance est l'une des reliques de la Passion du Christ. Elle est considérée comme étant l'arme qui aurait percé le flanc droit de Jésus lors de sa crucifixion.

3. La charia découle du Coran et de la Sunna (paroles et actes du prophète Mahomet)

— C'est la première fois que je vois ceci, répondis-je le plus nettement possible.

— Tu oses ajouter le mensonge au vol alors qu'on vient de retrouver cette bourse ici même ?

— Je ne sais pas comment elle est arrivée ici. Une chose est certaine : je ne mens pas et je ne l'ai pas volée.

— Ne nie pas ! Les faits sont accablants. Le vol est interdit dans le Coran. Allah a stigmatisé cet acte odieux et y a opposé une sanction appropriée...

Mon sang se glaça dans mes veines. L'homme tournait autour de moi tel un fauve autour de sa proie. Je remarquai qu'il boîtait légèrement... un fauve blessé et prêt à me dévorer, pensai-je.

— L'amputation de ta main... C'est le prix que tu vas devoir payer... Aussi vrai que je m'appelle Badis ibn al-Mamoun.

---

et comporte un ensemble de droits et de devoirs tant individuels que collectifs pour les musulmans.

Chapitre 18
Koumbi Saleh

Je fus traîné par les gardes à travers les couloirs du palais. Mon Dieu, quelle nuit ! Les évènements s'enchaînaient trop vite et les pensées les plus confuses s'entrechoquaient dans ma tête. Qu'avais-je donc fait pour mériter pareil sort ?

La nuit arrivait à son terme et, malgré l'heure matinale, nous croisâmes quelques serviteurs qui nettoyaient les vestiges du banquet de la veille. À la vue des soldats qui me tiraient sans ménagement, leurs mines se fermaient et leurs regards se détournaient. Je fus finalement poussé dans un escalier sombre, puis précipité dans une cellule obscure au fond d'une sorte de vestibule. Après avoir soigneusement cadenassé la grille, les gardes disparurent dans l'escalier, me laissant seul...

C'est alors que j'entendis sa voix dans le noir.

— Joachim... est-ce toi ?

— Esther ?

Mes yeux s'accoutumaient peu à peu à la pénombre. Je l'aperçus alors, toute proche, à travers les barreaux d'une cellule voisine. Un déluge de questions s'abattit aussitôt sur moi.

— Mon Dieu, merci, tu es vivant ! Mais pourquoi t'ont-ils aussi enfermé ? Judith a-t-elle pu t'administrer l'antidote ? Dis-moi que tu l'as bien pris ?

— Sois rassurée... Grâce à vous deux, j'ai pu prendre le remède. Je vous dois la vie, même si j'ai l'impression d'être aussi vieux que Mathusalem [1] lui-même.

1. Selon la Bible, Mathusalem est le personnage le plus ancien mentionné par l'Ancien

— J'ai eu tellement peur pour toi. Je prie pour vous deux depuis qu'on m'a emprisonnée ici… Pourquoi t'ont-ils enfermé ? Où est ma sœur ?

— Il s'est produit cette nuit des choses qui me dépassent. Il y a eu un vol chez le conteur Abbas. Des gardes ont fait irruption chez nous et y ont trouvé une bourse pleine de dinars en or… On m'accuse de l'avoir volé et j'ai été traîné de force jusqu'ici…

— Une bourse pleine de dinars dis-tu ? Et Judith ? Qu'est-il advenu d'elle ?

Je vis l'inquiétude dans ses yeux et ne sus comment répondre de peur de l'accentuer encore.

— Elle n'était pas là quand les gardes sont venus m'arrêter…

— Pas là ? Mais où était-elle donc ?

— Judith et la jeune servante m'ont quitté toutes les deux après m'avoir sauvé. Elles sont sans doute parties au chevet de Gozo. Lui aussi a été empoisonné.

— Comment ? Tu as laissé ma sœur partir chez ce monstre ! Ne me dis pas que tu n'as rien fait pour la retenir ?

Je me sentais coupable. La situation m'échappait et je ne savais quoi répondre à celle qui avait pris tous les risques pour me sauver…

Un grand fracas vint mettre un terme à mon embarras. Les gardes réapparurent dans l'escalier, mais ils n'étaient pas seuls. Ils poussaient à bout de lance deux silhouettes : Judith et Hiba… qui furent jetées sans ménagement dans la cellule d'Esther.

— Judith ! … Dis-moi qu'on ne t'a pas fait de mal !

Les deux sœurs s'étreignaient toujours lorsque deux autres gardes apparurent. Ils portaient un homme inanimé dont les bras ballotaient dans le vide… Cette fois, c'est ma

Testament. Il aurait vécu 969 années. Il était le grand-père de Noé et la date de sa mort coïncide avec celle présumée du déluge. Noé avait lui-même 600 ans à ce moment précis.

cellule qu'ils choisirent pour se débarrasser de son corps inerte... Je fus frappé de stupeur ! C'était Gozo...

Alors que celui-ci gisait à mes pieds, le chef boiteux nous toisa avec un air de dédain.

— Maintenant qu'on détient toute la bande, on va pouvoir appliquer la loi coranique et régler tous les comptes... Vous pensiez sans doute qu'il vous suffisait de débarquer de vos contrées avec mon félon de frère pour nous narguer et nous détrousser ? Mais l'heure du changement a sonné. Malita appartient aux musulmans et restera une terre musulmane... Mon père a trahi notre peuple et notre prophète Muhammad, bénédiction et salut soient sur lui. Il est temps de mettre fin à l'infamie et de pourchasser les traîtres qui le soutiennent. Il est temps de prendre les armes et de combattre l'envahisseur chrétien. La lutte armée commence aujourd'hui. Aussi vrai que je m'appelle Badis, le nouvel émir de Malita, c'est moi.

Du haut de l'escalier, on entendit des cris et des bruits de lutte. Un garde déboula, haletant, et hurla quelque chose à son chef. Sans un regard pour nous, les deux hommes d'armes disparurent vers l'étage supérieur, nous laissant seuls.

— Qu'a-t-il dit, demandai-je à Esther ?

— Il a dit que des miliciens de Mdina s'étaient introduits dans le palais. Ils vont les pourchasser. C'est la guerre là-haut.

— Comment ça la guerre ?

Hiba prit alors la parole pour expliquer la situation :

— Il y a deux forces armées à Mdina. La première est la milice qui sécurise la ville et ses abords. Elle est dirigée par le cadi qui est le premier partisan de l'émir. Ce sont eux qui contrôlent la ville et l'île tout entière pour l'instant. Ils font appliquer les accords de paix avec les Normands mais ils ne sont pas aimés par la population.

— Pourquoi donc ?

— Les miliciens assistent les quêteurs de l'émir lorsqu'ils passent dans l'île prélever le tribut à payer. C'est grâce à cet argent qu'ils achètent la paix avec les Normands. Parfois ils doivent insister un peu…

— Quelle est l'autre force ?

— Ce sont les gardes de ce palais. Officiellement, ils sont dédiés à la sécurité de l'émir et de ses proches. Mais en réalité, ils sont contrôlés et endoctrinés par Badis, son propre fils. Il les entraîne au combat depuis des mois alors qu'officiellement nous sommes en paix. Je comprends mieux pourquoi maintenant : il prépare une rébellion armée contre son père pour prendre le pouvoir à Malita.

— Mais pourquoi décident-ils de s'affronter maintenant ? demanda Esther.

— Le retour inattendu du fils aîné aura vraisemblablement été le déclencheur à une action préparée de longue date. Le fils cadet veut prendre la place du père et l'affrontement entre les deux est inéluctable.

— Alors c'est la guerre civile à cause du retour de Gozo ?

— Oui c'est certain. Lorsque nous sommes arrivés chez Gozo, l'émir et le cadi étaient déjà à son chevet. L'émir pleurait son fils mourant, pendant que le cadi donnait des ordres à sa milice.

— Quels ordres ?

— Faire arrêter Badis… Pour eux cela ne fait aucun doute. L'empoisonneur c'est lui ! Je peux moi-même en témoigner : c'est Badis en personne qui m'a confié le plateau que j'ai dû présenter à ton époux et à Gozo en fin de banquet. Il a été formel. Personne d'autre que vous deux ne devait boire dans ces gobelets, ou il m'en cuirait personnellement…

— Que s'est-il passé ensuite dans la chambre de Gozo ? demandai-je à Hiba.

Contre toute attente, c'est Judith qui prit la parole pour me répondre.

— Je me suis avancée vers l'émir, qui semblait désespéré. Je lui ai dit que j'avais le moyen de sauver son fils...

Chacun retint son souffle alors qu'elle poursuivait :

— L'émir s'est alors levé, il s'est agenouillé devant moi et m'a dit que si je pouvais faire cela, il me donnerait tout ce que je voudrais en échange...

— Qu'as-tu répondu ? murmura Esther.

— Je lui ai déclaré ceci : je souhaite que tu répares le mal que ton fils aîné nous a causé. Je souhaite que nous soyons restituées, ma sœur et moi-même, à notre famille, et qu'on nous conduise en Sicile aujourd'hui même...

— Et alors ?

— Il s'est agenouillé en me baisant les deux mains et m'a répondu : c'est accordé, je n'ai qu'une parole. Que le cadi, notre juge de paix, et tous les hommes présents ici en soient témoin...

Esther pleurait de joie.

— Judith, c'est incroyable ! Et donc tu as sauvé ce misérable en échange de notre salut ?

— Je lui ai fait boire la potion sous les yeux de son père. Mais je crains que son fils ne réagisse pas aussi bien que Joachim aux effets de la poudre noire...

En effet, Gozo gisait toujours à mes pieds. Je me penchai pour l'examiner. Son visage avait pris une teinte grisâtre, comme celle des cadavres qu'on ramasse après la bataille.

— Il est vivant, mais inconscient. Je ne sais pas s'il survivra... Il n'a pas dû boire assez d'eau. C'est l'action laxative de la boisson, conjuguée à celle du charbon, qui m'a sauvé.

— Eh bien, nous devons désormais prier pour que ce misérable s'en sorte et que l'émir tienne sa promesse, lança Esther.

— Il faudra aussi prier pour que les miliciens du cadi prennent le dessus sur les gardes. Sans cette condition, nous risquons tous de moisir à l'ombre de ces geôles pendant quelque temps.

Esther s'adressa à nouveau à Hiba.

— Que s'est-il passé ensuite ? Comment se fait-il que les gardes et Badis vous aient arrêtés ?

— Les premiers heurts pour le contrôle du palais sont intervenus très vite. Les gardes étant beaucoup plus nombreux dans l'enceinte, ils ont vite pris le dessus. Les miliciens ont donc dû se replier rapidement en évacuant le cadi et l'émir. Nous sommes, nous, restés sur place avec Gozo qui était, lui, incapable de les suivre. C'est là que Badis nous a capturés, pour finalement nous faire emprisonner ici. Vous connaissez la suite…

— Qui peut l'emporter selon toi ? demandai-je aussitôt.

— Les miliciens sont nombreux à Mdina. En revanche, Badis et ses gardes peuvent compter sur le soutien d'une partie de la population de Malita, qui s'éreinte à la tâche pour payer le tribut. La plupart sont de pauvres gens qui cultivent des parcelles desséchées par le soleil. Si Badis arrive à générer un soulèvement populaire suffisamment important contre son père, il prendra le pouvoir.

— Personne ne soutient donc le cadi et l'émir ?

— Si ! Al-Mamoun a la préférence des notables et de la plupart des citadins. Mais ici à Malita, Mdina est la seule ville importante. Hormis cette cité, l'île ne comprend que des villages de cultivateurs ou de pêcheurs. Il peut aussi compter sur les serviteurs du palais. Nous détestons Badis et ses gardes qui nous traitent comme des esclaves serviles. L'émir et le cadi, eux, nous ont toujours considérés avec respect et traités équitablement. Mais nous ne sommes pas armés et, connaissant les miens, ils se garderont bien de prendre parti pour un camp plutôt que l'autre…

— On ne peut tout de même pas attendre l'issue de cette rébellion pour savoir à quelle sauce on va être mangés ? On doit trouver un moyen de sortir d'ici et vite, m'écriai-je...

Le reste de la journée fut placé sous le signe de l'attente. Un voile de silence était tombé sur le bâtiment et plus aucun bruit ne nous parvenait de l'extérieur... Badis et les gardes était désormais maîtres du palais, mais eux-mêmes en étaient prisonniers...Dehors, les miliciens du cadi préparaient certainement un assaut. Mais pour quand ? Dans l'attente imminente de la bataille, notre sort ne semblait plus vraiment être la priorité du nouveau maître des lieux. Mon sang se glaça dans mes veines tandis que je repensais à la peine évoquée par Badis... Je massai fébrilement mon poignet droit...

Pour l'heure, j'en étais réduit à veiller Gozo, qui, privé d'eau, souffrait le martyre à mes côtés. Il était recroquevillé sur lui-même et geignait comme s'il attendait la mort avec résignation. Sa mine flétrie et apeurée me faisait pitié. Que pouvais-je faire pour lui ? N'étais-je pas l'élève d'Odon ? Un moine médecin, toute sa vie au service des faibles et des malades ? Sous le regard incrédule des deux sœurs, j'installai notre ravisseur plus confortablement et posai sa tête sur mes genoux.

La lumière du jour décroissait quand une voix de femme se fit entendre quelque part.

— Sira, Sira...

L'étrange murmure semblait provenir de la minuscule ouverture donnant sur la cour intérieure. Hiba se dressa dans l'obscurité. Répondant à l'appel, elle échangea quelques mots avec l'inconnue.

— Qu'as-tu dit ? lui demanda aussitôt Esther. Qui est cette femme ?

— C'est ma tante, répondit-elle. Elle se doutait que j'étais enfermée ici avec vous. Elle veut nous aider.

— Nous aider? Mais comment va-t-elle s'y prendre... N'est-elle pas elle-même... ?

Esther hésita, semblant chercher le mot juste.

— Esclave... ? C'est ce mot que tu cherches et que tu n'oses pas prononcer ? Oui, elle l'est, tout comme moi, et comme tous les serviteurs ici dans ce palais.

— Excuse-moi, je ne voulais pas te heurter.

— Esclave... c'est pourtant le mot qui convient. Mais nous ne l'avons pas toujours été. Je connais mon histoire et je sais d'où nous venons, moi et les miens.

À travers l'ouverture, une main apparut soudain. La femme avait tenu sa promesse et brandissait une outre d'eau qu'elle laissa tomber sur la terre battue du vestibule. Elle fut suivie de quelques denrées que les filles attrapèrent précipitamment à travers les barreaux.

Alors que tout le monde se rassasiait, je pus faire boire Gozo, ce qui sembla l'apaiser un peu. Contre toute attente, il se cramponnait désormais à mes bras comme on s'accroche à un radeau pris dans la tempête.

— D'où viens-tu donc ? demanda Esther à Hiba, désireuse de rattraper sa maladresse.

Dans l'obscurité, la jeune servante se redressa. Elle resta un temps silencieuse, comme si elle se recueillait. Puis, sur un ton assuré, elle répondit à Esther.

— Je suis originaire de Koumbi Saleh. Ainsi se nomme la capitale du puissant empire du Ghana [2]. Elle se situe par-delà l'immense désert que l'on trouve au sud de l'Ifriqiya. Il faut compter pas moins de soixante jours de marche pour le traverser et atteindre les territoires berbères du nord.

— Soixante jours ! Mais pourquoi avoir fait tant de chemin pour venir ici ?

---

2. Le *Ghana* est un royaume d'Afrique qui a existé du VIe au XIIIe siècles de notre ère. Il se situait au sud du désert du Sahara et au nord-ouest du fleuve Niger, en Mauritanie et au Mali. Il n'a aucun rapport avec la république actuelle du Ghana.

— Ce n'était que la première partie d'un long périple qui a ensuite conduit les miens jusqu'à une ville nommée Tunis en Ifriqiya. C'est là que je suis née.

— Tu n'as donc pas connu ta ville ?... La capitale de cet empire ?

— Non, je ne l'ai jamais vue...mais ma tante m'a tant de fois décrit Koumbi Saleh que j'ai l'impression d'y être née... Un jour, j'y retournerai et je vivrai parmi les miens...

— Comment est-elle donc, ta ville ? murmura Esther.

Hiba ferma les yeux, dépeignant les lieux à la façon d'une conteuse.

— Il y a deux villes à Koumbi Saleh [3] : il y a la cité principale, habitée par le roi, et plus loin, on trouve une agglomération réservée aux musulmans. Une grande plaine couverte d'habitations les sépare. Dans la ville royale, les édifices sont construits avec du sable pierreux et du bois d'acacia. La demeure royale se compose d'un palais et de plusieurs huttes aux toits arrondis entourés d'une clôture semblable à un mur. On y trouve aussi le tribunal ainsi qu'une prison. La ville possède des jurisconsultes et des hommes pleins d'érudition. Dans les environs se trouvent plusieurs puits d'eau douce, qui fournissent la boisson des habitants et auprès desquels on cultive des légumes. Le nom de la ville royale signifie « la forêt », car elle est entourée de massifs d'arbres et de bosquets où habitent les mages chargés du culte religieux. C'est un espace sacré, constamment gardé par des hommes valeureux qui protègent l'accès aux tombeaux des anciens rois et aux idoles.

Tandis que nous l'écoutions avec attention, je découvrais avec surprise un monde dont j'ignorais totalement l'existence ! Sur la carte géographique de mon maître Odon,

3. Cette description de Koumbi Saleh est une adaptation de celle réalisée par l'historien musulman andalou al-Bakri qui a révélé au monde les différents aspects de la vie dans l'empire du Ghana. Dans son ouvrage « *Livre des routes et royaumes* » rédigé aux alentours de 1070.

ne figurait aucun empire du Ghana. Notre monde connu s'arrêtait à ce mystérieux désert. Pour nous les moines, il n'y avait rien au-delà.

— Et le roi et les habitants ? À quoi ressemblent-t-ils donc ?

— Nous sommes le peuple Soninké[4]. Chez nous, tous les hommes ont la barbe rasée et les cheveux tressés. Les femmes, elles, se font raser la tête. L'empereur porte des colliers et des bracelets en or. Il se pare aussi de plusieurs bonnets dorés, entourés d'étoffes de coton. Lors des audiences publiques où il écoute et remédie aux griefs de ses sujets, il prend place dans un pavillon autour duquel on peut voir dix chevaux couverts de caparaçons précieux ; derrière lui se tiennent dix pages portant des boucliers et des épées en or ; à sa droite sont les fils des princes de son empire, vêtus d'habits magnifiques et dont les cheveux tressés sont entremêlés avec le même métal.

— C'est incroyable tout cet or ? D'où provient-il donc ?

— L'empire du Ghana est immense et riche. L'or provient du sud, à plusieurs journées de marche de Koumbi Saleh. Mais la localisation précise des mines n'est connue que de l'empereur de ses conseillers. Les Arabes et les Berbères traversent le désert et achètent chez nous le minerai précieux ou le troquent contre du sel qu'ils apportent de leurs contrées. Tout ce commerce est contrôlé par notre souverain. On l'appelle *Kaya Maghan*, le « seigneur de l'or ».

— Et la ville des musulmans, comment est-elle ?

— Celle-là est très vaste. Y habitent les commerçants arabes et berbères qui organisent les caravanes. Pour favoriser l'essor du commerce, l'empereur y a consenti à la

4. Les Soninkés sont un peuple présent en Afrique de l'Ouest sahélienne, établi principalement au Mali ainsi qu'au Sénégal, en Mauritanie, en Gambie, au Burkina Faso et en Guinée-Bissau. Ils font culturellement partie du groupe mandé par leur langue, le soninké, mais forment un groupe ethnique à part entière.

construction de plusieurs mosquées qui ont chacune leurs imans et leurs muezzins.

— Il y a donc deux religions dans ton pays ? Le culte des mages et la loi de Mahomet...

— Les soninkés suivent la religion traditionnelle. Nous avons nos propres divinités. Mais le souverain s'est montré très tolérant envers la religion musulmane. Tout étranger y était bien reçu tant qu'il respectait les règles de vie établies par nos jurisconsultes. Mais d'autres ont fini par convoiter nos richesses...

— Que s'est-il donc passé ?

— Il y a environ vingt années d'ici, des hommes voilés venus du pays des Maures [5] ont voulu imposer leur force à tous les habitants de la capitale et de l'empire.

—Qui sont donc ces hommes ?

— Les Almoravides. Contrairement aux autres musulmans avec qui les soninkés cohabitaient et commerçaient pacifiquement, ces Berbères étaient confrontés à une pauvreté extrême. Ils tournèrent alors leurs regards vers leurs voisins qui étaient plus riches. C'est ainsi qu'ils décidèrent de faire main basse sur l'or du Ghana.

— Que s'est-il passé alors ?

— Leurs armées s'abattirent sur notre empire. La lutte fut âpre, longue et difficile, mais après plusieurs batailles très sanglantes, ils prirent ma ville [6]. Ce fut le massacre. Nos soldats vaincus furent exécutés. Les maisons furent brûlées. Tout cela se passa dans la cité impériale où

5. En 1048, des Berbères sanhaja de l'Ouest du Sahara (actuelle Mauritanie) se coalisèrent sous l'impulsion d'un prédicateur malikite marocain, Abdallah ibn Yasin. On les a appelés Almoravides, de *al-murabitun*, « ceux du *ribat* » (« forteresse », ou « monastère »). Leur territoire était traversé par l'un des grands axes commerciaux du monde musulman qui apportait l'or du Ghana au Maghreb.

6. En 1076, Abou Bakr ibn Omar, détenteur de l'autorité militaire et religieuse chez les Almoravides s'empara de Koumbi Saleh et imposa l'Islam dans la région par une expédition sanglante, ponctuée surtout de pillages, de massacres et de chasses à l'homme pour mettre les noirs païens en esclavage.

habitaient le roi et ses sujets. Seuls s'échappèrent ceux qui réussirent à trouver refuge dans l'autre partie de la ville où résidaient les Berbères et les Arabes. Mes parents étaient de ceux-là mais, comme la plupart des rescapés, ils furent très vite dénoncés et réduits en esclavage. On leur fit alors traverser le désert jusqu'à la grande ville de Tunis, en Ifriqiya, où ils furent vendus à des marchands. Je suis née pendant ce voyage, un peu avant leur arrivée là-bas. Malheureusement, la fatigue causée par ce long périple eut raison de ma mère. Elle ne survécut pas à ma naissance.

— Et ton père ?

— Il a pu s'échapper un peu après notre arrivée en Ifriqiya. On dit qu'il s'est enfui dans le désert pour tenter de regagner Koumbi. Je n'ai plus jamais entendu parler de lui depuis. Avant de m'abandonner, il m'avait confiée à une femme soninkée qui était arrivée par la même caravane. C'est elle qui nous a apporté de l'eau tout à l'heure.

— Ta tante ?

— Elle ne l'est pas vraiment, mais elle a pris soin de moi et m'a élevée comme sa propre fille.

— Pourquoi t'a-t-elle appelée Sira tout à l'heure alors que tu te prénommes Hiba ?

— Elle m'a nommée Sira, car c'est le nom soninké qu'on donne à la fille aînée. Mais ici, on m'appelle Hiba. Cela signifie « cadeau » en langue arabe.

— Comment êtes-vous arrivées sur cette île toutes les deux ?

Nous avons vécu pendant des années au service d'un *wali*[7] à Tunis. Quand j'ai eu quatorze ans, nous avons été achetées par l'émir de Malita. Les Normands avaient envahi son île et libéré tous les esclaves chrétiens. Pour les remplacer, il a fait l'acquisition de quelques serviteurs non musulmans. C'est nous qui servons dans ce palais depuis.

7. Gouverneur

— Pourquoi vous en particulier ?

— Parce ce que l'Islam interdit de réduire en esclavage d'autres musulmans. Le culte de mes ancêtres et leurs croyances en plusieurs divinités sont les raisons de notre présence ici. Le polythéisme est vivement dénoncé par le Coran.

— Sais-tu ce qu'il est advenu de ta ville depuis tout ce temps ?

— Un peu avant de quitter notre ancien maître, j'ai appris par un autre Soninké fraîchement arrivé en Ifriqiya que les envahisseurs almoravides avaient finalement déserté la région de Koumbi après l'avoir majoritairement islamisée [8]. Il m'a confié qu'après la mort de leur chef [9], tué lors d'une bataille par une flèche empoisonnée, les Almoravides étaient partis aussi vite qu'ils étaient arrivés. Ils dirigent désormais un empire qui s'étend sur tout le Nord des pays berbères. Leurs armées auraient même traversé la mer pour engager la lutte contre des rois chrétiens.

— Moi je les connais ces Almoravides, repris aussitôt Esther. Le pays que tu évoques, par-delà la mer, c'est al-Andalus [10]. C'est de là que nous venons ma sœur et moi. Ils ont été appelés à la rescousse par le roi musulman de Séville qui y régnait alors pour l'aider à repousser les chrétiens au nord. Ces derniers avaient pris la ville de Tolède où nous résidions. Les Almoravides sont alors venus prêter main-forte aux musulmans locaux et ils y ont obtenu

---

8. Les Soninkés se sont convertis à l'islam au xie siècle. Après la chute de l'empire du Ghana, les Soninkés se sont dispersés dans toute l'Afrique de l'Ouest à partir du xiie siècle,

9. Abou Bakr ibn Omar mourut en 1087 d'une flèche empoisonnée, Les Almoravides se désintéressèrent alors de la région et concentrèrent leurs efforts guerriers en Andalousie contre les rois chrétiens.

10. Al Andalus désigne la partie des territoires de l'Espagne et du Portugal qui étaient dominés par des musulmans pendant une longue période (711-1492). Progressivement, les musulmans furent repoussés vers le sud par les efforts des royaumes d'Aragon et de Castille. Les musulmans ne parvinrent à se maintenir que dans le royaume de Grenade qui, en 1492, tomba aux mains des rois catholiques Isabelle de Castille et Ferdinand d'Aragon.

plusieurs succès militaires [11] contre les troupes d'Alphonse VI de Castille. Mais comme cela arrive souvent dans pareil cas, les Almoravides se sont aussi imposés comme les nouveaux maîtres du monde musulman en renversant les émirs locaux. Ils règnent désormais sur al-Andalus.

— Comment ont-ils été accueillis par les habitants ? demandai-je à Esther.

— Au début, ils ont été acclamés par le peuple, lassé de l'état de guerre permanent entre les petits émirs et de la fragilité face aux rois chrétiens. Mais peu à peu, on a perçu leur vrai visage.

— C'est-à-dire ?

Jusqu'alors les mahométans d'al-Andalus vivaient en bonne intelligence avec les chrétiens et les juifs. C'était une période propice pour les arts, les sciences et la culture, où chacun tolérait et respectait les croyances des autres. Mais les nouveaux maîtres du pays y ont introduit un caractère profondément pieux et intransigeant qui eut pour conséquence une application stricte de la loi islamique. Le vin par exemple, qui était toléré, s'est retrouvé proscrit.

Pire encore, le traitement vis-à-vis des autres religions s'est profondément durci. Les églises ont été détruites, et juifs comme chrétiens ont été condamnés à payer de lourdes taxes, les incitant souvent à un exil forcé. Peu à peu, les Almoravides ont été détestés par la population à cause des vexations mais aussi à cause du comportement de leurs soldats qui n'hésitaient pas à piller et saccager. C'est pourquoi beaucoup de familles chrétiennes et juives sont parties trouver refuge vers le Nord chrétien de la péninsule ibérique. Ma famille s'est installée à Barcelone lors de cette période.

Esther fut interrompue. Le bruit d'une serrure qu'on

11. La bataille de Sagragas, en 1086, vit la victoire des Almoravides contre les troupes d'Alphonse VI.

déverrouillait ; l'écho de pas dans l'escalier... Quelqu'un venait. Était-ce Badis venu appliquer la loi coranique ? Ou bien les miliciens du cadi ? J'avais beau scruter l'obscurité, impossible de distinguer les visages. C'est à sa claudication que je l'identifiai : Badis ! Le chef boiteux de l'insurrection. Celui qui avait empoisonné son propre frère...

Arrivé à la hauteur de ma cellule, il alluma une torche et la tendit vers Gozo.

— Est ce qu'il est mort ?

Avec l'effroi et le silence comme seules réponses, Badis fit signe aux gardes d'ouvrir la porte du cachot. Il attrapa son demi-frère par le col et approcha son visage du sien. Un gémissement vint briser le silence de tombe. On aurait dit un animal traqué qui se sait condamné. Alors, d'un geste lent, comme s'il accomplissait un rituel longuement répété, Badis sortit un poignard à l'étrange forme courbe qui scintilla dans la lueur de la torche. Il le glissa adroitement sous le menton de son demi-frère, fit une pause pour bien fixer notre attention et, d'un geste assuré, il lui trancha la gorge. Je n'oublierai jamais son cri : ce hurlement de peur suivi de l'odeur écœurante du sang se répandant sur la terre battue putride.

— Maintenant il l'est ! Voilà le sort de ceux qui pactisent avec les *Nasrani*. Mon père a osé pardonner à ce fils scélérat, renonçant ainsi à tout honneur. Il n'est plus digne d'être l'émir de Malita.

Puis il s'adressa à l'homme qui l'accompagnait.

— Tranchez-lui la tête et balancez-la par-dessus les remparts, devant la grande porte, à la vue de tous. Que tout le monde sache à Mdina que Badis est désormais le maître de ce palais et qu'il y applique la justice d'Allah.

Il se retourna vers moi tandis qu'il regagnait l'escalier.

— Comme l'a déclaré jadis un célèbre gouverneur [12] : je

12. Il s'agit d'Al-Hajjaj Ibn Youssef Al-Thaqafy qui, au VIIe siècle, commença sa gouvernance

vois là une belle moisson de têtes, le temps de la récolte est venu et je vais m'en charger.

Demain, ce sera ton tour...

de l'Irak avec ce célèbre discours.

Chapitre 19
Les catacombes de Mdina

À l'effroi, l'horreur s'était ajoutée. Avais-je déjà ressenti autant la peur ? Elle me paralysait et me vrillait l'esprit. Les trois filles aussi étaient choquées. Elles demeurèrent prostrées dans un silence glaçant. Impossible de trouver les mots pour les réconforter. La violence aveugle et la haine ne m'étaient pas étrangères [1], mais cette fois c'était un meurtre de sang-froid... Un homme diminué, sans défense avait été exécuté là, sous nos yeux, comme on égorge un mouton. La promesse du meurtrier tournait depuis en boucle dans ma tête : *demain, ce sera ton tour.* Cette nuit de cauchemar aurait mon assassinat comme épilogue... J'aurais préféré ne pas savoir. J'aurais préféré qu'il m'exécute immédiatement. *La mort ce n'est rien* disait Odon... N'était-il pas venu lui-même m'en assurer ? J'avais beau m'en convaincre, j'avais beau me remémorer ses paroles apaisantes, rien n'y faisait. L'idée de mourir me terrorisait. Odon, lui, n'avait pas eu à vivre cela, il avait été poignardé par surprise. Connaître à l'avance l'heure de sa mort, il ne savait pas ce que s'était...

J'en voulais aussi à mes frères de Beaulieu. Où étaient-ils ? M'avaient-ils donc abandonné pour cette mission d'espionnage en Orient ? Jusqu'à cette nuit, j'aurai juré qu'ils allaient débarquer d'un moment à l'autre et réparer tous les torts. Rendre Judith et Esther à leur destin et me ramener sain et sauf à Cluny. Retrouver la protection du cloître, les chants apaisants des offices, la sérénité des

1. chapitre 25 : le chevalier de Saint-Ange., chapitre 24 : la geôle de Mâcon.

frères.... C'était tout ce à quoi j'aspirais désormais. Quel piètre voyageur faisais-je donc maintenant...

L'aurore n'allait pas tarder à pointer et j'avais perdu tout espoir...

Et puis une voix étouffée résonna dans le noir :

— Sira... Sira...

L'appel se fit à nouveau entendre.

— Sira... Sira...

Un objet avait heurté le sol dans un bruit de métal qu'on entrechoque. Hiba avait allongé le bras pour fouiller la terre devant elle.

— Des clés, murmura-t-elle. Ce sont des clés...

Son annonce eut sur moi l'effet de la foudre. Je sortis immédiatement de ma torpeur comme on veut se débarrasser d'un mauvais rêve. En un éclair, j'étais debout.

— Demande-lui si elle sait où sont les gardes ? On n'entend plus rien là-haut...

La conversation en langue soninké fut brève.

— Les gardes se concentrent sur les abords du palais. Il n'y a plus personne à proximité. Nous pouvons sortir de là.

— Comment faire pour quitter l'enceinte et leur échapper ? Ta tante a peut-être une idée ?

— Elle se prénomme Nyatou. Elle nous demande de gagner immédiatement la chambre de l'émir : la voie est libre jusque-là. Elle nous rejoint sur place

— Que va-t-on y faire ? C'est un endroit curieux pour se cacher, non ?

— Aucune idée, répondit Hiba tandis qu'elle déverrouillait les cellules. Ma tante sait ce qu'elle fait, nous pouvons lui faire confiance. Suivez-moi en silence.

Nous parcourûmes, telles des ombres, les couloirs déserts menant à la chambre du maître de Melita, sursautant au moindre bruit.

Nyatou nous y attendait, seule. Étonné, je la regardai

un instant : elle était grande, distinguée, avec une peau magnifiquement cuivrée, coiffée d'un casque de beaux cheveux noirs élégamment noués en une tresse discrète et sans assemblage compliqué. Sans perdre un instant, elle nous entraîna dans un recoin obscur et souleva une tenture qui découvrit une porte retirée. Alors qu'elle donnait ses consignes à sa nièce, la mine d'Hiba s'assombrit.

— Cet accès vous conduira à l'extérieur du palais. Prenez bien garde de ne pas quitter le couloir principal de ce souterrain. Vous pourriez vite vous perdre dans les nombreuses galeries secondaires creusées sous la ville. Une fois dehors, vous filerez tout droit vers le sud jusqu'à atteindre la mer. Vous passerez à travers les pâturages, en évitant les chemins. Sur le littoral, vous longerez la grande falaise en direction du levant. Il y a une grotte déserte un peu plus loin où vous pourrez vous cacher. Je viendrai vous y chercher dès que la situation le permettra.

— Que se passe-t-il donc dehors ?

— Les hommes de Badis mènent une insurrection. Ils ont reçu des soutiens de l'extérieur et ont pris en tenaille les miliciens du cadi. Ils se battent maintenant pour le contrôle de Mdina où tous les habitants sont terrés chez eux. Si la ville tombe, ils seront les nouveaux maîtres de l'île.

— Que va-t-on devenir ?

— Dans l'immédiat, il vous faut fuir et vous cacher. Nous les avons écoutés. Ils ont prévu de vous exécuter... Ils ne veulent laisser derrière eux aucun témoin gênant.

Alors qu'elle parlait, de grosses larmes coulaient sur les joues de sa nièce.

— Pourquoi pleures-tu ? questionna Judith. Tu n'es pas concernée et tout n'est pas perdu pour nous. Si l'émir l'emporte, les choses s'arrangeront, il me l'a promis.

— Je pleure parce que je dois fuir moi aussi, murmura Hiba. Badis sait que je vous ai porté secours et il veut me le faire payer à moi aussi. Si les choses tournaient mal pour eux, je pourrais témoigner contre lui. Il m'a utilisée afin d'empoisonner son propre frère, avant de l'assassiner atrocement sous nos yeux. Je suis donc en grand danger en restant ici ...

Elle se jeta dans les bras de Nyatou, avec une émotion palpable.

— Et toi et les autres serviteurs ? Vous ne risquez rien en demeurant ici ?

— Non, répondit Nyatou les yeux embués de larmes. Quel que soit le nom du nouveau maître de Mdina, il aura besoin de domestiques. Badis a fait enfermer toutes les concubines de son père dans leurs alcôves, dont sa propre mère, ainsi que toutes ses sœurs. Il a aussi besoin de nous pour servir ses propres épouses.

— Cette porte est fermée, murmurai-je. Il va nous falloir l'enfoncer si nous voulons quitter le palais par là.

— C'est inutile, répondit Nyatou.

Elle plongea la main dans son corsage pour en extirper un pendentif où un petit objet doré faisait office de bijou.

— Voici la clé, murmura-t-elle tandis qu'elle ouvrait la porte d'un geste assuré.

Alors que nous la regardions, ébahis, elle dut ressentir le besoin de se justifier.

— On a tous nos petits secrets. L'émir de Malita a toujours eu un faible pour moi... Maintenant, quittez ce lieu et ne vous retournez pas. Gardez précieusement cette clé. Elle ouvre également la porte que vous trouverez au bout de ce souterrain.

Elle alluma une torche, nous tendit une outre d'eau, un sac de provisions et nous disparûmes dans les entrailles du palais.

À un long escalier humide et glissant, avait succédé un couloir si bas de plafond qu'il fallait se pencher par endroits pour y progresser. D'autres galeries y convergeaient. L'architecte avait dû prévoir ce moyen d'évacuation discret en cas de siège du palais.

Le souterrain, interminable, devait vraisemblablement nous conduire à l'extérieur même de l'enceinte de Mdina. Alors que nous cheminions, j'avais retrouvé un peu de sérénité. Je marchais en tête, ouvrant la route avec la torche, attentif au moindre écho.

Devant nous, soudain, des crissements de pas, un tumulte de voix. Des hommes venaient à notre rencontre...

Un coude dans la galerie nous protégeait encore, mais dans un instant nous serions dans leur champ de vision. J'étouffai précipitamment ma torche. Mon Dieu, que faire ? Fuir et revenir sur nos pas ? Nous cacher quelque part ? Trop tard...

Deux silhouettes venaient de nous repérer et l'une d'elle nous interpella aussitôt. L'une leva sa torche dans notre direction pour mieux éclairer nos visages, tandis que l'autre se saisissait d'un poignard en s'avançant vers moi d'un air menaçant...

Mon cœur se mit à battre plus vite. Pas question de retourner dans leur geôle ! J'allais devoir défendre notre peau et l'affronter seul à main nue, comme ce novice dans le cloître de Cluny [2].

— Ça alors ! Regarde Shapour ! On dirait qu'on est tombés sur notre petite voleuse et ses complices...

— Et le jeune homme c'est ce *roum* [3] *!* Le copiste invité par al-Mamoun. Eux aussi, ils fuient ce fou de Badis.

Ces deux hommes, c'était Abbas le conteur et son musicien ! Comprenant que nous n'étions pas une menace, Shapour rengaina son poignard.

2. Voir *Les étoiles d'Orion, Cluny 1095*, chapitre 6 : Première mort.

3. Terme désignant un Européen ou un chrétien pour les musulmans d'Afrique du Nord et du Moyen-Orient et signifiant littéralement « Romain ».

Après m'avoir traduit leur propos, Esther, rassurée, questionna le conteur.

— Pourquoi quittez-vous le palais ?

— C'est la guerre là-haut. Ils s'embrochent dans les couloirs alors qu'ils sont pourtant tous de la même famille. Mieux vaut ne pas traîner dans le coin.

— Pourquoi Badis et ses gardes s'en prendraient-il à vous ?

— Il y a plusieurs raisons ! Certaines sont faciles à deviner, d'autres moins...

— Drôle d'endroit pour jouer aux devinettes !

— Tu demanderas à ta jeune sœur. Elle pourra t'en donner au moins une...

Interloquée, Esther jeta un œil sur Judith qui rougissait à vue d'œil. Que pouvait-elle savoir sur ces deux-là que nous-mêmes nous ignorions ?

— Ma sœur ? Mais comment... ?

— La raison principale est que ce Badis est tout l'inverse de son père. L'émir aime les arts et la culture. Son fils ressent une aversion profonde pour la musique et les musiciens. D'après lui, elle serait proscrite par le Coran...Mon ami Shapour a donc préféré ramper sous terre plutôt que rejoindre la liste de ses victimes du jour. Notez bien que, dans sa fuite précipitée, il a pris le soin d'emporter son *oud*. Il y tient plus qu'à sa propre vie...

— Si vous fuyez le palais, vous n'allez pas dans la bonne direction. Comment avez-vous eu accès à ce souterrain ?

— Des questions, encore des questions... répondit-il en m'observant, l'air amusé. Tu parles bien pour un *roum*. Ordinairement, tes congénères casqués ne savent pas aligner plus de trois mots... Moi aussi je me pose des questions à votre sujet. À commencer par ton curieux accoutrement...

Il m'avait répondu dans un latin correct et sur un ton si

léger qu'il en était plaisant. Malgré la situation, le conteur badinait comme s'il était à la cour d'un calife à distribuer les bons mots. Malgré les circonstances, il conservait l'allant que je lui avais observé lors du banquet. Il poursuivit sur un ton plus grave.

— Pour tout vous dire, nous sommes allés au bout de ce souterrain avec Shapour.

— Pourquoi revenir sur vos pas dans ce cas ?

— Il y a une porte si massive qui en barre la sortie, qu'aucun homme ne pourrait en venir à bout. Il nous faudrait un bélier pour la défoncer. Vous ne pourrez pas sortir par là non plus.

— Et que comptez-vous faire ?

— Explorer les galeries à la recherche d'une autre issue. Mais c'est un vrai dédale là-dessous. Collaborons pour sortir d'ici. L'union fait la force.

Je le considérai en silence, réservant ma réponse.

— Tu parles bien pour un conteur, mais l'issue de ton histoire t'échappe. Nous avons mieux qu'un bélier pour sortir de cet endroit, si bien sûr tu acceptes l'aide d'un *roum* qui ne sait pas aligner trois mots...

J'avais extirpé de ma coule la clé remise par Nyatou et je la fis scintiller dans la lumière des torches.

— Belle répartie ! Tu me plais mon garçon.... C'est entendu, c'est donc nous qui rejoignons votre brillante équipe de voleurs de bourse...

Notre petite troupe reprit la direction de la sortie, tout en se gardant de s'éloigner du couloir principal. Ce dernier s'enfonçait sous terre à mesure que nous progressions.

Judith poussa soudain un cri qui nous fit tous sursauter.

— Regardez ! Là-bas sur la droite. Quelqu'un nous observe.

Nos torches éclairèrent alors l'entrée d'une sorte de salle circulaire où une silhouette humaine se tenait couchée sur une sorte de baldaquin taillé à même la pierre. Il tenait sa tête vers notre groupe et nous regardait passer en silence. Shapour fit un pas en direction de l'inconnu.

— Qui va là !

— Il ne te répondra pas... murmura Abbas qui l'avait suivi. Il est mort... et depuis bien longtemps. Ce n'est qu'un squelette admirablement bien conservé. Nous sommes dans une chambre funéraire ! Et il y en a plusieurs ici-bas, expliqua-t-il. Cette salle marque l'entrée d'un réseau de galeries dans lesquelles se succèdent des catacombes similaires.

Nous pénétrâmes dans l'étonnante pièce dont les parois étaient creusées d'une multitude d'alvéoles de pierre.

— Ce sont des tombes ?

— Oui, il y en a de différentes sortes : en sarcophage, ou en fenêtre pour la plupart. Il y en a même de tailles plus petites pour les enfants. La fraîcheur qui règne ici explique l'état de conservation des rares squelettes qu'on aperçoit ici ou là.

— Vous connaissiez donc l'existence de cet endroit ? demandai-je.

— Oui, à chacune de mes venues, l'émir aime à me faire découvrir son domaine. Cette excursion souterraine fût certainement la plus étonnante de nos visites. C'est grâce à elle que je connais l'endroit.

Nous continuions à observer les parois de la salle où l'on pouvait remarquer de nombreux trous creusés un peu partout pour y fixer des lampes à huile. On distinguait aussi quelques puits verticaux et étroits assurant un minimum d'aération. Mon attention fut attirée par un étonnant fragment de mosaïque figurant le visage ovale d'une femme à la bouche grande ouverte. À ses côtés, l'artiste avait figuré une grappe de raisins.

— Cette représentation remonte certainement à l'époque

romaine.

Abbas parut surpris.

— Tu as raison. Ces tombes-ci ne sont pas chrétiennes, et encore moins musulmanes, car chez nous les images sont proscrites. À proximité de Mdina, l'émir al-Mamoun m'a aussi fait visiter un champ de ruines envahies par les ronces. Entre les fragments de constructions en pierres, on peut y admirer des mosaïques similaires à celles-ci. Il m'y a expliqué qu'il y a bien longtemps, l'archipel avait été colonisé par les Romains qui y pratiquaient leurs rites païens en vénérant plusieurs dieux. Cette ville d'alors devait s'appeler Melite, ce qui a donné Melita dans ta langue et Malita dans la nôtre.

— Et les chrétiens ont ensuite succédé aux romains. On dit que saint Paul, après son naufrage sur l'île, aurait vécu dans une grotte située à côté de catacombes telles que celles-ci. C'est à partir de sa venue que la christianisation de l'île s'est accélérée.

— Bravo pour ton érudition mon garçon. La légende dit aussi que le gouverneur romain de l'époque reçut ce Paul lors de son naufrage. Son père était alors malade, atteint d'une dysenterie ; Paul le soigna avec succès ainsi que tous les malades de l'archipel venus solliciter ses soins. Face à ces miracles, le gouverneur se convertit à la religion chrétienne et devint le premier chrétien d'Occident.

J'étais de plus en plus surpris par Abbas, qui semblait aussi cultivé qu'avenant. Il perçut mon trouble.

— Pourquoi t'étonnes-tu ? Apprends que le Coran situe son message dans la lignée des autres révélations prophétiques. Il a donc le plus grand respect pour les autres monothéismes, particulièrement juif et chrétien. La Révélation islamique suit d'autres Révélations, notamment celles faites à Jésus, Moïse, Abraham ou même Noé, qu'il reconnaît explicitement comme prophètes [4]. En tant que conteur, je m'intéresse donc à leur histoire et à celle de leur entourage. Chez nous en Perse, Muhammad, prophète de l'islam, est vu comme le "sceau de la prophétie", c'est-à-dire comme le dernier des prophètes envoyés par Dieu sur terre après tous ceux de la tradition biblique...Il les supplante donc tous mais nous ne renions pas ses prédécesseurs pour autant...

— L'île est pourtant redevenue chrétienne...même s'il nous faudra attendre quelques années pour constater cela...

— En effet, les peuples et leurs religions se succèdent à Malte. C'est sans doute lié à la position de cet archipel au cœur de la Méditerranée. Ces îles ont vu l'occupation de toutes les puissances connues : les Phéniciens, les Grecs, les Romains, les Barbares, les Byzantins, les Berbères d'Ifriqiya et maintenant c'est au tour de tes amis normands. Va savoir qui leur succédera ...

Délaissant l'étrange salle, nous poursuivîmes notre progression jusqu'à son point ultime. À notre plus grand soulagement, la clé minuscule laissée par Nyatou ouvrit sans difficulté la volumineuse porte et nous nous retrouvâmes avec bonheur à la lumière du jour. L'issue était astucieusement dissimulée dans un talus par un épais bosquet d'épineux desséchés. De l'extérieur, cet accès secret n'était connu que des seuls initiés. Par-delà un imposant muret de pierres sèches, on apercevait au loin les remparts de Mdina avec cette étonnante couronne végétale qui encerclait la base et rehaussait le ton ocre jaune de l'enceinte.

Le soleil était déjà haut dans le ciel lorsque nous prîmes la direction de la côte. Suivant les consignes de sa tante, Hiba nous menait désormais à travers prés, prenant bien soin d'éviter les chemins et les rares petits hameaux.

4. Coran : 2.136 ; 4.163 ; 6.84-86 ; 10.37 ; 19.58 ; 42.13

Les cultures traversées formaient une juxtaposition de petites parcelles séparées par ces étonnants murs de pierres sèches qui, partout, proliféraient. On aurait pu penser que les paysans s'étaient contentés d'y jeter pêle-mêle les innombrables pierres qui parsemaient ici le moindre champ. Mais en les scrutant avec attention, je remarquai qu'ils ne contenaient aucun mortier de jointement, sans doute pour favoriser le passage de l'eau provenant des terres situées en amont. Curieusement, et pour une raison qui m'échappait, les plus grosses pierres y étaient disposées sur le dessus et la pierraille de remplissage n'était utilisée que d'un seul côté.

Mais déjà, la brise marine se faisait sentir : nous arrivions à proximité de la mer qui se révéla au loin, immense. Les cultures et les pâturages laissèrent la place à une lande plus aride, clairsemée de gros rochers blancs et de buissons desséchés tordus par le vent marin. Contrairement au nord, le littoral formait au sud une impressionnante falaise blanchâtre sinuant à l'infini le long du rivage bleu turquoise. Au pied du précipice vertigineux, les vagues se brisaient par escouades successives. Par endroits, nous surplombions la mer de plus de cent pieds de haut.

— Où sont-elles ces grottes ? jura Shapour. Nous sommes à découvert ici et on peut nous repérer facilement si nous longeons ces falaises trop longtemps.

L'endroit était pourtant inhabité et parfaitement désert. Hiba restait sereine.

— Il nous faut encore continuer pourtant pour les trouver. Ne perdons pas de temps et avançons.

Un peu plus loin vers l'est, la falaise s'incurvait en un repli formant une sorte d'anse naturelle.

— Nous y sommes. Il y a un étroit sentier qui serpente jusqu'au pied de la falaise. Il faut descendre. Mais je vous préviens, l'accès est très périlleux.

— Tu es donc déjà venue ?

— Ma tante a déjà caché un homme dans ce lieu, il y a longtemps. Elle m'a montré cet endroit un jour, me disant qu'en cas de danger, je pourrais m'y réfugier. Suivez-moi, vous allez comprendre pourquoi personne ne nous trouvera ici.

Chapitre 20
La grotte bleue

La cachette de Nyatou se révéla enfin. Avais-je déjà contemplé pareil enchantement ? Nous découvrions une étonnante grotte marine cerclée par une eau turquoise. Au pied de la falaise, l'entrée formait une élégante voûte naturelle en calcaire. Telle une véritable cathédrale de la mer, la cavité présentait un portail taillé dans la roche, prolongé par une nef profonde et immergée qui s'enfonçait à l'intérieur. Une plate-forme rocheuse faisait office de parvis où les nuances de bleu se mariaient avec des rochers délicieux, ciselés telles des statues par un artiste de génie.

Shapour jeta un regard inquiet sur les vagues qui s'y engouffraient.

— Tu es certaine qu'on peut se cacher là-dedans ?

— Oui, suivez-moi.

Sans hésiter, Hiba mit le pied sur la dalle immergée qui menait jusqu'au seuil. L'eau était si claire qu'on pouvait y admirer une multitude de poissons aux couleurs chatoyantes qui l'accompagnaient dans une étonnante procession. Elle s'enfonça jusqu'à la taille dans l'eau cristalline pour atteindre le seuil et disparut complètement à l'intérieur.

— Venez, cria-t-elle. Il y a une rive dans le fond. Elle est au sec.

Un peu plus tard, nous nous retrouvions tous les six sur une sorte de plage composée de gros galets colorés et de sable doré. Au-dessus de nos têtes, se tenait une coupole rocheuse où les tons argent et jaune de la pierre se mélangeaient harmonieusement aux reflets bleutés de l'eau. Sur l'arrière, un escalier naturel menait à trois autres cavités au sec et à l'abri du vent.

De l'une d'elle, une petite source s'écoulait, formant une rivière charmante qui se fondait dans l'étendue salée.

— Au moins, ici, nous ne manquerons pas d'eau, s'exclama Judith.

Seul Shapour semblait contrarié par le lieu.

— Je n'aime pas la mer… Elle me déconcerte. Chez nous, à Nishapur, nous vivons dans la montagne. Les côtes sont lointaines. Seuls nos fleuves s'en approchent pour finalement s'y perdre…

— Ici, nous serons en sécurité, répondit Hiba. Seul un navire longeant la falaise pourrait repérer l'entrée de cette grotte et, même dans ce cas, aucun marin ne pourrait détecter qu'il en existe une partie émergée.

Abbas me fit signe de le suivre tandis qu'il gravissait l'accès menant aux salles supérieures.

— Curieux endroit ! Il est aussi beau que risqué. Le seul accès possible, c'est la mer. Elle est le véritable gardien de ces lieux.

— Tu penses qu'elle peut être un danger ?

— Elle nous protège… mais elle nous menace aussi. En cas de tempête, elle pourrait nous prendre au piège. Regarde ces traces d'humidité sur les parois les plus hautes… et ces poissons morts… Dès que la houle est forte, l'eau monte jusqu'ici. Cet abri ne doit rester que provisoire ou il risque bien de nous être fatal.

— N'en disons rien aux autres pour l'instant. Nous avons gagné un répit. Mettons-le donc à profit pour élaborer un plan.

Abbas me considéra un instant comme s'il hésitait à se confier.

— Pour Shapour et moi, le plan est tout trouvé, fini-il par

me lâcher. Non loin d'ici, en direction du levant, se trouve une anse naturelle par laquelle la plupart des bateaux accostent à Malita. Les pêcheurs locaux la nomment Marsaxlokk.

— Que suggères-tu ?

— Pour toi et les filles, je ne sais pas. Mais nous nous y rendrons à l'aube.

— Que comptez-vous y faire ?

— Le bateau qui nous a déposés sur l'archipel. Il est prévu qu'il nous y récupère dès demain.

— Un bateau ?

— Oui, il nous a laissés sur l'île il y a maintenant cinq jours. Il s'est ensuite rendu à Sfax qui est une ville portuaire d'Ifriqiya toute proche de Malita. Il doit repasser demain par Marsaxloxkk.

— Tu veux dire qu'on pourrait quitter l'île et échapper à Badis grâce à ce navire ?

— Oui, je connais bien son capitaine. Il ne s'opposera pas à accueillir de nouveaux passagers. Il suffira de payer votre traversée d'avance.

— Si ce bateau peut nous conduire jusqu'en Sicile, je suis prêt à en briquer le pont jour et nuit.

— En Sicile ? N'y songe pas ! C'est un navire marchand, mais son équipage est arabe... Ces marins ne commercent plus avec la Sicile depuis que les Normands y règnent. Le capitaine redoute qu'ils lui saisissent ses marchandises et son bateau. Désormais, ils osent à peine faire escale ici, à Malte, et ils n'y restent jamais longtemps. Nous devrons être sur ce port à la levée du jour et guetter leur arrivée pour ne pas les manquer. Ils déchargeront leurs marchandises afin de les vendre au plus vite et ils reprendront la mer dans la soirée.

— Quelle est leur destination ?

— Le port de Rachid[1] non loin de la ville d'al-Iskandariyya. Alexandrie dans ta langue, du nom du roi qui la fonda jadis...

J'écarquillai les yeux de surprise.

— Alexandrie ? Tu veux dire que ce bateau va vous conduire en Égypte ?

— Oui, c'est là où nous nous rendons. De la côte, nous gagnerons al-Qahira[2] par le Nil et nous rejoindrons le palais du calife où nous devons nous produire. Ce souverain fatimide règne sur un pays immense où une plaine fertile côtoie le désert le plus aride.

Je restai comme stupéfait par l'annonce du conteur.

— Le pays où coule le Nil... celui où l'on peut admirer ces trois pyramides ?

— On peut effectivement voir des constructions gigantesques vers le couchant à la sortie de la vieille ville. En quoi t'intéressent-t-elles ? Les quelques *Roums* qui se rendent généralement dans nos contrées ne se préoccupe que de Jérusalem.

— Ce serait trop long à t'expliquer maintenant. Mais je rêve de pouvoir un jour les contempler.

— Ce jour n'est peut-être pas si loin. N'es-tu pas toi-même un voyageur ? Accompagne-nous là-bas et tu pourras les voir de près.

— Voir les trois pyramides d'Égypte, vraiment ?

— Bien sûr ! Et mille autres choses encore. L'Égypte est un pays fascinant, et plus rien de bon ne t'attend ici. J'étais présent à Mdina quand Badis a fait balancer la tête de ton ami Gozo aux pieds des habitants. J'ai vu leurs regards terrifiés. Crois-moi, il n'est plus très loin du pouvoir.

— Tu penses donc que les hommes du cadi et de l'émir n'arriveront pas à contenir la fronde de Badis ?

1. Rosette

2. Désigne le Caire. Signifie « la victorieuse » en arabe.

— J'en suis persuadé. Je connais al-Mamoun depuis des années et je le tiens en haute estime. C'est un homme bon et droit dont le seul tort est d'avoir préféré la paix pour épargner les siens. Sais-tu qu'il a pardonné à son fils aîné, ton ami, alors que ce dernier l'avait pourtant trahi en livrant le pays aux Normands ? Mais je connais aussi son autre fils, Badis, un vrai pirate celui-là ! Pendant des années, il a écumé cette mer entre Mahdia et la Corse. Avec lui, la bonté de l'émir devient une faiblesse. Al-Mamoun n'aura pas la volonté d'engager une lutte armée contre son second fils et, tôt ou tard, il s'effacera devant lui. En tant qu'ami de Gozo, tu es aussi en grand danger. Il te faut quitter l'île au plus vite.

— Et les filles ? Je ne peux tout de même pas les laisser ici.

— Qui te parle de les abandonner ? Le capitaine vous prendra tous à son bord sans discuter, toi, ton épouse et sa sœur. Concernant la jeune esclave qui vous guide, tu n'auras qu'à dire qu'elle t'appartient. Un homme seul qui voyage avec plusieurs femmes et ses serviteurs, chez nous c'est très courant et c'est même préférable... Ici, on juge d'abord un homme à la qualité de sa suite...

— Ce port va vraisemblablement être surveillé par les hommes de Badis ! Que comptes-tu faire s'ils sont là, à attendre que nous nous montrions ?

— Je ne sais pas encore, mais nous n'avons pas d'autre solution... Il nous faut embarquer sur ce bateau coûte que coûte. Quoiqu'il arrive maintenant, cette insurrection se finira dans un bain de sang. Mieux vaut être loin quand tout cela s'intensifiera.

— Je dois y réfléchir. Ce n'est pas une décision facile. Si je pars maintenant, je perds toute chance de retrouver les miens et ma vie d'avant...

— Prends cela comme une opportunité de réaliser ton

rêve de voyageur... Mais réfléchis vite. Tiens-tu vraiment à voir ta ravissante épouse rejoindre les concubines de Badis et la jeune servante livrée à ses gardes? Tu n'as qu'une courte nuit pour te décider. Crois-moi, tu as intérêt à te joindre à nous.

— Pour mon bonheur, je ne crois qu'en Notre Seigneur...

J'avais répondu vite et détourné le regard pour masquer le trouble dans lequel sa proposition m'avait plongé ...

Nous avions passé le reste de la journée dans la fraîcheur de la grotte. L'offre d'Abbas tournait dans ma tête et je devais me décider maintenant. La probabilité que mes frères puissent retrouver ma trace était maintenant très faible mais je m'accrochais toujours au mince espoir de les voir débarquer.

Fuir en Égypte? Reprendre la mer et découvrir cette mystérieuse contrée, le Nil, toutes ses richesses... et au bout du voyage... contempler ces trois pyramides dont m'avait si souvent parlé mon maître... Et si la prochaine étape de mon parcours était là, dans l'invitation de ce Persan. Reprendre à mon compte la quête de mon maître à propos de la grande pyramide et du manuscrit d'Agatharchide de Cnide. Comme Odon lui-même aimait à le répéter : *Quand une porte se ferme, le Seigneur ne tarde pas à en ouvrir une autre...*

Alors que le soir tombait et que mes pensées s'entrechoquaient, nous nous étions tous regroupés sur la petite grève où de charmantes vaguelettes tiédies par le soleil venaient nous lécher les pieds. Nous avions tous repris des forces après nous être restaurés et lavés à l'eau douce.

— Cela m'apprendra à venir sur une île, murmura Shapour qui restait sombre. Partout ici la mer nous retient, jusque dans cette grotte où nous n'aurons aucune possibilité de fuite lorsque ces hommes nous trouverons...

— La mer est parfois déconcertante, repris Abbas sur un ton apaisant. Elle n'admet aucun enracinement. Dans les contes, elle est souvent le lieu de toutes les errances et de tous les malheurs... Mais nous devons toujours garder espoir... Même ici, acculés au pied de cette falaise, l'espoir demeure... Connaissez-vous cette veille histoire perse qu'on nomme *La légende de l'anneau* ?

Comme par magie, les paroles d'Abbas déridèrent son compagnon musicien. Sans même attendre notre réponse, Shapour se saisit de son *oud* et s'apprêta à accompagner le conteur. Ces deux-là formaient décidément un binôme curieux ! Je croisai le regard d'Esther qui me sourit en retour et vint s'asseoir à mes côtés comme pour répondre à mon invitation muette. La voix grave d'Abbas résonna alors sous la voûte, accompagnée par le son suave de l'instrument.

Cette légende raconte qu'un jour, un roi de mon pays s'adressa aux sages de sa cour : « Je veux que vous fabriquiez pour moi un anneau précieux, serti d'un diamant magnifique, et qui contienne en lui, caché, un message qui puisse m'aider dans les moments de désespoir. Il doit être très court afin de pouvoir être glissé sous le diamant ».

Ces érudits avaient tous écrit de longs traités, mais aucun ne savait comment trouver un message de deux ou trois mots qui pourrait aider le roi lors de tels moments. Le monarque avait aussi un ancien serviteur qui l'avait élevé étant jeune. Il avait un immense respect pour lui. Ce dernier dit au roi : « Je ne suis pas sage ni érudit, mais je connais le message que tu cherches, car un sage l'a partagé avec moi il y a longtemps ».

Et il l'écrivit sur un petit bout de papier, qu'il plia et donna au roi en disant : « Ne le lis pas. Garde-le caché dans la bague. Ne l'ouvre que lorsque tout le reste aura échoué, quand il n'y aura plus aucun espoir. »

Ce moment arriva vite. Le pays fut envahi. Pour sauver sa vie, le roi dut s'enfuir à cheval, poursuivi par les cavaliers ennemis. Il était seul et ils étaient nombreux. Il arriva à un endroit où le chemin s'arrêtait. C'était une voie sans issue : une falaise surplombant une profonde vallée. Acculé, il ne pouvait plus faire demi-tour, l'ennemi était là, il entendait déjà le vacarme des sabots de leurs chevaux… Il se souvint alors de l'anneau et sortit le papier caché sous la bague. Un immense silence descendit sur lui tandis qu'il lisait cette phrase : « Ceci aussi passera ». Le roi resta perplexe. Alors qu'il cherchait à comprendre, il cessa bientôt d'entendre les sabots des chevaux sur le sol. Les ennemis qui le poursuivaient avaient dû se perdre dans la forêt. Il replia alors le papier, le remit dans la bague, rentra dans son palais, rassembla à nouveau ses armées et finalement parvint à reconquérir son royaume. Contre toute attente, le message de l'anneau s'était révélé miraculeux.

Le jour où il entra victorieux dans la capitale, il y eut une immense célébration dans toute la ville, de la musique, de la danse. Le roi se sentait fier de lui.

Le vieux serviteur lui dit alors : « C'est encore le bon moment de relire ton message. »

« Que veux-tu dire ? lui répondit le roi. À présent je suis victorieux, le peuple m'acclame, je ne suis pas désespéré et je ne suis pas dans une situation sans issue. »

Le vieil homme dit, « Écoute : ce message n'est pas seulement fait pour le désespoir mais aussi pour le bonheur ; pas seulement pour la défaite mais aussi pour la victoire ; pas seulement quand tu es le dernier, mais aussi quand tu es le premier. »

Et le roi ouvrit l'anneau et relut le message : « Ceci aussi passera. » Et soudain la même paix, le même silence, au milieu de la foule triomphante, qui faisait la fête et dansait...Mais sa fierté avait disparu. Car il avait compris que tout passe...

Le son profond de l'*oud* flottait dans l'air. La voix subtile du conteur se mélangeait à celle d'Esther qui, tout contre moi, me traduisait sans relâche. La soirée se déroula ainsi, magique et hors du temps. Abbas enchaîna les contes les plus fantastiques qu'on puisse entendre et nous oubliâmes la menace qui planait sur nous. Un récit en particulier retint toute mon attention. Celui de ce marin perse nommé Sindbad. Une tempête s'était abattue sur son bateau, et lui et son équipage s'étaient échoués sur une île terrifiante, peuplée de sauvages laids, petits et couverts de poils. Ils fuirent dans une autre direction mais ils se firent capturer par un terrible géant qui, parce qu'il était cyclope, me rappela aussitôt celui d'Homère qu'Odon m'avait tant de fois conté. Tandis que le géant dévorait les membres de l'équipage un par un, en commençant par le plus dodu, Sindbad réfléchit à une stratégie qui leur permettrait de s'échapper. Finalement, tout comme Ulysse dans l'*Odyssée*, alors que le monstre était endormi, Sindbad et huit autres camarades empoignèrent des broches, les firent chauffer à blanc, puis avec elles crevèrent l'œil du monstre, qui hurla de douleur. Les rescapés parvinrent à s'enfuir à bord de radeaux de fortune construits la veille...

La nuit était tombée et nos compagnons avaient rejoint les cavités supérieures. J'étais resté seul avec Esther à contempler le reflet de la lune dans les eaux cristallines. Ses étonnants yeux pourpres cherchaient mon regard.

— Tu ne dis plus rien ?

— Abbas nous propose de fuir cette île avec lui dès demain. Un bateau va passer le prendre non loin d'ici.

— Où se rendent-ils ?

— En Égypte. Ils vont se produire dans une ville qu'on appelle Le Caire.

Esther ne resta pas longtemps silencieuse.

— C'est bien. Dans ce cas, nous les accompagnerons là-bas.

— Tu es certaine ?

— Oui. Rester ici signifie l'esclavage pour ma sœur et moi et la mort pour toi. Tu as vu comme nous tous de quoi ce Badis était capable.

— On ne sait pas non plus ce qui nous attend en Égypte …

— Dieu seul le sait ! Mais cette ville dont tu parles, Le Caire, mon père la cite souvent. Beaucoup de juifs d'al-Andalus sont partis s'y installer après la chute de Tolède. Là-bas, les miens ne sont pas concentrés dans des quartiers séparés et ils y sont bien considérés. Nous y trouverons des personnes capables de nous venir en aide. Je pourrai aussi y adresser un message à ma famille à Barcelone.

— Tu as donc des proches dans cette ville ?

— Non. Je n'en ai pas besoin et c'est la force de mon peuple. Crois-moi, nous pourrons compter sur place sur une communauté influente et solidaire. Tu y seras bien accueilli également, j'en suis certaine. Que comptes-tu faire ?

— J'hésite encore. Je sais qu'il nous faut quitter cette île au plus vite, mais… si mes frères venaient finalement me secourir ?

Esther dut déceler une pointe d'amertume dans ma voix.

—Il ne faut pas en vouloir à tes amis… Ils ont dû en être empêchés pour une raison que tu ignores. Pour l'heure, tu ne dois plus compter que sur toi-même.

— Tu crois ?

— J'en suis certaine. Demain nous partirons. Et puis, cela signifie que nous resterons encore un peu ensemble…

Son regard s'était fait plus intense et j'en fus

profondément troublé.

— Tu as sans doute raison... Il est temps de tourner la page...

Sans ajouter un mot, Esther me prit par la main et m'entraîna vers l'extérieur sur la plate-forme rocheuse. De manière inattendue, elle avait libéré ses cheveux, dégagé le voile de son visage et relevé sa robe jusqu'aux genoux. En la voyant ainsi, avec pour seul bagage ce tissu de soie vert émeraude qu'elle retenait à peine, je faillis lui dire de revenir à couvert... mais je n'en fis rien...

Au dehors, La nuit avait pris une teinte vert sombre où la lune supplantait toutes les étoiles du ciel. Sa clarté se propageait jusqu'à sa taille, faisant scintiller les flots autour d'elle. Je me débarrassai de ma coule encombrante, puis de ma tunique et, une fois torse nu, je la rejoignis sans remords dans le reflet irisé.

— Sens-tu la tiédeur de la mer autour de tes jambes... ? L'été, à Barcelone, c'est ma sensation préférée...

Elle m'intima le silence d'un baiser furtif et pressa ma nuque de sa main délicate.

— Tu m'as plu dès le premier regard ... Profitons de cette nuit... car comme ce conte nous l'a appris ce soir, *cela aussi passera...*

Chapitre 21
Abbas et Shapour

Avec Antares [1] comme dernier compagnon céleste, nous avions finalement tous deux sombré dans le sommeil sur la petite plage de la caverne.

Le jour n'était pas encore levé lorsque la voix douce de Nyatou se fit entendre.

— Sira, Sira...

Nos corps étaient encore liés lorsqu'elle mit le pied sur le sable. Un peu plus tard, nos compagnons se regroupèrent autour d'elle. Je croisai le regard complice d'Esther mais j'évitai de la regarder. Je ne savais plus où j'en étais...

Abbas salua la visiteuse comme on honore une vieille amie. Nyatou, elle aussi, semblait soulagée de voir les deux hommes en notre compagnie.

— Quelles nouvelles nous apportes-tu ?

— Rien de bon. L'émir est introuvable. Les hommes de son fils contrôlent la ville et ils vous recherchent tous activement. Vous devez restés cachés ici pour l'instant.

Abbas semblait contrarié.

— C'est impossible ! Nous devons gagner Marsaxlokk. Un bateau vient nous y chercher dès aujourd'hui. Il nous emmène en Égypte.

— Marsaxlokk ? Tu n'y songes pas ; c'est le premier endroit où ils vous attendent. Badis y a disposé un

1. Antares est une étoile rouge-orangé appartenant à la constellation du Scorpion. En été, elle est observable jusqu'à l'aurore en direction du sud. Elle a pour particularité son manque de hauteur. Elle est donc visible près de la ligne d'horizon. Son nom signifie la « rivale de Mars-Arès » en grec.

détachement complet de gardes. Vous serez capturés avant même d'avoir pu accéder à l'anse.

Shapour jeta un regard interrogateur en direction de son ami.

— Comment va-t-on faire si on ne peut pas atteindre le bateau ?

— Nous devons trouver un autre moyen... Il nous faudrait une barque sur laquelle on puisse les rejoindre au moment où ils repartiront.

Une idée germa dans mon esprit.

— Je sais moi où trouver une embarcation. Le bateau de Gozo ! Avec lui, nous pourrions rejoindre cette galée en mer. Il est à l'abri sur la côte, à l'endroit où l'on aperçoit les deux autres îles de l'archipel.

Nyatou fit une grimace.

— C'est à l'opposé d'ici. Il vous faudrait traverser complétement Malita pour atteindre cet endroit et prendre de gros risques. L'île n'est pas bien grande et toutes les routes sont surveillées. Il faut aussi savoir manœuvrer un bateau...

Devant notre mutisme, Nyatou proposa une autre solution.

— Si vous ne pouvez accéder à ce navire, c'est lui qui doit venir à vous. Abbas, connais-tu assez ces marins pour leur demander un service ?

— Son capitaine nous a souvent pris à son bord entre l'Égypte et l'Ifriqiya. Je suis l'un de ses passagers les plus fidèles. Quel est ton plan ?

— Il pourrait vous récupérer ici, au pied de cette falaise...

— Pourquoi pas... C'est une idée ! Il demandera certainement de l'argent pour cela mais je suis prêt à payer cher pour quitter cet endroit au plus vite.

— Parfait, dans ce cas, j'irai moi-même à sa rencontre en me mêlant aux marchands du port. Je lui indiquerai votre position et le paierai d'avance pour qu'il vous fasse embarquer discrètement.

Abbas hocha la tête mais il voulut lever un dernier doute.

— Pourquoi ferais-tu cela pour nous ? Tu risques gros en nous aidant ainsi.

Nyatou resta silencieuse un instant.

— Parce tu as toujours été loyal avec l'émir et qu'il admire ta sagesse... Mais chaque chose à un prix. J'ai aussi quelque chose à te demander.

— Parles, que désires-tu ?

— Je souhaites que tu emmènes ma fille Hiba, avec toi.

— Hiba... en Égypte... ? Tu sais bien que je n'en ai pas le droit !

Il se tourna vers la jeune servante dont les yeux s'étaient embués. Mais Nyatou poursuivit son argumentation.

— Elle peut désormais quitter Malita. L'émir l'a affranchie récemment...

Le conteur dévisagea la femme d'un air septique.

— Vraiment... ? Pourquoi aurait-il fait cela ? En islam, la libération d'un esclave est certes encouragée mais ce n'est pas un acte banal.

— Al-Mamoun a commis une faute grave qu'il a souhaité corriger par ce geste. Comme le Coran le prescrit aux croyants, il a pu s'en amender en affranchissant l'un de ses serviteurs. Je lui ai suggéré de choisir Hiba et il a accédé à ma requête. Voici l'acte qui l'atteste.

Elle tendit à Abbas un bout de parchemin portant le sceau de l'émir. Il l'examina, songeur.

— Une faute grave dis-tu ? Mais si elle est affranchie, pourquoi souhaites-tu donc la voir partir si loin de toi ?

La voix de Nyatou se teinta d'une émotion non feinte.

— J'aime ma fille plus que tout au monde... Mais tant qu'elle demeurera ici, quel que soit le maître des lieux, elle sera toujours considérée comme une simple servante. En partant avec vous, elle deviendra une femme libre… Elle pourra commencer sa vie, se marier et peut-être un jour, traverser le grand désert et regagner notre ville… Koumbi Saleh.

Abbas se tourna vers Hiba qui pleurait désormais à chaudes larmes. Il guettait son approbation. La jeune fille lui fit un signe affirmatif de la tête.

— Si c'est la volonté du Très-Haut. Qu'il en soit ainsi… Voici de quoi payer cet homme. Tu lui diras donc qu'il aura six passagers à embarquer.

— Ne crains-tu pas qu'il accepte ton argent et qu'il prenne la mer sans vous ?

— Non ! Aucun risque. Rappelle-lui simplement que je suis attendu au Caire par le vizir al-Afdal[2] lui-même… Crois-moi, ce nom est la meilleure des garanties…

— Dans ce cas, l'heure de nous dire adieu est arrivée. Nous ne nous reverrons pas…

Hiba se jeta dans les bras de sa tante. Au moment où elle allait prendre congé, je la retins à mon tour un instant tout en m'adressant au conteur.

— Aurais-tu de quoi écrire ?

Intrigué, il fouilla dans sa besace et me tendit un bout de parchemin, un calame et de l'encre, à l'aide desquels je griffonnai à la hâte un message que je tendis aussitôt à Nyatou.

— Il est possible qu'après mon départ, des chrétiens vêtus de coules noires, débarquent à Melita. Tu leur donneras ceci…

Sans un mot, la femme saisit le mot, le cacha dans un pli de sa robe et s'éloigna. Je la suivis du regard jusqu'au pied de la falaise, elle emportait avec elle mon ultime espoir de revoir mes frères de Beaulieu.

---

2. Al-Afdal Chahinchah, « le meilleur », d'origine arménienne, fut le vizir des différents califes fatimides qui se succédèrent au Caire entre 1094 et 1121.

Nous consacrâmes le reste de la matinée à préparer notre départ et à guetter cette nef. J'étais tellement anxieux que mon regard restait invariablement fixé sur un bout de rocher au large, où la voile des Égyptiens devait apparaître. Abbas dut capter mon agitation.

— Tu devrais rester tranquille et tenter de te reposer un peu. Si notre plan fonctionne, ce bateau ne viendra pas avant la tombée de la nuit.

Il me considéra un instant d'un air malicieux.

Crois-tu vraiment pouvoir embarquer dans cette tenue ?

Face à mon air ahuri, il éclata de rire.

— C'est ma coule de novice et je n'en ai pas d'autre !

D'un geste il attrapa sa besace.

— Enfile cela... Tu seras plus à l'aise pour voyager avec cette tunique et tu feras honneur à ton statut de dignitaire. Ton habit noir est tellement élimé que tu ressembles à l'un de ces mendiants quémandant la *Zakat*[3].

— J'endossai l'élégante tunique sous le regard amusé des filles. Abbas m'avait donné l'une de ses plus belles tenues et, pour la première fois, je vis Shapour se dérider un peu en me jetant un regard admiratif.

— Avec ton joli teint mat, tu ressembles maintenant à un authentique Persan. Tu vas faire sensation à al-Qahira où l'on te prendra pour un prince tout droit sorti des *hezar afsana*[4]...

— Pourquoi fais-tu cela pour nous, demandai-je à Abbas en m'asseyant à ses côtés ?

— Parce que l'islam commande aux croyants d'aider tous ceux qui sont dans le besoin. On appelle cela une *Sadaqa*. Dans ta langue cela doit correspondre à une *bonne action*.

---

3. *La Zakat al-Maal*, mot arabe traduit par « aumône légale » est le troisième des piliers de l'islam après l'attestation de foi et la prière.

4. *Hezar afsana* : mille contes. Les mille et une nuits seraient le résultat de l'adaptation en arabe d'un ouvrage persan intitulé *hezar afsana*.

— Cela aurait été plus simple pour vous deux de partir seuls. Tu vas devoir payer pour nous et t'encombrer de notre présence.

— C'est vrai ! En tant que musulman, nous croyons qu'Allah a créé cette vie comme un examen où notre loyauté et notre foi sont mises à l'épreuve. Seule la miséricorde infinie du Très-Haut peut nous sortir d'une situation difficile comme celle-ci. En vous venant en aide, j'attire aussi son attention sur moi.

— Tu veux dire que c'est une façon d'acheter ton salut ?

— Non, on ne doit pas penser à un retour lorsqu'on fait un don. Mais Allah lui-même nous promet qu'il augmentera notre subsistance, notre richesse et notre succès dans cette vie lorsque nous faisons le bien.

— Chez les chrétiens, nous appelons cela la charité. Nous pensons que donner son attention ou de son argent à ceux qui en ont besoin nous ouvre toutes grandes les portes du paradis.

— C'est un peu similaire chez nous. Nous sommes persuadés que les croyants qui viennent en aide aux nécessiteux seront admis au paradis par *Baab As-Sadaqa*. C'est l'une des huit portes de la *Jannah*[5].

— Je te dois la vérité. Je ne suis pas vraiment ce fils de dignitaire qu'on t'a décrit... Je ne suis qu'un moine novice et je ne possède rien. Je ne pourrai donc pas te rembourser immédiatement et je ne sais pas non plus comment je pourrai vivre une fois en Égypte, même si je rêve de m'y rendre...

— Sois sans crainte. Si c'est sa volonté, Allah lui-même me rendra cet argent au centuple. Pour le reste, je connais ton histoire. Mon ami l'émir me l'a confiée. Je sais que tu faisais partie d'un groupe de moines en route vers Pise lorsque tu es tombé entre les griffes de son fils aîné.

5. *Jannah* est l'un des termes généralement utilisés pour désigner le paradis dans le Coran.

Quant à l'Égypte, aie confiance : tu vas découvrir un pays parfaitement taillé pour toi.

Sais-tu que les premiers moines chrétiens y sont apparus un peu après la naissance de votre prophète Jésus? Sais-tu, qu'avant l'arrivée de l'islam, le christianisme était la religion majoritaire de ce pays? Là-bas, les chrétiens sont toujours présents et sont appelés *Coptes.* Aujourd'hui encore, ils occupent souvent des places importantes dans l'appareil étatique. Même si l'arabe y a remplacé le copte comme langue officielle, un lettré comme toi n'aura aucun mal à y trouver sa place...

— Et les deux sœurs? Que vont-elles devenir? Elles m'ont sauvé et je me sens responsable d'elles.

— C'est tout en ton honneur. Je sais aussi qu'elles sont juives. Les juifs, tout comme les chrétiens, forment en Égypte de puissantes communautés dans la vieille ville. Elles pourront certainement y être prises en charge... Je sais enfin que l'aînée n'est pas ta femme légitime... même si tu lui fais les yeux doux...

— Moi ! Pas du tout. C'est elle au contraire qui s'intéresse à moi et a inventé cette histoire d'épouse.

Abbas étouffa un rire moqueur...

— Une femme ne peut inventer une histoire pareille que pour te signifier son intérêt... Surtout si elle est juive, car cette communauté applique des règles strictes en la matière. Tu devrais être flatté par son ingéniosité plutôt que de t'en offusquer... Tu es jeune, beau et cultivé. Il est naturel que tu lui plaises. Il te manquait juste l'habit. Maintenant, tu as l'allure d'un roi. Shapour lui-même t'a remarqué et je puis t'assurer qu'il a un goût prononcé pour le beau.

Je dus prendre une mine si intriguée qu'Abbas esquissa un sourire.

— J'avoue que vous m'étonnez tous les deux... Le cadi de Mdina prétend que les musulmans ont le célibat en horreur et qu'un homme respectable se doit d'être marié. Or, vous allez tous les deux seuls, sans compagnes.

— Nous ne sommes pas seuls puisque nous voyageons ensemble...

— Tu veux dire que Shapour et toi ?

— Je veux dire que nous avons fait le choix de vivre différemment. Nos passions nous rassemblent et nous portent un jour ici et l'autre là. Lui la musique et moi les mots. De la cour d'un émir à celle d'un calife, nous vivons l'instant présent et il n'y a pas d'autre vérité que celle-là.

— C'est donc cela qu'a vu Judith la nuit où j'ai été empoisonné... C'est donc la raison pour laquelle Badis a juré votre perte !

Abbas contempla la mer, songeur.

— Les contes, la musique et deux hommes partageant la même vie... c'est sans doute trop pour un intégriste comme Badis ibn al-Mamoun.

— Ton ami Shapour, lui, semble bien mystérieux. Il a l'air différent.

— Il est moins affable que moi, mais c'est quelqu'un sur qui l'on peut compter. Il est originaire d'une ville nommée Nichapur dans le Khorassan. Sais-tu qu'il y a déjà croisé la route du grand poète Omar Khayyam [6] ? Malgré son jeune âge, il a vécu des choses stupéfiantes.

— Lesquelles ?

— Si tu sais gagner sa confiance, il te les racontera lui-même. Crois-moi, son histoire est fascinante et dépasse en intensité la plupart de mes contes... Maintenant, prenons du repos. Nous aurons besoin de toutes nos forces quand ces marins viendront nous récupérer.

Le soleil était bas sur l'horizon quand une grande voile

6. Omar Khayyam est un écrivain et savant, mathématicien, astronome et philosophe persan (1048-1131) auteur de l'une des œuvres poétiques les plus célèbres au monde : les *Robbayat*. Ces quatrains parfois désabusés où il chante la vie, les femmes, le vin, lui valurent de son temps quelques démêlés avec les dignitaires religieux.

blanche apparut. Le navire fit un premier bord au large et son pilote repéra rapidement l'entrée de la grotte éclairée par le couchant. Il manœuvra alors pour s'approcher au mieux de la plate-forme rocheuse. Les marins jetèrent l'ancre à environ mille pieds[7] de là et entreprirent de descendre une embarcation à l'aide de cordes.

— Les voilà, murmura Abbas. Puis s'adressant à Shapour : vérifie que la voie est libre dehors et fais-nous signe.

Le musicien se précipita en direction du large tandis que nous trépignions sur la petite plage. Une fois à découvert, il se retourna pour examiner la falaise. À son signal, nous quittâmes la caverne et nous nous engageâmes à notre tour sur la dalle immergée.

— Pourquoi le bateau ne s'approche-t-il pas plus, demanda Judith ?

— À cause des fonds rocheux, répondit Abbas. Ils risqueraient de s'échouer sur les récifs.

Subitement, le visage de Shapour changea d'expression.

— Là-haut, cria-t-il soudain. Des hommes sur la corniche !

Trois cavaliers étaient apparus et observaient notre petite troupe avec attention.

— C'est Badis ! Ils ont dû suivre le bateau qui longeait la côte. Ils nous ont repérés !

Un vent de panique gagna notre groupe. Que faire ? Je jetai un œil en direction du bateau. Le canot avait touché la surface de l'eau et deux marins y prenaient place.

— Badis et ses soldats descendent, cria Esther, affolée.

Sur la falaise, les deux hommes d'armes et leur chef avaient abandonné leurs montures et déboulaient à la hâte le long de l'étroit sentier. La barque, elle, était encore loin et progressait vers nous avec une lenteur désespérante.

7. Environ trois cents mètres.

— Avancez vers les marins, ordonna Abbas. Allez le plus loin possible…

Nous avions de l'eau jusqu'à la ceinture et nous avions presque atteint l'extrémité de la plate-forme rocheuse. Impossible de progresser davantage. Au-delà, nous n'avions plus pied…

Il se passa alors quelque chose d'étonnant. Shapour fixa Abbas de façon soutenue… comme s'il attendait son assentiment. Le conteur, lui, semblait hésiter et évaluer les alternatives possibles. Mais déjà, Badis et ses deux lieutenants avaient atteint le pied de la falaise et pénétraient dans l'eau. On apercevait la pointe de leurs lances menaçantes. Dans un instant ils seraient sur nous. Nos sauveteurs, eux, étaient encore loin.

Abbas se retourna alors vers son compagnon.

— Nous sommes acculés… Fais-le ! C'est la volonté du Très-Haut…

Contre toute attente, Shapour extirpa son *oud* et opéra aussitôt un demi-tour vers les assaillants. Invraisemblablement, il se mit à jouer de l'instrument !

— Ne vous retournez pas, nous cria Abbas, ne regardez pas… Dirigez-vous vers le canot.

Le son majestueux de l'*oud* s'éleva dans la douceur vespérale. On aurait dit qu'il flottait dans l'air, accompagnant les vagues qui se brisaient contre la falaise. Badis lui aussi semblait interloqué et il marqua un arrêt au moment où Shapour leur faisait face. Les soldats le fixaient d'un air goguenard. Ils allaient l'embrocher avec leurs lances pour ensuite se ruer sur nous.

— La musique de *Chaytan* ne peut rien contre ceci.

Badis extirpa une sorte de long glaive légèrement recourbé dont l'extrémité laissait apparaître deux pointes finement aiguisées. Après toi, ce sera le tour de ton ami le conteur, puis celui du *franj*… Cette caverne sera votre tombeau… J'y traînerai aussi cette chienne de Nyatou afin qu'elle y contemple le cadavre de sa fille affranchie…

Shapour restait impassible et continuait à défier Badis en jouant de l'*oud*.

— Il se sacrifie, me dis-je. Il se sacrifie pour les retarder et qu'on ait le temps d'embarquer…

Le canot arrivait enfin à notre hauteur et les deux marins hissaient déjà les filles à son bord.

Un bruit assourdissant se fit entendre. À ma plus grande surprise, Shapour avait fracassé son instrument sur la tête de Badis qui, surpris, tomba à la renverse et disparut dans les flots.

En un éclair, le musicien extirpa alors de son vêtement deux poignards qui scintillèrent dans la lumière du couchant. Sous le regard médusé des deux hommes, il accomplit aussitôt une sorte de mouvement circulaire bref qui fit pivoter tout son corps d'un seul bloc à la façon d'une étrange danse rituelle. Les deux lames vinrent se ficher simultanément dans l'abdomen des deux soldats qui s'effondrèrent aussitôt. Mais déjà Badis s'était relevé en titubant dans l'écume et empoignait son arme, prêt à frapper.

— Allez-y vous autres ! Je veux voir sa tête danser au bout de vos lances.

Réalisant que ses hommes flottaient à ses pieds, blessés à mort, il tenta de se replier, mais dans sa précipitation il trébucha sur un rocher et s'écroula. Se relevant maladroitement, il se dirigea à la hâte vers le sentier en bas de la falaise. Ralenti par sa claudication et les vagues du soir, Shapour le rattrapa facilement. Le musicien le saisit par le col, le retourna et d'un geste vif et précis, lui enfonça d'un coup sec son poignard dans le sternum. Sous l'effet du choc, son corps s'éleva puis retomba lourdement dans la mer au moment où Shapour retirait sa lame.

— Tu n'aimes pas la musique... Sois rassuré, elle ne t'aime pas non plus.

Le temps d'un claquement de doigts, le musicien avait terrassé, seul, trois combattants entraînés.

Alors que nous embarquions à notre tour, les deux marins fixaient Shapour avec un mélange de sidération et d'horreur... Autour de lui, les eaux cristallines du parvis rocheux s'étaient teintées de rouge. Les étranges statues-rochers du parvis de pierre saignaient abondamment. Tel un fossoyeur dans un balai morbide, le Perse traîna derrière lui les trois corps inertes vers la caverne. À mon plus grand effroi, il les tira jusqu'à la petite plage et les abandonna à l'endroit même où j'avais passé la nuit en compagnie d'Esther. Puis, récupérant les restes de son instrument brisé, il nous rejoignit dans le canot sans un mot ni un regard.

Nos visages étaient blêmes et nos esprits choqués par cet excès de violence, de sacrifice et de sang...

Seul Abbas murmura quelque chose au moment où les marins nous hissaient sur leur galée. Je n'en suis pas certain mais je crois qu'il a simplement prononcé la phrase *Allah Akbar*[8]...

8. Dieu est grand.

Chapitre 22
L'anse de Marsaxlokk

La lourde galée pisane se présenta en vue des côtes maltaises aux alentours de tierce. Comme sur la plupart des navires militaires, les voiles latines y étaient complétées par deux rangées de quinze rames et un éperon menaçant à l'avant. Pour cette simple mission diplomatique en terre chrétienne, on avait fait l'économie des rameurs qu'on utilisait uniquement pour les manœuvres rapides lors des batailles navales et des abordages. Debout sur le pont, les moines de Cluny et les soldats contemplaient les grandes falaises calcaires et l'entrée de l'anse qui abritait le principal port de l'archipel : Marsaxlokk. Geoffroy Malaterra, en habitué des lieux, commentait les manœuvres d'approche.

— C'est le seul endroit de l'île où l'on peut débarquer facilement avec un tel bateau. C'est par ici que les Normands sont arrivés lors de la reconquête. Depuis le port, on accède à une route qui conduit à Mdina, la ville principale, et au palais de l'émir al-Mamoun. C'est là que Gozo a dû conduire Joachim et les deux captives.

Hugues de Mâcon observait les lieux avec circonspection.

— Je ne vois aucun port.

— Il est niché au bout de l'anse. Elle est profonde et protège ainsi les embarcations lors de la saison des tempêtes. Elles peuvent être très violentes par ici.

Il fut interrompu par un son continu, puissant et grave, qui provenait de la tour de guet perchée sur la falaise en surplomb.

Le seigneur franc prit un air soucieux.

— Notre arrivée ne passe pas inaperçue. Cette corne de brume est bien insistante...

— C'est étrange, commenta Geoffroy. Écoutez ! Une autre corne a pris le relais plus loin... comme si on cherchait à prévenir toute l'île de notre arrivée...

Le navire avait atteint le seuil de l'anse, ramené sa voilure et amorcé sa remontée en direction du port.

— Il n'y a pas l'animation habituelle, commenta Geoffroy. Ordinairement, les bateaux de pêche pullulent dans cette zone. Soyons tout de même sur nos gardes.

Hugues fit signe à ses hommes de se tenir prêt. Puis il se retourna vers Marcus, le palefrenier.

— Prépare les montures. Qu'elles puissent être débarquées sur le quai dès que nous aurons abaissé la passerelle. Combien de temps te faut-il pour les harnacher avec les équipements légers ?

Capuchon relevé, Marcus fit un simple signe de la tête et se dirigea rapidement vers les bêtes.

— Marcus ? Tu as perdu ta langue... ?

Le palefrenier se retourna lentement... comme à regret.

— C'est que je ne suis pas Marcus... En revanche, je sais tout de même préparer les chevaux...

La silhouette avait abaissé son capuchon, laissant apparaître une tignasse blonde et deux yeux noisette qui regardait Hugues d'un air de défi.

— Alix ! s'écria Aldebert. Pauvre de nous !

Hugues de Mâcon étouffa plusieurs jurons en comprenant qu'il s'était fait berner par cette femme. Il balaya aussitôt l'image de Paula qui tentait de s'imposer. Était-elle complice de cette mascarade ? Il se remémora la scène sur le port de Pise... Pendant que Paula tentait de le convaincre d'embarquer, Alix était, elle, parvenue à ses fins avec ce nigaud de palefrenier, le convainquant de prendre sa place ...

— Le diable soit de ces deux femmes, jura-t-il ! Mais nous réglerons nos comptes plus tard.

Le long de l'anse, quelques pêcheurs réparaient des filets. Apercevant le pavillon pisan, ces derniers abandonnèrent aussitôt leur ouvrage et disparurent dans les rochers. Le voilier parvint alors à la dernière partie de l'anse, à l'endroit où elle se resserrait le plus, avec dans son fond la rade de Marsaxlokk.

— Quelque chose ne tourne pas rond ici ! Ramène toute la voilure et ralentit l'allure, ordonna-t-il au capitaine de la galée. On ne va pas plus loin pour l'instant.

Le navire fit halte à quelques encablures du port. On y apercevait bien une multitude de petits canots de pêche multicolores sagement rangés, mais aucun ne semblait en activité. Le quai, tout comme la rade, était désert.

— Que fait-on ? demanda Aldebert.

Le capitaine lui répondit aussitôt.

— Nous ne pouvons pas rester là. Nous sommes dans un entonnoir dont l'unique sortie est située dans notre dos. En cas d'attaque, sans nos rameurs, nous ne pourrons pas manœuvrer le bateau facilement et nous deviendrons une proie vulnérable.

— Dans ce cas opérons un demi-tour et dégageons immédiatement vers le large ! Ça sent le traquenard à plein nez.

Sur un signe du capitaine, tous les marins de voile se précipitèrent dans les emplacements réservés aux rameurs, situés en contrebas du pont principal. Alors que l'imposante nef amorçait sa difficile manœuvre, une grande clameur s'éleva soudainement du rivage. Des hommes d'armes enturbannés avaient surgi de derrière les rochers, sabre à la main, se précipitant dans de petits canots qui foncèrent aussitôt vers le navire.

— Les Maures ! C'est un piège ! hurla Hugues de Mâcon. Tout le monde en place pour défendre la galée. Allez ! C'est le moment de montrer de quoi vous êtes capables.

Hugues dénombra quatre embarcations légères qui fonçaient de part et d'autre dans leur direction. On y distinguait les épées des combattants et des grappins d'assaut.

— On n'aura pas le temps de sortir de l'anse, glissa le capitaine. Il va falloir les repousser et les affronter.

— Les archers de chaque côté ! Les fantassins en seconde ligne ! Les cavaliers et leurs écuyers en réserve ! hurla le seigneur franc. Visez d'abord leurs rameurs... ! Dégagez le pont ! Les moines à l'arrière... !

— On veut aussi combattre !

D'un geste décidé qui surprit Hugues, Aldebert avait ôté son encombrante coule sombre. Il fut aussitôt imité par tous les moines qui se regroupèrent derrière l'*armarius* comme un seul homme.

— On peut aider à décrocher les grappins et à les repousser. L'armée du Christ, c'est nous.

— Pas question de les laisser arriver jusqu'au navire ! s'époumona Hugues. Mettez-vous en soutien des archers pour les alimenter en flèches. Repliez-vous derrière les Pisans si cela tourne mal.

Sur le pont, les soldats rajustaient leur casque, assuraient le bouclier sur le flanc gauche et la lance dans la main droite. La première salve de flèches s'éleva dans le ciel et atteignit tous les canots visés. Elle faucha un bon de nombre de Maures. Les autres, toujours à portée des traits [1] chrétiens, se jetèrent aussitôt à l'eau pour échapper à la seconde salve.

1. Flèches

— Ils battent en retraite ! hurla Aldebert. Ils sont des cibles faciles pour nos archers.

Ne vous réjouissez pas trop vite, lâcha le capitaine. Nous sommes toujours prisonniers de cette nasse... Regardez sur le rivage, il y d'autres embarcations. Ils vont lancer un nouvel abordage.

— Je me demande quelle mouche a piqué l'émir, lança Geoffroy. C'est une véritable déclaration de guerre... Roger de Sicile viendra personnellement incendier son palais et raser sa ville lorsqu'il apprendra cela...

Le bateau achevait son demi-tour quand une nouvelle menace plus forte se profila face à lui. Un navire était apparu, leur bloquant l'accès au large. Le capitaine se tourna vers Hugues, le regard noir.

— C'est ce que je redoutais. Ils ont attendu que nous soyons suffisamment engagés dans la rade pour nous prendre à revers. La voilà leur véritable attaque. Nous allons être pris en tenaille entre cette galée et ces barques qu'ils mettent à l'eau depuis le rivage.

— L'anse est suffisamment large. On pourrait peut-être contourner leur navire sans engager le combat ?

Le capitaine fit la moue.

— Leur nef n'a qu'une seule voile mais elle est beaucoup plus légère et maniable. J'ai déjà affronté ces embarcations maures à Mahdia et en Corse. Ils vont venir nous longer au plus près et nous aborder à l'aide de leurs grappins. Ils disposent également de flèches incendiaires. Si nous hissons les voiles, ils y mettront le feu. Leurs archers seront protégés par cette tour en bois qu'on aperçoit au milieu de leur pont...

— Quelles sont nos options ? questionna Hugues rageusement.

— Nous disposons d'une arme qu'ils n'ont pas.

— Laquelle ?

— L'éperon à la proue. Si nous lançons le navire avec suffisamment de vitesse et que nous les touchons, nous les éventrerons. Mais pour cela, il nous faut un nombre suffisant de rameurs pour compléter l'équipage et pouvoir les ajuster au bon moment.

— Et quoi d'autre ?

— C'est la seule possibilité. Si on les rate, ils engageront le corps-à-corps, ici même sur ce pont, et vos cavaliers et leurs puissants destriers ne serviront à rien.

— Dans ce cas, utilisons tous les chevaliers et les fantassins pour compléter les rangées de rames vacantes. Seuls les archers doivent rester sur le pont.

Au signal d'Hugues, soldats et moines descendirent dans les travées réservées aux rameurs.

— Dieu vient au secours des chrétiens ! lança-t-il, pour donner du courage à tous.

Il se retourna discrètement vers son jeune écuyer, Guillaume de Mâcon.

— Prends la fille avec toi et enfermez-vous dans le réduit avec les chevaux. Si jamais nous sommes vaincus, pas question de la laisser aux mains des mahométans. C'est la fille d'un seigneur de Bourgogne et je la préfère morte qu'entre les griffes de ces blasphémateurs. Tu as compris... ?

Les deux galées se faisaient désormais face. Sous l'impulsion des hommes qui ramaient désormais en cadence, le vaisseau pisan prit peu à peu sa vitesse afin que sa masse et son éperon puissent jouer leur rôle. Ils n'étaient désormais plus qu'à mille pieds l'un de l'autre quand Hugues sonda le capitaine.

— Il garde son cap ! On va les éperonner de face.

— Non, c'est ce qu'il tente de nous faire croire... Il va dévier légèrement au dernier moment pour éviter notre éperon et nous mettre à porter de ses grappins.

— Comment savoir de quel côté il va virer ?

Le Pisan esquissa un sourire.

— On a une chance sur deux… Tu as une préférence pour un côté ?

Éberlué, le seigneur franc fixa le marin. Etonnamment, il paraissait étrangement calme et détendu.

— Tu n'es pas sérieux. La vie de nos hommes est en jeu…

— Quand tu mènes une bataille à terre, quels éléments prends-tu en compte ?

— Je ne laisse rien au hasard, le moindre détail compte. Où veux-tu en venir ?

— Sur mer c'est la même chose. Pour ces Maures également. Ce sont d'excellents navigateurs et de farouches combattants. Ils ne laissent rien au hasard. Regarde maintenant la position du soleil…

— Nous lui faisons face, il est à l'est.

— À ton avis, de quel côté va virer cet équipage lorsqu'il lancera l'assaut et que les navires seront flanc contre flanc.

— Il voudra nous placer face au soleil pour nous aveugler lors du combat. Il ira donc sur sa droite !

— C'est ce que je ferais aussi. Nous virerons donc à gauche afin de l'éperonner. Il faut savoir se mettre dans la tête de son adversaire…

La tension monta subitement à mesure que le navire adverse se rapprochait. Les moines priaient à haute voix en même temps qu'ils ramaient. Dans leur réduit, les chevaux hennissaient et jouaient du sabot. Sur le pont, les archers ajustaient leur écu en prévision des premiers traits sarrazins. Une saveur âcre remplissait les bouches, les visages se creusaient. Les cœurs battaient à tout rompre.

— *Deus Vult*[2], hurla un chevalier.

— *Deus Vult, Deus Vult* répondirent-ils tous…

---

2. Dieu le veut, en latin

Les archers chrétiens décochèrent le premier jet. Leurs flèches s'abattirent en trombe sur le bateau adverse, venant se ficher dans les boucliers ennemis. Comme dans une étrange chorégraphie, les Maures ripostèrent immédiatement. Imprégnés de naphte, leurs traits enflammèrent le moindre objet percuté sur le pont pisan en créant de petits foyers d'incendie dès l'impact.

La galée ennemie était là, toute proche. Le capitaine pisan fit signe au pilote chargé de l'aviron de gouverne à l'arrière-droit.

— Prépare-toi à virer à mon commandement.

Le contact frontal était imminent. Hugues de Mâcon retint son souffle quand la galée maure décrocha brutalement sur sa droite pour éviter la collision.

— Vers senestre [3] ! hurla le capitaine au pilote qui mit tout son poids pour faire pivoter à son tour le navire chrétien.

Le choc fut si violent qu'il désarçonna tous ceux qui ne l'avait pas anticipé. Le large éperon de métal vint percuter le flanc du navire ennemi dans un fracas assourdissant. Des hurlements se firent entendre en provenance de la travée gauche. Les rameurs qui n'avaient pas anticipé la manœuvre avaient été broyés par leur rame au moment où leur galée avait percuté le navire adverse...

— Les fantassins et les chevaliers sur le pont, hurla Hugues.

Les premiers grappins ennemis émirent des sifflements stridents avant de planter leurs crocs acérés dans la rambarde du navire. Les deux bateaux semblaient enchevêtrés l'un dans l'autre dans un amas monstrueux de poussière, de fer, de bois et de feu...

L'enfer se déchaîna. Les traits incendiaires continuaient de pleuvoir sur le pont pisan. Chargés de naphte, ils dégageaient une odeur âcre et suffocante en fauchant au

3. Vers senestre : vers la gauche, par opposition à vers destre ; vers la droite.

hasard les fantassins qui tombaient sur le pont. Dans un brouillard opaque, la première rangée d'archers repoussa les combattants maures en décochant ses dards mortels à bout portant.

— Les archers au second rang ! Les chevaliers avec moi ! rugit Hugues de Mâcon. Mort aux infidèles… !

Il brandit son épée et bondit vers l'avant, se protégeant au mieux avec son bouclier. D'un seul coup précis, il trancha la tête du premier assaillant, mais d'autres avaient réussi à se hisser et engageaient aussitôt le corps-à-corps avec les guerriers francs.

En chef d'une meute féroce, dressée pour le combat, Hugues était partout à la fois. Son regard s'était teinté de haine.

— Coupez les cordes des grappins ! Empêchez-les de prendre pied sur le pont !

Autour de lui, galvanisés par leur chef, les chevaliers bourguignons repoussaient un à un les sarrazins qui se hissaient sur le garde-corps, les mains à peine posées étaient aussitôt tranchées à grands coups de lame.

Au milieu des cris et des plaintes, un grondement se fit entendre. Le bateau ennemi éventré par l'éperon pisan se couchait peu à peu sur le flanc. La tour abritant ses archers s'effondra dans un grand fracas, privant ainsi les assaillants d'un appui précieux. Profitant de ce répit, Aldebert et ses moines se glissèrent sur le pont afin d'empêcher l'incendie de se propager.

Sur le port, un peu plus loin, une trompe retentit soudain. Un détachement de cavaliers était apparu et il fit halte au niveau du quai, observant attentivement la bataille, mais sur l'anse, les combattants ne l'entendaient pas. Concentrés sur l'acier de leurs épées, ils tentaient tous de sauver leur vie, duel après duel.

— Leur navire coule ! hurla Hugues. À nous la victoire !

Les assaillants regardèrent leur nef sombrer inéluctablement, au fur et à mesure que l'eau y pénétrait. Déstabilisés, les uns après les autres, ils abandonnèrent la lutte pour se jeter à la mer et tenter de gagner le rivage à la nage sous des volées de traits.

— Pour le Christ ! hurlèrent les chrétiens afin de célébrer le succès qui s'offrait à eux.

Le soleil du matin brillait, mais le chaos du combat l'avait occulté. Un océan de fumée et de poussière obscurcissait l'air. Des hommes des deux camps gisaient à même le pont. De ce bouillonnement surgissaient des cris inhumains... Les moines se précipitèrent alors vers les blessés pour leur porter secours. Dans la confusion, Hugues de Mâcon tentait de garder son sang-froid.

— Ne nous réjouissons pas trop vite, tempéra le capitaine qui l'avait rejoint. Nous ne sommes pas encore sortis d'affaire. Nous avons perdu beaucoup d'hommes et mon pilote est mourant.

— Et le navire ?

— Malgré le choc de l'éperonnage, Il a l'air d'avoir tenu le coup. Les Pisans construisent des navires robustes et nos voiles sont intactes...

— Et la fille de Saint-Germain, bon sang ! Où est-elle ?

— Je suis là.

Alix apparut, méconnaissable et choquée. Secouée par la masse des chevaux affolés dans le réduit, son visage était tuméfié comme si elle avait pris part à la bataille.

— Et mon écuyer ? Où est Guillaume, mon neveu ?

— Il a pris une flèche dans l'épaule, répondit Clément. On s'occupe de lui.

— Il m'a sauvée murmura Alix. Quand le déluge de feu s'est abattu sur nous, il a fait obstacle avec son corps et son bouclier pour me protéger.

Hugues eut envie de la gifler mais il n'eut pas le temps de

répliquer. Il venait d'apercevoir les cavaliers enturbannés et armés apparus sur le port, qui s'étaient répartis à présent sur le bord et leur faisaient face. Sous l'effet du courant et livré à lui-même, le bateau s'était mis à dériver dans leur direction. Bientôt, il serait à portée de leurs flèches. Ses yeux s'injectèrent à nouveau de sang...

— On n'en a pas encore fini avec ces Maures... Reprenez vos épées ! Voilà leurs renforts. Archers, en position ! À mon commandement, préparez-vous à tirer !

De manière inattendue, Geoffroy Malaterra s'interposa devant eux.

— Arrête ! hurla-t-il. L'homme au milieu sur le cheval alezan... c'est l'émir al-Mamoun !

— Voilà donc le chef de cette bande de pirates... Réservez-lui la première flèche !

— Non, regarde ! Il porte une bannière blanche et fait le signe de la paix. Il est venu parlementer...

Hugues examina plus attentivement le chef maure et ses hommes. Ils portaient tous le sabre à la ceinture, mais aucun n'était sorti. Aucun archer n'était présent non plus de leur côté. Seul des fantassins disposés sur le rivage récupéraient les rescapés du naufrage pour les neutraliser un fois qu'ils avaient gagné la grève.

— Il va falloir qu'il s'explique sur tout cela... Crois-moi, il a intérêt à être convaincant. S'il ne nous restitue pas Joachim de Saint-Ange au plus vite, je razzierai son palais et y mettrai le feu moi-même.

Geoffroy pris le ton le plus rassurant qu'il pût.

— Je ne comprends pas ce qui s'est passé ici, mais on peut se fier à cet émir. C'est un homme droit et il n'a jamais failli à sa parole. Tu n'as rien à craindre de lui.

— Soit ! Allons lui parler... Préparez un canot. Geoffroy et Aldebert, vous m'accompagnez à terre. Il se retourna vers le chef des archers. Au moindre geste suspect de leur part et à mon signal tu fais loger une flèche dans la tête de chaque cavalier.

Alors que leur embarcation s'approchait du rivage, ils assistèrent à un étrange spectacle. Une femme voilée à la peau sombre, debout aux côtés de l'émir, tenait quelque chose par la main qu'elle présenta aux assaillants rescapés du naufrage. Aussitôt, les soldats vaincus se jetèrent au pied de l'émir, comme pour implorer son pardon.

— Qui est cette femme et que tient-elle ainsi ? demanda Hugues à Geoffroy.

Le moine normand eut un haut-le-cœur.

— C'est une esclave. Elle tient une tête tranchée...

— Une tête ?

— Celle de Badis ibn al-Mamoun... le fils de l'émir et le frère cadet de Gozo. Je pense avoir compris pourquoi nous avons été attaqués...

L'émir les reçut dans le divan du port où les chrétiens furent rejoints par Alix et les moines. Il leur formula ses plus sincères regrets pour cette agression et les pertes constatées. Il expliqua comment une insurrection menée par son propre fils en était la cause. La mort subite de ce dernier lui avait permis de freiner la rébellion en présentant immédiatement sa tête partout dans l'île. Il leur narra alors le parcours de Joachim sur l'archipel, depuis son arrivée jusqu'à la nuit au palais où Badis avait lancé son insurrection, fait emprisonner Joachim et égorgé Gozo, son frère aîné.

— Mais enfin c'est insensé, se révolta Aldebert. Quel genre de chef es-tu donc pour laisser tes fils se comporter de la sorte ? Un ravisseur de jeunes filles et un assassin ?

— Seul le Très-haut me jugera pour cela. Je n'ai fait que préserver la paix pour le bien des habitants de Malita.

— Tu vises la sérénité mais tu as laissé ton fils cadet fomenter une révolte armée chez toi et nous causer de graves dommages. Drôle de paix que tu nous proposes là.

— Je déplore vos pertes. Vos soldats sont morts en combattant. Le Très-Haut saura les récompenser selon leurs mérites. J'ai moi-même perdu mes deux fils et, en tant que père, mon cœur est meurtri. Mais c'est la volonté d'Allah et je l'accepte.

Hugues le considéra d'un air sévère et méprisant.

— Arrête de te camoufler derrière ton Dieu. C'est ta faiblesse de père et de chef qui est la cause de ce chaos et rien d'autre.

Al-Mamoun était meurtri par la remarque du seigneur, mais il se devait de garder la face devant les siens.

— Mes mains sont entravées par vos alliés, les Normands. Le tribut à leur payer est insupportable et affame mon peuple. C'est cette injustice qui a conduit mon fils à la révolte contre les chrétiens. Là est la cause principale de nos malheurs.

Geoffroy se tourna à son tour vers l'émir.

— Je connais assez Roger de Hauteville pour affirmer que c'est un homme juste qui recherche l'harmonie et la paix. Si ton peuple souffre autant, pourquoi ne pas aller le trouver et lui exposer tes maux ? Il saura trouver une solution car c'est aussi son intérêt de souverain. Personne ne règne durablement en affamant ses sujets. Si Roger trouve un intérêt en te maintenant au pouvoir ici, à toi de savoir l'utiliser pour renégocier un tribut plus équitable.

— À moins que tu ne craignes ta propre destitution lors de cette entrevue ? lança Hugues sur un ton plein de sarcasme.

Al-Mamoun se tut. Il se sentait humilié par ces Francs arrogants mais il choisit d'ignorer la pique et répondit à Geoffroy.

—Tu es un homme raisonnable et de bon conseil. J'irai donc voir le comte Roger et lui exposerai la situation.

— Je t'accompagnerai moi-même en Sicile si tu le souhaites. Dis-nous encore une chose qui m'intrigue. Quel est l'homme qui a tué Badis ? Tu lui dois la fin de cette insurrection...

Al-Mamoun marqua une pose. Il semblait embarrassé par la question du moine mais une étrange lueur brillait désormais dans son regard.

— Sachez d'abord que votre jeune ami et ses deux compagnes ont pu échapper à la fureur des insurgés grâce à l'aide de la femme que tu vois ici et qui se nomme Nyatou.

— Ton esclave ?

— Disons qu'elle est à mon service... Grâce à elle, ils ont pu s'enfuir des geôles du palais et se réfugier dans une grotte marine située non loin d'ici. C'est aussi elle qui a convaincu le capitaine de ce navire égyptien de venir les récupérer par la mer hier soir.

À ces mots, Alix émergea subitement de son mutisme. Elle était devenue livide.

— De quel navire parlez-vous ? Joachim a quitté Malte ?

— Il a pu embarquer hier, avec les deux captives, sur un navire marchand en partance pour l'Égypte ...

— Pour l'Égypte ? Joachim est parti pour l'Égypte ? Tu veux dire que nous l'avons manqué ?

— Il semble bien...

Alix était atterrée, son regard se figea.

— Tout cela ne nous dit pas qui a tué Badis, repris Geoffroy.

— Il ne s'agit pas seulement de la mort de mon fils. Dans la grotte où ils se sont réfugiés, ce sont les cadavres de trois hommes que nous avons retrouvés ce matin.

— Trois hommes ?

— Badis et ses deux lieutenants. Votre Joachim sait-il se servir d'un poignard ?

— Penses-tu qu'un novice de dix-sept ans puisse à lui

seul égorger trois hommes et trancher la tête de l'un d'eux avec un simple coutelet de moine ?

— J'ai décapité moi-même le cadavre de mon fils afin de présenter sa tête. Pour le reste, il est nécessairement celui qui l'a tué... Il y avait bien deux autres fugitifs avec eux : un conteur perse et son musicien, dont mon fils avait juré la mort. Ce sont eux qui ont payé pour que ce bateau vienne jusqu'à la grotte. Pour bien les connaître, je puis t'assurer que ces deux artistes sont parfaitement inoffensifs... Seul votre jeune ami a donc pu commettre cet acte de ses mains. N'est-il pas lui-même issu de la famille d'un seigneur redoutable ? Lorsqu'un homme est acculé, il est souvent capable du pire... surtout s'il est franc.

Aldebert se tourna vers l'émir, agacé.

— Cela ne prouve en aucun qu'il soit le meurtrier. Ce sont peut-être les marins du bateau dont tu parles qui ont fait cela !

Clément surenchérit :

— Et puis, il va devenir moine. Il a choisi de consacrer sa vie à Dieu.

— Al-Mamoun lissa sa fine barbe grise.

— Ce n'est pas ce que j'ai constaté, ni ce qu'on m'a rapporté. Peux-tu leur répéter ce que tu as vu hier, Nyatou ?

Cette dernière sembla confuse. Elle jeta un œil vers Alix et parut hésiter mais céda finalement à la volonté de celui qui avait affranchi sa fille.

— Il a passé la nuit avec l'une des deux captives. Je les ai trouvés hier matin enlacés.

Alix fixa Nyatou comme si le monde entier venait de s'écrouler autour d'elle. Clément aussi marqua le coup, mais il voulut défendre son frère.

— Et après ? Nous avons tous eu dix-sept ans un jour ! Il est jeune et il n'est que novice. Il n'a donc enfreint aucun des vœux que l'on prononce lorsqu'on devient moine.

L'émir balaya ses interlocuteurs du regard. Il allait maintenant leur faire payer leur arrogance.

— Il ne le deviendra jamais. J'ai parlé avec ce garçon, que j'ai trouvé vif et intelligent. La perspective d'un voyage en Égypte avec sa belle compagne aura eu vraisemblablement plus d'attrait pour lui qu'une vie entière de renoncement au service de votre dieu. À sa place j'en aurais fait tout autant...

— Comment peux-tu en être certain ? Pour moi ce sont les circonstances qui l'ont contraint à fuir sur ce navire, et rien d'autre.

— Dans ce cas, comment expliques-tu ceci ?

D'un geste, il avait saisi un tissu noir, usé jusqu'à la corde, qu'il tendit aux deux moines.

— Jugez par vous-même. Nous l'avons trouvé dans la grotte à côté des trois cadavres.

Perplexe, Aldebert se saisit de l'étoffe et la déplia. Son sang se glaça.

— La coule de Joachim... Il est parti en abandonnant derrière lui sa coule de moine...

C'en était trop pour Alix qui se leva et quitta la salle en titubant. Aldebert et Clément se regardèrent... Cela ne ressemblait pas au Joachim qu'ils connaissaient... Au bout d'une éternité, Nyatou sortit à son tour. Elle repéra rapidement Alix, agenouillée près des bateaux. La jeune femme était en train de vomir lorsqu'elle s'approcha d'elle. Alors qu'elle se relevait, elle lui tendit un petit morceau de parchemin.

— Il a laissé ceci. J'espère que cela atténuera ta peine...

Alix ne comprit pas les mots prononcés par Nyatou, mais elle se saisit du parchemin. Elle le déplia lentement et, reconnaissant l'écriture de Joachim, son cœur se mit à nouveau à battre plus fort...

Chapitre 23
Le grand fleuve

À proximité de la côte, une grande auréole teinte la mer d'une couleur sombre. Annonçant l'embouchure du Nil et son limon fertile, cette curiosité marine avise les passagers du terme de leur traversée. C'est de ces particules de terreau que provient le nom antique de l'Égypte, Kemet, *qui signifie « la terre noire ».*

Cette trace obscure dans la grande mer fût ma première image de ce pays et aussi la première ligne écrite de mon récit de voyageur. Le conteur Abbas m'avait très vite convaincu, qu'en qualité de copiste, je me devais de mettre à profit ce voyage inattendu pour le décrire au mieux.

Nous débarquâmes dans une cité portuaire nommée Rosette[1] qui supplantait depuis bien longtemps la mythique Alexandrie. Dès notre arrivée, dans une boutique du port, Abbas me fit cadeau d'un nécessaire d'écriture comprenant un calame, une fiole d'encre et un étrange petit carnet. Ses pages, d'une extraordinaire finesse, étaient réalisées dans un matériaux inconnu nommé *papier*, beaucoup plus souple que nos vélins les plus fins.

— Il est fabriqué à partir de résidus de chanvre, de laine et de lin, avec lesquels on confectionne une pâte que l'on répand sur une grille métallique. L'eau s'y écoule alors en donnant ceci. Prends-en le plus grand soin et notes-y avec précision les contrées traversées et les gens rencontrés car, ajouta-t-il, *le voyage est une formidable façon d'ouvrir son*

1. *Rachid* en arabe

esprit à la différence et de se rendre compte qu'on peut la respecter et même l'aimer.

Sur le port, le conteur et son musicien se mirent en quête d'une *dejrme*[2]. À un prince arabe, ils louèrent un petit bâtiment à partager avec un négociant byzantin fraîchement débarqué de Constantinople.

Pour comprendre ce qu'est le Nil dans l'existence d'un Égyptien, il faut avoir navigué sur ce fleuve. Il sépare en deux ce pays aussi long qu'un fil, reliant entre elles ses principales villes. Fleuve nourricier par excellence, ses habitants en cultivent de vastes surfaces agricoles enrichies par le précieux limon de ses crues. Abbas nous rapporta que ce valeureux cours d'eau avait été divinisé par une très ancienne civilisation sous le nom d'*Hapy*, un dieu étrange aux formes androgynes. Si son corps était masculin, il n'en avait pas moins deux mamelles qui assuraient la prospérité aux Égyptiens. Malheureusement, précisa-t-il aussitôt, l'Égypte connaissait depuis des années de fortes périodes de sécheresse qui entraînaient des crues limitées et de mauvaises récoltes.

L'équipage avait hissé une curieuse voile en forme de trapèze et notre remontée fluviale vers Le Caire débuta. Je sympathisai rapidement avec le négociant, dont notre seule langue en commun était le grec. Coutumier de ces voyages, ce Byzantin nommé Théodose acheminait son précieux chargement jusqu'au siège du califat fatimide. Il m'apprit que nous étions entrés dans la période la plus propice pour remonter le Nil. Ce dernier avait commencé sa crue, qui devait atteindre son apogée trois semaines plus tard. L'inondation l'élargirait alors considérablement et ouvrirait la navigation à de multiples canaux secondaires tout en réduisant les dangers habituels du périple. Le marchand compléta son exposé par des précisions sur les

2. Nom d'une embarcation qui fait la navigation de la côte d'Alexandrie et du Nil.

vents dominants : « En été, dans la partie nord du delta, le vent du nord-ouest compense la vitesse du courant contraire et gonfle suffisamment les voiles des felouques pour leur permettre d'avancer. Mais gare aux tempêtes qui peuvent faire sombrer les malheureux voyageurs et leurs marchandises, si c'est la volonté de Dieu... »

J'observai alors un étonnant point commun avec la Loire, lorsqu'on navigue dans la région de Tours : les bancs de sable ! Tout comme le grand fleuve du royaume des Francs, le Nil serpentait entre des îlots sablonneux, visibles ou invisibles, qui avaient la fâcheuse habitude de changer de position. Pour les éviter, on retrouvait invariablement la même organisation sur la multitude d'embarcations que nous croisions : un pilote à l'avant sondait le chemin à l'aide d'un long bâton nommé *médreh*. Il transmettait ses ordres du geste et de la voix à un timonier situé à l'arrière. Seule la coordination la plus complète entre les deux mariniers évitait l'ensablement dans les passes les plus dangereuses. Théodose me confia tout de même que, malgré ces précautions élémentaires, échouements et naufrages étaient ici monnaie courante.

Dans l'autre sens, nous assistâmes ainsi à un spectacle étonnant. Un bateau, chargé beaucoup plus qu'il n'aurait dû l'être de ballots énormes sur lesquels avaient pris place d'innombrables passagers, s'était échoué sur un banc à peine visible. Malgré les efforts de son équipage, la felouque restait plantée là, légèrement penchée sur le côté comme une tour branlante. Le capitaine s'était finalement résolu à quémander l'aide de villageois afin que les hommes disponibles se jettent dans le fleuve et tirent le bateau en eaux profondes... Mon guide m'expliqua que depuis quelques années, la crue annuelle était moins importante et que le niveau de l'eau était plus bas, même pendant la période propice. Cela augmentait considérablement les risques d'ensablement.

Un autre détail m'étonna. À l'arrière de notre felouque, se tenait une sorte de cabine ombragée dans laquelle, malgré la chaleur du jour, un homme dormait à poings fermés.

– C'est le veilleur de nuit, m'expliqua le Byzantin. Les bancs de sable rendent impossible toute navigation sur le Nil après le coucher du soleil. On ne peut plus les repérer dans l'obscurité. Dès la tombée du jour, tu verras donc toutes les embarcations s'immobiliser, jusqu'au lever du soleil où les bancs seront à nouveaux visibles à l'œil nu. Afin d'éviter les brigandages, certains bateaux ont ainsi leur propre gardien. Dès son réveil, cet homme veille sur passagers et marchandises la nuit durant et donne l'alerte à la moindre menace...

Tandis que nous progressions vers le sud, contre toute attente, les rives du Nil déployèrent à perte de vue un élégant camaïeu de verts marquant l'étonnante fertilité de ses rives.

– Étonnant pays où il ne pleut jamais mais où n'importe quelle plante pousse avec une facilité déconcertante.

Je notai précisément sa remarque tout en consignant aussi le travail harassant d'une multitude de paysans, hommes, femmes, enfants, qui partout s'éreintaient sous un soleil de plomb...

Autour de ces armées laborieuses, s'étendaient partout à l'infini des champs cultivés où l'on pouvait deviner ici de l'avoine, du blé ou de l'orge, là, des fèves, des lentilles, des oignons, des melons, sans oublier la vigne qui abondait. Mon attention fut attirée par d'étonnants arbres longs et fins qui semblaient monter jusqu'au ciel où ils explosaient dans de remarquables bouquets de palmes couleur émeraude. J'avais déjà pu observer des rameaux similaires, quoique desséchés, dans les tenues de nos valeureux pèlerins de retour d'Orient. Du Mont-Saint-Michel et de Saint-Jacques, ces voyageurs revenaient souvent avec des coquillages. Mais de la Ville sainte, ils rapportaient toujours l'une de ces palmes, preuve qu'ils s'étaient bien recueillis au Saint-Sépulcre et avaient mérité ainsi le titre envié de *Palmieri*. Ces longues tiges vivaient les pieds dans l'eau et la tête au feu du ciel. À cette condition, ils produisaient un fruit nommé *datte*, d'une belle couleur caramel, au goût doux et sucré, et dont les habitants de ce pays raffolaient par-dessus tout.

Les eaux elles-mêmes offraient un spectacle permanent. Elles abritaient une quantité de surprenants poissons à tête de chat et d'innombrables perches étroitement surveillées par des cohortes de hérons, de martins-pêcheurs et de poules d'eau dissimulées par la multitude de roseaux qui bordaient les rives. L'homme me confia aussi que, quelques années auparavant, il avait pu suivre le Nil beaucoup plus loin vers le sud. Arrivant ainsi aux confins d'un pays habité exclusivement par des hommes à la peau noire, il avait pu y observer un animal extraordinaire : une sorte d'énorme lézard hideux, plus long et plus lourd qu'un homme, doté d'une agilité prodigieuse et parsemé d'écailles monstrueuses, qui vous fixait de ses yeux globuleux avant de vous attaquer froidement. Je fus ébahi lorsqu'il me conta, sur le ton de la confidence, que ces créatures du diable semaient la terreur chez les habitants et que, d'un seul coup de gueule, elles pouvaient croquer et avaler un homme entier...

Au terme du second jour, nous atteignîmes le site de l'antique Saïs dont il ne restait plus que quelques ruines aux abords d'un gros bourg. Théodose m'expliqua qu'ici même se tenait autrefois un sanctuaire où les Égyptiens vénéraient le dieu Naith et la célèbre déesse Isis. D'après ses dires et selon le philosophe grec Plutarque, c'est à Saïs qu'on pouvait lire l'inscription à l'origine de la légende du Voile d'Isis : *Je suis tout ce qui fut, ce qui est, ce qui sera et aucun mortel n'a encore osé soulever mon voile.*

— Curieux croyants que ces Fatimides... me confia-t-il à voix basse. Le Coran leur interdit formellement le polythéisme alors qu'ils vivent dans une contrée où l'exploration de la moindre dune révèle un panthéon complet de divinités.

Il me fixa d'un air interrogateur ;

— Sais-tu au moins ce qu'est un Fatimide et la différence avec un Abbasside ?

Devant ma mine circonspecte, il enchaîna, ravi de tuer le temps en participant à mon apprentissage politique de l'Orient.

— Ce n'est pas très compliqué. Chez les musulmans, on dénombre trois califats qui suivent tous la loi de Mahomet. Le premier est le califat abbasside de Bagdad qui englobe les régions de Perse, d'Asie et de Syrie et qui s'étend jusqu'aux confins de l'Inde. Ces Abbassides suivent le courant sunnite de l'islam tout comme le second califat, celui des Almoravides que l'on retrouve dans l'Ouest du Maghreb et en Espagne. Entre les deux, on trouve le califat fatimide du Caire. Contrairement aux deux premiers, les musulmans d'Égypte pratiquent le rite chiite.

— C'est étrange, pourquoi sont-ils divisés ? Je pensais qu'il n'y avait qu'une religion unique chez les mahométans ?

Le marchand me regarda d'un air amusé.

— C'est un peu comme chez nous, les chrétiens, depuis notre grand schisme [3] ! D'un côté, le rite catholique incarné

3. Le schisme de 1054 ou » grand schisme d'Orient » voit la séparation officielle entre les chrétiens catholiques (dans l'Ouest de l'Europe) et les chrétiens orthodoxes (dans l'Est de l'Europe et dans les possessions asiatiques de l'empire byzantin, ou « empire romain d'Orient »). Cette rupture est l'aboutissement de divergences anciennes qui s'élargissent progressivement entre les deux parties de la chrétienté médiévale. Ces divergences portent aussi bien sur des questions de théologie que sur l'organisation du culte et du clergé.

par votre pape Urbain, et de l'autre, le rite orthodoxe que nous pratiquons partout ailleurs dans l'empire byzantin. Tous comme les chrétiens, les musulmans issus de branches différentes se détestent et se disputent constamment...

— Qu'est ce qui oppose donc les musulmans ?

— Le conflit remonte à la mort du prophète Mahomet au VIIe siècle, quand il a fallu lui trouver un successeur. Le courant majoritaire, le sunnisme, a été représenté par les compagnons du prophète qui nommèrent l'un des leurs, Abu Bakr. Il a donc été le premier calife de l'islam à incarner la ligne de conduite du prophète. De leur côté, les futurs chiites s'y sont opposés en préférant un homme issu de la famille même de Mahomet et en proposant Ali, son gendre et cousin, pour lui succéder au nom des liens de sang. C'est ici, en Égypte, que le courant chiite s'est exprimé en créant un califat rival à celui des Abbassides de Bagdad. Ils ont pris le nom de Fatimides, dérivé du nom de la femme d'Ali, Fatima, fille de Mahomet.

— Tu sembles parfaitement connaître le pays et ses mœurs ? Tu y viens donc souvent ?

— Une fois par an, pour vendre mes marchandises. Les Fatimides ont fait du pays une contrée puissante sur le plan politique mais aussi une plaque tournante du commerce méditerranéen grâce à ses ports et ses routes caravanières. Le Caire en est l'épicentre. Tu verras, c'est une ville étonnante.

— Plus étonnante que Jérusalem ? Là est pourtant le centre de notre monde.

— Jérusalem est la Ville sainte des chrétiens... un lieu de pèlerinage incontournable, cela est vrai. Pour le reste ce n'est qu'une bourgade de province loin des routes commerciales. D'après moi, il y a deux cités qui méritent d'être vues par un voyageur comme toi : Constantinople, d'où je viens, et Le Caire. Tant que tu n'as pas visité l'une des deux, dis-toi que tu n'as pas vu une vraie ville.

— Comment peux-tu affirmer cela ? Le commerce n'est pas tout !

— Non, bien sûr. Mais Le Caire n'est pas seulement un centre politique et marchand. Cette capitale brille de mille feux sur les plans culturel, artistique et religieux, où elle rivalise avec la fastueuse Bagdad grâce à son port, ses marchés et ses palais. Je t'invite à y visiter la mosquée al-Azhar qui est somptueuse et qui comprend également une école renommée faisant référence en matière de sciences. Les arabes la nomment *dar al-ilm* ce qui signifie « la maison du savoir ». On y enseigne la chimie, l'astronomie et la philosophie en plus des disciplines strictement religieuses.

Il s'interrompit alors et me fixa d'un air soupçonneux.

— Que viens-tu faire ici, toi qui es franc et qui es curieusement vêtu à la mode persane ? On ne voit pas beaucoup de tes congénères en Égypte hormis quelques pèlerins égarés. Tu poses beaucoup de questions mais tu sembles tout de même bien jeune pour être un espion envoyé par un pape ou un roi !

Je lui répondis sur le ton le plus grave et le plus solennel possible.

— Je suis copiste à la puissante abbaye de Cluny. Je suis à la recherche d'un manuscrit écrit par un savant grec qui vécut en Égypte deux siècles avant le Christ et qui a fait de ce pays des descriptions étonnantes.

— S'il y a bien un endroit où tu pourras trouver des ouvrages au Caire, c'est dans la bibliothèque du calife. On dit qu'elle est désormais la plus vaste d'Orient. Comment s'appelle-t-il ce Grec ?

— Aghatarchide de Cnide. Il fut le précepteur du roi Ptolémée VI du temps où cette dynastie régnait. Je cherche une description qu'il aurait faite de la grande pyramide qu'on peut admirer dans les environs du Caire.

— Les pyramides dis-tu? Si tu t'intéresses à ces monuments, je peux te présenter à Girgis.

— Girgis?

— C'est le marchand de curiosités chez qui je me rends au Caire. Il y tient une boutique où l'on trouve des objets d'art étonnants venus des contrées les plus reculées. C'est mon client principal. Voyage après voyage, il m'achète la plus grande partie de mes marchandises. Il est intarissable sur ces monuments. Il pourra sans doute t'aider dans tes recherches, mais si tu veux mon avis, tu perds ton temps avec ces pyramides...

— Pourquoi donc?

— Ce ne sont que des tas de cailloux à moitié ensablés dans le désert. À part quelques illuminés qui leur prêtent des pouvoirs magiques, personne ne s'en soucie guère en Égypte ...

Notre voyage le long du fleuve continua ainsi, paisiblement, nous procurant un répit bien salutaire. Conformément aux mœurs de la contrée, les femmes restaient entre elles pendant la journée et ne se mélangeaient pas aux hommes. Je passais donc mon temps à discuter avec mes nouveaux compagnons, à consigner mes impressions et apprendre avec eux mes premiers mots d'arabe. La chaleur, surtout, se faisait de plus en plus intense au fur et à mesure que nous nous enfoncions vers le sud. Avais-je déjà eu aussi chaud? La journée, un soleil de plomb nous harcelait, rendant précieuse la moindre place à l'ombre de la voile. Par nécessité et bienveillance, Abbas m'initia patiemment à l'art de nouer élégamment un turban autour de ma tête. Dans ce pays, impossible d'aller sans couvre-chef à moins de risquer une grave insolation.

Le soir, afin de profiter de la moindre brise, nous

dormions à même le pont… Au fond de moi et sans trop oser me l'avouer, j'appréhendais la suite de mon odyssée. Invariablement je me réveillais bien avant l'aube, en sueur, pris par une angoisse récurrente. Qu'allais-je devenir, moi qui fonçais ainsi vers l'inconnu, sans repère ni retour possible ? Dans le silence nocturne, la tête tournée vers les milliers d'étoiles, j'implorais mon maître Odon de me protéger et de me dessiner un avenir… Dans la journée, pourtant, j'étais à l'aise dans mes nouveaux habits de voyageur et je profitais à chaque instant de ma condition d'homme libre. Mais dans l'obscurité, seul face à moi-même, c'était une autre histoire…

C'est lors de la deuxième nuit à bord qu'Esther vint se blottir contre moi. Depuis cette ultime soirée sur la plage, nous ne nous étions quasiment pas parlé. Durant la journée, entre deux mouvements de voile, je percevais ses regards interrogateurs, mais je me gardais bien d'y répondre, et ce soir-là, lorsqu'elle vint me rejoindre, je restai volontairement indifférent, les bras figés le long du corps. L'image obsédante des trois cadavres déposés à l'endroit précis où nous nous étions étreints revenait en boucle et me paralysait. J'y percevais un mauvais signe ; comme une invitation à ne pas aller plus loin. Le lendemain, Esther me sembla profondément attristée et j'en fus perturbé. Abbas dut percevoir mon trouble et vint me parler comme si nous étions amis de longue date.

— Les relations amoureuses sont parfois complexes, surtout si l'on n'a pas le recul, ni l'expérience…

Je le fixai silencieusement. J'avais l'impression qu'il lisait en moi comme dans un livre ouvert. Lui seul avait deviné l'étrange relation entre Esther et moi.

— As-tu vu comment elle te regarde ? Si tu la fais languir à dessein, je puis t'assurer qu'elle est à point.

— Non. Loin de moi cette intention. Mais, je t'avoue que

je suis perdu. Esther me plaît, mais au fond de moi une chose importante me retient.

— Quelle chose ?

— J'ai déjà une amie avec qui je vis une histoire... Elle doit être à Pise en ce moment.

— Quel succès ! As-tu des sentiments pour cette autre fille ?

— Je crois que oui, je pense à elle souvent... Je me demande si je la reverrai un jour.

— Pourquoi ne la reverrais-tu pas ? Tu n'es qu'au début de ta vie. Si c'est la volonté du Très-haut, tu la recroiseras sans doute ici ou là...

— Elle était avec moi sur cette galée lorsque Gozo m'a enlevé. Tout comme mes frères moines, je pense qu'elle me croit mort...

Je dus prendre un air si triste qu'Abbas se mit en tête de me réconforter.

— Il y a dans le Coran une sourate qui dit à peu près ceci : Il se peut que vous détestiez quelque chose alors que c'est un bien pour vous. Et il se peut que vous aimiez une chose alors qu'elle vous est néfaste. Car Dieu sait, alors que vous, vous ne savez pas [4].

— Ni cette fille ni mes frères n'auront eu mes messages... En quoi serait-ce un bien pour moi ?

— Tu as fait ce que tu as pu pour leur signaler ta situation. Tu n'as donc rien à te reprocher. T'es-tu engagé à l'épouser ?

— Non, je ne lui ai rien promis.

— Pourquoi t'apitoyer dans ce cas ? Tu es sans doute mort pour tes compatriotes, mais bien vivant ici...

— J'essaie de tourner la page, mais son visage revient sans cesse, comme si je l'avais dans la peau...

Il me considéra avec la plus grande attention.

4. Coran Sourate 2, verset 216.

— Pourquoi ne rentres-tu pas chez toi la retrouver dans ce cas ?

— Comment cela ? Tu sais bien que c'est impossible...

— Impossible ? Non, je ne le crois pas. Ta captivité est derrière toi. Tu voyages désormais en homme libre. Tu as été capable d'arriver jusqu'ici en évitant bien des écueils. Tu peux tout autant opérer un demi-tour maintenant, regagner Rosette, sauter dans un bateau pour Pise et partir à sa recherche. Cela ne dépend que de toi. Pourquoi ne le fais-tu pas ?

Devant mon mutisme, il ajouta :

— Je propose de te financer le voyage si au fond de toi c'est ce que tu souhaites vraiment.

— Mais je ne suis pas mal ici... Je me sens libre, maître de ma destinée. Sans doute plus que je ne l'ai jamais été...

— Et donc, que préfères-tu ? Retrouver la fille que tu aimes ou continuer l'aventure ici et humer le parfum de la liberté ?

Je n'eus pas à réfléchir bien longtemps.

— Je reste, je choisis de découvrir le monde. C'est ce que je veux au plus profond de moi.

— Bien. Je te félicite pour cette décision.

— Tu voulais donc que je reste ?

— Non. Je voulais que tu fasses un choix et que tu ailles de l'avant sans regret. Tu as pris un parti difficile car il implique une contrainte forte : renoncer à ton amante.

— Ne retourne pas le couteau dans la plaie...

— Souhaites-tu maintenant connaître le fond de ma pensée ?

— Que veux-tu que je sacrifie encore ?

Abbas éclata de rire.

— Rien d'autre, rassure-toi ! Ce que je voulais te dire c'est qu'en renonçant à elle maintenant, contrairement à ce que tu penses, tu viens de la gagner...

— Je ne comprends pas.

— Que se passerait-il selon toi si tu décidais de rentrer chez toi maintenant ?

— Je l'épouserais sans doute… et nous vivrions heureux.

— Cela serait certainement vrai la première année… mais pense un peu aux suivantes…

— Que veux-tu dire ?

— Après plusieurs mois d'étreintes et de bonheur, tu commencerais à te rappeler qu'un jour tu as eu la possibilité de vivre ton rêve. Mais tu continuerais tout de même à l'aimer et cet amour serait partagé.

— Et l'année d'après ?

— Tu te dirais qu'au fond, elle ne t'a jamais demandé de revenir. Tu passerais alors de plus en plus de nuits à te demander si tu n'aurais pas dû suivre ta route quand tu en avais l'occasion.

— Et ensuite ?

— Elle deviendrait une femme triste car elle comprendrait qu'elle est la cause de ton parcours interrompu. Cela viendrait jeter un voile sur votre relation.

Il se tut un instant avant de poursuivre :

— Si en revanche, un jour tu la retrouves après avoir vécu pleinement ton rêve de voyageur, tu pourras alors vivre sereinement avec elle, sans crainte de la perdre. Tu ne seras jamais prisonnier de cette relation car tu sauras te rappeler qu'un jour tu as su y renoncer pour suivre ton propre chemin.

— Je n'avais pas envisagé les choses comme cela…

— Attends ! Je n'en ai pas fini…

— Quoi encore ?

— Que comptes-tu faire avec Esther ?

— Que me conseilles-tu ? Elle me plaît, mais je ne souhaite pas m'engager dans une relation durable.

— À ta place, je n'hésiterais pas trop. Réfléchis-y avec attention. À ton avis, combien de femmes cette nuit rejoindront l'homme qu'elles ont choisi sans la contrainte de ne pouvoir faire autrement ?

— Je ne sais pas... Beaucoup sans doute ?

— Non, il y en a en réalité très peu. Tu as la chance qu'Esther t'ait choisi toi, et crois-moi c'est un cadeau de Dieu. Tu ne peux faire l'offense au Très-Haut de refuser ce présent qu'il vous offre.

— Tu crois ?

— C'est ce que je pense. Vous avez encore l'inexpérience de la jeunesse. Profitez-en pour vous initier aux secrets de l'amour. Un peu d'expérience ne nuit jamais... En revanche, tu lui dois la vérité sur tes intentions afin de ne pas la duper.

Je chassai un sourire fugace pour lui répondre sur un ton plus sérieux :

— Mais, peut-être attend-elle plus de ma part ?

— Dieu seul connaît la vérité ! Mais tu ne devrais pas trop t'en faire...

— Et pourquoi donc ?

— Parce qu'elle est juive. Chez les Juifs, on ne se marie pas en dehors de sa communauté. Je suis d'ailleurs étonné qu'à son âge elle ne soit pas encore engagée. Dès qu'elle aura repris contact avec les siens, et cela même si elle a des sentiments pour toi, cette relation ne pourra pas s'inscrire dans la durée ...

Nous croisâmes un gros bateau chargé de moutons et de toutes sortes de grains qui formaient d'impressionnants monticules. L'appel d'un muezzin voisin retentit soudain, en provenance d'une grosse bourgade située sur la rive orientale. Abbas jeta un œil vers le soleil et se saisit d'un geste leste de son petit tapis de prière. Puis il se tourna et s'agenouilla dans la direction présumée de La Mecque, récitant à haute voix sa prière du midi.

— Il y a beaucoup d'autres questions que j'aimerais te poser, lui dis-je lorsqu'il eut terminé. L'une d'elle concerne Hiba. J'aimerais comprendre pourquoi l'émir l'a affranchie ?

— Il a commis une faute dont il a désiré s'amender.

— Qu'a-t-il bien pu commettre ? J'avoue que cela me préoccupe.

— Cela concerne nécessairement Nyatou puisqu'il lui a laissé la possibilité de choisir la personne à affranchir...

— Tu sais donc ce qu'il a fait ?

— Oui, al-Mamoun me l'a confié.... Tu veux savoir ?

— Tu ne crains pas de trahir son secret ?

— Pourquoi me l'aurait-il rapporté s'il avait voulu que son acte demeure caché ? À toi, je veux bien le dévoiler, et ainsi tu me donneras ton avis sur un point précis.

Abbas rajusta son turban avant de poursuivre.

— En islam, l'un des piliers de notre foi est le jeûne que doit accomplir chaque année tout musulman pendant le mois de ramadan. Pendant cette période, du lever du soleil jusqu'à son coucher, il est interdit à tous les croyants de manger, de boire et d'avoir des rapports intimes.

— Et lequel de ces interdits l'émir a-t-il transgressé ?

— C'est facile à deviner...Ne t'ai-je pas précisé que cela concernait également Nyatou...

J'esquissai un sourire et voulut lui répondre mais il leva la main.

— Moi, ce qui m'intéresse dans tout cela, c'est de savoir lequel des deux a pu inciter l'autre à pécher.

Cette fois, c'est moi qui levai la main pour l'interrompre.

— C'est certainement l'émir ! Non pas parce qu'il a cédé à ses pulsions, tout comme on pourrait d'abord le penser, mais il devait avoir dans l'idée d'affranchir Hiba pour plaire à Nyatou. Il avait donc besoin de ce prétexte afin qu'elle puisse lui présenter sa requête.

— Bien raisonné. Cela t'honore car tu prêtes à notre émir une noble intention dont il serait sans doute capable. Mais imagine maintenant, qu'au contraire, l'initiative soit venue de la femme... et qu'elle ait subtilement usé de ses charmes pour inciter l'émir à fauter afin de lui imposer ensuite d'affranchir sa fille...

Devant mon air perplexe, il esquissa un petit rire.

— Chez nous, au premier abord, ce sont les hommes qui commandent et qui décident de tout, mais tu vas vite t'apercevoir que, derrière leurs tentures et leurs voiles, ce sont souvent les femmes, esclaves comprises, qui tirent les ficelles.

Ce à quoi je lui répondis sur un ton espiègle :

— Comme tu aimes souvent à le dire, *Dieu seul connaît la vérité...*

Sur les deux rives, les zones d'habitation se faisaient de plus en plus denses. Abbas se pencha à nouveau vers moi.

— Pour toi la véritable aventure commence maintenant. Demain, nous arriverons au Caire et, crois-moi, c'est une ville vertigineuse... Shapour et moi séjournerons au palais du calife dans la ville fatimide où nous nous produirons chaque soir pendant une vingtaine de jours. Demain, avec la nouvelle lune, démarre pour tous les musulmans le mois sacré de ramadan. Chaque rupture de jeûne donne lieu chez nous à des réjouissances auxquels nous participerons en tant qu'artistes.

— C'est donc ici que nos chemins se séparent ? dis-je avec un voile d'anxiété dans la voix.

— Non, nous serons libres la journée entière et pourrons vous faire découvrir la ville. Dès notre arrivée, je pourrai vous installer, toi et les trois filles, dans un *fondouk*[5] dont je connais bien le propriétaire. C'est une sorte d'auberge qui accueille les voyageurs et les innombrables caravanes qui

5. Hôtellerie fréquentée par les voyageurs.

transitent par la ville. L'homme vous fera bon accueil et vous ne serez pas tenus d'y jeûner. Mais, par égard pour Hiba et pour les autres occupants musulmans, il est de bon ton de ne pas manger ni boire de manière ostensible, surtout lorsque le mois de jeûne tombe comme cette année pendant les chaleurs de l'été.

— Hiba doit donc jeûner également ?

— Comme toute esclave affranchie, elle est devenue musulmane. Elle doit donc respecter désormais tous les commandements de l'islam. Une fois installés au Caire, nous aurons tout le mois sacré pour vous aider à vous dessiner un avenir dans cette ville.

Cette nuit-là, dès que le pont du *dejrme* s'estompa dans l'obscurité d'une nuit sans lune, Esther vint à nouveau me rejoindre en silence et se blottir contre moi. Dans la foulée de ma discussion avec Abbas, je décidai de jouer franc-jeu avec elle.

— Il faut que je t'avoue quelque chose.

— Enfin tu t'intéresses à moi... Parle, je t'écoute.

— Il y a quelque chose que je ne t'ai pas dit me concernant.

— Tu es moine c'est cela ? Tu penses que tu dois vouer ta vie à Dieu et te détourner de moi alors que nous nous plaisons mutuellement ?

— Non ce n'est pas cela. Je ne suis qu'un novice et quoiqu'il arrive je ne deviendrai pas moine. Je ne suis pas fait pour cette vie de renoncement.

— Mais alors, tu es libre de m'aimer ?

— Écoute... sur le bateau qui nous conduisait à Pise, il y avait une autre fille. J'étais avec elle sur le pont la nuit où je t'ai entendue m'appeler.

— Une autre fille ?

Esther me fixa, stupéfaite, avant d'ajouter :

— Tu veux dire que tu as des sentiments pour elle ?

— Oui. Et cette fille m'aime également, même si à l'heure qu'il est, elle me croit mort.

Esther se redressa précipitamment. Dans la nuit, ces yeux mauves brillaient d'une lueur froide.

— C'était donc pour elle, ce message rédigé à la hâte dans la grotte ! Pourquoi ne pas me l'avoir dit immédiatement ! De quoi ai-je l'air maintenant ? Tu t'es moqué de moi.

— Non, tu me plais également.

— Également ? Tu m'as laissée t'approcher alors que tu pensais à une autre... Je croyais à tort que tu étais différent, c'est tellement décevant...

Sans rajouter un mot, elle se leva et retourna se coucher dans la partie du bateau réservée aux femmes.

Chapitre 24
Fustat

Une image répandue en Occident associait généralement les Maures aux sables du désert et l'islam aux bédouins tout droit sortis des grandes étendues désolées. Rien n'était plus faux ! Ce voyage m'avait appris que cette civilisation était née avec Mahomet dans deux grandes villes, La Mecque et Médine, et que les hommes du désert avaient été les premiers contre lesquels la nouvelle loi de ce prophète avait dû engager, souvent par la force, sa propre expansion. Selon Abbas, sa religion était née de sa capacité à rassembler les croyants dans des villes puissantes. Je savais désormais que l'Orient disposait de multiples cités dépassant souvent les cent mille âmes. Des colonnes d'Hercule jusqu'aux confins d'un fleuve lointain nommé Indus, j'avais gravé leurs noms évocateurs dans mon carnet de voyage : Cordoue, Le Caire, Damas, Bagdad, Bassorah, Mossoul, Rayy [1], Ispahan, Nichapur, Boukhara, Samarcande... pour ne citer que les plus grandes. Il aurait fallu une vie entière pour les visiter toutes, et hormis Constantinople, située aux confins de l'Occident, elles n'avaient, selon le conteur Abbas, pas d'équivalent chez nous quant à leur étendue et leur population.

Un peu après tierce, nous avions pris pied à Fustat [2] sur la rive orientale du Nil, face à l'île de Roda. C'était ici que battait le cœur de cette cité. C'était là qu'elle était née, à

1. Téhéran

2. Fustat fut la première capitale arabe de l'Égypte et à l'origine de la ville du Caire. Elle connut son apogée au XIIe siècle avec une population d'environ 200 000 habitants.

l'endroit même où se dressait la forteresse antique de la Babylone d'Égypte, construite sous l'empereur Auguste, avec ses tours rondes et ses bastions reliés entre eux par un mur en briques. C'était à partir de ce fortin, connu pour être le plus vieil édifice de la capitale, que les soldats du calife contrôlaient le trafic fluvial à la jonction entre la Basse et la Haute-Égypte. C'était aussi à cet endroit qu'avait été construite, *Amr ibn al-As*[3], la première mosquée d'Afrique, après la conquête arabe de la ville au VIIe siècle, lorsque les compagnons de Mahomet en avaient chassé les Byzantins. Vers le levant, on apercevait ses cinq minarets qui se profilaient telles des aiguilles sur un ciel bleu tellement limpide qu'il avait perdu toute profondeur.

Au moment même où nous débarquions sur les quais centenaires du port fluvial, de fines poussières vibraient en une buée d'or. C'était un moment de fraîcheur matinale exquise, mais on sentait déjà qu'elle serait brève.

Il y avait là, sur les quais déjà animés, de grands et nombreux bateaux chargés des marchandises les plus variées en provenance du monde entier, décorés de peintures, les éperons de leurs proues dressés sur la terre.

Un homme de petite taille au teint mat entouré d'une armée de portefaix guettait l'arrivée de notre felouque. Ses yeux étaient ronds, rieurs et assortis à son élégante tunique vert-de-gris aux reflets chamarrés qui le démarquait nettement de ses employés. Une petite calotte blanche dissimulait des cheveux courts poivre et sel et achevait de lui donner une allure bourgeoise et feutrée. Théodose se retourna vers notre petite troupe en nous indiquant fièrement son commanditaire.

— Je vous présente mon ami Girgis, s'exclama-t-il en grec sur un ton jovial, tout en lui donnant l'accolade.

3. L'histoire du Caire commence dès la conquête de l'Égypte par le général Amr ibn al-As, compagnon de Mahomet en 639, qui donna son nom à la première mosquée construite à Fustat.

Le meilleur spécialiste en art de la vieille ville. Et en me désignant du doigt : voici Joachim, un jeune copiste qui nous vient du pays des Francs et qui représente une puissante abbaye. Il vient visiter ton pays en compagnie de ces trois jeunes femmes. Figure-toi qu'il s'intéresse aux pyramides de Gizeh et qu'il est venu spécialement pour les étudier de près. Je lui ai dit que tu pourrais l'aider dans ses recherches, avant que ces monuments ne soient complètement démontés par ces prétentieux d'al-Qahira !

Théodose éclata de rire sous l'effet de sa plaisanterie dont le sens m'échappait totalement. Girgis sourit lui aussi et balaya notre étrange troupe d'un regard bienveillant. Il sourit devant mon air pantois.

— Soyez les bienvenus à Fustat. Les amis de Théodose sont mes amis. Je serai ravi de pouvoir aider un noble visiteur chrétien. Quelle abbaye représentes-tu ?

— Je viens de Cluny. Je suis copiste et je cherche des ouvrages anciens.

— On dit que votre pape Urbain est issu de ce monastère prestigieux.

— C'est exact, il y a été prieur avant de rejoindre Rome où il est devenu le chef des chrétiens d'Occident.

Ma présentation dut produire son effet car Girgis me considéra avec attention.

— Je dispose moi-même de quelques manuscrits évoquant ces constructions. Je serai ravi de pouvoir te les présenter. Puis il ajouta : où résiderez-vous donc en ville ?

— Je vais les conduire dans une hôtellerie dans l'enceinte fatimide, répondit Abbas sur un ton cordial.

— Un chrétien dans un *fondouk* d'al-Qahira ? Avec le ramadan qui débute à peine ?

Il se retourna vers moi et reprit d'un air assuré. N'y songez même pas ! Au cas où Théodose ne te l'aurait pas précisé, comme beaucoup d'habitants de Fustat, je suis copte [4]. En tant que coreligionnaire chrétien, c'est un honneur de t'inviter chez moi, avec ta suite. Crois-moi, ces auberges sont juste bonnes pour les caravaniers qui traversent le désert où ils s'entassent avec chameaux et marchandises. Elles sont souvent inconfortables et tu devras en plus y faire ta propre cuisine. Vous serez bien mieux chez moi pour visiter la ville...

Théodose semblait gêné.

— Voilà une invitation qui t'honore mais je ne voulais aucunement t'imposer leur présence.

Girgis fixa son ami d'un regard plein de malice.

— Ne trouvez-vous pas que l'occasion est unique ? Un Copte, un Byzantin et un catholique réuni sous le même toit ! N'en déplaise à ton pape de Rome et à nos patriarches respectifs, voilà qui me plaît bien à moi !

L'antiquaire éclata de rire avant de poursuivre.

— Notre Seigneur m'a doté d'une grande maison et c'est mon devoir d'y convier les nobles voyageurs chrétiens s'intéressant à notre contrée. D'ailleurs, le plateau de Gizeh est tout proche. De Fustat, tu n'auras qu'à traverser le Nil pour admirer les pyramides et le grand sphinx qui veille sur elles. Il fit signe à l'intendant qui supervisait le déchargement de la felouque. L'homme s'approcha pour recevoir les consignes de son maître et fila aussitôt sans dire un seul mot.

Abbas était resté muet et il me jeta un œil interrogateur. Il ne semblait pas contrarié par l'invitation du marchand nous concernant. Il prit la parole afin de se présenter.

— Nous sommes nous-même conteur et musicien originaires de Perse. Nous avons côtoyé ces valeureux jeunes gens le temps d'un voyage et je puis t'assurer que

4. Les Coptes sont un groupe ethnoreligieux qui habite principalement le pays d'Égypte et qui sont les descendants des Égyptiens anciens de l'époque pharaonique. Ils forment la communauté chrétienne la plus importante du Moyen-Orient et pratiquent leur propre rite issu de l'Église d'Alexandrie fondée par l'évangéliste Marc vers 62.

ce sont d'excellents compagnons.

— Et vous deux, l'interpella Théodose, où résiderez-vous ?

Nous logerons au palais du calife où nous nous produirons pour l'*iftar*[5] pendant tout le mois sacré. Nous sommes les invités personnels du vizir al-Afdal.

La seule évocation de ce nom fit sursauter le Copte et le Byzantin.

— Voilà de bien puissants amis, commenta Girgis. Tu dois avoir de très jolis contes à narrer pour avoir un pareil auditoire !

— Je m'avançai aussitôt vers notre nouvel hôte afin de clarifier aussi la situation des trois filles.

— Voici Esther et Judith. Elles sont sœurs, de confession juive et originaires de Barcelone. Hiba ici présente est musulmane et vient de Melita. J'espère que cela ne te pose pas de souci ?

Girgis considéra son ami grec d'un regard perplexe.

— Dis-moi Théodose, qu'elle curieuse troupe m'as-tu donc livrée là ? Deux artistes perses qui côtoient les puissants, une jeune femme noire convertie à l'islam, un copiste franc qui parle grec et deux jeunes juives ibériques... Tes livraisons sont souvent surprenantes, mais cette fois-ci tu t'es surpassé !

— Merci pour ton hospitalité, mais nous pouvons nous rendre dans cette hôtellerie si tu le préfères.

— Permets-moi d'insister, me coupa-t-il. Fustat n'est pas seulement la plus belle cité d'Orient. Elle est aussi le lieu de rendez-vous de tous les voyageurs du monde. Une ville à l'image de votre groupe : cosmopolite et bigarrée. Ici, depuis des siècles, les chrétiens cohabitent avec les juifs et les musulmans. Et faisant un clin d'œil complice à Abbas :

5. L'*iftar* est le repas qui est pris chaque soir par les musulmans au coucher du soleil pendant le jeûne du mois de ramadan.

mais le vizir al-Afdal reste notre maître à tous...

Sur le quai où le soleil avait gagné de la hauteur, caisse après caisse, les portefaix vidaient la felouque pour entreposer son contenu dans un local appartenant au marchand égyptien. Alors qu'il soldait les formalités administratives avec les agents du port, je m'approchai de Girgis afin d'éclaircir un point obscur concernant la disposition de sa ville.

— Qu'appelez-vous al-Qahira ? Ne sommes-nous donc pas au Caire ici ?

Le Copte me considéra d'un regard bienveillant tout en m'indiquant l'ombre accueillante d'un palmier sous laquelle nous nous retrouvâmes en compagnie de Théodose.

— Al-Qahira désigne l'enceinte fatimide qu'on trouve plus au nord. Mais Fustat est l'essence même de cette cité que tes compatriotes nomment Le Caire. Cette ville a une longue histoire marquée par une succession de souverains arabes où chacun, siècle après siècle, a voulu apporter sa marque. Ce pays fut très longtemps chrétien, habité majoritairement par des Coptes et administré comme une province lointaine par l'empire byzantin. Puis les Arabes sont arrivés, chassant les Byzantins et imposant en moins de sept ans leur domination politique, tout en tolérant plus ou moins les religions juive et chrétienne de ses habitants. À partir de cette conquête initiale par les compagnons de Mahomet, Fustat est longtemps restée le siège du pouvoir du pays et de nouvelles populations arabes et musulmanes s'y sont installées. Sous la pression des gouvernants, beaucoup de Coptes et de Juifs se sont convertis à l'islam. Puis les dynasties arabes se sont succédé, développant la ville toujours plus vers le nord. Ce furent d'abord les Abbassides qui renversèrent les Umayyades en créant de nouvelles résidences, des marchés et la mosquée al-Askar.

Puis vinrent les Toulounides qui, à leur tour, bâtirent mosquées et palais sur les pentes ouest de la colline du Muqattam, étirant un peu plus la ville mais sans jamais arriver à détrôner Fustat qui restait le poumon économique avec ses marchés et son port.

— Mais pas le centre politique ?

— Non. Depuis environ un siècle, les Fatimides ont ravi le pouvoir aux précédentes dynasties sunnites et ont développé à leur tour leur propre cité. Ils l'ont cerclée de remparts et ils l'ont baptisée al-Qahira [6]. Elle est devenue l'emblème de leur domination. On y trouve de somptueux palais, de grandes avenues, des écoles, des bibliothèques, des bâtiments administratifs et les célèbres mosquées al-Azhar et al-Hakim.

— Pourquoi construire une enceinte autonome et se couper ainsi de la vieille ville ?

— Comprends qu'ils ont fait de ces murailles un symbole important : les Fatimides sont des chiites venus initialement d'Ifriqiya avec pour volonté de conquérir l'Égypte puis tout l'Orient sunnite jusqu'à Bagdad. Tous les dirigeants et les élites Fatimides résident à al-Qahira où il règne une atmosphère bien différente. Ils ont érigé ces remparts pour marquer une coupure nette avec les chrétiens, les juifs et les musulmans sunnites qui vivent, eux, depuis des siècles à Fustat.

— Que veux-tu dire par atmosphère différente ?

— Malgré leurs efforts pour en faire une vraie ville, c'est un lieu de pouvoir politique, religieux et de savoir, mais pas un lieu de vie comme ici. Ses palais font l'admiration des voyageurs et sont constitués de multiples pavillons, de places, de jardins où se déroulent constamment des cérémonies et processions de cour. Son accès est strictement réglementé. Tous les gens qui travaillent pour

6. « La victorieuse » en arabe.

le calife et le vizir dans les différentes administrations ne peuvent y résider. Ils rentrent donc chaque soir chez eux, ici à Fustat. Ainsi, tous les terrains disponibles à al-Qahira appartiennent au calife ou au vizir et ils les distribuent avec parcimonie à leurs élites et aux militaires.

— Ces Fatimides ont également déployé un protocole sophistiqué digne du Basileus de Constantinople, compléta Théodose. Figure-toi que les ambassadeurs et représentants étrangers doivent descendre de leur monture à Bab al-Futuh, la porte nord de l'enceinte et pénétrer à pied dans al-Qahira.

— Il n'y a donc aucune activité économique là-bas ?

— Quelques métiers nobles s'y développent, comme la broderie des étoffes de luxe et le tissage pour les vêtements officiels, mais toutes les industries bruyantes et polluantes comme la poterie ou le raffinage de la canne à sucre sont, elles, restées à Fustat.

— C'est incroyable. Le Caire est donc composé de deux villes différentes et distantes !

— Oui c'est exactement cela. Mais paradoxalement, en mettant à sa porte une capitale politique de premier plan, les Fatimides n'ont fait qu'accroître le pouvoir économique de Fustat. Grâce à eux, ce port est devenu la plaque tournante du commerce entre l'Occident, l'Afrique et l'Asie. D'ici on accède facilement à la mer Rouge qui conduit à l'océan Indien. D'ici partent des caravanes immenses qui traversent le désert, atteignant des contrées éloignées et riches. Nous sommes loin de la côte, mais grâce au Nil et à son trafic fluvial intense, la ville la plus puissante de Méditerranée n'est pas Constantinople, comme aime à le souligner Théodose, mais bel et bien Fustat… Mais assez parlé. Vous avez fait un long voyage et vous éprouvez sans doute le besoin de vous reposer. Suivez-moi donc jusqu'à ma demeure où tu pourras t'installer avec tes compagnes.

Nous prîmes alors congé d'Abbas et de Shapour qui promirent de nous rendre visite dès les jours suivants. Avant de nous séparer, le conteur me glissa une ultime recommandation.

— À ta place je dirai rapidement à cet homme que les deux sœurs ont été victimes d'un rapt. S'ils les accueillent sous son toit, il doit savoir à qui il a affaire.

Alors que nous quittions le port à la suite de Girgis, Judith et Esther poussèrent un cri à la vue d'un spectacle étonnant : au bord du fleuve se tenaient un très grand nombre d'animaux hideux, d'une race totalement inconnue, aussi surprenants que terrifiants. De la hauteur d'un cheval, ces quadrupèdes étaient dotés de têtes monstrueuses et velues portées par d'incroyables cous en forme de *u*. Ces créatures du diable étaient toutes difformes. Deux bosses énormes leur poussaient dans le dos mais, étrangement, cela ne semblait pas les gêner le moins du monde.

— Ce sont des chameaux, expliqua Girgis, hilare. Ces animaux ont ici une grande utilité car ils résistent particulièrement bien aux grosses chaleurs. Les bosses que vous voyez sur leur dos sont des réserves de graisse qui leur permettent de s'hydrater sur une longue période et de traverser sans mal de grandes distances désertiques.

Des hommes s'affairaient à côté de ces animaux. Ils remplissaient d'énormes outres dans le fleuve pour en lester ensuite lourdement les étranges créatures.

— Pourquoi les charge-t-on ainsi? demanda Judith qui leur jeta un regard oblique.

— Ces travailleurs vont les conduire à travers la veille ville pour asperger d'eau les rues et les ruelles afin de limiter la poussière soulevée partout par l'agitation des hommes et des bêtes.

Nous pénétrâmes enfin dans cette cité gigantesque, la

plus formidable au monde, nous insinuant au travers des foules d'hommes déambulant dans les ruelles, en nombre infini. L'habitat même était étonnant. De part et d'autre de la chaussée se tenaient des bâtisses incroyablement hautes où je ne dénombrai pas moins de quatre étages, parfois même cinq ou six. Derrière chaque fenêtre, vivaient des familles dont on percevait le souffle. Avant Fustat, je n'avais jamais vu de ville, jamais connu l'animation incessante de quartiers innombrables ni jamais ressenti cette respiration enivrante remplie de sons, de parfums et de couleurs. Je l'ai compris dès mes premiers pas dans cette cité tentaculaire qui, quartier après quartier, vous aspirait et semblait ne jamais finir tellement elle était étendue.

À mesure que nous nous rapprochions de la maison de Girgis, et traversant le centre du quartier copte, nous arrivâmes en vue d'une remarquable bâtisse blanche, aux contours graciles, surmontée de deux croix latines délicatement perchées au sommet d'un grand escalier blanc.

— Une église chrétienne ! m'exclamai-je.

Girgis marqua l'arrêt au pied des marches conduisant au bâtiment tandis que nous nous regroupions autour de lui.

— Voici Sainte-Marie, que certains nomment également *l'église suspendue*, parce qu'elle a été construite sur les ruines mêmes de l'antique forteresse de Babylone. C'est la plus vieille église de la ville. Tu pourras venir la visiter librement car, chez nous, nul besoin d'être copte pour pénétrer dans un lieu de culte. Elle contient des icônes remarquables et beaucoup de manuscrits. C'est aussi là que demeure notre patriarche Michel IV d'Alexandrie qui fut lui-même un ancien moine.

— Il ne réside donc pas à Alexandrie ?

— Non, le patriarcat a été transféré ici, à Fustat, il y a quelques années, pour se rapprocher du pouvoir politique.

— Il a été frère dans un ordre ?

— Oui, son attachement aux pauvres et aux nécessiteux l'ont fait nommer comme patriarche, et depuis il est le ciment de notre communauté. Le centre de la ville est opulent grâce la richesse du port, mais si tu diriges tes pas plus loin vers l'est, tu trouveras des quartiers entiers où la sécheresse actuelle du Nil appauvrit ceux qui vivent uniquement de la terre et de ses récoltes.

— Je pensais que le Nil était source de richesse et de prospérité ?

— Nous sommes en plein mois de *mésori*, ce qui dans notre calendrier égyptien correspond au mois où le fleuve est traditionnellement en crue et fertilise sa vallée. Depuis quelques années, les crues sont moins importantes et la sécheresse s'impose peu à peu. Notre patriarche s'est ainsi rendu en Abyssinie, pays où le Nil prend sa source, afin de demander à son souverain de tout faire pour laisser couler le fleuve à son niveau normal. Dans sa grande mansuétude, Michel IV utilise également l'argent de l'église pour payer le *djizia* pour les Coptes qui ne peuvent se le permettre afin qu'ils puissent conserver leur religion.

— Le *djizia* ? C'est aussi l'impôt payé par les juifs d'al-Andalus ! l'interrompit Esther.

— C'est effectivement l'impôt dû par les non-musulmans qui souhaitent conserver leur religion. Il nous préserve tout autant d'une agression extérieure que des musulmans eux-mêmes. Les communautés concernées, principalement les chrétiens et les juifs, sont ainsi nommés *dhimmis*, ce qui signifie protégés.

— Tu veux dire que les juifs et les chrétiens vivent, ici, sous la protection des musulmans ?

— Oui, nous sommes libres d'exercer nos cultes respectifs en l'échange de contraintes tel que ce tribut à payer.

— On m'a pourtant rapporté, à Cluny, que les

mahométans du Caire considéraient les chrétiens comme des mécréants et qu'ils avaient détruit l'église du Saint-Sépulcre de Jérusalem en instaurant une répression sévère à leur encontre.

— C'est vrai, mais cela s'est produit il y a longtemps, du temps du calife al-Akim [7]. Ce souverain fatimide a effectivement pratiqué une politique de terreur en fermant et détruisant les lieux de culte non musulmans, et notamment le Tombeau du Christ. Il a aussi contraint juifs et chrétiens à porter des signes distinctifs tels que la *zunnar* [8] puis le *ghiyar* [9].

— Drôle de protection. Je trouve cela humiliant.

— Cette période troublée reste une exception. Ce calife, connu pour ses excès, s'en est pris également aux sunnites de la ville. Son interprétation à la lettre du Coran a donné lieu à des mesures interdisant aux femmes de sortir de chez elles, ou encore la proscription complète de l'alcool, des chants et des jeux, tout cela dans un but de moralisation de la société.

— Vaste programme… murmura Esther.

— Ne vous y trompez pas. Le Coran reconnaît bien les Révélations juives et chrétiennes. Pour eux, nous sommes les Gens du Livre [10]. Les récits sur Moïse occupent une part significative dans le Coran et il reconnaît aussi explicitement la sainteté de Jésus et de Marie et leur importance capitale dans la lignée de la Révélation. Lorsque les premiers musulmans furent persécutés par les Arabes polythéistes, c'est tout naturellement auprès du

7. Sixième calife fatimide d'Égypte entre 996 et 1021.

8. Ceinture reconnaissable que les non-musulmans devaient porter pour montrer qu'ils n'étaient pas musulmans mais *dhimmi*.

9. Insigne, morceau de tissu coloré distinguant les juifs et les chrétiens des musulmans en sus du *zunnar*.

10. Dans le Coran, l'expression désigne les peuples ayant reçu un livre sacré par l'intermédiaire d'un prophète. Les peuples concernés sont donc principalement les juifs et les chrétiens.

souverain chrétien d'Abyssinie, le Négus, qu'ils vinrent demander refuge. Comprenez qu'aujourd'hui chrétiens et juifs vivent en Égypte dans un climat apaisé. Nous y disposons de ce statut spécial qui nous donne des droits religieux et juridiques. Sachez aussi que notre patriarche parle avec le calife lui-même et que nous sommes libres de posséder nos maisons, de faire du commerce et de nous déplacer comme bon nous semble en terre d'islam.

— Et vos obligations ?

— Hormis le paiement de la *jizya* et d'un impôt foncier nommé *kharaj*, nous devons reconnaître la souveraineté politique de l'islam et nous abstenir de toute manifestation ostentatoire dans notre foi. Nous ne pouvons pas posséder de serviteur musulman, ni même monter à cheval. Un musulman peut aussi épouser une femme *dhimmi*, alors que l'inverse nous est interdit. Nous ne pouvons pas nous rendre à la Mecque, ni à Médine qui sont leurs Villes saintes. Il nous est également interdit de bâtir une maison plus haute que celle de notre voisin musulman.

Je regardai l'antiquaire, interloqué.

— C'est très inégalitaire. C'est pour moi plus de la soumission que de la protection.

— Tu es en droit de le penser en tant qu'étranger. En réalité, vu de l'intérieur, le système est assez souple même s'il nous impose bien *le fait du prince*.

— Assez souple ?

— Malgré l'interdiction faite aux *dhimmis* de travailler dans l'administration, de nombreux chrétiens et juifs y ont pourtant des charges élevées. Les vieilles habitudes du temps où le copte était la langue officielle sont restées. Les miens occupent souvent des postes importants dans les finances. Nous ne pouvons accéder aux fonctions militaires, en revanche juifs et chrétiens sont souvent les médecins de dignitaires du régime qui craignent les empoisonnements de leurs propres congénères. Je rajoute que les taxes acquittées par les *dhimmis* sont si importantes pour les caisses du califat que le trésor de l'État ne pourrait plus se passer d'une telle manne qui concerne près de la moitié de la population. Cela limite donc la volonté des Fatimides à convertir à tout prix à l'islam.

Esther, elle aussi, écoutait les explications de Girgis avec attention.

— Où sont-ils donc les juifs que tu évoques ? Penses-tu pouvoir nous présenter à leurs représentants ?

— Bien sûr. Les juifs sont partout ici. Chez nous, les communautés musulmane, juive et chrétienne vivent mélangées et nous parlons tous la même langue. Seuls la religion et les bâtiments religieux nous distinguent. Voici justement la synagogue Ben Ezra qui se trouve également sur le site de l'ancienne enceinte de Babylone. Je connais bien son rabbin qui est un personnage un peu bourru, mais très estimé par sa communauté.

— Pourrais-tu nous présenter à cet homme ? Je souhaiterais lui parler de façon urgente.

Je jetai un œil aux deux sœurs Espinosa. Elles étaient comme figées devant la synagogue. Je vis leurs lèvres trembler. Après des semaines de captivité et d'épreuves, elles touchaient au but. Elles allaient enfin pouvoir renouer avec leur communauté.

Avant de s'enquérir de la présence du rabbin, Girgis poursuivit son explication.

— La légende raconte que c'est ici même, au bord du Nil, que la fille du pharaon aurait recueilli Moïse dans son panier, et qu'il aurait grandi en ces lieux.

Esther et Judith étaient en larmes.

— Ce n'est pas une légende, l'interrompit Esther. Pour nous, Moïse est le personnage le plus important de la bible hébraïque. C'est lui qui a reçu la Loi pour le judaïsme, préfigurant ainsi Jésus-Christ pour le christianisme et précédant Mahomet pour l'islam.

À notre plus grande surprise, les deux sœurs s'étaient agenouillées devant la synagogue et Judith se mit à relater à haute voix un passage de l'Exode [11] :

Il y a fort longtemps les Hébreux vivaient en Égypte. Pharaon, le roi de ce pays, craignait qu'ils deviennent trop nombreux et trop puissants et il ordonna qu'on jette au fleuve tous les petits garçons hébreux nouveau-nés. Une femme qui venait d'enfanter déposa à contrecœur son fils dans une corbeille, qu'elle plaça sur la rive, dans les roseaux. Mais la sœur du petit garçon resta là pour regarder ce qui allait advenir. La fille de Pharaon venue se baigner fut attirée par les pleurs de l'enfant. Attendrie, elle ramassa le panier. La grande sœur lui proposa de trouver une nourrice et elle alla chercher leur propre mère. La fille de Pharaon le considéra comme son fils. Elle l'appela Moïse, ce qui signifie « sauvé des eaux ».

Alors que Girgis pénétrait seul dans le bâtiment, Esther se redressa et nous déclara sur un ton solennel :

— Au travers de ce nourrisson, c'est le salut de l'humanité qui s'est joué en ce lieu. L'œuvre de Dieu a commencé ici même, avec un petit enfant.

— Comme le Christ à Bethléem... me dis-je à moi-même, tandis qu'Esther poursuivait.

— Lorsque Moïse atteignit sa quatre-vingtième année, Dieu se révéla et lui donna sa mission : conduire les enfants d'Israël hors d'Égypte jusqu'à la Terre Promise, le pays de Canaan [12]. La nation d'Israël est née à ce moment-là.

Girgis était réapparu sur le seuil de la synagogue.

— Le rabbin est occupé mais il pourra vous recevoir toutes les deux dès demain matin. Ce soir, vous êtes tous

11. Exode 2 versets :1-8

12. Cette région correspond plus ou moins aujourd'hui aux territoires réunissant l'état d'Israël, la Palestine, l'Ouest de la Jordanie, le Liban et l'Ouest de la Syrie.

mes hôtes. Ma maison est à deux pas d'ici. Suivez-moi...

Chapitre 25
La boutique de curiosités

La maison de Girgis n'avait qu'un seul étage mais elle était vaste et confortable. Elle était située dans un quartier aisé au bord du Nil d'où l'on apercevait la pointe de l'île de Roda et une étrange construction nommée nilomètre [1]. La demeure avait été construite autour d'un vaste patio rafraîchi par un bassin ceint d'arbres ravissants. Le Copte y vivait seul en compagnie de deux domestiques : une vieille femme qui lui tenait lieu de lavandière et de cuisinière et son mari, qui s'occupait du jardin et de la maison.

« Ils ne sont pas fâchés de voir un peu de vie revenir dans cette demeure », me confia Théodose. « Girgis a perdu son épouse il y a maintenant deux ans. Il a aussi marié ses deux filles à des fonctionnaires travaillant dans l'enceinte fatimide. Il vit donc seul avec ces deux-là qui sont aussi vieux que ces croix que tu aperçois au mur.

La pièce principale ressemblait à une sorte de musée encombré d'objets hétéroclites et de sculptures en pierre ou en bois. Les murs étaient tapissés d'icônes de tailles diverses sur lesquelles on pouvait observer d'étonnants personnages auréolés qui semblaient vous contempler de leurs grands yeux démesurés.

— Ce sont des icônes coptes, me précisa aussitôt le byzantin. Girgis en possède ici de forts jolis exemplaires qu'il refuse de vendre dans sa boutique. Celles-ci sont

1. Le nilomètre de Roda est une colonne creuse, existant depuis l'antiquité, en communication avec les eaux du Nil, et dont la paroi intérieure est graduée pour permettre de mesurer la hauteur de la crue du fleuve.

remarquables car elles illustrent parfaitement ce qu'est l'art copte : un art de pauvres ! Ici pas de couronne, peu de feuille d'or et de lapis-Lazuli comme sur nos icônes byzantines. Mais admire comme leur forme est pure. Leur géométrie commence avec le cercle de l'auréole des saints qu'elles représentent : elles traduisent la forme parfaite qui est à la mesure du corps humain. Elles dégagent une fausse naïveté subtile rehaussée par des couleurs éclatantes mais aussi des notes d'humour. Regarde comme l'âne de la Sainte Famille a toujours des expressions cocasses lors de la en fuite Égypte [2]...

— Qui est donc ce personnage que l'on retrouve sur beaucoup d'entre elles, comme ici, à côté du Christ ?

— Il se nomme Ménas. C'est un chrétien né à Memphis au IIIe siècle de notre ère au temps où cette ville était l'une des plus importantes du pays, qui s'engagea dans les légions romaines à l'âge de quinze ans. Trois ans plus tard, il quitta l'armée, désirant consacrer toute sa vie au Christ, et se dirigea vers le désert pour vivre une vie différente, influencé par le monachisme chrétien qui est né ici à cette époque, avec Saint-Antoine. Ménas mourut en martyr, décapité à Alexandrie par un glaive romain, car l'empire d'occident persécutait encore les chrétiens. Il est aujourd'hui l'un des saints les plus vénérés par l'église copte.

Autour de moi, les images peintes illustraient des scènes bibliques connues, comme le voyage de la Sainte Famille sur le Nil ou le retour d'Égypte, avec l'enfant Jésus âgé de six ans guidant ses parents. Je reconnus également saint Marc, évangélisateur du pays avec son lion et aussi Jonas,

2. La Fuite en Égypte est un thème iconographique majeur dans l'art chrétien. Selon l'Évangile de Matthieu, le roi Hérode 1er, informé par les mages de la naissance du « Roi des Juifs » à Bethléem, envoya tuer tous les enfants de moins de deux ans qui se trouvaient dans la ville. Joseph, prévenu par un songe, s'enfuit avec l'enfant Jésus et sa mère en Égypte, où ils restèrent jusqu'à la mort d'Hérode.

prophète biblique célèbre, connu pour avoir séjourné trois jours dans le ventre d'un immense poisson.

Alors que notre hôte nous rejoignait pour le dîner, Théodose me prit à part pour me faire une confidence.

— Sais-tu que, depuis le départ de ses filles, Girgis cherche quelqu'un pour le suppléer à sa boutique ? Tu parles parfaitement le grec et le latin. Sache qu'il a beaucoup de visiteurs étrangers. Si tu es intéressé, je crois bien que tu as le profil idéal pour le poste...

Cette nuit-là, après un bon dîner passé en compagnie de nos hôtes, j'eus du mal à trouver le sommeil. Mais, cette fois, ce n'était plus mon avenir dans cette ville qui me préoccupait. Comme me l'avait prédit Abbas, ce pays semblait taillé pour moi et je voyais ses portes s'ouvrir les unes après les autres. Pour l'heure, mon esprit était ailleurs. Je tendis l'oreille en direction des chambres voisines où les trois filles résidaient. Esther allait-elle me rejoindre comme les nuits précédentes ? Notre périple tirait à sa fin. Dès le lendemain, elle renouerait avec les siens et cette parenthèse allait se refermer là. Sans arriver à déterminer si c'était un mal ou un bien, je me retournai et me recroquevillai, essayant de trouver le sommeil.

— Joachim ...

Je n'eus pas le temps de répondre. Comme les nuits précédentes, la jeune femme s'était glissée dans mon lit et elle vint se presser contre moi à mon plus grand étonnement.

— Je pensais que tu étais fâchée.

— Non, je ne le suis pas. Moi aussi j'ai quelque chose à t'avouer.

Je cherchai à me retourner pour lui faire face mais elle m'en empêcha.

— Je fréquente également un jeune homme, chez moi, à Barcelone... Nous sommes engagés et nous devons nous marier.

Je dus marquer le coup en gardant le silence, me disant qu'Abbas, encore une fois, avait vu juste.

— Pourquoi m'avouer cela et venir tout de même te blottir dans mon lit ?

— Parce que je t'aime et que je te dois la vérité...

— Et l'autre garçon ? Dès demain, tu pourras rétablir le contact avec les tiens. Tu pourras donc le retrouver et l'épouser.

— C'est bien ce que je compte faire.

— Alors je ne comprends pas... Que cherches-tu ?

— Je suis tiraillée. Mon avenir est ailleurs et en même temps mon cœur est ici. J'aimerais être avec toi jusqu'à l'heure où je pourrai retrouver les miens et reprendre le fil de ma vie.

Je restai muet, interloqué par son étrange proposition. Je me levai pour cacher mon embarras, faisant mine de réfléchir en ouvrant le volet extérieur. De la chambre, on apercevait les eaux du Nil scintiller sous le reflet du mince croissant de la nouvelle lune.

— Tu ne dis rien ? reprit-elle. C'est pourtant ce que tu m'as suggéré, l'autre nuit sur la felouque.

Esther se leva à son tour. Dans la pénombre, je perçus le léger bruissement d'une tunique de soie qui glissait le long d'un corps. Je me retournai. La clarté de la lune éclaira furtivement sa silhouette. Ses étonnants yeux mauves brillaient de mille feux. Sans plus rien dire, elle s'approcha et, face au grand fleuve qui nous avait conduits jusque-là, comme une fatalité, nos bouches s'entrechoquèrent et nos corps se rapprochèrent...

Le lendemain, nous accompagnâmes les deux sœurs jusqu'à la synagogue Ben Ezra où elles furent reçues, seules, par le rabbin. L'homme, austère, au regard sévère, les attendait sur le seuil à l'heure convenue. Avant de disparaître dans l'espace sacré, Esther me jeta un regard furtif où, pour la première fois, je devinai de la gratitude... comme si cette nuit l'avait réconciliée avec elle-même. À moins que son expression ne soit due à la perspective de retrouver sa vie... Plein de doutes, je me résolus à suivre Girgis qui m'avait proposé de visiter sa boutique.

Le commerce d'antiquités du Copte se tenait dans une rue toute proche, attenante à une autre église chrétienne nommée Saint-Georges. La rue était commerçante mais on était loin de l'animation des marchés de Fustat. Il régnait là une atmosphère propice à la découverte d'œuvres d'arts, où l'on pouvait prendre son temps à flâner et examiner les pièces proposées sans être bousculé constamment par la foule. La boutique de curiosités était à l'image de la demeure de Girgis. Les œuvres les plus diverses y cohabitaient et y étaient exposées un peu partout. On y distinguait pêle-mêle des bijoux, des soieries, des lampes, des sculptures de tous les genres possibles. De grands coffres regorgeaient de manuscrits où j'identifiai à la hâte du grec, de l'arabe, du latin et d'autres langues encore, parfaitement inconnues. Tout comme dans sa demeure, les murs étaient tapissés d'icônes, de croix, de dessins les plus variés et même de cartes géographiques. Je restai éberlué, ne sachant plus où diriger mon regard devant la profusion d'articles proposés à l'intérieur comme à l'extérieur. Dès notre arrivée, il apostropha un jeune garçon à l'air fatigué qui avait dû faire l'ouverture. L'apprenti faisait patienter un premier client matinal en se curant nonchalamment l'oreille à l'aide d'un calame en roseau gravé tout du long par les lettres d'un alphabet mystérieux.

— Remets cela en place immédiatement, vociféra Girgis en guise de bonjour. Ta vie entière de travail ici ne suffirait pas à payer le prix de cet objet.

Le garçon laissa retomber négligemment le précieux

calame sur son support d'ivoire. Il haussa les épaules et sortit sans un mot en bâillant... Girgis fila aussitôt s'occuper du visiteur qui semblait intéressé par une magnifique croix en bronze incrustée de pierreries, tandis qu'Hiba et Théodose me rejoignaient dans la boutique.

— Je te l'avais dit, murmura le Byzantin en désignant le capharnaüm qui s'étalait partout. Girgis est un excellent antiquaire mais il a besoin d'être aidé. Il faut remettre de l'ordre ici et dresser un inventaire précis en actualisant les livres de comptes. Sa femme jouait ce rôle auparavant mais, depuis sa disparition, plus personne ne le fait pour lui. Qu'en penses-tu ? Si tu le souhaites je peux intercéder en ta faveur. Il a confiance en mon jugement.

— Penses-tu qu'il acceptera de m'engager ? Il me connaît à peine.

— Crois-moi, s'il n'avait pas déjà une bonne impression de toi et de tes compagnes, il ne vous aurait jamais ouvert sa porte. Et puis c'est une occasion unique. La situation a encore empiré depuis ma dernière visite. Une mère louve ne retrouverait pas ses petits ici.

De manière inattendue, alors que nous conversions, Hiba s'était emparée d'un chiffon et dépoussiérait avec application les bibelots les plus en vue.

— Pourquoi fais-tu cela, lui demanda Théodose ? Personne ne t'y oblige.

Hiba lui répondit par son plus joli sourire :

— Ne trouves-tu pas que cette boutique a besoin d'un sérieux coup de balai ? Hier cet homme n'était pas obligé de nous ouvrir sa porte. Aujourd'hui, c'est ma façon de lui exprimer ma gratitude pour son hospitalité.

Une idée me vint aussitôt à l'esprit. Je me retournai vers Théodose :

— J'accepte ton offre, tu peux lui proposer ma candidature comme assistant. Mais tu lui diras aussi que je fais équipe avec Hiba. Elle s'occupera de tenir la boutique et moi de l'inventaire et de la tenue des livres. Il lui faudra nous loger et nous nourrir en l'échange de notre travail. C'est à prendre ou à laisser...

Théodose nous considéra tous deux, l'air stupéfait.

— Et tu ne comptes pas lui demander de salaire ?

— Pour quoi faire, si nous sommes logés et nourris ?

Il esquissa un sourire.

— Je ne sais pas d'où vous sortez, mais j'ai l'impression que vous vous entendrez bien avec mon ami...

Théodose exposa son idée à la jeune femme qui me sourit aussitôt d'un air complice pour marquer son approbation. Puis, lorsque Girgis en eut fini avec son client, il lui fit signe d'approcher pour lui exposer son projet. Au bout d'un moment, le Copte se retourna et nous considéra avec attention. Il s'adressa d'abord à Hiba.

— Dis-moi ma fille, pour quelle raison désires-tu travailler dans cette boutique ?

Hiba répondit sans l'once d'une hésitation.

— Je dois entreprendre un long voyage pour retourner auprès des miens. Je dois gagner suffisamment d'argent pour cela.

— Et où donc souhaites-tu te rendre ?

— De l'autre côté du grand désert, dans l'empire du Ghana. Ma ville se nomme *Koumbi Saleh.*

— L'empire du Ghana, vraiment ? N'es-tu pas musulmane ? Tu pourrais vivre sans contraintes ici, à Fustat.

— Quelle que soit ma religion, l'empire du Ghana reste ma terre. C'est là-bas que je souhaite aller vivre un jour.

Il sembla impressionné par sa détermination, et puis, soudainement, il s'adressa à moi.

— Pourquoi t'intéresses-tu aux pyramides de Gizeh ?

Sa question avait jailli. Je devais répondre quelque chose

de sensé et je choisis l'élément qui m'avait le plus marqué parmi les explications d'Odon.

— Parce qu'elles sont beaucoup plus anciennes qu'on ne le pressent.

— Vraiment ! Tu sembles bien sûr de toi. Qu'en sais-tu donc ?

— J'en suis persuadé. Travailler ici me donnerait la possibilité de les étudier de près. C'était le souhait de mon maître.

— Ton maître ?

— Odon était le prieur de Beaulieu, moine copiste et médecin. Il dirigeait un prieuré en Francie dont le *scriptorium* était aussi fourni en manuscrits que ta boutique. Il était fasciné par ces constructions mais il a été tué il y a quelques mois.

— Tu m'en vois navré.

— Je suis venu ici poursuivre son travail d'étude.

Il nous considéra alors longuement en silence avant de donner sa réponse. Il prit aussi le temps de s'entretenir en aparté avec Théodose, qui nous jetait des regards amusés tandis que nous nous dandinions d'un pied sur l'autre.

— C'est d'accord, je vous engage tous les deux ! Vous recevrez trois dirhems d'argent chacun par semaine. Vous pourrez habiter chez moi tant que vous travaillerez ici. Vous commencerez dans cinq jours. Il vous en faudra quatre pour visiter la ville et faire le tour de toutes ses curiosités.

— Que fera-t-on le cinquième ?

— Nous serons *Tkyriaka*[3]. C'est mon jour de fermeture. Je vous emmènerai sur le plateau de Gizeh pour voir les pyramides. Mais je te préviens. Pour étudier ces monuments sereinement, tu devras abandonner tous tes préjugés et oublier tout ce qu'on t'a appris sur elles.

3. « Dimanche » dans le calendrier copte.

— Pourquoi donc ?

— La plupart des voyageurs qui s'intéressent à ces constructions passent un jour par ma boutique. Ils arrivent tous remplis de certitudes sur ces monuments. Sache qu'il y a autant de thèses sur ces pyramides qu'il y a de gens qui les étudient et pensent les connaître. La meilleure façon de les appréhender, c'est de partir de zéro : considérer qu'on ne sait rien à leur sujet.

— Selon toi, à quoi servent-elles ?

— Leur essence même dépasse l'entendement. Si tu veux t'en approcher, tu dois considérer à ce stade qu'elles sont un simple amoncellement de cailloux dans le désert. Si tu ne pars pas de ce postulat, crois-moi, tu n'apprendras rien sur elles et tu repartiras comme tu es venu.

Sur l'instant je ne sus quoi lui répondre mais je trouvai son approche pleine de sagesse.

— Merci infiniment pour ta confiance. Merci de bien vouloir nous engager, Hiba et moi.

Il nous fit un petit signe de tête de bienvenue.

— Venez... je vais vous faire visiter la boutique...

Il nous mena à travers un labyrinthe de coffres anciens qui délimitaient des passages grossiers dans l'enchevêtrement des objets.

— Sur ce mur, ici, nous avons d'abord les différents types de croix. Ce sont les articles les plus demandés avec les icônes.

Je m'approchai d'un modèle étrange constitué d'une longue barre verticale et d'une plus petite horizontale ainsi que d'un ovale à leur intersection.

— C'est une croix ansée, ou croix d'*ânkh*. Comme vous pouvez le voir, elle a la forme des croix latines mais elle présente un anneau étiré à la place de la barre verticale du haut.

— Que veut dire cette forme particulière ?

— L'*ânkh* est un caractère antique utilisé par les anciens Égyptiens, du temps où ils avaient recours à des symboles figuratifs pour écrire. Tu peux voir un exemple de ces signes sur cette stèle posée ici. Chacun représente quelque chose de tangible, souvent facilement reconnaissable, même pour quelqu'un qui ignore le sens du signe. Dans cet alphabet ancien, l'*ânkh* représente la *vie*. Depuis des milliers d'année, dans l'art égyptien, l'*ânkh* est omniprésente. Elle est souvent portée par des dieux qui la tiennent par la boucle ou la tiennent dans chaque main avec les bras croisés sur la poitrine. Elle apparaît souvent au bout des doigts d'un dieu ou d'une déesse sur des images qui les représentent dans l'au-delà, conférant le don de la vie à la momie de la personne morte.

— C'est donc un symbole du paganisme.

— Je ne sais pas ce que tu entends par ce mot.

— En latin, *paganus* signifie « celui qui vient de la campagne », par opposition à « celui qui vient de la ville », parce qu'on y était plus christianisé. Chez moi, on l'utilise communément pour désigner la religion de ceux qui ne sont pas chrétiens.

— Si tu l'utilises dans un sens péjoratif, tu fais erreur. Les anciens Égyptiens étaient tout sauf des ignares. La religion était centrale dans leur vie même s'ils croyaient en l'existence de plusieurs divinités. Tout comme les chrétiens, nos anciens pensaient que leur séjour sur terre n'était qu'une partie d'une vie éternelle plus grande. La croix de vie, l'*ânkh*, symbolise donc non seulement l'existence mortelle sur la terre, mais également leur existence immortelle dans l'après-vie.

— On ne peut tout de même pas mettre sur le même plan le christianisme et ces anciennes croyances !

— Pourquoi les opposer ? À la mort de Cléopâtre, un peu avant la naissance du Christ, lorsque les romains ont pris possession de ce pays, il y restait pourtant des millions d'hommes et de femmes héritiers de l'âge des pyramides. Leur culture, leur art et leur religion se sont-ils éteints avec leurs pharaons ou sont-ils restés vivants ? Malgré leur rejet systématique des dieux romains et grecs, les Coptes ont adopté la foi chrétienne à partir de l'arrivée de saint Marc vers l'an 50. Qu'y avait-il dans cette nouvelle religion qui puisse les convaincre d'abandonner leurs anciennes divinités ? Si tu étudies avec attention de nombreuses œuvres présentes ici même, tu t'apercevras qu'il y a une évolution entre l'ancienne religion et le christianisme. Il n'y pas eu de coupure nette. Elle s'est peu à peu fondue dans le christianisme qui fut adopté par les Coptes qui sont les descendants directs des anciens Égyptiens issus de l'époque des pharaons. La croix de l'*ânkh* en est la parfaite illustration.

Devant ma mine incrédule, Girgis se saisit d'une autre croix sur le mur.

— Regarde celle-ci.

Girgis me désigna une croix semblable à la première où l'anneau ovale de l'*ânkh* était remplacé par un cercle.

— On l'appelle la *crux ansata.* C'est celle des premiers chrétiens d'Égypte. L'*ânkh* est ainsi passée d'un symbole d'une religion à une autre.

Il me désigna alors un troisième modèle, à quatre branches égales, mais terminées cette fois par des triangles.

— Voici la croix copte telle qu'elle est désormais.

— Pourquoi y-a-t-il ces formes aux extrémités ?

— Les triangles annoncent la trinité : le père, le fils et le Saint-Esprit. Les quatre points visibles entre les branches désignent, eux, les quatre Évangiles.

— Y-a-t-il d'autres similitudes entre notre religion et celle des pharaons ?

— Oui. Elles sont nombreuses. Nos anciens adoraient Isis,

épouse d'Osiris. Elle a enfanté Horus, un fils dieu, qu'elle nourrit éternellement à son sein. Pour les Coptes, Marie, mère de Jésus est une nouvelle incarnation de la déesse Isis. Dans les représentations, toutes les deux donnent le sein à leur enfant dieu et, petit à petit, c'est l'image de la Vierge nourrissant le Christ que les Coptes vont peindre, sculpter et honorer.

Il m'indiqua alors une stèle de pierre posée dans un coin.

Regarde cette pierre gravée. C'est celle d'un défunt chrétien qui remonte au Ve siècle. Vois-tu cet animal ici ?

— Qui est-ce ?

— C'est Anubis, le dieu à tête de chacal. Les anciens le nommaient » le maître de la mort ». C'est lui qui pesait l'âme des défunts pour leur ouvrir le chemin de la vie éternelle ou de la damnation. Sa représentation sur de nombreuses stèles chrétiennes a perduré des centaines d'années après la mort du Christ. Je peux te montrer de nombreux exemples où les demi-dieux des pharaons sont peu à peu remplacés par nos saints. Les ailes des rapaces divins des anciens Égyptiens se sont transformées progressivement en ailes d'anges et d'archanges... Le christianisme est le prolongement d'une religion plus ancienne et profondément ancrée. C'est pour cela qu'il a été adopté par les Coptes, qui le pratiquent avec ferveur malgré l'arrivée de l'islam en Égypte. Dans mille ans, crois-moi, les Coptes seront toujours présents dans cette région et ils pratiqueront toujours cette religion dont les racines sont issues de temps immémoriaux.

Je croisai le regard d'Hiba et je la sentis ravie. La perspective de travailler ici avec cet homme lui plaisait et j'en fus profondément heureux. C'était pour elle un juste retour des choses. Elle avait renoncé à l'amour de sa mère adoptive et bravé l'inconnu pour vivre en femme libre et sans doute pouvoir un jour réaliser son rêve : traverser le désert et partir à la recherche de ses origines. Pour moi aussi, les choses tournaient bien. Cet homme était cultivé et passionnant. Il m'offrait l'opportunité unique de poursuivre mon apprentissage du monde dans cette ville incroyable. Odon devait être fier de moi...

Nous fûmes interrompus par l'arrivée d'un visiteur. Je reconnus aussitôt le rabbin austère de la synagogue, qui était seul et semblait fort contrarié. À sa tête, je vis immédiatement que quelque chose n'allait pas. Nulle trace des deux sœurs Espinosa. Pourquoi n'étaient-elles pas avec lui ? Sans un regard pour moi, il entraîna Girgis à l'extérieur où ils tinrent conversation devant la devanture. L'entretien dura longtemps, très longtemps... Girgis semblait interloqué et jetait des regards furtifs dans notre direction.

J'hésitais à intervenir quand, au bout d'une éternité, le rabbin finit par prendre congé, et l'antiquaire réintégra sa boutique en affichant une mine sombre. Je me ruai aussitôt sur lui.

— Où sont donc Esther et Judith ? Elles ne sont pas revenues avec cet homme ?

— Non, elles vont rester avec lui. Ce soir et les jours prochains elles dormiront à son domicile. Sa famille va les recueillir.

— Comment cela ? Je ne comprends pas. Que t'a-t-il dit ?

— Des choses horribles. Ces deux sœurs ont beaucoup souffert.

Il se tourna vers Théodose.

— Pourquoi ne m'as-tu pas dit qu'elles avaient été victimes d'un rapt avant de me laisser les accueillir chez moi ? Tu m'aurais facilité la tâche avec ce rabbin.

— Un rapt ? Comment cela un rapt, dit-il en se retournant vers moi d'un air interrogateur. Mais je n'en savais rien ! Je pensais que l'aînée des deux sœurs était la femme du copiste. Je ne savais même pas qu'elles étaient juives ...

Girgis me toisa d'un air sévère où je lus de l'incompréhension.

— Si ce n'était que cela... reprit Girgis. Le rabbin m'a appris que ces deux filles avaient été séquestrées, terrorisées et violentées dans les cales d'un bateau entre Barcelone et Pise. Elles ont été ensuite conduites de force à Melita, où elles ont été confrontées à des scènes d'une rare violence en tentant d'échapper à leurs ravisseurs. Des hommes sont morts sous leurs yeux, assassinés de façon inouïe. Elles sont en état de choc, notamment la plus jeune qui semble profondément traumatisée par tout cela.

Théodose tombait des nues.

— Est-ce vrai ?

Je respirai profondément avant de répondre.

— Tout cela est exact. Elles ont effectivement été victimes d'une rafle dans le quartier juif de Barcelone il y quelques semaines et elles sont ici contre leur volonté. Leur ravisseur souhaitait les réduire en esclavage. Cet homme m'a enlevé également et nous a tous trois conduits de force à Melita. Nous avons pu fuir cette île pour l'Égypte grâce aux deux Persans qui nous accompagnaient et cela dans des circonstances dramatiques. Des hommes ont effectivement été tués sous nos yeux.

— C'est insensé, pourquoi ne pas nous l'avoir dit plus tôt ?

— Je ne sais pas. Je craignais sans doute votre réaction. J'aurais dû le faire...

Girgis me considéra froidement.

— Y-a-t-il autre chose que tu nous as caché ? C'est le moment de nous révéler toute la vérité sur toi et ces deux filles.

Un silence glacial envahit l'intérieur de la boutique.

— Non, vous savez tout maintenant, finis-je par

répondre, tête basse.

— En es-tu certain ? Il y a pourtant encore bien des choses que ces deux filles ont révélé au rabbin et que tu omets de nous préciser...

Je cherchai désespérément dans ma tête ce qu'elles avaient bien pu encore raconter à cet homme. Girgis reprit sur le ton de l'accusation.

— Pourquoi ne pas nous avoir dit que tu étais moine ?

— Je ne suis pas vraiment moine. Je ne suis que novice. Je n'ai encore prononcé aucun vœu.

— Tu fais là un bien étrange novice : toi qui t'habilles à la dernière mode persane et qui te fais passer pour un voyageur ! Tu sembles plutôt avoir le profil d'un mystificateur... Un homme auquel on ne peut pas se fier...

Ses propos m'avaient choqué et meurtri. Était-ce là l'image que je renvoyais, moi qui avais troqué ma vieille coule, parce qu'elle était hors d'âge, pour le bel habit offert par le conteur ?

— C'est injuste. Tu me juges uniquement à charge, sur les dires de ce rabbin. Laisse-moi au moins le temps de m'expliquer sur tout cela. Tu jugeras ensuite, en connaissance de cause.

— Très bien, tu vas avoir le loisir de t'expliquer là-dessus. Mais avant cela, réponds à une dernière question.

— Laquelle ?

— As-tu eu des relations intimes avec la sœur aînée sous mon propre toit ?

Je devins rouge écarlate et, pris au dépourvu, mon cœur se mit à battre la chamade.

— Comment ? Que veux-tu dire ?

— Réponds simplement à la question.

— Oui... mais elle était consentante ! Je ne l'ai pas abusée si c'est cela qui t'inquiète.

Mon sang battait contre mes tempes. J'eus l'impression

que ma tête allait éclater. Comment Esther avait-elle pu révéler une telle chose à un parfait inconnu ?

— T'a-t-elle dit qu'elle était engagée avec un garçon juif à Barcelone et qu'elle devait se marier ?

— Oui elle me l'a dit. Mais...

— Mais malgré cela, alors qu'elle est juive et promise à un autre, en connaissance de cause, tu l'as approchée et tu l'as déshonorée dans ma propre maison. C'est donc là tout ce qu'on t'a appris dans ton monastère franc ?

Je sentis un poids énorme tomber sur mes épaules. Quelque chose que je n'avais jamais éprouvé auparavant : un mélange de honte, de trahison et de culpabilité immense. J'aurais voulu disparaître sous terre... Je ne voyais plus rien. Mes oreilles bourdonnaient. Au loin je ne distinguais plus que la porte de la boutique restée entrouverte. Tête basse, je titubai vers l'ouverture, passai le seuil sans me retourner et m'enfonçai au hasard dans le dédale des ruelles de Fustat. Je n'avais plus qu'une seule idée en tête... disparaître.

Chapitre 26
Le vieux de la montagne

Je marchai pendant des heures dans cette ville immense, seul et au hasard des rues. Des foules d'hommes déambulaient partout dans le labyrinthe de venelles mais je ne les voyais pas. Certains me parlaient, m'accrochaient par le bras, attirant mon attention sur un étal de fleurs, un panier de dattes ou la dernière rumeur, mais je ne les entendais pas. La voix d'un muezzin retentit toute proche, appelant la communauté des croyants à la prière, puis un second et un troisième plus lointains... Dans la fournaise de la journée, les quartiers s'enchaînèrent les uns après les autres sans que je les remarque. J'avais perdu la notion du temps et je continuai à errer sans but, sans savoir où diriger mes pas. Me vider la tête ! C'était là mon seul désir. Oublier celle qui m'avait volé mon âme, oublier ses yeux, oublier sa trahison et le déshonneur honteux qui en découlait... À proximité d'une colline, en direction du levant, la ville se fit moins dense et les habitations moins hautes. Je croisais désormais des hordes de miséreux qui mendiaient à même la rue devant des cabanes délabrées perdues au milieu de grands espaces désolés. Au loin, j'aperçus de hautes murailles en brique surplombées par des minarets étincelants et je portai un moment mes pas dans cette direction. Cela devait être l'enceinte fatimide. C'était là, dans un de ces palais, qu'Abbas devait se produire. Abbas ! C'était le second responsable de ma déchéance. C'était lui qui m'avait fourni cet habit d'usurpateur. Ne m'avait-il pas mis en tête de persévérer avec cette fille ? *Un cadeau que*

Dieu te fait, m'avait-il dit. Et puis, par faiblesse, j'avais cédé à ses avances. Esther, le diable incarné en femme ! Un véritable ange des ténèbres ! Elle m'avait séduit avec son regard de démon pour me trahir ignominieusement le matin même, me faisant passer pour un débauché, un manipulateur et un voleur de promises.

Je longeai un temps les hautes murailles d'al-Qahira, sous l'œil suspicieux de gardes enturbannés. À une guérite, l'un d'eux m'apostropha, mais je ne sus que répondre. Je m'éloignai au plus vite, de peur d'aller au-devant de nouveaux ennuis. Je continuai inlassablement ma route. Le soleil commençait à décliner quand j'atteignis enfin le Nil. Harassé par ma longue marche sous la chaleur, je fis une halte sur un promontoire d'où je contemplai ses eaux. Qu'avais-je encore à faire dans cette ville ? Était-ce bien là ma place ? Je regardai dans la direction du port. Je n'avais qu'à longer le fleuve jusqu'à la vieille ville pour l'atteindre, trouver une felouque à destination de Rosette. Renoncer...

Je me levai, afin de humer le chemin du retour et celui de ma vie d'avant. Moi qui n'avais même pas vu les pyramides... si proches sur l'autre rive, et pourtant si lointaines. J'avais honte de moi. Un rabbin que je n'avais pas osé affronter et une gamine de dix-sept ans m'avaient mis en déroute. Je n'étais pas à la hauteur de mon nouveau costume. Je ne méritais finalement que ma vieille coule usée de novice que j'avais dû troquer un peu vite.

La nuit était tombée tandis que je longeais la berge. Fustat avait pris un air de fête et des foules d'hommes déambulaient dans les rues, munis de lanternes et de torches pour marquer la rupture du jeûne du second jour de ramadan. C'était une heure de joie et de détente où, après la chaleur de la journée, les corps pouvaient enfin boire et se restaurer. Partout, des vendeurs à la sauvette affluaient et proposaient aux innombrables badauds des mets délicats et raffinés qui emplissaient les ruelles de mille odeurs délicieuses. Sur le Nil, les innombrables embarcations s'étaient ornées de lumignons multicolores qui se reflétaient dans l'eau du fleuve et la paraient d'un aspect festif. C'était comme si toute la joie du monde s'était donné rendez-vous, ici, dans cette cité. Mais je n'avais ni le cœur ni l'esprit à la fête et je traversai les ruelles le cœur triste et l'âme en berne, m'apitoyant sur moi-même.

Un peu avant le port, des cloches sonnèrent complies [1], invitant la création à goûter au grand repos de la nuit. Les rues autour de moi se vidaient peu à peu. Convaincu que je ne trouverais aucun bateau à cette heure et qu'il me fallait un refuge, je me dirigeai vers le clocher tout proche. Les bancs d'une église copte seraient certainement un meilleur endroit pour passer la nuit que les entrepôts poussiéreux du port.

J'arrivai devant la porte de l'édifice, le long de l'ancienne citadelle de Babylone, et finalement non loin de mon point de départ. Les deux vantaux en bois étaient magnifiquement sculptés. Ils présentaient aux visiteurs des scènes issues de l'iconographie chrétienne : des vases jaillissants et un buste du Christ présenté dans une guirlande tenue par deux anges, eux-mêmes entourés de deux personnages tenant les Évangiles. Au-delà de son seuil, on quittait le monde profane pour gagner celui du Divin. Mais les deux battants étaient fermés de l'intérieur et j'eus beau tambouriner, ils restèrent clos. Peut-être m'étais-je trompé d'église ? me dis-je en jetant un œil vers le clocher désormais silencieux. Désabusé, je m'assis un instant contre le bois précieux.

C'est alors que, dans la rue, une clameur se fit entendre. Des hommes arrivaient en courant dans ma direction

1. Les complies (du latin : *completorium*, « achevé, terminé ») est la dernière prière chrétienne du jour (après le coucher du soleil) dans la liturgie des heures.

en criant quelque chose d'incompréhensible aux rares passants attardés. Comme s'ils colportaient une nouvelle, ils hurlaient un seul mot, *hassanjins* [2] qui me faisait penser à *assassins*, et ils le répétaient inlassablement d'immeuble en immeuble.

Le bruit d'une porte qu'on déverrouillait derrière moi me fit sursauter. Contre toute attente, l'un des vantaux s'ouvrit et la silhouette d'un prêtre apparut sur le seuil. Il héla l'un des hommes qui criaient et ils conversèrent un petit moment en arabe. L'homme repartit et le prêtre s'apprêtait à refermer le lourd vantail lorsqu'il m'aperçut.

— L'église est fermée la nuit, maugréa-t-il. Reviens demain pour prime [3]. On distribuera du *Koshari* [4].

— C'est que je ne sais où dormir, répondis-je en latin, et je n'ai rien mangé ni bu depuis ce matin.

— Penses-tu vraiment être le seul dans ce cas? Des dizaines de personnes vont se poser la même question cette nuit, et mon église ne peut pas accueillir toute la misère de la ville. Adresse-toi donc au nouveau vizir al-Afdal, qu'il infléchisse sa politique et qu'il s'occupe un peu plus des pauvres de Fustat.

L'homme me considéra curieusement, réalisant sans doute que malgré mon habit persan et mon turban, je m'étais exprimé en latin.

— Tu ne serais pas ce Franc que Girgis cherche partout depuis ce matin?

Je baissai la tête en signe d'approbation.

— Entre vite.

L'église était de forme rectangulaire avec un plan basilical à trois nefs, séparées par des colonnes de marbre à chapiteaux corinthiens. Dans la lumière des lampes à huile

---

2. *Les djinns de Hassan* en arabe.
3. Prime est le nom de l'office chrétien récité à la première heure du jour.
4. Combinaison végétalienne à base de pois chiches, de lentilles, de pâtes et de riz.

qui brillaient au cœur, on apercevait deux chapelles de part et d'autre, recouvertes de deux demi-coupoles. Le prêtre me conduisit vers la sacristie située derrière un remarquable iconostase [5] orné de scènes de chasse, de musique et de représentations de moines.

— Girgis est passé me voir ce matin. Il était à la recherche d'un jeune novice franc qui correspond à ta description et qui avait dû se perdre en ville. Selon lui, tu aurais pu te réfugier dans une église du quartier. Es-tu bien son nouvel adjoint ?

— C'est ce qu'il t'a dit ?

— Oui. Il m'a dit t'avoir engagé comme assistant pour sa boutique. Il était aussi accompagné du rabbin de la synagogue Ben Ezra.

— Le rabbin était avec Girgis ?

— Oui... Girgis m'a demandé de te recueillir si jamais tu te présentais.

— Tu les connais donc ?

— On se connaît tous ici. Girgis est influent à Fustat et les Coptes entretiennent de très bons rapports avec la communauté juive. Attends-moi donc dans la chambre à côté. Je vais te chercher quelque chose à manger. Tu y trouveras aussi une paillasse sur laquelle tu pourras passer la nuit.

Un peu plus tard, alors que je mangeais en silence, j'eus la subite impression d'être observé par un regard familier. Je levai la tête et j'aperçus une icône géante qui ornait le mur principal et représentait une jeune fille grandeur nature. Elle était vêtue d'une longue robe au ton caramel dont l'extrémité des manches laissait apparaître une élégante fourrure grise. Une fine ceinture noire lui cerclait la taille très haut tout en retombant élégamment

5. L'iconostase est une cloison d'icône qui, dans les églises de rite byzantin, sépare la nef du sanctuaire où se tient le prêtre célébrant la liturgie eucharistique.

sur le côté. De longs cheveux châtains coiffés vers l'arrière étaient enserrés par un fin bandeau rouge, dégageant un front d'une blancheur laiteuse. Ses sourcils étaient bien dessinés et rehaussaient de grands yeux clairs et des joues roses et rondes. Elle tenait une palme dans la main droite et l'artiste avait représenté à sa gauche une tour ornée de trois fenêtres. L'expression bienveillante et la forme de son visage me rappelèrent immédiatement Alix. À la lueur de la lampe, comme si elle avait été là, vivante, face à moi, elle me fixait d'un regard intense dans lequel on devinait un léger sourire mutin... Un instant j'eus l'impression de revoir mon amante, telle que je l'avais vue pour la première fois dans la pénombre de l'église de Saint-Germain.

—Qui est cette jeune femme ? demandai-je au prêtre qui m'avait rejoint, interrompant ainsi ma contemplation.

— C'est sainte Barbara [6]. Elle est morte en martyre. Cette église lui est dédicacée et porte son nom.

— Elle a l'air si jeune et si pure.

— Elle l'était. Elle vécut en Bithynie [7] du temps où les empereurs romains y régnaient encore, au IIIe siècle de notre ère. Son père était un riche notable païen d'origine phénicienne. Il avait décidé de la marier à un homme de son entourage mais elle avait refusé et décidé de consacrer sa vie au Christ. Pour la châtier, son père l'enferma dans une tour. Pendant l'absence du père, un prêtre chrétien réussit à s'y introduire et baptisa la jeune fille. À son retour, elle avait percé une troisième fenêtre dans la tour pour affirmer sa foi et représenter la Sainte Trinité. Hors de lui, le père mit alors le feu à la tour, mais la jeune fille réussit à s'enfuir.

— Elle eut donc la vie sauve ?

— Un berger finit par la découvrir et avertit son père. Ce dernier la traîna devant un gouverneur romain mais elle

6. Sainte Barbe en Occident.

7. La Bithynie est une région historique de l'Asie Mineure située sur la côte nord, entre le détroit du Bosphore et le Pont Euxin.

refusa de renoncer à sa foi et le prélat la condamna à la torture. On lui brûla certaines parties du corps et on lui arracha les seins. Comme elle refusait toujours d'abjurer, le gouverneur ordonna finalement au père de lui trancher la tête lui-même, ce qu'il fit honteusement.

— C'est atroce !

— Son père a tout de même été châtié pour son crime affreux. Il est mort peu après, frappé par la foudre. Les chrétiens qui vinrent demander le corps de la jeune martyre, ne sachant pas comment elle s'appelait, la désignèrent comme « la jeune fille barbare », d'où le prénom de Barbara que nous lui donnons chez les Coptes et les Byzantins. À l'image de nos martyrs, cette jeune femme a su s'opposer au pouvoir d'hommes cruels, pour affirmer sa liberté d'esprit et sa foi en Dieu.

Je restai songeur devant le portrait, stupéfait par la grâce de la jeune femme.

— Tu connais Girgis depuis longtemps ? reprit le prêtre pour me sortir de ma contemplation.

— Non, c'est un marchand grec avec qui je voyageais sur le Nil qui nous a présentés. Je suis moine novice, copiste et venu en Égypte pour découvrir le pays, sa langue et ses coutumes. Girgis m'a proposé de m'engager comme assistant dès mon arrivée.

— Pourquoi te cherche-t-il donc dans ce cas ?

— Je me suis perdu dans les quartiers de la ville et finalement je suis arrivé jusqu'ici, guidé par le son de ton clocher...

Le prêtre n'insista pas, mais j'avais moi aussi une question à lui poser.

— Ces hommes, tout à l'heure dans la rue. Que disaient-ils et pourquoi couraient-ils ainsi ?

— Il semble qu'il y ait eu une tentative de meurtre ce soir au palais du vizir al-Afdal...

— Une tentative de meurtre ?

— Un des artistes se produisant pour l'*iftar* a tenté de poignarder le vizir lui-même. Alors qu'il jouait de l'*oud*, il a lâché soudainement son instrument pour se lancer sur lui, poignard en main.

Mon sang se figea aussitôt dans mes veines.

— Un musicien jouant de l'*oud* a tenté d'assassiner le vizir ?

— Probablement un de ces Nizarites. Il faisait partie des artistes engagés. Mais il a manqué son coup. Comme le vizir est constamment sous la surveillance de nombreux gardes, d'après les crieurs de rue, ils ont pu neutraliser cet *hassanjin*. Al-Afdal est indemne.

— *Hassanjin ?* C'est donc ce mot que criaient ces hommes. Qu'est que cela signifie ?

— Chez les musulmans, un *djinn* est un esprit malfaisant. On peut donc le traduire par « esprit malfaisant de Hassan ».

Devant ma mine circonspecte, le prêtre s'expliqua davantage :

— Depuis quelques années, de jeunes hommes fanatisés sèment la terreur un peu partout en Égypte, en Perse et en Syrie en commettant des attentats ciblés contre certains puissants. Ils sont dirigés par un érudit nommé Hassan ibn al-Sabbah. On appelle ces hommes *Hassanjin*.

Je restai bouche bée. Ce musicien tueur, me dis-je terrifié, c'est Shapour ! Le compagnon d'Abbas. Qui d'autre que lui serait capable de passer ainsi de la musique au poignard ? Je l'avais vu à l'œuvre à Melita. Ce ne pouvait pas être une coïncidence...

— Qu'est-il advenu de cet homme ? Les gardes l'ont-ils tué ?

— Non, il a été capturé vivant. Tu peux faire confiance au vizir pour lui réserver son meilleur traitement. S'il a des complices, ils seront vite attrapés et châtiés eux aussi.

Mon cerveau était en ébullition. Qu'était-il advenu d'Abbas ? Avait-il été arrêté lui aussi ? Et Théodose, qui avait loué la felouque avec ces deux hommes ? N'était-il pas en danger, ainsi que Girgis qui hébergeait le Byzantin chez lui ? *Je dois les prévenir sans tarder*, me dis-je en me tournant vers le prêtre.

— Merci pour ton hospitalité. Finalement, je ne vais pas pouvoir dormir ici.

Je me levai précipitamment sous les yeux ahuris du clerc, en jetant un dernier regard complice à sainte Barbara qui me souriait toujours avec malice. Je me précipitai vers le lourd portail en bois. Un instant plus tard, j'étais dehors, seul, dans la nuit cairote…

Je fonçai en direction du Nil, longeai le port et poursuivis vers le domicile de l'antiquaire en espérant ne pas arriver trop tard. J'imaginais déjà les soldats fatimides cerner la maison et capturer nos hôtes… Le calme le plus profond régnait aux alentours de la propriété du Copte quand je l'atteignis. Comme la veille, un mince croissant de lune se reflétait dans les eaux millénaires. N'y prêtant plus aucune attention, je me mis en quête du maître de maison afin de l'alerter au plus vite. Un peu plus tard, le jardinier me fit pénétrer dans la grande pièce où Girgis, suivi de Théodose, me retrouvèrent peu après en tenue de nuit.

Ils m'écoutèrent attentivement leur décrire les évènements de la soirée. Je leur contai aussi la fin de mon périple maltais sans omettre l'épisode sanglant de la grotte où le musicien perse s'était révélé être un tueur aguerri. À l'issue de mon récit, les deux hommes échangèrent des regards où dominait l'inquiétude.

— Tu as bien fait de revenir, murmura l'antiquaire d'un air reconnaissant. Depuis leur accession récente au pouvoir, le vizir al-Afdal et le calife al-Mustali vivent tous deux dans la hantise d'une vengeance de ce Hassan. Si ton joueur d'*oud* est bien un membre de sa secte des Nizarites, il va y avoir une enquête minutieuse. Elle va nécessairement les faire remonter jusqu'à Théodose et nous pourrions être tous deux suspectés de complicité pour tentative d'assassinat.

— Je suis navré de vous avoir mêlés involontairement à cela. Qui est donc ce mystérieux Hassan ?

— C'est une longue histoire. Hassan ibn al-Sabbah est d'origine perse tout comme ton conteur. C'est surtout un érudit, féru de religion et de sciences. Musulman assidu et convaincu, il est très vite devenu un prédicateur à l'aura exceptionnelle.

— Il prône l'islam sunnite des califes de Bagdad ?

— Non. Paradoxalement, Hassan est un ismaélien, qui est une branche du chiisme. Comme tous les ismaéliens, il professe une lecture ésotérique du Coran : il s'agit de trouver le sens caché du texte coranique puis de l'enseigner. C'est donc un courant mystique qui cherche à convertir un maximum de musulmans via une propagande très soigneusement organisée et planifiée. Il s'oppose ainsi au sunnisme du calife de Bagdad et est un fervent partisan d'Ali.

— Alors pourquoi en vouloir à la vie d'un vizir chiite fatimide en Égypte ?

— Cet homme a une ambition politique démesurée. Pour arriver à ses fins, il est d'abord passé maître dans l'art de la manipulation des puissants. Il y a quelques années de cela, après plusieurs voyages, il est venu s'installer ici, au Caire, en 1078, du temps où le calife al-Mustansir, père du calife actuel, y régnait. Il y a longuement étudié la théologie à la mosquée al-Azhar dans la maison de la science qui est le plus grand centre d'études de l'islam. L'étudiant Hassan était appliqué et aussi fin prosélyte. Son ambition de l'époque était d'organiser en Égypte un califat shiite puissant et volontaire, capable d'orchestrer par son entremise la reconquête de la Perse sunnite. Pour cela il sut gagner l'oreille du calife al-Mustansir et de son fils aîné Nizar. Il espérait, lorsque ce dernier prendrait la succession de son père, qu'il pourrait s'appuyer sur un calife *sous emprise* pour assurer sa domination.

— C'est un fin stratège.

— Trop stratège au goût de certains. Le vizir égyptien de l'époque, Badr al-Djamali, lui-même père du vizir actuel al-Afdal n'était pas dupe de l'ambition d'Hassan et de l'influence qu'il tissait peu à peu autour du calife et de son fils Nizar. Il devait donc l'éloigner au plus vite.

— Ce Hassan ne vit donc plus en Égypte ?

— Non. Badr al-Djamali l'a subtilement contraint à l'exil.

— Qu'est-il devenu ?

— Cet homme a alors changé ses plans. Plutôt que d'opérer à partir d'un pays existant, il a su créer son propre état pour assouvir ses ambitions en s'entourant de ses nombreux partisans.

— C'est incroyable !

— Son premier lieu de refuge fut le bon. Il y a cinq ans, il s'est installé avec ses fidèles dans la forteresse d'un massif montagneux qui surplombe la mer Caspienne. L'endroit lui convenant parfaitement, il a fait en sorte de faire désavouer le maître des lieux par ses propres sujets, puis de lui racheter habilement le site pour une bouchée de pain. À partir de ce château imprenable nommé Alamut, il a fortifié son organisation construite principalement sur la duperie et l'aveuglement de ses partisans à son égard. Il a ainsi fondé, au nez et à la barbe des souverains voisins, le premier état ismaélien indépendant. On le surnomme désormais « le vieux de la montagne ».

— Pourquoi les appelle-ton aussi les Nizarites ?

— Nizar est le fils aîné du calife. Selon les vœux de son père, il aurait donc dû devenir calife et iman d'Égypte après sa mort. Nizar a le soutien d'Hassan depuis Alamut et le considère comme seul iman chiite et calife fatimide légitime, d'où le surnom de Nizarite.

— Nizar n'est donc pas devenu calife ?

— Non. Tout s'est accéléré à partir de la fin de l'année dernière, avec les décès successifs du vizir al-Jamali et du calife al-Mustansir.

Le vizir est mort le premier. Son fils al-Afdal lui a donc logiquement succédé. Lorsque le vieux calife est mort à son tour, le nouveau vizir a su imposer le fils cadet, al-Mustali comme calife, faisant de l'aîné, Nizar, son ennemi à vie.

— Comment a-t-il fait pour détourner le choix initial de la succession ?

— Al-Afdal a justifié cette nomination en prétendant que le calife avait changé d'avis peu avant sa mort. Il aurait présenté comme argument le témoignage de la sœur du calife.

— Comment Nizar a-t-il réagi ?

— Nizar s'est aussitôt réfugié à Alexandrie où, avec l'aide du gouverneur local, il a pris les armes contre al-Afdal. Ce dernier est venu alors assiéger Alexandrie avec ses soldats. La ville s'est rendue peu de temps après et son gouverneur a été condamné à mort et exécuté. Nizar, lui, a été fait prisonnier et amené au Caire, où son frère cadet, le nouveau calife, l'a fait immédiatement emmurer. C'est dans ce contexte tendu que s'est produit l'attentat d'hier ciblant le nouveau vizir.

— Shapour le musicien serait donc un tueur fanatisé à la solde d'Hassan ?

— C'est fort probable. Depuis son château-refuge d'Alamut, faute d'une véritable armée, « le vieux de la montagne » s'est lancé dans la formation de recrues qu'il mystifie pour mener à bien des missions d'espionnage et d'assassinat d'ennemis importants. On appelle ces jeunes hommes des *fedayin* ce qui signifie chez nous « prêt à se sacrifier ».

— C'est un scénario diabolique !

— Il porte la marque de cette secte. Ces *fedayin* sont repérés puis formés et fanatisés à Alamut, ils se fondent ensuite dans la nature en reprenant souvent leur vie d'avant. Ils se font oublier et passent à l'acte au moment où personne ne s'y attend, de préférence dans des évènements publics afin de frapper l'attention des foules et de terroriser leurs ennemis potentiels. Crois-moi, c'est beaucoup plus efficace que n'importe quelle armée.

— Penses-tu que le conteur Abbas soit le complice de cette folie ?

— Je ne sais pas. Il ne semble pas avoir participé directement à l'attentat. Il est possible qu'il ait été manipulé lui-même par le tueur pour pouvoir approcher le vizir. De toute façon nous n'allons pas tarder à être fixés.

— Que comptes-tu faire ?

— Dès demain, nous nous rendrons à al-Qahira avec Théodose. Nous avons été en contact avec ces deux hommes. Nous devons témoigner sans attendre et dire au pouvoir fatimide ce que nous savons sur eux.

— Ne serait-il pas plus sage d'attendre et d'observer ce qui se passe ?

— Tu ne connais pas les Fatimides. Si nous n'allons pas les voir dès demain, ils remonteront jusqu'à nous rapidement, et là nous ne serons plus considérés comme simples témoins mais comme complices possibles de cette secte.

— N'est-ce pas risqué de s'exposer ainsi ?

— Le véritable risque serait de ne rien faire. Je suis un fournisseur loyal du pouvoir depuis de nombreuses années.

L'intendant du calife lui-même m'achète des soieries et des pierreries qui décorent leurs somptueux palais. C'est Théodose qui me fournit chaque année ces articles dont les souverains raffolent. C'est cela qu'il achemine depuis Constantinople. Ils ont confiance en moi et je dois jouer là-dessus avant que la suspicion ne s'installe.

— Dans ce cas, je viens avec vous. Moi aussi j'ai été en contact avec ces deux hommes. Je pourrai vous aider à vous disculper en tant que témoin.

— Je ne sais pas si on y a intérêt.

Il fit une pause, se concertant un instant du regard avec Théodose.

— Tu peux nous accompagner... mais on ne fera appel à ton témoignage qu'en cas de nécessité. Je te présenterai comme mon nouvel adjoint. Cela prendra ainsi l'allure d'un banal entretien où un fournisseur fidèle dispose d'informations à partager avec son prestigieux client...

Un peu plus tard, je me retrouvai seul dans la même chambre que la nuit passée. Je m'étais brûlé les ailes, la veille, ici même avec Esther. Je m'en voulais depuis pour ma faiblesse et j'étais bien décidé à tourner cette page. Malgré cela, impossible de fermer l'œil. Je pensais à Abbas. Quel était son rôle dans cet attentat ? Était-il lui-même complice ? Je ne l'avais pas dit à mon hôte, mais ces deux-là étaient proches, intimes même... Le conteur devait donc vraisemblablement connaître le projet de son compagnon. Ne m'avait-il d'ailleurs pas déclaré au sujet de Shapour qu'il avait vécu des choses étonnantes ? Faisait-il allusion à son endoctrinement chez ce Hassan ? Me tournant dans mon lit, je me remémorai les derniers instants devant la grotte, à Melita, au moment où Badis et ses gardes avaient fait irruption sur la plate-forme rocheuse. Un détail me revint aussitôt à l'esprit : Shapour avait clairement attendu l'approbation d'Abbas avant de se ruer sur nos agresseurs.

Comme s'il était à ses ordres ! Peut-être n'était-il que son bras armé ? Je frissonnai dans mon lit. J'avais sans doute trouvé la réponse à ma question : non seulement, Abbas connaissait les étranges compétences de son ami, mais il en était lui-même le donneur d'ordre. Le cerveau de cette opération ciblant le vizir al-Afdal, c'était Abbas le conteur...

Voilà qui pouvait sans doute décider de la vie ou de la mort de cet homme...

Chapitre 27
Al-Qahira

Dès le lendemain, Théodose, Girgis et moi-même enfourchâmes trois mulets qui devaient nous conduire sans tarder jusqu'à la capitale fatimide. Abandonnant très vite Fustat la cosmopolite et son agitation, nous atteignîmes de vastes étendues désolées où l'habitat se faisait moins dense et plus pauvre. Nous traversâmes tour à tour les quartiers al-Askar et al-Quatai, symboles de dynasties arabes révolues, où ne subsistaient que de pauvres gens, vivant chichement à l'ombre de palais désuets et de mosquées centenaires.

Après avoir longé les pentes ouest de la colline de la Muqatam, nous atteignîmes les remparts cerclant la nouvelle capitale. Girgis m'expliqua qu'il y avait là désormais une double-enceinte. L'ancien vizir Badr al-Jamali avait orchestré l'élargissement et la construction d'un seconde muraille qui englobait désormais les bâtiments les plus récents comme la mosquée al-Hakim. On apercevait des tours en saillie qui alternaient avec des portes monumentales en pierre aux noms évocateurs : Bab al-Tawfiq, « la porte du Succès », Bab al-Futuh, « la porte de la Conquête », ou encore Bab Zuwayla, du nom d'une tribu nord-africaine dont certains membres avaient intégré l'armée fatimide. Tout du long, l'enceinte présentait un appareil défensif conséquent tel que des mâchicoulis, des entrées coudées, ou des ouvertures ingénieusement orientées vers le sol.

À certains endroits, ces murs présentaient un aspect

hétéroclite déroutant. Des blocs de pierre ou de marbre alternaient avec la brique et l'on distinguait aussi des morceaux de colonnes assemblés en boutisse. Devant mon étonnement, Girgis m'expliqua qu'on retrouvait là des bouts de monuments antiques que les constructeurs arabes avaient arrachés aux glorieux temples polythéistes du passé pour lesquels ils n'avaient pas toujours une grande déférence.

Nous pressâmes le pas en direction de la porte sud, Bab Zuwayla, ceinte de tours semi-circulaires oblongues.

— On croirait un porche byzantin, s'exclama Théodose, impressionné par les dimensions colossales de l'entrée sud.

— Tu ne crois pas si bien dire, lui répondit Girgis. Cette porte fait partie de l'enceinte construite par le précédent vizir qui était d'origine arménienne. Il a mené de grandes batailles au nord des territoires fatimides et c'est à la suite de ses succès et à la demande du calife qu'il est arrivé avec ses troupes syriennes en Égypte. Le pouvoir califal d'al-Mustansir était alors en pleine érosion et, une fois nommé vizir, il est vite devenu le véritable maître du pays. Il a amené avec lui des ingénieurs et des tailleurs de pierre originaires d'Édesse ou d'Antioche à qui l'on doit une partie de ces remparts et de leurs défenses.

L'accès à la cité était barré par de nombreux soldats nerveux, échaudés par l'attentat de la veille. Tous les visiteurs étaient minutieusement contrôlés et fouillés. Nous nous présentâmes sans appréhension à la suite de Girgis, bien connu de l'officier de faction. Après une fouille en règle, nous pénétrâmes sans encombre dans la ville et empruntâmes l'artère principale en direction du quartier des palais. De part et d'autre de cette large voie s'étendait une vaste zone militaire où se tenaient des casernes et leurs baraquements. À perte de vue, des hommes d'armes, cavaliers et piétons, s'entraînaient à tous les types d'exercices. Dans d'immenses écuries attenantes, on percevait le piaffement de centaines de chevaux. Un détachement attira mon attention. Il était composé exclusivement d'hommes de race noire.

— Ce sont des Nubiens me précisa Girgis. L'armée fatimide est composée de différentes factions. On y trouve des Berbères, des Turcs ou encore ces guerriers noirs. Ils obéissent tous au doigt et à l'œil à leur chef unique, le vizir al-Afdal.

— Le vizir a donc plus de pouvoir que le calife ?

— Le calife n'a plus chez nous qu'un rôle de figure de proue. On cite toujours son nom, al-Mustali, lors du sermon de la prière du vendredi, mais en réalité, ici, c'est le vizir qui commande. L'ancien vizir al-Jamali avait su redresser un pays rendu exsangue par la famine, conséquence de la sécheresse prolongée du Nil. Al-Afdal, son fils, a pris le relais et incarne désormais le pouvoir.

La ville se fit plus dense et les habitations de plus en plus cossues au fur et à mesure que nous approchions du centre. Il nous fallut abandonner nos montures et à nouveau montrer patte blanche pour investir l'impressionnant quartier des palais et une grande place nommée Bain al-qasrayn[1], si vaste qu'elle pouvait contenir au moins dix mille âmes. Deux constructions monumentales s'y faisaient face : le grand palais, demeure officielle du calife, qui jouxtait un autre, à peine plus petit, qu'un ancien souverain avait fait construire pour sa fille aînée. Chacun était complété par de multiples pavillons et leurs jardins, où devaient se tenir des cérémonies et des processions de cour. Un peu plus loin se trouvait le palais du vizir dont des nuées d'artisans achevaient la construction. J'admirai l'ensemble.

— Le plus grand d'entre eux est si imposant qu'il pourrait

1. Littéralement : « place entre les deux palais ».

contenir quatre fois le château de mon oncle Raymond de Toulouse, m'écriai-je.

— Ici bat le cœur du pouvoir fatimide, me répondit Girgis amusé. Comme tu peux le constater, les mosquées comme al-Azhar ou al-Akim ne sont pas au centre du complexe et c'est volontaire. La religion est une des composantes du pouvoir fatimide mais elle n'en est pas l'unique. Regarde les gens qui déambulent : tu y croiseras des fonctionnaires, des militaires, des professeurs ou des ouvriers : ils sont d'origine arabe ou berbère, mais tu y verras aussi des Coptes, des Juifs, des Nubiens ou encore des Arméniens qui travaillent tous ici pour le pouvoir en place. Le vieux vizir al-Jamali, lui-même ancien esclave, a su encourager cette mosaïque et fédérer ces peuples qui vivent ainsi en bonne intelligence. Al-Afdal poursuit aujourd'hui avec succès la politique de son père. Tout comme son aîné, il est craint et respecté. Personne ici ne souhaite le voir tomber sous les coups des *Hassanjins* envoyés par « le vieux de la montagne » pour se venger de l'incarcération de Nizar.

Nous pénétrâmes dans un des bâtiments annexes du grand palais où Girgis se mit en quête de l'intendant du calife. L'homme le reçut rapidement et Girgis lui exposa succinctement l'objet de notre visite. L'intendant prit congé très vite et nous laissa patienter dans une sorte d'antichambre où nous pûmes admirer d'étonnants motifs finement sculptés dans de nombreuses boiseries à même les murs. Je fus sidéré par l'étalage de luxe. Chaque pièce visible était ornée de marbre, de céramiques, de somptueuses soieries et d'objets précieux en tout genre.

Trois gardes armés se présentèrent un peu plus tard. Girgis jeta un coup d'œil interrogateur vers l'intendant.

— Tu as bien fait de venir me trouver. Ces hommes vont vous conduire auprès du chef de la sécurité du vizir. Il désire prendre votre déposition lui-même.

Encadrés par les soldats, nous traversâmes la place pour gagner le palais du vizir où, après avoir suivi un dédale de couloirs et d'escaliers s'enfonçant au plus profond, on nous fit entrer dans une pièce sombre et nue à l'abri des regards. Au terme d'une longue attente, un homme se présenta. Mince, au visage anodin et sans aucune expression, il était muni de petites fiches sur lesquelles on apercevait des annotations.

— Ainsi vous avez des informations à me communiquer ?

L'homme, curieusement, s'était exprimé directement en grec. Devant notre air surpris, il se justifia aussitôt.

— Il semble que cela soit la seule langue que nous ayons tous ici en commun.

Girgis semblait étonné.

— Comment peux-tu le savoir ? Nous n'avons encore rien dit.

— Mon travail est de tout savoir... Tu vois ces fiches, elles disent que tu es copte, que tu habites une maison confortable au bord du Nil et que tu y vis seul avec deux domestiques. Elles disent aussi que tu négliges ton commerce depuis que tu es veuf...

Girgis était devenu blême mais il garda son sang-froid. Il réexpliqua sommairement la raison de notre venue : nous avions été en contact avec l'homme qui avait sans doute commis l'attentat de la veille et nous souhaitions collaborer. Le fonctionnaire l'arrêta d'un geste.

— Il n'y a qu'une seule chose qui me préoccupe vous concernant.

— Quelle chose ? répondit Girgis, un peu surpris.

— Comment savez-vous que l'homme que vous dites avoir côtoyé est un *fedayin* ?

La question était tombée aussi tranchante qu'un couperet. L'homme nous fixait désormais silencieusement de son visage émacié et scrutait attentivement la moindre de nos réactions. Nous échangeâmes des regards étonnés. Ce simple partage d'informations prenait l'allure d'un interrogatoire en règle. Devant notre mutisme, il poursuivit sur un ton glacial.

– Nous allons vous interroger séparément. Je suis sûr qu'individuellement vous serez plus à l'aise pour me répondre.

– C'est que…

Girgis n'eut pas le temps de finir sa phrase. Sur un signe de l'homme, les gardes s'étaient saisis de Girgis et de Théodose et je restai seul. Décontenancé par la tournure que prenaient les évènements, je tentai de rester serein. Comment cet homme pouvait-il savoir que je ne parlais pas l'arabe ? Seuls Shapour ou Abbas pouvaient le lui avoir appris. Ils avaient donc bien été interrogés et ils m'avaient vraisemblablement évoqué.

Au bout d'une éternité, l'homme au visage émacié pénétra à nouveau dans la pièce. Méthodiquement, il déplia un morceau d'étoffe qu'il installa sur la terre battue du sol avant de s'y asseoir en tailleur, tandis que je restais debout.

– Je t'écoute.

Il était d'un calme froid. Celui qui vous glace le sang. En aucun cas je ne souhaitais jouer au plus malin avec cet homme.

– J'ai rencontré ce Shapour à Melita. Il était musicien et se produisait devant l'émir de l'île. Alors que nous nous apprêtions à quitter l'archipel, il a poignardé sous mes yeux trois hommes armés qui en voulaient à nos vies. Il a montré l'agilité d'un tueur aguerri. Lors de notre voyage jusqu'à Fustat, j'ai su qu'il devait se produire à la cour du vizir pendant le mois de ramadan. Quand j'ai appris hier soir la tentative d'assassinat, j'ai tout de suite pensé que ce pouvait être lui.

Le fonctionnaire me fixa intensément de ses petits yeux

sombres.

— Parle-moi maintenant de l'autre homme. Celui qui l'accompagnait.

J'avalai ma salive. On arrivait au moment que je redoutais.

— C'est un conteur originaire de Perse. Il fait équipe avec le musicien. Ils se produisent de palais en palais. Il était également sur le bateau qui nous a conduits à Fustat.

— Savait-il que son compagnon était un tueur entraîné et qu'il projetait un attentat contre le vizir ?

— Je ne sais pas. Je me suis posé la question quand j'ai appris l'attentat. Rien dans son attitude ne le laissait présupposer.

— Vous n'avez donc pas évoqué ce sujet lors du voyage ?

— Non, à aucun moment.

— Tu vois un musicien inoffensif assassiner trois combattants sous tes yeux et tu ne leur demandes pas d'explications ?

— Le conteur avait payé le voyage pour moi. Je ne souhaitais pas l'embarrasser avec ce genre de question...

— Pourquoi le protèges-tu ? Tu sais bien qu'ils sont complices. Ce sont tous les deux des *fedayin*.

— Non, je ne dispose pas d'éléments permettant de l'affirmer.

L'homme se leva soudainement.

— Suis-moi, je vais te montrer quelque chose.

Nous empruntâmes un couloir sombre qui débouchait un peu plus loin sur une sorte de cour intérieure. En levant les yeux on apercevait le ciel à travers une grille de fer.

— Jette un œil dans la cour.

J'aurais préféré ne pas regarder. Abbas se tenait là, debout, mais il semblait appuyé contre une sorte de planche. Il était nu et son corps complétement tuméfié avait pris une étrange couleur bleutée. Quatre taches écarlates retinrent toute mon attention. En regardant mieux, j'eus un haut-le-cœur : il avait été atrocement cloué sur la planche par les paumes et les pieds. Sa tête anormalement boursouflée retombait sur le côté. Sur un geste de l'homme émacié, un soldat se saisit d'un seau d'eau et jeta son contenu à la tête du supplicié. Je manquai de défaillir, lorsqu'il leva les yeux dans ma direction et qu'il m'aperçut. Il était vivant.

— Je vais te poser la question une dernière fois. Réfléchis bien avant de me répondre... Cet homme savait-il que son compagnon était un tueur aguerri et qu'il projetait d'assassiner le vizir ?

Mon regard ne pouvait se détacher de celui d'Abbas. Hier au soir, sa culpabilité et sa complicité me paraissaient évidentes. Mais qu'en savais-je? Il pouvait tout à fait connaître les prédispositions de son ami pour le combat sans pour autant savoir qu'il projetait d'assassiner le vizir.

— Non, je ne dispose d'aucun élément permettant d'affirmer qu'il était complice. J'ai côtoyé cet homme pendant mon voyage depuis Melita et je puis t'affirmer ici qu'il est loyal. Il m'a guidé lorsque j'étais perdu. Il m'a aidé dans l'adversité. C'est quelqu'un de bien. Pour moi, il est innocent. Il a dû se faire manipuler par le musicien.

Abbas me regardait. Son visage s'était apaisé. Il murmura une phrase que je ne compris pas. Trois mots résonnèrent aussitôt dans ma tête : *cela aussi passera...*

Il poussa alors une sorte de profond soupir et sa tête retomba sur le côté ... L'homme émacié s'approcha du malheureux conteur.

— Il est mort... Il emporte sans doute son secret avec lui... Viens ! j'ai à te parler.

De retour dans la petite pièce, je tremblais de tous mes membres. J'étais ému aux larmes. Je regardai l'homme qui continuait à me fixer froidement, insensible à ce qu'il venait de se passer.

— La mort est mon métier... avança-t-il, comme pour se justifier. Il nous a confié beaucoup de choses avant de mourir...

Bouleversé, je tentai de reprendre mes esprits.

— Tu veux savoir ?

Je ne répondis pas et il continua.

— Il a aussi déclaré avoir été manipulé par ce Shapour. Il savait que c'était un ancien *fedayin*, mais il pensait à tort l'avoir sorti de l'influence de ce Hassan ibn Sabbah, Dieu le maudisse. Tu veux connaître toute l'histoire ?

— Je t'écoute.

— Sache d'abord que ces deux-là se connaissaient depuis longtemps. Mais un jour, le jeune musicien est tombé sous le charme de ce maudit prédicateur venu de Perse et il s'est fait enrôler par sa secte. Il a passé près de deux ans à Alamut, où Hassan et ses adeptes lui ont nettoyé le cerveau avec leurs théories. Ils l'ont aussi initié à la pratique des armes et du combat. Ils ont fait de lui un *fedayin*, prêt à se sacrifier pour servir leurs seuls intérêts. Il y a environ huit mois, ils l'ont relâché dans la nature avec la mission de renouer avec cet Abbas, car seul un artiste reconnu pouvait lui faire approcher les souverains. Il ne devait rien cacher au conteur de ce qui s'était passé à Alamut. Il devait jouer au contraire la carte du repentir. Faire comme s'il s'était enfui de la secte, comme s'il essayait de leur échapper. Ce plan diabolique a parfaitement fonctionné. Pensant le sauver, ton ami Abbas l'a pris sous son aile et ils ont fait route ensemble loin de la Syrie et de la Perse pendant environ six mois... le temps de gagner complétement la confiance du conteur et d'effacer en lui toute méfiance.

— Comment la secte pouvait-elle savoir qu'Abbas allait se produire à al-Qahira ?

— Il était déjà venu ici à de nombreuses reprises avec un

autre musicien. Les Nizarites, que Dieu efface leurs traces, savaient que cela allait nécessairement se reproduire. Leur envoyé était programmé pour frapper lors de cette unique occasion. La patience est la meilleure arme de ces fanatiques. Allah, dans sa grande mansuétude, a fait en sorte qu'ils manquent leur coup.

J'étais terrifié par cette histoire mais je respirais mieux. Au moins je n'étais plus suspecté de complicité.

— Pourquoi l'avoir torturé de la sorte si tu savais qu'il était innocent ?

— Nous n'en n'étions pas certains. Mais après la séance qu'il a subie, il ne pouvait dire que la vérité. Tu es arrivé à point pour nous le confirmer.

— c'est atroce, il a dû souffrir énormément.

— Il a payé sa faute. Il s'est laissé abuser par ce *fedayin.* Le Très-Haut a choisi de le faire mourir. De toute façon, même innocent, ton ami était trop impliqué pour en réchapper.

— Comment ce musicien a-t-il pu être fanatisé à ce point ?

— « Le vieux de la montagne » choisit ses recrues avec soin : il prend des jeunes gens en quête d'absolu ou de gloire et leur vend à tous un rêve fabuleux. Il les persuade que leur futur sacrifice est un raccourci vers le paradis en poussant à leur paroxysme les techniques de la manipulation mentale. Il leur fait aussi absorber une drogue avant de passer à l'acte pour annihiler chez eux toute peur de mourir. Il a également incité ce Shapour à séduire ton conteur, ce qui démontre toute la perversité dont ils font preuve. Le plus terrible est que ce Hassan prône une pratique extrême de l'islam en interdisant lui-même à Alamut, la moindre déviance, le moindre instrument de musique et la moindre goutte d'alcool. On dit qu'il a fait ainsi décapiter son propre fils surpris en état d'ébriété. Ce vieux démon fait régner la terreur à l'intérieur de ses propres murs comme au-dehors.

— Vous venez aussi de torturer à mort un innocent...

— Notre rôle est de défendre le pouvoir fatimide contre ses ennemis, quoi qu'il en coûte. Si cela peut te rasséréner, avant de mourir, il nous a parlé de toi. Je connais maintenant ton histoire et je sais qui tu es. Que viens-tu donc faire en Égypte et pourquoi n'es-tu pas encore rentré chez toi ?

— Je suis moine novice, copiste et traducteur. Je viens apprendre votre langue et je m'intéresse aussi aux manuscrits anciens.

Il me fixa longuement.

—Ton profil m'intéresse. Nous cherchons des hommes tels que toi pour établir des contacts avec des dignitaires francs. Tu sembles cultivé et aimer les voyages....

Je considérai l'homme, abasourdi par sa proposition.

— Ne me réponds pas tout de suite. Prends tout ton temps. Apprends notre langue et profite d'abord de notre beau pays. Je sais que tu vas travailler pour ce Copte, Girgis. Nous nous reverrons donc dans quelque temps...

— Je peux partir ?

— Tu es libre. Tes amis doivent déjà t'attendre devant le palais. Prends ceci en gage de ma confiance et de notre future collaboration.

Sur une feuille de papier, il griffonna une courte note qu'il signa et cacheta avec soin.

— Avec ceci, tu pourras entrer en ville et accéder à la grande bibliothèque du calife. Elle rassemble le fonds documentaire le plus important de ce pays. Il me la tendit, accompagnée d'une petite bourse que je pris à la hâte sans même l'ouvrir, et je filai sans demander mon reste de peur qu'il ne change d'avis ...

Je retrouvai mes amis un peu plus tard et croisai leurs regards lourds de sens...

— Abbas est mort. Je l'ai vu...

Nous prîmes le chemin du retour sans échanger un seul mot, ni savoir ce qu'il était advenu de Shapour.

Sur la place, notre progression fut ralentie par un attroupement qui obstruait une partie de la grande esplanade. Une sorte de parade équestre devait y être donnée car, au travers d'une foule dense, j'aperçus quatre magnifiques chevaux blancs montés par des cavaliers enturbannés et dirigés par un écuyer. Ils évoluaient dans un périmètre gardé par des soldats. De nombreux badauds s'étaient agglutinés là et semblaient comme hypnotisés par le spectacle. Nous nous mêlâmes à la foule pour nous changer les idées et jeter un œil à la représentation. De manière inattendue, là, au centre, un homme était encordé aux bêtes par ses quatre membres de sorte qu'il ne touchait plus le sol.

Théodose aperçut le visage de l'homme le premier.

— Mon Dieu, c'est Shapour… Il est méconnaissable…

Le corps dénudé du musicien n'était plus qu'une immense plaie. Ses parties génitales avaient été arrachées et l'un de ses yeux pendait à l'extérieur de son orbite. Au signal de l'écuyer, les quatre cavaliers piquèrent leurs montures, ce qui tendit horriblement les cordes pour arracher les membres du malheureux qui poussa un cri inhumain. Mais ses muscles tinrent bon et l'écuyer, contrarié, dut à nouveau faire claquer son fouet. Sous l'effet de l'écartèlement, le corps atrocement mutilé se tendit tel un pantin désarticulé mais ne rompit pas. Alors qu'autour de nous la foule s'impatientait, il fallut que l'homme au fouet pratique des entailles profondes aux jointures des muscles pour que finalement les chevaux en viennent à bout à la troisième tentative. Le tronc du malheureux, toujours vivant, tomba à terre sous les regards sidérés des badauds. Comme l'agonie du supplicié s'éternisait, un des soldats dégaina finalement son sabre pour lui couper la tête.

— *Qui vit par l'épée périra par l'épée* [2], murmura Théodose en s'éloignant pour récupérer nos mules.

2. Matthieu, 26-52

Chapitre 28
La grande pyramide

Les jours défilaient. En mémoire du conteur, je remplissais chaque soir, avec application, l'une des pages de mon précieux carnet. J'y consignais combien cette ville m'étonnait, y rapportant ses anecdotes et ses rumeurs. Chaque nuit, après avoir partagé le dîner de Girgis, je contemplais les étoiles au-dessus du Nil dans la fraîcheur vespérale. Au fil des soirs, la lune devint pleine puis diminua progressivement pour finalement disparaître. Lorsque les astronomes du calife observèrent le mince croissant annonçant son nouveau cycle, ils décrétèrent la fin du mois sacré de ramadan. Une fête immense eut alors lieu dans toute la ville. Pendant trois jours, les musulmans de Fustat se rassemblèrent pour prier, se promener dans les jardins du centre, manger le *kahk*[1] et échanger des cadeaux. Je profitai de ces festivités pour quitter définitivement mon bel habit persan et me vêtir à la mode égyptienne. Avec mon premier salaire, je m'offris une robe droite couleur kaki au col évasé, des sandales légères, le tout complété d'un large turban en coton indien. Malgré l'ambiance festive, la mort cruelle d'Abbas m'affectait toujours et, pour chasser les images qui me hantaient encore, je décidai de lui rendre un dernier hommage. Je lavai sa belle tunique émeraude et la plaçai dans un linceul immaculé, acheté pour l'occasion. Le dernier jour des festivités, je gagnai la rive du fleuve à un endroit où elle était bordée par des arbres majestueux. J'y creusai une

1. Gâteau traditionnel égyptien.

petite cavité dans laquelle je déposai la tunique en prenant soin de l'orienter vers l'est. Je ne connaissais pas de prière musulmane mais je récitai tout de même la prière des morts et recouvris le linceul avec la terre noire et fertile du Nil.

Avec Hiba, nous avions mis à profit cette période pour intensifier le travail dans la boutique de notre hôte. Enthousiasmée par sa nouvelle vie, elle s'y montrait particulièrement efficace en proposant avec malice de tout réorganiser en disposant les œuvres par période plutôt que par catégorie. Girgis, tout d'abord sceptique, se prit finalement au jeu et, sous sa direction, elle dépoussiéra puis disposa les œuvres principales de façon à les mettre en avant avec ingéniosité. Le Copte se montra enchanté par le résultat qui donnait à sa boutique beaucoup plus de clarté et de visibilité. Les acheteurs étaient ravis eux aussi et les ventes s'en trouvèrent immédiatement amplifiées. De l'avis même de Théodose, notre irruption subite avait métamorphosé son ami qu'il n'avait pas vu aussi joyeux depuis la disparition de son épouse. Le Byzantin était également un compagnon agréable et jovial qui savait rendre tout travail léger. Malheureusement, dès la fin de l'*Ayd el-Fitr*, le cœur en peine, le négociant dut prendre le chemin du retour. Sur le port, il avait fait affréter une felouque de marchandises indiennes qu'il comptait revendre à bon prix à Constantinople. Il nous promit de revenir dès l'année suivante avec la crue annuelle du grand fleuve.

De mon côté, je m'étais attaqué au répertoriage des innombrables pièces de la boutique et je m'initiais aussi à la réception des visiteurs. Mon travail me plaisait et je constatai avec bonheur que mon implication enchantait Girgis. L'antiquaire me présentait désormais comme son associé plutôt que son employé et, grâce à lui, je m'insérais peu à peu dans ma nouvelle vie en tissant des liens avec les communautés de la ville. Comme un rituel, après chaque journée de travail, mon itinéraire me faisait invariablement passer devant l'église consacrée à sainte Barbara où je ne manquais pas d'aller saluer son prêtre. Après la célébration des vêpres, le clerc me retenait toujours un moment pour discuter et j'en profitais pour jeter un coup d'œil sur la représentation de la jeune fille au sourire mutin. Je la contemplais quelques instants et je repartais le cœur léger...

Mes progrès en arabe eux aussi étaient notables. J'étais désormais capable de déchiffrer certains textes courts et je pouvais converser avec Hiba sans demander à quiconque de me traduire ses propos. Même si, en théorie, tout nous opposait, nous étions elle et moi rapidement devenus complices. Ne lui devais-je pas mon retour en grâce auprès de notre hôte ? Girgis m'avait confié qu'elle avait été heurtée par les déclarations du rabbin lors de son irruption brutale dans la boutique. Elle avait immédiatement plaidé ma cause ce jour-là. C'était elle qui l'avait incité à retourner voir l'érudit afin de clarifier ces déclarations me concernant. Confrontée à Hiba, et en présence des deux hommes, Esther avait reconnu qu'elle s'était offerte à moi ce soir-là et que je ne l'aurais jamais touchée si elle ne m'y avait pas incité. Malgré elle, la jeune femme était tombée amoureuse. Les déclarations faites au rabbin n'avaient donc qu'un seul but : mettre un point final à cette relation naissante en me laissant le mauvais rôle. C'était pour elle, avait-elle reconnu, *la seule façon* d'*étouffer cet amour* et de préparer son retour parmi les siens. À la lumière de sa confession, les deux hommes avaient compris qu'ils m'avaient jugé un peu vite et j'en étais infiniment reconnaissant à Hiba. Nous n'avions, ni elle ni moi, revu les deux sœurs depuis ce triste jour, mais un soir Girgis nous donna de leurs nouvelles. Le rabbin les avait accueillies comme ses propres filles et elles vivaient désormais en famille dans le respect de la tradition juive. Il avait aussi adressé un long message à leurs parents pour les informer qu'elles étaient saines et sauves et leur narrer leur incroyable périple. Il attendait maintenant une réponse afin d'organiser au mieux leur rapatriement mais cela pouvait prendre de longs mois.

Au fil des jours, pourtant, mon humeur joyeuse se faisait aléatoire ; sans pouvoir le définir moi-même, quelque chose me minait. Un soir, alors que nous prenions l'air dans le jardin de notre hôte, interloquée par ma mine sombre, Hiba me questionna :

— Quelque chose te tracasse? Tu sembles contrarié depuis quelque temps. Te plais-tu moins dans ta nouvelle vie?

Face à mon mutisme, elle insista.

— Tu penses encore à Esther? C'est cela.

— Non, tu fais erreur.

— Alors qu'y a-t-il?

— Demain, ce sera l'équinoxe d'automne.

— Qu'est-ce que c'est?

— C'est le moment de l'année où la durée du jour est égale à celle de la nuit.

— Pourquoi cela te rend-il anxieux? Cela arrive fréquemment.

— J'ai donné rendez-vous à mes frères en ce jour précis.

Hiba me regarda, perplexe.

— Un rendez-vous ! Mais comment ? Ils ignorent où tu es.

Son visage s'illumina soudainement.

— J'y suis ! Le message laissé à Nyatou dans la grotte avant notre départ !

— Oui c'est bien cela... Je leur ai indiqué un endroit précis où ils pourraient me retrouver le jour de l'équinoxe. S'ils sont passés par Melita et que ta tante leur a bien donné le parchemin, ils seront certainement présents. S'ils n'ont pas eu le message, ils ne seront pas là. Dans les deux cas cela me rend fébrile.

— Et où donc les as-tu conviés, tes frères ?

— Au pied de la grande pyramide. Elle se trouve là-bas, de l'autre côté du fleuve. J'y serai donc dès demain un peu avant le lever du soleil.

Nyatou me regardait avec bienveillance.

— Me permets-tu de t'accompagner ? Je meurs d'envie de les voir, ces pyramides, et aussi de rencontrer tes amis...

Le lendemain, un peu avant l'aube, quelques pièces glissées dans la main d'un passeur nous firent traverser sans encombre les eaux calmes du Nil. Sur la rive ouest, les habitations étaient rares. Flanqués sur nos deux mules, nous traversâmes des champs irrigués par le fleuve et quelques villages endormis où des coqs malingres s'époumonaient déjà à réveiller tout leur petit monde. Nous pressâmes le pas, guettant avec impatience l'instant où les pyramides apparaîtraient dans notre champ de vision. Nous contournâmes un coteau qui surplombait le dernier village avant le désert et nous gravîmes la dune permettant l'accès à un plateau calcaire. Mon cœur battait la chamade. J'allais enfin les contempler ! Quelle joie aussi de revoir mes frères. Et si jamais Alix les avait accompagnés ? Alix... les trois pyramides... les trois étoiles d'Orion...Non c'était trop beau, je ne pouvais y croire... Le visage de sainte Barbara sur la peinture dans l'église copte... C'était Alix. Elle lui ressemblait tellement... À chacune de mes visites, la jeune femme me souriait d'un air malicieux.

Ce tableau, c'est un signe que le Ciel m'envoie. Il m'annonce une bonne nouvelle. Je ne peux en douter, me dis-je à moi-même.

— Regarde !

Juchée sur sa mule, Hiba m'avait attrapé le bras. Sa

bouche s'était entrouverte sous l'effet de l'émotion. C'est alors qu'elle apparut devant nous.

— Incroyable !

Nous avions retenu notre souffle, pétrifiés par la masse monstrueuse qui s'élevait dans l'obscurité. C'était un monument colossal, inimaginable par sa hauteur qui masquait complètement les étoiles du sud.

— Comment est-ce possible ? murmura-t-elle.

Avais-je déjà observé une construction plus haute et plus massive ? En comparaison, les trois clochers de la nouvelle abbatiale de Cluny, fierté absolue de la chrétienté, me semblaient bien dérisoires. Nous nous frayâmes difficilement un chemin jusqu'au pied de l'édifice. Son socle originel était enseveli sous le sable duquel émergeaient de nombreux gravats rendant notre progression difficile.

— Il y en a une autre, s'exclama Hiba en atteignant l'angle nord-ouest. Regarde ! On dirait des vaisseaux qui voguent dans le désert et qui progressent à travers les dunes.

— Il y en a même une troisième dans l'axe de la deuxième. Celle-là est de taille plus modeste mais tout autant remarquable.

Malgré leur volume, j'étais sidéré par la netteté qui se dégageait de l'ensemble. Leurs arêtes vives s'élançaient vers le ciel obscur, traçant des lignes droites parfaites dans une inclinaison admirable. Les angles étonnamment droits faisaient de leur base un carré parfait. Je savais par mon maître que chacune des faces était parfaitement alignée avec les quatre points cardinaux, ce qui, vu leur longueur, constituait un exploit architectural.

L'endroit était toujours désert quand les premières lueurs rouge orangé de l'aube apparurent. Nous longeâmes la face ouest de l'édifice, et c'est en contemplant la deuxième pyramide que je perçus un détail important.

— Regarde, contrairement à ce qu'on pourrait penser, ce

ne sont pas de simples constructions indépendantes. Elles forment un tout harmonieux : elles sont reliées entre elles.

— Je vois bien qu'elles sont similaires mais comment vois-tu qu'elles sont reliées ?

— Leurs diagonales sont parfaitement alignées.

— Pourquoi les bâtisseurs auraient-il pris le soin de corréler ces pyramides entre elles ?

— Selon la théorie de mon maître Odon, elles sont la réplique terrestre des trois étoiles d'Orion. Comme cette admirable triade qui forme le centre de cette constellation, elles sont équidistantes et alignées. La troisième pyramide est plus modeste car la troisième étoile a un éclat un peu moins fort et son architecte a donc conçu une pyramide moins massive. Mon maître pensait que ces monuments avaient dû être construits par des savants très au fait de l'observation des astres.

Devant la mine ébahie de mon amie, j'esquissai un sourire.

— Viens ! Allons admirer le lever du soleil. Je voudrais vérifier autre chose.

J'entraînai Hiba vers la deuxième pyramide, dans la fraîcheur du petit matin, et nous descendîmes en direction du levant. Nous survînmes alors à proximité d'une incroyable sculpture dont la tête, les épaules et le dos émergeaient du sable.

— Qu'est-ce que c'est? On dirait une sorte de dieu gigantesque.

— C'est vraisemblablement le gardien de ces lieux.

— Cela évoque une tête d'homme ou de femme sur un corps de félin.

— Les anciens grecs appelaient ces créatures des sphinx. Dommage que sa base soit enfouie sous le sable. Ce personnage semble être couché à la façon d'un chat ou d'un chien lorsqu'ils sont au sol avec les pattes avant parallèles et allongées.

— Que veux-tu vérifier ici ?

— Suis-moi, il faut se placer derrière le monument pour cela.

Nous revînmes sur nos pas et nous positionnâmes derrière le sphinx afin d'avoir la tête de la statue au niveau de la ligne d'horizon et dans notre axe de vision. Devant l'air incrédule d'Hiba, je m'expliquai :

— Deux fois par an, lorsque survient le jour de l'équinoxe, quel que soit l'endroit où l'on se trouve sur la terre, le soleil se lève exactement à l'est pour se coucher précisément à l'ouest douze heures plus tard. C'est grâce à cette loi astronomique que les bâtisseurs d'églises orientent leur clocher dans la bonne direction, à l'aide d'un gnomon.

— Un gnomon ?

— C'est une sorte de long bâton qu'on plante dans le sol. En suivant son ombre tout au long d'un jour d'équinoxe et en plaçant des repères, on détermine une ligne qui va exactement d'est en ouest. Cela doit être la méthode qu'ils ont utilisée ici pour orienter précisément ces trois pyramides.

La lumière du jour nouveau se fit soudain plus intense. Le disque solaire venait d'apparaître sur la ligne d'horizon, projetant dans le ciel des reflets irisés.

— Regarde Hiba. C'est incroyable !

Devant nous le soleil naissant était complètement masqué par la tête du sphinx. L'étrange créature semblait avoir revêtu une couronne d'or et irradiait de mille feux.

— Les constructeurs ont orienté sa tête pile à l'est. Cette créature fixe le soleil équinoxial.

— Pourquoi ont-ils fait cela ?

— Chez les anciens Égyptiens, le soleil était élevé au rang de divinité à travers un culte particulier. L'orientation de ce sphinx n'est donc pas due au hasard.

Les bâtisseurs savaient ce qu'était un équinoxe et ils savaient parfaitement le mettre à profit... Girgis pourra certainement nous en dire plus à leur sujet...

Nous admirâmes le lever du soleil sur ce plateau irréel. Derrière nous, les parements calcaires qui recouvraient les trois pyramides avaient pris une teinte chaude et orangée. J'aurais voulu que ce moment dure une éternité. Pour la première fois depuis mon arrivée, j'étais heureux. Je marchais sur les traces d'Odon et je réalisais mon rêve de voyageur. À mes côtés, complice, Hiba aussi semblait radieuse et partageait mon enthousiasme.

« Suis-moi, on va tenter de gravir la plus massive de ces pyramides avant qu'il ne fasse trop chaud. »

Un peu plus tard nous nous retrouvâmes au pied de sa face nord, baignée par la clarté de l'aube. Levant la tête vers le sommet, perplexes, nous apercevions désormais nettement son extrémité éclairée par le soleil naissant. Comment escalader un tel monument ? Il devait culminer à plus de cinq cents pieds romains [2] et comporter quelques deux cents assises de maçonnerie. La plupart d'entre elles étaient recouvertes de blocs de parement parfaitement lisses qui, vus d'en bas, rendaient toute montée impossible. Seules les assises inférieures étaient praticables. Leurs parements avaient dû être arrachés au cours des siècles par les populations environnantes. Certains d'entre eux, brisés en plusieurs morceaux, gisaient lamentablement au pied du monument. Cela donnait à la pyramide un aspect « en escalier » sur sa base inférieure, et la possibilité de la gravir partiellement.

« Allons-y ! m'écriai-je en passant ma besace autour de mon cou. »

Dès le début de notre ascension, les assises se révélèrent être de hauteur inégale. Si la plupart nous

2. Environ 150 mètres

arrivaient en dessous de la taille, d'autres se situaient à niveau de poitrine, rendant notre progression éreintante. Un autre danger se profila vite. Un vide vertigineux s'ouvrait derrière nous au fur et à mesure que nous grimpions. Le moindre faux pas risquait de nous précipiter mortellement en contrebas. Malgré le danger, Hiba me suivait courageusement. Comme il n'y avait personne en vue et afin d'escalader les blocs plus aisément, elle avait noué sa robe autour de sa taille et ôté son voile, aussi insouciante que si j'avais été son mari ou son frère.

Quand nous parvînmes au niveau de la dix-huitième assise, nos genoux et nos mains étaient en sang. Une autre bizarrerie éveilla mon attention. On aurait pu s'attendre à ce que les constructeurs aient diminué progressivement la taille des blocs au fur et à mesure de leur assemblage vers le sommet. Si cette règle semblait s'appliquer sur les premiers niveaux, étonnamment, à partir du dix-huitième degré, les pierres devenaient à nouveau plus volumineuses et plus hautes, avoisinant les trois pieds romains[3].

— Comment ces bâtisseurs ont-ils pu hisser de telles pierres ? s'exclama Hiba, essoufflée par l'ascension.

Le vent cinglant du petit matin lui répondit. Je levai la tête vers le sommet et réalisai que nous avions à peine gravi un dixième de la hauteur totale...

— Ces ouvriers devaient avoir une agilité d'acrobate et être aussi forts que des ours...

Nous étions entourés de milliers de blocs massifs qui, tous, semblaient défier le vide. Le plus léger devait peser le poids d'un charriot. Continuant notre ascension vertigineuse, nous parvînmes difficilement à atteindre la trentième assise. Au-delà, les blocs de parement étaient toujours en place et nous empêchaient de grimper plus haut. Ces pierres de finition étaient lisses comme des

3. Quatre-vingt-dix centimètres.

miroirs et admirablement taillées. Elles étaient toutes ajustées entre elles avec une précision digne d'un orfèvre.

Nous nous assîmes pour reprendre notre souffle et profiter de la vue. La grande pyramide marquait l'extrême pointe du delta du grand fleuve. Elle avait été construite à l'endroit exact où la zone irriguée s'élargissait vers le nord pour former une sorte de triangle, comme si elle en était elle-même le sommet…

— C'est ahurissant ! Je comprends mieux comment Odon a pu être fasciné par ce monument des années durant.

Le soleil commençait à réchauffer l'air quand nous entreprîmes de redescendre. Dans le lointain, presque à l'unisson, les voix de dizaines de muezzins perchés sur les innombrables minarets du Caire retentirent. Avec la prière du matin, ils appelaient les fidèles à réaffirmer leur foi. Je jetai un coup d'œil à Hiba qui restait de marbre. Sentant que je l'observais, elle fit une pause et en profita pour rajuster sa robe…

Nous devions être redescendus au niveau du sixième degré lorsqu'elle attira mon attention.

— Joachim, il y a une sorte de cavité ici, qui s'enfonce dans la paroi. Elle est obturée par des pierres plus petites comme si on avait voulu camoufler une entrée.

Interloqués et curieux, nous dégageâmes difficilement les pierres qui masquaient grossièrement une anfractuosité.

— Sens-tu cet air frais qui provient de l'intérieur ? Cet enfoncement est profond. Peut-être un accès ?

— Il n'y a qu'une façon de le savoir…

Sous le regard inquiet d'Hiba, j'avais aussitôt extirpé de ma besace deux torches et le matériel nécessaire pour les enflammer : une pierre de silex et une lame d'acier.

— Tu as l'intention de pénétrer là-dedans ?

— Évidemment, répondis-je en embrasant l'amadou à

l'aide des premières étincelles produites. Et je compte sur toi pour m'y accompagner...

Un peu plus tard, armés de nos torches, nous entrâmes, pleins d'excitation, dans l'immensité de pierre. Un tunnel grossier avait été taillé là, à même la roche, et s'enfonçait à l'intérieur. Je me retournai vers Hiba.

— Cela ne doit pas être l'entrée principale. Des hommes ont dû ouvrir ce passage disgracieux afin de percer les mystères de cet endroit.

Tandis que nous progressions vers l'inconnu, Hiba jetait des regards anxieux vers les parois taillées à la va-vite.

— C'est peut-être risqué... Ne sais-tu pas que de tels lieux sont souvent protégés par des esprits qui s'acharnent ensuite sur leurs profanateurs ?

Je haussai les épaules.

— Nous ne venons pas profaner ni voler quoi que ce soit. Nous sommes là pour comprendre la raison de cet édifice.

Un peu plus loin, nous débouchâmes sur un couloir descendant et rectiligne qui, aussi loin que je pouvais en juger, s'enfonçait dans les entrailles de la pyramide.

— Ce couloir devait être en place dès la construction. Regarde comme les pierres y sont alignées et correctement assemblées.

Un peu plus loin, un nouveau tunnel grossièrement taillé partait vers le haut.

— Le tunnel principal semble obturé. Ici, les visiteurs ont à nouveau percé un conduit de dérivation.

Nous nous hissâmes difficilement dans l'étroit goulet et débouchâmes dans un nouveau couloir rectiligne, ascendant cette fois. Malgré la fraîcheur qui régnait à l'intérieur, nous étions en sueur.

— Un vrai labyrinthe ! Ce conduit est originel lui aussi et il semble mener vers le centre de la pyramide.

Ce couloir était si bas qu'il nous fallut nous plier en deux pour le remonter, le dos pressé contre le calcaire poli.

— Comment peut-on construire un monument si énorme avec des accès intérieurs si ridicules ? protesta Hiba après s'être cogné la tête à plusieurs reprises.

— Courage, on arrive au bout !

Devant nous, le couloir ascendant débouchait sur un lieu extraordinaire. Tandis que nous nous redressions, à la lumière de nos torches surgit de l'ombre un immense corridor incliné vers le haut.

— Incroyable !

Je jetai un œil vers le plafond.

— Regarde ça Hiba ! C'est une voûte en encorbellement [4] d'une hauteur incroyable. On doit avoisiner les trente pieds romains [5] sur une longueur d'au moins cent cinquante pieds [6].

Bouche bée, nous contemplâmes cette galerie prodigieuse qui devait conduire, plus haut, au cœur même de la pyramide. Je restai éberlué devant ces parois élancées où je dénombrai sept encorbellements successifs qui se rejoignaient au centre par un plafond de dalles parfaitement polies.

— Imagines-tu la masse que cette voûte supporte au-dessus d'elle ?

La jeune femme avait passé la main sur la paroi, soulignant ainsi le caractère impalpable des joints entre les immenses blocs et leur aspect parfaitement poli. Elle me fixa, incrédule.

—Ne trouves-tu pas que cet endroit évoque un espace religieux ? Une sorte de route initiatique par laquelle on peut atteindre le domaine des dieux.

---

4. Voûte où les assises successives vont en se rejoignant, la dernière assise étant coiffée d'une dalle terminale qui peut être ôtée sans provoquer l'écroulement de la voûte (contrairement à la clé d'une voûte clavée, dont la chute entraîne l'effondrement de l'ensemble).

5. Environ huit mètres soixante.

6. Quarante-sept mètres.

— Peut-être...

— Ne devrions-nous pas nous arrêter ici et faire demi-tour ? Les dieux n'aiment pas qu'on les dérange si on n'y est pas invité...

Je m'étais aventuré dans l'incroyable galerie et j'entamai son ascension, ne laissant pas d'autre solution à Hiba que de me suivre.

— Un espace religieux... Curieusement, on ne voit ici aucune inscription, aucun signe, aucune ornementation. Comment dès lors la rattacher à un quelconque culte ?

— Où cela va-t-il donc nous mener ? Il a bien un rôle, ce monument exubérant ?

— Regarde, nous n'allons pas tarder à être fixés.

Après une progression difficile sur les dalles glissantes d'une pente très inclinée, nous avions atteint l'extrémité de la grande galerie. Droit devant nous, à l'horizontale cette fois, se profilait un goulot sombre qui menait vers une mystérieuse pièce. Après avoir préalablement gravi une très haute marche de granit, nous empruntâmes ce passage où nous pouvions nous tenir debout.

— On doit être tout près. On va forcément trouver quelque chose ici.

Après nous être préalablement baissés pour éviter un énorme bloc de pierre figurant une sorte de herse actionnée par un mystérieux mécanisme, nous pénétrâmes dans une ultime salle sans autre issue apparente.

— Qu'est que c'est ? s'exclama Hiba.

La salle rectangulaire, de bonne hauteur, paraissait entièrement vide à l'exception d'une sorte de monolithe en granit clair posé en son centre. Nous approchâmes nos torches pour mieux l'examiner.

— Il est vide, s'exclama Hiba, dépitée.

— On dirait un sarcophage. Il pourrait facilement contenir un homme allongé.

— Tu veux dire qu'on aurait construit cette immense pyramide dans le seul but d'y abriter le seul tombeau d'un roi défunt ?

— Je ne sais pas. Cela dépasse l'entendement.

Je jetai un coup d'œil circulaire autour de moi.

— Si cette pièce est une chambre mortuaire, comment expliquer qu'on n'y trouve pas les restes de ce souverain, ni le moindre petit fragment de matériel funéraire ?

— Si nous avons pu arriver jusqu'ici, c'est que d'autres l'ont fait avant nous... Des pillards ont pu emporter avec eux tous les trésors qui devaient accompagner ce roi vers l'au-delà !

— C'est probable.

Dépité à mon tour, et cherchant une explication plausible, je m'assis contre l'un des murs de granit sombre et contemplai, ébahi, les neuf immenses dalles composant le plafond.

— Comment diable ont-ils pu hisser de tels blocs et les ajuster ainsi ?

Hiba vint s'asseoir à mes côtés, déballa le contenu de ma besace et en sortit une outre d'eau qu'elle me tendit après s'être désaltérée.

— Il doit bien exister quelque part des inscriptions, des documents où des stèles qui expliquent ces constructions, présentent leurs concepteurs et précisent leurs fonctions ?

— Mon maître a passé une grande partie de sa vie à rechercher des manuscrits évoquant ces pyramides. Le témoignage le plus ancien qu'il a pu consulter remonte à Hérodote, un historien grec qui a dû visiter la région il y a mille cinq cents ans d'ici. Son témoignage nous est parvenu intact et complet, ce qui est loin d'être le cas des autres sources.

— Que dit-il donc, ce Grec ?

— Il nous apprend que la grande pyramide a été

construite par un roi impopulaire nommé Chéops dont le règne aurait duré cinquante ans. Cent mille hommes auraient été employés en permanence pendant vingt ans pour la construire. Il présente ce souverain comme un tyran qui aurait martyrisé son peuple.

— Nous serions donc dans la chambre funéraire de ce Chéops ?

— Hérodote écrit que ce monument fut érigé à la demande et à la gloire de ce roi, mais il n'affirme pas que c'est son tombeau. Pour la tombe du souverain, il évoque plutôt une île souterraine située à proximité de la pyramide et alimentée par les eaux du Nil.

— On n'est pas beaucoup plus avancés !

— D'autant plus qu'Hérodote a écrit cela deux mille ans après la période présumée de la construction et que ses sources d'information sur place sont inconnues. Il s'agirait de prêtres avec qui il aurait conversé durant son séjour.

— Y-a-t-il d'autres auteurs qui ont écrit sur ce monument ?

— Beaucoup de Grecs anciens, et notamment un certain Diodore qui évoque, quatre siècles après Hérodote, des choses assez similaires. Il confirme par exemple que cette construction était bien la sépulture d'un pharaon nommé Chéops et que le souverain n'y aurait pas été enseveli.

— Cela en fait au moins deux qui plaident pour une thèse identique.

— Oui, mais leurs témoignages restent flous et comportent des erreurs similaires, comme si Diodore s'était lui-même inspiré d'Hérodote. On ne sait rien de ce Chéops qui n'a laissé aucune autre trace de sa présence malgré un règne supposé très long. Dans les deux cas, ni l'un ni l'autre n'ont vécu sur place. D'autres auteurs ont, en revanche, séjourné longtemps en Égypte et ont pu avoir accès à des informations plus fiables.

— Lesquels ?

— Mon maître s'est longtemps intéressé aux travaux d'un géographe nommé Agatharchide de Cnide. Il fut le précepteur du souverain égyptien Ptolémée VI qui régna sur ce pays cent soixante ans avant la naissance du Christ. Ce savant serait resté dix-huit années en Égypte et il en a rédigé de nombreuses descriptions, parmi lesquelles un traité sur la mer Rouge dont on a pu retrouver quelques fragments. Mon maître est persuadé que cet auteur a visité et commenté ce monument.

— Que dit-il ?

— Il aurait écrit que la pyramide, dans ses différentes dimensions, reprendrait des mesures de la terre. Elle serait donc le fait d'une civilisation très ancienne qui, dans un passé lointain, nous aurait fait ce leg sous forme de pierres résistant au temps afin de témoigner des possibilités de leur civilisation.

— As-tu consulté ce document toi-même ?

— Non, mon maître et mes frères l'ont longtemps cherché dans les pays qu'ils ont visités, mais ils ne l'ont jamais trouvé. Nous avons une piste possible à vérifier dans la bibliothèque d'une ville nommée Tripoli en Syrie, mais à ce jour nous n'avons aucune preuve formelle que ce document existe.

— Sa théorie est fondée. On a bien l'impression que les constructeurs ont voulu faire briller leur pyramide au travers de son architecture savante. En as-tu discuté avec Girgis ? Il doit avoir un avis sur la question.

— Non, mais ce sera d'autant plus facile maintenant que nous avons pu visiter le monument. Je me demande s'il y a déjà pénétré ?

— Et si nous allions lui raconter notre visite ? La chambre funéraire de ce Chéops est admirable mais je préfère encore la compagnie des vivants.

Le soleil était à son plus haut lorsque nous retrouvâmes nos mules. Depuis notre sortie de la pyramide, je scrutais les alentours avec attention, mais le plateau de Gizeh restait désespérément désert. Aucune trace de mes frères... Hiba dut ressentir ma déception et se tourna vers moi avec un sourire bienveillant.

— Pourquoi ne pas rester sur place jusqu'au coucher du soleil ? Il y a un temple en ruine à côté du sphinx, on devrait s'y reposer et s'y restaurer. On pourra ainsi guetter leur arrivée.

Les heures passèrent à l'ombre du temple et le soleil déclina lentement vers l'ouest. Lorsqu'il atteignit la ligne d'horizon, nous étions toujours seuls sur le plateau de Gizeh. Pour clore notre visite, je fis un croquis du coucher de soleil équinoxial dans le dos du sphinx. Quel spectacle étonnant ! La face mystérieuse était complètement imbibée du disque solaire, lui donnant l'apparence d'un dieu. Lorsque le soleil eut disparu au pied de la deuxième pyramide, sans un mot nous enfourchâmes nos mules et reprîmes le chemin du retour. Mes frères n'étaient pas venus, et malgré tous les efforts d'Hiba pour me réconforter, j'avais le cœur gros...

Chapitre 29
Girgis

Un mois s'était écoulé depuis l'équinoxe d'automne et, pour chasser le souvenir de ce rendez-vous manqué, je m'étais réfugié dans un travail acharné. Du matin au soir, de la boutique au port, je répertoriais les pièces, réceptionnais les nouveaux arrivages, négociais avec clients et fournisseurs avec l'aplomb d'un vendeur de sirop. Je m'étais aussi jeté à corps perdu dans l'apprentissage de l'écriture de l'arabe et j'y associais Hiba, désormais ma plus fidèle complice. Par la plus curieuse des coïncidences, le jour béni où j'avais pu explorer la grande pyramide était aussi celui où j'avais dû faire le deuil de mes amis. Un mystérieux cordon s'était définitivement coupé ce jour-là et j'avais fini par l'accepter. La conclusion était simple : je vivais désormais ici, je gagnais ma vie grâce à un métier plaisant et je tenais mon destin entre mes mains. Depuis ce jour fatal, j'avais aussi mis un terme à mes visites quotidiennes à l'église copte. Je me sentais incapable d'affronter de nouveau le sourire de la sainte. Inquiet de ne plus me voir, son prêtre se présenta un matin à la boutique pour s'enquérir de ma santé. Rassuré, il promit de repasser me voir de temps à autre ...

Girgis faisait lui aussi tous les efforts pour faciliter notre intégration. Il organisait des dîners où ils conviaient des notables et nous discutions des heures dans la fraîcheur de son patio. Une pierre d'achoppement s'était tout de même créée avec notre hôte depuis le jour de notre escapade à Gizeh. Je lui avais raconté notre exploration de la pyramide par le menu et, contre toute attente, il s'était montré vexé de ne pas y avoir été convié. J'avais compris qu'il aurait aimé me la faire découvrir par lui-même. Dès lors, il répondait à nos questions de façon évasive, sans doute pour nous faire payer le prix de notre indélicatesse.

Un jour, alors que nous déjeunions dans l'arrière-boutique, je décidai de l'interroger sur la mystérieuse trouée par laquelle nous avions pu accéder à l'intérieur de l'édifice. Par chance, il semblait enfin mieux disposé à me répondre.

— Cette ouverture, qui est toujours la seule entrée connue à ce jour, a été percée par les hommes du calife abbasside al-Mamoun au IXe siècle. Ce souverain résidait à Bagdad à l'époque où cette ville et ses califes dominaient la nôtre, bien avant l'arrivée des fatimides. Il était féru de science et d'astronomie et s'intéressait particulièrement aux écrits des anciens Grecs. Fort des connaissances accumulées sur d'autres pyramides, il savait que l'entrée principale, savamment dissimulée par les constructeurs, devait se trouver quelque part sur sa face nord. Il a donc fait creuser le boyau par lequel vous avez pu pénétrer. Après de gros efforts, ils ont débouché sur les couloirs permettant d'accéder aux salles originelles de la pyramide et il a été vraisemblablement l'un des premiers à en explorer l'intérieur depuis l'époque de sa construction.

— Sais-tu ce qu'ils ont trouvé dans la salle du sarcophage de granit ?

— En réalité, il existe bien d'autres salles dans la pyramide qui ont échappé à votre inspection.

— D'autres salles ?

— Il y a d'abord une chambre souterraine située sous la roche, à laquelle on accède par le canal descendant. On trouve ensuite une chambre secondaire dont l'accès se fait par un canal horizontal situé à l'entrée de la grande galerie. Cette chambre se trouve en dessous de la chambre principale que vous avez pu visiter.

— Il y a donc trois chambres en plus de cette galerie impressionnante ?

— Rien ne dit qu'il n'y en ait pas d'autres, mais à ce jour ce sont les seules qui ont été découvertes.

— Ce calife y a-t-il trouvé des indices qui accrédite la thèse d'une pyramide-tombeau ?

— Non. Il semble que ces pièces étaient aussi vides que la chambre que tu as visitée. Pas d'inscription sur les murs, pas de décoration, ni matériel d'aucune sorte.

Je m'empressai de mettre à profit la bonne volonté de l'antiquaire pour poursuivre mes investigations.

— Connais-tu les écrits d'Agatharchide de Cnide concernant la grande pyramide? Mon maître Odon, mes frères et moi-même sommes persuadés que ce savant, qui résida en Égypte, en a réalisé une description qui conforterait dans l'idée qu'elles ne sont pas des tombeaux. La pyramide contiendrait dans ses dimensions les mensurations de base de la terre.

Girgis me considéra un moment.

— Vous êtes des idiots. Vous vous enthousiasmez pour les premières sornettes diffusées à propos de ce monument.

J'étais devenu blême.

— Comment peux-tu dire une chose pareille ?

— Pour commencer, apprends que pendant toutes les années où il résida en Égypte comme précepteur du roi, Agatharchide séjourna à Alexandrie, à la cour des Ptolémées et qu'il n'a jamais vécu à proximité du site de Gizeh.

— Mais il a tout de même pu venir examiner ce monument ?

— Certes, mais au même titre que n'importe quel visiteur extérieur. L'autre point crucial c'est que, dans l'ensemble des écrits qu'il a laissés, il n'a jamais parlé des pyramides ni même d'architecture. Et pour cause, il était géographe et grammairien ! À ce titre, dans son traité sur la mer Rouge, ce savant décrit des choses diverses comme l'origine du nom de cette mer, les conditions de travail dans les mines d'or égyptiennes... Il parle aussi de girafes, de rhinocéros et de beaucoup d'autres choses, mais jamais de pyramides. Comment veux-tu qu'un Grec qui ne vivait pas sur place et qui n'avait pas lui-même de connaissances avancées en architecture puisse comparer un tel bâtiment aux mensurations présumées de la terre ?

— Mes frères ont pourtant récemment mis la main sur un manuscrit écrit par cet homme lui-même. Il s'agit du sommaire d'un document consacré à ces pyramides.

Girgis parut étonné.

— Où donc ont-ils pu acquérir un tel document ?

— À Tripoli, en Syrie. Ils l'ont déniché dans une boutique de curiosités semblable à la tienne.

— Pourquoi parles-tu de sommaire ? N'ont-ils pas pu acheter la totalité de l'ouvrage ?

— Non. Ce manuscrit provient de la grande bibliothèque qui se trouve dans cette ville. Avec la complicité d'un bibliothécaire sur place, le marchand copie les textes les plus prometteurs et les met en vente dans sa boutique.

— Si je comprends bien, ton marchand est un aigrefin. Comment des frères, instruits comme vous l'êtes, ont-ils pu prêter un quelconque crédit à cet homme et à son prétendu document ?

— Tu crois que c'est un faux ?

— Évidemment que c'est un faux ! Vous êtes tellement obnubilés par votre quête de sens que vous en perdez l'entendement. Cet escroc, que tu appelles à tort un marchand, aura repéré l'intérêt de ton frère pour cet auteur et il lui aura revendu à prix d'or un sommaire qu'il aura rédigé lui-même. S'il ne lui a pas vendu l'intégralité de ce manuscrit, c'est pour la bonne raison qu'il n'existe pas !

J'eus l'impression que le sol se dérobait sous mes pas.

— Désolé d'avoir brisé ton rêve, mais je vois passer ici tellement de voyageurs envoûtés par ces monuments et prêts à acheter n'importe quelle idiotie s'y rapportant, que cela en devient lassant. Apprends que beaucoup de vieilles légendes évoquent effectivement ces thèses où les pyramides sont assimilées à des témoignages de pierre laissés par des peuples antédiluviens. Elles soutiennent effectivement qu'elles contiendraient des messages cachés à décoder aux travers de leurs propres mensurations.

— Vraiment ? Cela est donc fondé !

— Ces théories sur les pyramides ont toujours existé et sont assez populaires car elles agitent tous les grands mythes humains comme le déluge où l'existence de civilisations avancées disparues dans la nuit des temps. Mais, que ces thèses soient pertinentes ou pas n'est pas la question. Ce qui compte ici c'est la crédibilité des sources. Car pour corroborer ces vieilles légendes et leur donner du poids, il faut bien leur donner une légitimité. On prête donc ces théories à des savants qui pourraient les avoir formulées, et « vole la légende » ... Cet Aghatarchide avait malgré lui le profil parfait pour cela : Il était grec, c'était un savant reconnu qui avait vécu dix-sept ans en ces lieux et qui avait beaucoup écrit sur le pays. Et surtout, il n'était plus là pour témoigner qu'il se contrefichait bien des pyramides.

— Tu veux dire qu'on s'est fait berner avec ce prétendu manuscrit ?

— J'en ai bien peur. J'ai visité moi-même beaucoup de bibliothèques, à commencer par celle de notre calife. Si ce grec avait rédigé une étude conséquente sur les pyramides, crois-moi, cela ne m'aurait pas échappé.

Le silence se fit dans la pièce. Girgis semblait sûr de lui. Se pouvait-il que mon maître ait poursuivi une chimère pendant toutes ces années ?

— Quelle est la bonne approche selon toi pour appréhender ce monument ?

— Comme vous l'avez constaté sur place, il entraîne un abîme de questions et ne laisse aucun indice apparent. En réalité, on doit admettre qu'on ne sait rien sur la pyramide de ce prétendu Chéops, ni même placer sa dynastie dans le temps. On ne connaît pas non plus la date exacte de sa construction ni comment elle a été réalisée. Elle est une énigme en trois dimensions.

— Il doit bien y avoir des éléments sur lesquels on puisse s'appuyer avec certitude ?

— Oui, mais à condition d'être prêt à fournir un gros travail d'étude, et sur une longue période. Ce calife al-Mamoun, celui qui a percé cette brèche, avait selon moi la bonne attitude.

— Ce n'était donc pas un simple pilleur de tombes à la recherche d'un trésor ?

— Non. C'était au contraire un grand érudit qui avait une vision rationaliste des choses. Il savait que les connaissances disponibles n'étaient ni figées ni sacrées, mais qu'il fallait savoir les acquérir puis les vérifier pour les faire progresser. Sais-tu que son amour pour les sciences a été à l'origine de la fondation d'une importante « demeure de la sagesse », à Bagdad même ? C'est dans cette *Bayt al-Hikma* qu'il créa un fonds documentaire important visant à rassembler des connaissances issues de tous les horizons. Il fit venir ainsi à grands frais de l'étranger de nombreux manuscrits syriaques, grecs, arabes et même indiens qu'il fit traduire en arabe. C'est grâce à lui que la philosophie et la pensée grecques ont influencé les intellectuels arabes. Cette bibliothèque est devenue rapidement l'équivalent de ce qu'avait été la bibliothèque d'Alexandrie à l'époque des Ptolémées : un fonds universel visant l'exhaustivité des connaissances en médecine, géographie, mathématique et astronomie.

— Quelles furent donc ses conclusions concernant la grande pyramide ?

— Aucune. Il a simplement constaté qu'elle était vide et dénuée de toute inscription. Cet apport à la compréhension de l'édifice peut paraître insignifiant, mais en vérité il est fondamental car il démontre que ce bâtiment est en rupture.

— Que veux-tu dire ?

— Il n'appartient pas à notre temps. Nos anciens en ont hérité mais ils ne l'ont pas construit. Avec le temps, son souvenir s'est effacé de l'histoire officielle et il ne nous en reste que de vieilles légendes dont nous devons nous contenter.

Il fit une pause et me fixa d'un air malicieux.

— À la bibliothèque du calife, il y a un manuscrit rédigé par un écrivain arabe nommé Massoudi [1]. Il se nomme *Akbar Ezzeman*. Tu as fait de gros progrès dans la lecture de l'arabe. Tu devrais aller le consulter.

— Tu penses donc tout de même qu'on peut s'appuyer sur de vieilles légendes ?

— Comme le disait le grand penseur Aristote, les mythes ne sont-ils pas des récits mensongers qui détiennent des parcelles de vérité ?

Je ne tirai pas plus d'informations de Girgis ce jour-là. Le lendemain, jour de fermeture de la boutique, j'étais bien décidé à en savoir plus. Armé de mon carnet de voyage et du sauf-conduit octroyé par l'homme au visage

1. Aboul-Hasan Massoudi fut un célèbre écrivain arabe, né à Bagdad au début du Xe siècle et mort au Caire en 956. Il fit de nombreux voyages dans le monde islamique depuis la Chine jusqu'à l'Espagne. Il a consigné une multitude de renseignements et d'observations dans ses ouvrages historico-géographiques dont le principal était *Akbar Ezzeman*.

émacié, je pris le chemin d'al-Qahira et de sa prestigieuse bibliothèque.

Je n'eus pas à ouvrir la bouche une seule fois. Mon précieux sésame m'avait miraculeusement déverrouillé une à une toutes les portes de la cité fatimide. J'arrivai ainsi sans mal aux abords du grand palais et de la bibliothèque, où je fus immédiatement surpris par le nombre de librairies installées partout dans les rues adjacentes. Bien approvisionnées et fréquentées par de nombreux visiteurs, certaines tenaient lieu de véritables salons de lecture où l'on pouvait consulter les ouvrages, rencontrer des auteurs ou discuter des publications entre érudits avant d'en faire l'acquisition.

Selon Girgis, c'est aux environs du VIIIe siècle que les musulmans commencèrent à consigner et à recueillir leurs traditions dans des livres. Avant cette époque, la plupart des savants parlaient de mémoire ou transmettaient leur savoir sur des feuilles volantes. Avec l'arrivée du papier, spécialité venue de la lointaine Samarcande qui la tenait elle-même de la Chine, le papyrus égyptien et le parchemin furent vite oubliés. Les nouveaux manuscrits reliés se multiplièrent dans tout l'empire arabe, ouvrant une ère de prospérité pour l'édition de livres indispensables au développement des cultures abbasside et fatimide. C'était dans ces échoppes spécialisées que les savants et les écrivains pouvaient aussi engager les copistes, les relieurs ou les traducteurs indispensables à la bonne diffusion de leurs œuvres. Tout un petit monde s'était ainsi constitué autour du livre et vivait en marge de la bibliothèque officielle où je finis par me présenter, brandissant fièrement mon laissez-passer estampillé du sceau du vizir.

Malgré son air apathique, le bibliothécaire qui me reçut avec nonchalance fut pris d'une véritable secousse lorsqu'il lorgna le sceau qui ornait mon document. J'eus à peine évoqué le nom de Massoudi et de son ouvrage qu'il disparut ventre à terre comme si sa vie en dépendait. Il revint peu après en tenant de précieux manuscrits somptueusement reliés qu'il me présenta avec déférence.

— Voici nos plus beaux exemplaires du *Akbar Ezzeman.*

— Pourquoi autant de livres ?

— C'est qu'il s'agit d'un ouvrage très dense… Suivez-moi, je vais vous installer pour la consultation.

Dubitatif, je le suivis à travers les innombrables salles. L'homme m'expliqua qu'on avait regroupé ici plus de cent mille volumes disposés sur des étagères immenses. Ces rayonnages étaient divisés par des cloisons et certains étaient équipés de volets pour protéger les plus précieux. On y comptait des ouvrages de sciences de l'antiquité, de droit, des traités de grammaire et de lexicographie, des recueils de traditions, des livres d'histoire, des biographies de princes, des traités d'astronomie, des œuvres relatant des faits surnaturels, des études d'alchimie, l'ensemble dans différentes sortes d'écritures et de langages. Seuls les exemplaires du Coran étaient exposés dans un local particulier et consultables à un étage supérieur.

Mon guide m'installa dans une salle feutrée et magnifiquement meublée de coussins jaunes ou verts et de tables basses en marbre blanc, exclusivement réservée aux lecteurs prestigieux et aux proches du calife. Quelques hommes à l'allure distinguée qui y consultaient des ouvrages en silence levèrent la tête le temps de mon installation, se demandant qui je pouvais bien être.

Je m'assis sans tarder et m'attaquai au premier tome de mon volumineux ouvrage. Quel livre déroutant ! Cet *Akbar Ezzeman* était aussi étonnant que dense. Son auteur était né à Badgad au début du Xe siècle. Il avait fait d'innombrables voyages dans tout le monde islamique jusqu'en Espagne et avait visité d'étranges contrées, parfaitement inconnues, comme la Malaisie ou Madagascar. Cela ressemblait à une histoire du monde où il compilait des légendes et des connaissances historiques et géographiques. Il y comparait ainsi les opinions des anciens philosophes grecs et des sages indiens sur l'origine du monde. Il y proposait les hypothèses d'astronomes et de philosophes, discutait des différents systèmes chronologiques chez les Perses, les Syriens et les Coptes ou de la forme et des dimensions de notre terre en reproduisant les écrits d'un savant grec, un certain Claude Ptolémée, dont je n'avais jamais entendu parler.

Captivé par ma lecture et la découverte de tous ces nouveaux horizons lointains, j'en oubliai l'heure et me retrouvai seul au moment où l'homme apathique vint me trouver, tout penaud. L'heure des consultations était dépassée depuis bien longtemps. Je le gratifiai d'un bon pourboire en dinars et lui promit de revenir le lendemain, ce qui sembla l'horrifier...

Au moment de prendre congé, je vis les yeux du bibliothécaire s'écarquiller comme s'il avait aperçu le diable lui-même. L'homme au visage émacié se tenait là, immobile, et me fixait de ses petits yeux froids. L'image terrible du conteur crucifié me revint aussitôt à l'esprit.

— Je constate que tu t'inities à l'histoire des civilisations. Savais-tu que Massoudi avait passé la fin de sa vie à Fustat ?

Je restai de marbre et il en profita pour congédier d'un geste le bibliothécaire qui détala sans demander son reste.

— Sais-tu que mon offre tient toujours ?

— Comment savais-tu que j'étais ici ?

— Mon métier est de tout savoir... On m'a informé de ta présence dès que tu as passé l'enceinte ce matin.

— Qu'attends-tu de moi exactement ?

— Rien de bien compliqué. Le vizir souhaite établir des relations avec les Francs. Nous cherchons un homme de confiance qui puisse nous communiquer des informations.

— Pourquoi moi ?

— Parce que tu es franc toi-même, cultivé et que tu parles désormais arabe en plus du grec et du latin. Tu es jeune, tu n'as pas la contrainte d'une famille et tu peux voyager vite. Ta présence ici me conforte dans mon choix : tu as le profil idéal et c'est pour toi une chance unique.

— Mais je suis étranger. Pourquoi ne pas proposer cela à l'un de tes compatriotes ?

— Je suis moi-même arménien. Je suis né chrétien tout comme toi. Cela ne m'empêche en aucune façon de servir le vizir...

Pris au dépourvu, je tentai de gagner un peu de temps.

— Je ne suis pas sûr... Je te donnerai ma réponse prochainement.

— Pourquoi pas demain ? Ne dois-tu pas revenir pour achever ta lecture ? Réfléchis bien d'ici là à tous les avantages que ce poste te procurerait. Tu pourrais tenir ta propre boutique de curiosités, ici à al-Qahira, tout en réalisant des missions pour le compte du vizir. Tu aurais aussi tes propres serviteurs et des épouses que je te présenterais. Tu aurais le temps de lire et d'écrire toi-même si tu le souhaites. Considère cette offre avec attention. Je te propose une vie que beaucoup rêveraient de mener... Tiens, prends ceci en attendant. Accepte-le comme gage de ma confiance.

Interloqué, je me saisis de la bourse qu'il me tendait et pris congé pour reprendre la route de Fustat.

Un peu plus tard, de retour chez mon hôte, Girgis me gratifia du même sourire malicieux que la veille.

— Nous t'attendions plus tôt... As-tu apprécié l'ouvrage de Massoudi ?

— Je n'y ai vu aucun passage sur les pyramides. Tu t'es moqué de moi... même si ce livre est passionnant. Si tu le permets, je souhaite y retourner au plus vite pour achever ma lecture.

— Je savais qu'il te plairait. Ce livre résume à lui seul beaucoup de connaissances que son auteur a mis une vie entière à rassembler et synthétiser. Il comporte évidemment beaucoup d'approximations et d'erreurs mais il a visité lui-même chacun des lieux dont il parle.

— Et ces veilles légendes concernant les pyramides ?

— Tu ne les as pas trouvées ? Ces pages devaient manquer sans doute… Mais rassure-toi, pour appréhender ces monuments correctement, il te fallait d'abord un socle de connaissances historiques et géographiques. Rien de mieux que ce livre pour te les apporter rapidement.

— C'est vrai ! Mais je reste tout de même sur ma faim.

— Ces légendes sur l'origine des pyramides se transmettent oralement depuis la nuit des temps. Il y en a plusieurs, mais elles disent toutes à peu près la même chose. Tu veux les entendre ?

— Évidemment !

— Elles racontent principalement qu'un vieux roi qui vivait avant la période du déluge – on parle d'un âge de trois cents ans – rêva une nuit que les étoiles tombaient du ciel dans un grand fracas et que la Terre avait subitement basculé sous les yeux des hommes terrifiés. Affolé par son rêve, le roi convoqua ses oracles pour l'interpréter. L'un des devins raconta qu'il avait fait le même songe et qu'il lui avait été révélé qu'après ce chaos, le ciel et la terre reprendraient leur visage habituel. Le souverain exigea alors qu'ils étudient la position des astres. On lui prédit peu après qu'une immense inondation viendrait prochainement engloutir la terre et les hommes mais que l'Égypte y survivrait.

— Le déluge de la Bible ?

— Vraisemblablement. Mais sache qu'on n'évoque

pas seulement ce cataclysme chez les grandes religions monothéistes. On en retrouve aussi la trace chez les Grecs, chez les Romains et même chez les anciens Sumériens[2]. Il faut savoir que cette catastrophe majeure a marqué l'inconscient de civilisations très différentes qui vécurent à des époques et des endroits distincts.

— Que dit la suite du mythe ?

— C'est alors que ce vieux roi décida de construire les pyramides. Elles furent remplies d'archives regroupant l'ensemble des connaissances de ce temps afin qu'elles ne soient pas perdues et qu'elles puissent y demeurer comme témoignage à destination des populations futures.

— Mais où sont-elles donc entreposées ces connaissances ?

— La légende précise *qu'elles y sont placées uniquement pour le bénéfice de ceux qui pourraient les comprendre.* Ce qui semble signifier qu'elles apparaissent sous des formes codées et qu'il faudrait savoir les décrypter. La grande pyramide y est souvent désignée comme celle qui contiendrait notamment les connaissances astronomiques, liées aux sphères célestes, aux étoiles, à leur position et leurs cycles.

— Tu veux dire que c'est au travers des mesures de l'édifice et de son architecture qu'on pourrait les retrouver ?

— Probablement. Le langage mathématique et la géométrie sont des modes de communication universels qui ne peuvent être soumis à erreurs ou interprétations. Mais comme tu le vois, cela reste des légendes. Il faudrait pouvoir les mesurer précisément et y réaliser de longues études afin d'en tirer quelque chose de concluant.

2. Sumer est une région antique située à l'extrême sud de la Mésopotamie antique (actuel Irak), couvrant une vaste plaine parcourue par le Tigre et l'Euphrate, bordée au sud-est par le golfe Persique. Il s'y est développé une importante civilisation de l'Antiquité, à compter de la fin du IVe millénaire av. J.-C. et durant le IIIe millénaire av. J.-C.

— Les mesurer, dis-tu ? C'est une bonne idée. Et puis, avec l'hiver qui approche, j'aurai tout le temps nécessaire pour le faire...

Chapitre 30
Le pèlerin

Le lendemain, je restai en compagnie d'Hiba et de Girgis à la boutique où le travail ne manquait pas. Je mourais d'envie d'achever ma lecture du livre de Massoudi mais je n'avais aucune envie de recroiser la route de l'homme au visage émacié. Sa proposition m'effrayait et je ne souhaitais pas le revoir trop vite. J'étais à peine sorti de l'emprise de Cluny, je me sentais libre et je ne me voyais pas redevenir la marionnette d'un état, aussi puissant soit-il.

Ce jour-là, nous reçûmes une curieuse visite. Un homme au teint clair se présenta. Il portait une palme sur sa cape, signe qu'il avait accompli le pèlerinage à Jérusalem. Il s'exprimait en latin et je vins donc naturellement à sa rencontre. Pour la première fois depuis bien longtemps, je croisais la route d'un compatriote et je me réjouissais à l'avance de cette conversation. Mais, étonnamment, sa visite me plongea très vite dans un abîme de perplexité. Il m'affirma être originaire d'Orange et prétendit avoir été le précepteur de la fille du comte Raimbaud, avant d'engager ses biens auprès d'une abbaye pour financer son pèlerinage en Terre sainte. Il était ravi de rencontrer un partisan de la vraie foi dans ce pays qu'il qualifiait de « barbare » et il mit un point d'honneur à me conter son périple qui, selon ses dires, avait été épouvantable.

— J'ai embarqué pour la Ville sainte au printemps dernier avec un groupe de pèlerins dans un port de la côte Italienne nommé Amalfi. Après un voyage aussi éprouvant qu'inconfortable, nous avons débarqué sains et saufs sur une terre aussi inhospitalière que desséchée. J'ai eu la chance de visiter Bethléem, puis Jérusalem où j'ai pu me recueillir au Saint-Sépulcre et au mont des Oliviers. C'était une grande joie et la récompense d'un long et périlleux voyage. Mais tu dois savoir que la Ville sainte où Notre Seigneur a été crucifié est désormais entre les mains de mécréants nommés Seldjoukides. Ces Turcs, partisans de la loi de Mahomet, y font subir mille exactions aux chrétiens qui s'y présentent. Dès les abords, il faut payer un besant d'or de Byzance pour entrer dans la ville. J'ai ainsi vu de nombreux hommes vêtus de la tenue des pénitents errer et mendier aux pieds des murailles. La plupart d'entre eux étaient venus par la route depuis Antioche. Ils y avaient tous été dépouillés en chemin par ces mêmes mahométans et s'en trouvaient totalement démunis. Dans la cité, il faut encore payer en plusieurs occasions et subir d'autres affronts. J'y ai reçu de la boue et des immondices. On m'y a craché au visage. Même l'accès aux sanctuaires est risqué. Certains ont été détruits par un misérable sultan nommé Hakim, venu de ce pays d'Égypte, et ils ne sont plus depuis que de pauvres édifices reconstruits à la hâte, misérables et rudimentaires. Si tu veux mon avis, la Ville sainte est devenue la honte de la chrétienté.

Sur l'instant, je ne sus quoi lui répondre.

— Pourquoi n'es-tu pas retourné directement à Orange après ce pèlerinage au Saint-Sépulcre ?

— J'ai tenté de le faire ! dit-il sur un ton excédé. Mais je suis arrivé à Saint-Jean-D'acre trop tard. *Mare clausum !* m'a déclaré l'employé de l'armateur vénitien qui y tient un bureau. La mer est fermée ! Plus rien ne passe à partir de la fin septembre : ni courrier, ni marchandises, ni voyageurs… Il m'a dit de revenir au printemps… ou de rentrer chez moi à pied…

Je tentai de l'apaiser.

— Pour les marins, l'hiver est la saison du repos. Tout comme pour les soldats, les paysans ou les colporteurs. C'est aussi la saison des tempêtes qui rendent la navigation très hasardeuse, d'où la réponse de cet homme.

— Par la volonté de Dieu, j'ai eu la chance de rejoindre une caravane de marchands qui traversait le désert entre la Palestine et cette contrée. Pour rien au monde je ne serais resté plus longtemps dans ce pays de brigands et de mécréants.

— Et donc maintenant te voilà à Fustat. Rassure-toi, les chrétiens sont bien accueillis ici.

Il me considéra d'un air dubitatif.

— Ne trouves-tu pas qu'il y a trop de monde dans cette ville ? Je n'ai jamais vu pareille foule ! Et que des hommes... Ce matin, j'ai pu visiter l'église Saint-Serge. Sais-tu qu'elle est bâtie sur les lieux mêmes où la Sainte Famille a trouvé refuge durant sa fuite en Égypte. Son desservant m'a accueilli correctement mais...

Il poursuivit à voix basse.

— Ces Coptes ne parlent que l'arabe ou leur propre langue. Ils ne prient même pas en latin...

Il me considéra d'un regard suspicieux.

— Tout le monde se ressemble par ici. On ne distingue pas les Sarrazins des vrais chrétiens et encore moins ces juifs qui semblent si nombreux...

Je préférai ne pas répondre et, pour couper court à la conversation, je fis mine de repositionner un tableau peint sur bois où l'on reconnaissait saint Antoine prêchant dans le désert. À l'arrière-plan, afin de marquer la dimension locale du saint homme, l'artiste avait figuré les trois pyramides de Gizeh. Le pèlerin, lui, ne m'avait pas quitté d'une semelle.

— Tu vois ces trois monuments sur ce tableau ?

— Oui

— Veux-tu savoir quelque chose d'important à leur sujet ?

Je fixai le pèlerin, me demandant ce qu'il pouvait bien connaître à ces édifices.

— Parle, je t'écoute.

L'homme regarda aux alentours pour être certain que personne ne l'entendait et me dit sur le ton du secret.

— Elles sont aussi creuses que le vase que tu vois ici...

— Vraiment ?

— Oui, en réalité ces étrangetés ont été édifiées par ce Joseph [1] dont parle la genèse et qui devint, en son temps, vice-roi du Pharaon.

— Mais pourquoi dis-tu qu'elles sont creuses ?

— Parce qu'il les a construites pour en faire des greniers à blé. Ce sont d'immenses entrepôts de grain que le pharaon pouvait utiliser à sa convenance en cas de famine.

— Et tu as pu le vérifier sur place ?

— Non. Mais, je le tiens d'une source sûre. Pourquoi voudrais-tu donc que j'aille le vérifier ?

Il semblait offusqué par ma question.

— Et puis, à quoi d'autre voudrais-tu qu'elles servent ? Cela crève pourtant les yeux que ce sont des greniers à blé...

Finalement, l'homme porta son dévolu sur une icône en bois représentant la Sainte Famille lors de la fuite en Égypte. Fidèle à la tradition copte, l'âne qui portait Marie et l'enfant Jésus y affichait un sourire moqueur... Je souris à mon tour en tendant au pèlerin son souvenir. Il paya son dû et je ne le retins pas d'avantage.

Les jours et les semaines s'écoulèrent et, malgré les efforts de Girgis et d'Hiba, j'étais resté morose. Noël

1. Dans la Genèse (37-50), Joseph, fils de Jacob, ancien esclave vendu au Caire, devint vice-roi d'Égypte après avoir interprété avec justesse un rêve de Pharaon. Ce dernier lui demanda de gérer les approvisionnements du pays en blé lorsque la famine toucha le pays. L'idée que les pyramides puissent être des greniers à grain gérés par Joseph était assez répandue durant tout le Haut Moyen Âge. Il semble néanmoins que la bible localise les greniers de Joseph dans la vieille ville de Fustat. Le texte biblique n'évoque jamais les pyramides à ce sujet (NDLA).

approchait et les miens me manquaient cruellement. Mes questions restaient sans réponses et j'aurais donné n'importe quoi pour avoir la moindre nouvelle. Avaient-ils trouvé mes messages ? Étaient-ils finalement partis pour l'Orient ? Qu'était-il advenu d'Alix ? L'incertitude me rongeait et me plongeait dans une mélancolie sans fin. L'idée que cette mer immense fût fermée, m'interdisant ainsi tout retour, jouait sur mon moral. D'ailleurs, où aurais-je bien pu aller ? À Toulouse, retrouver ma puissante famille que je n'avais pas visitée depuis plus de sept ans ? À Cluny, où je ne souhaitais plus devenir moine ? À Beaulieu où j'avais grandi, élevé par Odon, et où il ne restait que des ruines... Un apatride, voilà ce que j'étais. Ulysse dans l'Odyssée avait une famille qui l'attendait et une terre pour l'accueillir. Moi, je n'avais ni l'un ni l'autre.

Pour me tirer de mon abattement, Girgis m'avait proposé de visiter à nouveau la grande pyramide en sa compagnie. Avec son aide, j'avais entrepris cette fois d'en relever précisément les mesures des couloirs internes et des différentes salles. J'en avais réalisé des croquis détaillés dans mon carnet, que je pensais soumettre, si Notre-Seigneur m'en donnait un jour l'occasion, au célèbre Hézelon de Liège. C'était lui le brillant architecte qui avait dessiné les plans de la somptueuse abbaye de Cluny, inspirés par le songe du moine Gunzo [2]. Lors des nombreux cours dispensés aux novices, j'avais appris que les plans de nos abbatiales étaient truffés de chiffres savants tels que *pi* ou le nombre d'or. À Cluny, comme dans la plupart des grandes églises de Francie, se cachait une grammaire arithmologique débouchant sur des symboliques très fortes et propres à la chrétienté. La Vierge Marie et la plupart des

2. La construction de l'abbatiale Cluny III aurait pour origine le songe d'un ancien abbé de Baume-les-Messieurs redevenu simple moine, Gunzo, à qui saint Pierre aurait demandé de dire à Hugues de Semur de bâtir une nouvelle église. L'apôtre lui aurait inspiré le plan de la nouvelle abbaye, qui devait être apte à abriter un millier de moines.

saints avaient ainsi en architecture leurs propres nombres, avec lesquels on traduisait, sous forme de construction, leur rôle, leur présence et leur intercession. Hézelon n'avait donc rien laissé au hasard. De l'emplacement du seuil au positionnement du chœur jusqu'à l'orientation et la hauteur de la moindre travée, tout avait été soigneusement conçu et orienté selon des lois mathématiques précises. Si quelqu'un pouvait interpréter les codes arithmétiques et géométriques de la grande pyramide, c'était bien Hézelon.

Le temps s'égrena et nous arrivâmes à la toute fin de l'année chrétienne. Nous retournâmes plusieurs fois sur le plateau de Gizeh où l'intérieur de l'édifice n'avait désormais plus de secret pour moi.

La veille du solstice d'hiver, l'antiquaire fut tout heureux de nous annoncer une bonne nouvelle. Il avait convié le rabbin de Fustat et sa famille le lendemain même pour le dîner. Les deux sœurs seraient présentes et, selon les dires du Copte, elles se faisaient une joie de nous revoir toutes les deux. Jusqu'au soir fatidique, j'appréhendai ce moment. J'en voulais toujours à Esther. Elle avait prétendu m'aimer, mais contre toute attente, elle avait choisi de renoncer à son amour en me trahissant de la plus vile des façons… Je ne l'avais pas avoué à Girgis de peur de gâcher son plaisir, mais j'aurais préféré ne pas la recroiser.

Comme un fait curieux du destin, je reçus le même jour une visite inattendue. Le prêtre de l'église Sainte-Barbara se présenta à la boutique pour s'enquérir de ma santé. Il n'eut pas grand-chose à faire pour détecter mon état d'abattement.

— Tu manques à mes offices, me déclara-t-il. Pourquoi ne pas revenir y assister ? Tu as été toi-même novice, tu sais à quel point la célébration des offices divins est fondamentale à l'équilibre humain. Cela te ferait du bien.

Comme je ne lui répondais pas vraiment, il extirpa du

pan de sa robe une petite icône en bois peint sur laquelle on devinait une silhouette dorée.

— Tiens, je t'ai apporté ceci. Tu ne viens plus la voir, alors c'est elle qui est venue.

Je ne pus retenir mes larmes lorsque je reconnus la figure de la sainte. Comme sur son double grandeur nature, Barbara me souriait et arborait le même air mutin. Je remerciai le prêtre, l'assurant que je reviendrais chaque soir pour les vêpres. Dès qu'il fut parti, je serrai l'image contre mon cœur.

Chapitre 31
Le solstice d'hiver

La nuit était tombée trop vite. Un croissant de lune éclairait déjà la maison de Girgis et se diffusait dans les eaux du Nil tout proche. Avec le solstice, les peuples de la création célébraient ce soir-là, et de diverses manières, le passage vers des jours plus longs, reflétant le triomphe final de la lumière sur les ténèbres. Dans l'élégant patio, une multitude de bougies avaient été allumées et répandaient une agréable odeur de jasmin. Elles éclairaient les colonnades de leur douce lueur et mettaient en valeur le somptueux bassin rectangulaire et son eau cristalline. Une nappe immaculée et brodée par des mains expertes avait été placée en son centre, à même le sol. On y avait disposé une multitude de plats dont l'argent ciselé reflétait la lueur des lumignons, créant mille petites étincelles.

Arriva le moment attendu des retrouvailles. J'étais nerveux. Les deux sœurs Espinosa avaient longuement étreint Hiba sous les yeux attendris de l'assistance. Puis, dans un ballet savamment exécuté, le rabbin nous présenta sa famille : sa femme et ses deux autres filles. Je les avais pour ma part convenablement saluées et me contentai de répondre poliment par monosyllabes, tâchant d'oublier la présence d'Esther. Notre hôte avait également convié quelques notables, Coptes et juifs, tous bien en vue et issus de la vieille ville. L'un d'eux attira particulièrement notre attention lorsqu'il voulut examiner les belles icônes de Girgis. Il chaussa ses yeux d'un objet incroyable évoquant ces pierres de lecture [1] que brandissaient parfois nos vieux moines. La chose consistait en deux cristaux de roche identiques et admirablement taillés, maintenus entre eux par une sorte de fine armature en métal doré. Sur ses extrémités, ce fil reposait intelligemment sur ses oreilles et maintenait ainsi les deux cristaux en face de ses yeux. Cela donnait à l'homme un regard si singulier qu'il l'ôta très vite, s'apercevant qu'il était au centre de toutes les attentions. Autour des nombreux mets, savamment présentés, les conversations furent immédiatement joyeuses et animées, mais j'eus bien du mal à me concentrer sur les propos des convives. Dès les premiers instants, je perçus qu'Esther cherchait mon regard et guettait manifestement un signe de ma part... Elle arborait une tenue similaire à celle de ses sœurs d'adoption ; simple et sans fioriture. Ses cheveux étaient sagement noués dans un élégant foulard et son charmant visage dégagé de tout voile. Pour garder ma contenance, je décidai de prendre part à la conversation qui semblait tourner autour du solstice d'hiver et du soleil.

— Tous les peuples qui nous ont précédés avaient le même point commun, expliquait le rabbin à l'assistance. Un point commun que nous, Juifs, nous ne partagions pas et par lequel nous nous sommes démarqués de tous.

— Lequel ?

— Toutes les civilisations passées, je dis bien toutes, des Sumériens aux Égyptiens jusqu'aux Grecs et aux Romains, divinisaient le soleil. À tel point qu'ils considéraient tous qu'il était éternel !

— Les Grecs divinisaient le soleil malgré la sagesse de leurs philosophes ?

— Le grand Aristote lui-même professait une séparation

1. Les pierres de lecture étaient composées en majeure partie de cristal de roche ou de pierres semi-précieuses taillées et polies en forme d'hémisphère. Elles furent utilisées comme loupes vers l'an 1000 après Jésus-Christ.

absolue entre le monde terrestre imparfait et changeant et le monde céleste parfait et éternel.

— Et tu penses donc que le soleil et les astres peuvent disparaître un jour ?

— Pour nous, les Juifs, le soleil et les étoiles ne sont rien d'autre que de vulgaires lampadaires. C'est bien cela qui distingue les Hébreux des autres peuples qui les ont précédés.

De l'autre côté du patio, à ma plus grande surprise, les regards d'Esther dans ma direction se faisaient de plus en plus appuyés.

— Comment sais-tu qu'ils ne sont pas éternels ? De mémoire d'homme, le soleil et les étoiles ont toujours été là !

— Parce que leur existence dépasse de loin une simple vie humaine. Mais si tu regardes autour de toi, tu verras que tout ce qui existe meurt un jour ou l'autre. Peut-être en est-il de même du soleil et des astres... La Bible est le seul document issu de l'antiquité qui ose dédiviniser le soleil. Même pour les philosophes grecs, les astres étaient des dieux alors que nos prophètes, eux, affirment dans la Bible quelque chose de novateur. Quelque chose qui a fait date dans la pensée humaine.

— Quelle chose ?

— Rien dans notre monde visible n'est divin ! Ni le soleil, ni les étoiles, ni la Terre, ni rien non plus dans tout ce qu'elle porte, à commencer par tous les rois, souverains et autres pharaons. Les Hébreux ont donc été le premier peuple à considérer que toutes ces choses étaient certes très utiles mais pas des divinités éternelles.

La conversation m'aurait certainement enthousiasmé davantage si, à ce moment précis, Esther ne s'était pas discrètement levée en s'éloignant vers le jardin. Elle me fit des signes discrets pour m'inciter à la rejoindre.

— Donc, selon toi, c'est aux Juifs que l'on doit cette évolution vers un dieu unique ?

— Oui, et bien d'autres choses encore. En ces temps reculés, le soleil, les astres mais aussi la mer, les animaux, les arbres ou les rivières étaient le fief de nombreux dieux. Il fallait surtout éviter de les fâcher. Ainsi, des coutumes ou des traditions ancestrales se mettaient en place.

Je faisais mine de ne pas la voir mais Esther insistait avec un aplomb qui me sidéra.

— On faisait ainsi des offrandes à la déesse de l'eau pour l'inciter à produire une crue généreuse pour le Nil.

— Ou encore des chants religieux pour faire tomber la pluie ou apaiser la colère du dieu de la foudre et de l'orage.

— Mais ces offrandes restaient un moindre mal. L'avancée majeure apportée par les Hébreux concerne la fin des sacrifices.

— Tu veux parler du sacrifice d'Abraham ?

— Tu veux dire le non-sacrifice d'Abraham ! Les prophéties de la Bible comme celle d'Isaïe nous ont appris que de tels actes étaient parfaitement inutiles. La Bible a changé l'histoire de l'humanité. Les Hébreux ont ainsi été les premiers à renoncer à ces pratiques barbares qu'étaient les sacrifices humains.

Esther continuait son manège avec une telle audace qu'on allait certainement la remarquer. Excédé, je m'excusai auprès de mes voisins et, profitant de la discussion animée, je me levai discrètement. La jeune femme avait déjà disparu dans le jardin. Je fis mine d'admirer la fontaine du bassin et je sortis à mon tour.

Elle avait déjà atteint l'extrémité du parc qui donnait sur les berges du Nil. L'endroit était obscur, tranquille et discret. J'étais furieux.

— À quel jeu joues-tu ? Il ne t'a pas suffi de m'humilier une première fois ?

— Je suis venue pour te présenter mes excuses. Si j'ai accepté d'être présente ce soir, c'est uniquement pour implorer ton pardon. Je le fais maladroitement, c'est vrai, mais depuis le jour où nous nous sommes quittés ici même, tu n'es jamais venu nous visiter. Ce soir, je suis venue te dire à quel point je regrettais ces paroles que j'ai prononcées à ton égard.

Ces excuses inattendues m'avaient un peu radouci.

— Pourquoi as-tu raconté cela à ce rabbin ? Il m'a pris pour un misérable.

Esther avait levé la tête vers la lune, faisant ainsi scintiller ses étonnants yeux mauves.

— J'étais égarée. La perspective de te perdre me bouleversait. C'était ridicule, mais j'ai tenté de te rayer de ma mémoire en te discréditant afin de pouvoir retourner vivre parmi les miens.

Ses yeux s'étaient remplis de larmes.

— Je pensais pouvoir t'oublier... Je pensais pouvoir couper ce lien. Mais c'est plus fort que moi, malgré tous mes efforts, je n'arrive pas à te chasser de mon esprit. Jour et nuit, je pense à toi...

J'étais éberlué et j'en restai bouche bée. Elle prit mon visage entre ses deux mains.

— J'ai bien réfléchi. Je ne retournerai pas chez moi. Je veux rester ici à Fustat et vivre à tes côtés. Je veux être ta femme.

J'accusai le coup en silence. Elle était d'une beauté infernale.

— Tu ne dis rien ? Ne vois-tu pas que je m'offre corps et âme ?

Je la contemplai avec sérénité à la lueur de la lune... Qu'allais-je pouvoir lui répondre ? Qu'elle m'avait déjà trahi une fois et que je pourrais difficilement l'oublier ? Que tout avenir avec elle était impossible ici ou ailleurs parce qu'elle était juive et moi chrétien ? Que j'avais été faible, que je lui avais déjà cédé tout en sachant qu'elle était engagée, et que je préférais mourir plutôt que commettre à nouveau pareille infamie ?

— Réponds-moi, Joachim, s'il te plaît, réponds-moi ! Nous pourrions vivre heureux ici... Nous pourrions nous installer loin d'ici dans la ville fatimide, y fonder une famille, à l'abri des regards juifs ou chrétiens...

Un voile d'inquiétude avait envahi son regard. Elle ne comprenait pas mon silence. Mais comment lui expliquer ? Malgré le mal-être que j'éprouvais depuis des semaines, j'avais changé. J'étais désormais maître de moi-même et je savais que j'allais devoir la faire souffrir maintenant. C'était inéluctable, pour son bien comme pour le mien.

— Quel genre d'homme serais-je si je te cédais de nouveau ce soir ? Ton avenir est auprès des tiens, Esther, et tôt ou tard tu les retrouveras. Car on ne naît pas par hasard. Mon père m'a confié cela alors que j'étais entre la vie et la mort [2]. Un jour prochain, tu retourneras vivre en Espagne comme je retournerai moi-même vers mon propre monde. C'est inexorable.

— Tu en aimes une autre, c'est cela ?

— Oui c'est vrai, j'en aime une autre...

— C'est cette fille n'est-ce pas ? Celle à qui tu destinais ce parchemin dans la grotte de Melita ? Comment se nomme-t-elle ? Dis-moi au moins son nom, que je sache à qui je dois mon malheur...

Je regardai une dernière fois ses étonnants yeux mauves baignés de larmes. Alors que je m'apprêtais à la quitter, j'aperçus furtivement la constellation d'Orion qui brillait au milieu du ciel. C'était la première fois que je la distinguais cette année.

— Barbara, elle se nomme Barbara...

---

2. Voir *Les étoiles d'Orion, Cluny 1095*, chapitre 25 : le chevalier de Saint-Ange.

Chapitre 32
1096

1095 avait vécu. Avec la nouvelle année, j'avais tenu promesse et, chaque jour, j'assistais à nouveau aux vêpres dans l'église copte. Malgré son voile, Hiba m'y accompagnait parfois. Notre complicité des premiers jours s'était transformée en une amitié solide et, à la manière de deux poissons égarés dans un bassin trop grand, nous mettions à profit notre temps libre pour explorer la vieille ville dans ses moindres recoins. Un jour que nous visitions l'église Saint-Georges, Hiba attira discrètement mon attention.

— Vois-tu toutes ces femmes musulmanes dans cette église chrétienne ?

Dans une des chapelles se tenait un groupe de femmes dont certaines étaient voilées. Elles s'adonnaient à un bien curieux spectacle. Les unes après les autres, elles s'entouraient curieusement des chaînes célèbres pour avoir retenu saint Georges prisonnier. Intriguée, Hiba demanda à l'une d'elle la raison d'un tel exercice.

— On dit que leur métal a des vertus curatives. On leur prête le pouvoir de guérir la stérilité. Nous faisons cela dans l'espoir d'enfanter. Veux-tu essayer ?

— Mais je ne suis pas stérile.

— Que fais-tu dans une église copte dans ce cas, toi qui es musulmane ?

La réplique avait plongé Hiba dans un abîme de perplexité. Malgré son affranchissement, elle ne s'était jamais résolue à suivre la Loi de Mahomet. La nuit, je l'entendais prier secrètement des dieux mystérieux. Vis-à-vis des mosquées, elle avait le même réflexe que tous les *dhimmis* de Fustat : elle évitait d'y rentrer de peur d'y être convertie de force...

Mais ici on ne plaisantait pas avec la religion du prophète. Girgis l'avait également surprise à prier d'autres dieux et l'avait aussitôt mise en garde.

— Si tu te fais prendre à vénérer tes idoles, tu finiras lapidée et on jettera ton cadavre aux chiens, lui avait-il déclaré en lui faisant jurer de ne pas recommencer.

En ville, sa couleur de peau rendait les choses complexes. Lors de nos escapades, on lui jetait des regards obliques. Seule ma présence la légitimait car on l'associait à mon épouse. Aux yeux de tous, j'étais moi-même musulman et cette femme de race noire avait dû être « à mon service » avant de devenir une concubine. Si cette double imposture renforçait notre complicité, nous n'étions pas dupes pour autant de nos avenirs respectifs... Hiba avait lu dans mon regard qu'un jour je partirais. Cette ville n'était pour moi qu'une étape et, tôt ou tard, elle devrait y demeurer seule... Elle avait perçu la possibilité de mon départ le soir du solstice, chez Girgis, lorsqu'elle avait vu le désespoir dans les yeux d'Esther. En dehors de notre amitié, rien ne la retenait donc plus vraiment. Elle appréciait son travail auprès du vieil antiquaire mais, dès qu'elle aurait rassemblé la somme nécessaire, elle rejoindrait une caravane en partance pour son pays et traverserait le désert sur les traces de ses origines. Son rêve était désormais à portée.

Son désir de départ s'accrut à la suite d'une curieuse mésaventure qui survint au début de février. Nous nous étions égarés du côté de la vieille mosquée Amr. Il s'y tenait un marché qui se déroulait dans une grande bâtisse curieusement à l'écart. Un grand nombre de visiteurs y pénétraient bien, mais nous ne voyions aucune marchandise à ses abords. Risquant un œil à l'intérieur, nous comprîmes immédiatement la nature de ce qui se vendait là : de grands enclos garnis de paille accueillaient des humains de toutes les races et de tous les âges. Dans certains, on avait placé des personnes à la peau très claire provenant des contrées du nord ou de l'est. D'autres accueillaient des groupes à la peau mate, originaire des pays des *roums*. Il s'y trouvait enfin des individus originaires de la lointaine Éthiopie ou du Soudan. Un enclos était consacré exclusivement à des filles très jeunes, à peine nubiles et, cette fois, sans distinction de race. Écarquillant les yeux, nous aperçûmes au centre du bâtiment une sorte d'estrade sur laquelle se tenaient trois hommes assis en tailleur qui semblaient diriger la vente. En face d'eux, une foule d'acheteurs répondaient aux enchères lancées, à grand coups de gestes et de cris. Au fur et à mesure, on présentait au public l'un de ces malheureux, tiré d'un enclos et hissé sur la plate-forme.

Hiba poussa soudain un cri de surprise, comme si, là, dans cette foule, elle avait reconnu quelqu'un.

— Regarde là, sur l'estrade.

Elle était devenue livide. Elle m'indiqua l'homme du centre d'un doigt tremblant. Celui-là même qui présidait la vente. À ma plus grande surprise, il venait de chausser de curieux verres polis retenus entre eux par un fil de métal doré. C'était l'un des convives de Girgis ! Cette indignité était dirigée par l'un des amis du Copte !

Nous partîmes précipitamment avant que l'homme ne nous aperçoive où ne nous reconnaisse. Nous courûmes longtemps dans les ruelles de la vieille ville pour oublier ce spectacle consternant. Au bout d'un moment, épuisés, nous fîmes une halte à l'ombre d'un palmier. Hiba pleura longuement dans mes bras, affrontant sans doute la réminiscence de ses propres expériences passées.

Jamais je n'aurais pu imaginer une pareille chose. Je savais qu'il avait existé de tels marchés en Occident dans des villes franques tels que Verdun. On y rassemblait de pauvres hères nommés *slaves* faits prisonniers à la suite de combats à l'est de l'Empire, ce qui avait donné *servus* en latin. Ce nom s'était ensuite peu à peu transformé en *serf* pour désigner celui, qui chez nous, était inféodé à un seigneur. Mais comment concevoir qu'on puisse acheter ainsi des hommes, des femmes et des enfants...

Je m'étais indigné auprès de Girgis de la participation active de son ami à ce commerce infame.

— Je comprends ta réaction, mais sache qu'ici, ce que tu nommes esclavage est institutionnalisé et accepté par tous, y compris par la plupart des intéressés eux-mêmes. Nous parlons, nous, de *servitude.* Aussi étonnant que cela puisse paraître, ces serviteurs y ont un statut et des droits. La plupart gagnent leur vie, certains font même carrière et finissent par se racheter eux-mêmes. L'armée fatimide est une grosse consommatrice de ces hommes et les utilise dans ses contingents. L'ancien vizir al-Jamali n'était-il pas lui-même un ex-esclave ? D'ailleurs, la religion dominante, l'islam, ne s'oppose pas à ces pratiques, même si le Coran encourage explicitement les affranchissements. La seule contrainte exposée est qu'un musulman ne peut pas devenir esclave lui-même tant qu'il vit en terre d'islam.

La question de notre départ n'était plus un tabou et nous l'évoquions désormais sans retenue. Mon étude des pyramides étant achevée, j'avais désormais dans l'idée de me rendre à Jérusalem au plus vite. Je pourrais ainsi me recueillir au Saint-Sépulcre puis remonter à travers la Syrie pour gagner Constantinople.

— *La seconde ville, avec Fustat, qui méritait d'être vue*, selon Théodose. Peut-être aurais-je l'occasion d'y croiser mon ami byzantin ?

Se posait maintenant la question cruciale du financement. Girgis nous payait très convenablement et nous pouvions désormais payer chacun notre voyage. Mais comment vivre ensuite dans des contrées inconnues où personne ne nous attendait ? Il nous fallait gagner bien plus et rester ici encore de longs mois avant d'envisager un départ. De l'argent, j'en avais pourtant ! Ces deux bourses, remises par le représentant du vizir, contenaient chacune une vraie fortune composée de dinars en or. Elles pouvaient, à elles seules, résoudre toutes nos difficultés.

— Il te les a confiées pour mieux te piéger, me signifiait Hiba à chaque fois que je les évoquais. Si tu les utilises, tu deviendras aussitôt son obligé et tu seras contraint de travailler pour lui et le pouvoir local.

C'est le jour suivant le triste épisode du marché aux esclaves que je reçus à la boutique la visite de deux soldats fatimides. L'homme au visage émacié devait toujours attendre sa réponse et il me convoquait, séance tenante, au palais du vizir... L'heure de la clarification avait sonné. J'allais devoir cette fois refuser son offre sans détour si je voulais demeurer libre. Persuadée que c'était la meilleure attitude à adopter, Hiba ajouta :

— Tu devrais lui restituer cet argent avant qu'il ne te brûle les doigts. Imagine qu'on te vole cet or, où pire encore, qu'il envoie lui-même quelqu'un te le dérober pour mieux te contraindre. Tu as bien vu de quoi ces Fatimides sont capables. Songe à ce pauvre Abbas !

Hiba avait raison. Il était temps de solder tous les comptes avec le tortionnaire de mon ami.

Je pris donc mes deux sacs, j'enfourchai ma mule et empruntai une nouvelle fois la route d'al-Qahira. Un peu plus tard, je brandissais mon sauf-conduit à l'entrée du palais où on m'installa cette fois dans une somptueuse pièce surplombant la place *Bain al-qasrayn.*

— Tu as mis le temps...

L'homme au visage émacié s'était avancé et me fixait de ses petits yeux froids.

— Ainsi, tu repousses mon offre.

— Comment le sais-tu ?

— Tu as rapporté les deux bourses que je t'avais offertes.

— Je refuse effectivement ta proposition. Je vais continuer mon périple à travers le monde et ne reviendrai pas de sitôt dans ton pays. Je souhaitais t'en informer et te remercier aussi pour ton offre généreuse.

— À quoi te servira ton savoir si tu ne le mets pas au service d'une cause ?

— Je pourrai le transmettre à d'autres sans avoir à servir un ordre en particulier.

Il me considéra longuement.

— Connais-tu un moine qui porte une robe noire et qui se fait appeler Clément ?

Mon sang ne fit qu'un tour.

— Clément ! Quoi ? Que dis-tu ? Pourquoi me questionnes-tu à son sujet ?

— Il est ici, à al-Qahira.

— Comment ? Mais par quel miracle... ? Tu parles bien de Clément de Tours ? Tu l'as donc vu ? Lui as-tu dit où il pouvait me trouver ?

— Nous venons de l'interroger...

Une sueur froide me parcourut l'échine.

— L'interroger, mais pourquoi ? Que veux-tu savoir que tu ne saches déjà ?

— Nous voulons savoir pour quelle raison il a fait un si long voyage pour récupérer un simple novice. Qu'as-tu à me dire à ce sujet ?

J'étais devenu livide. Cet homme, c'était le diable ! Comme avec Abbas, il jouait avec mes émotions afin d'obtenir des informations.

— Nous sommes moines tous les deux. La voilà ta raison. Il m'a pris sous son aile lorsque j'avais onze ans, dès mon arrivée au monastère. Il était avec moi lorsque j'ai été enlevé sur ce bateau et il devait être mort d'inquiétude à mon sujet. J'ai pu lui laisser un message à Melita lui signalant que je fuyais au Caire. Il est donc venu dès qu'il a pu ! Où est-il ? Je veux le voir.

— Que faisiez-vous sur ce bateau ?

— Nous nous rendions à Pise, d'où nous devions gagner Rome, la Ville sainte des chrétiens. Tu es satisfait ? Conduis-moi jusqu'à lui maintenant.

Il me fixa à nouveau de ses petits yeux froids dénués de toute émotion.

— Rassure-toi, nous ne lui avons fait aucun mal. Regarde, il t'attend là, dehors.

Je me levai d'un bond et par la fenêtre j'aperçus la silhouette de Clément, seul, sur la grande place. Il semblait effectivement guetter mon arrivée. Infiniment soulagé, je fis un pas vers la porte pour quitter ce palais au plus vite et rejoindre mon ami.

— Attends ! Tu n'emportes pas ton or ?

— Je t'ai dit que je refusais ton offre. Je ne peux donc pas accepter cet argent.

— Dans ce cas, prends au moins ceci.

Il extirpa une autre bourse qu'il me tendit.

— Elle appartient au conteur Abbas. Il m'a demandé qu'elle te revienne si jamais il lui arrivait quelque chose... Tu sembles doué dans l'art de te faire des amis fidèles.... Accepte-la, en mémoire de lui.

— La bourse d'Abbas ? Il me l'a léguée ?

— Il t'a aussi laissé un recueil de contes. Emporte-le, toi qui lis désormais l'arabe.

Il se leva pour prendre congé.

— Qui que vous soyez, toi et ton frère, dites à votre Pape

que les Fatimides ne sont pas les ennemis des Francs... Quelles que soient vos intentions en Orient, nous y avons désormais les mêmes adversaires : les Turcs seldjoukides qui occupent la Syrie, la Palestine et Jérusalem. Tu peux aussi garder le sceau du vizir al-Afdal. Il pourra t'être utile si jamais tu reviens dans la région...

L'homme au visage émacié se leva, passa la porte et disparut dans les couloirs du palais...

Sur la place, Clément eut bien du mal à me reconnaître dans mon nouvel habit. Il fixait mon turban en crêpe indien comme si un mauvais *djinn* allait en sortir. Après de longues embrassades, sous les regards perplexes des oisifs, les premières questions fusèrent :

— Les hommes du vizir, ils t'ont interrogé dans leurs geôles sordides ?

— Interrogé ? Non, j'ai seulement répondu à quelques questions posées par un homme charmant. Il m'a reçu dans une pièce somptueuse et m'a même offert un excellent sirop parfumé à la rose. As-tu vu tout ce marbre et ce cristal dans ce palais ?

— Ils ne t'ont pas menacé ?

— Pourquoi l'auraient-ils fait ? Je ne suis qu'un moine inoffensif à la recherche de son jeune frère. Je n'ai rien à cacher...

— Mais comment es-tu arrivé jusqu'ici ?

— C'est une longue histoire. Le seul indice pour te retrouver dans cette ville immense était ce conteur qui t'accompagnait. À Malte, on m'a affirmé qu'il devait se produire au palais du vizir. À peine débarqué, je m'y suis donc présenté pour demander si quelqu'un avait entendu parler d'un jeune novice franc, arrivé en ville il y a huit mois. Etonnamment, l'homme qui m'a reçu te connaissait parfaitement et t'a fait aussitôt aller chercher. Il m'a effectivement posé quelques questions anodines sur la raison de ma venue. Un peu plus tard, il est revenu m'annoncer que tu étais en route et que je pouvais t'attendre sur cette place. Je constate avec joie que tu es populaire par ici ! Moi qui pensais que j'allais mettre plusieurs jours avant de te localiser...

J'étais si heureux de retrouver Clément que je faisais de petits bonds sous l'œil amusé des badauds.

— Viens, suis-moi jusqu'à Fustat, je vais te présenter à Hiba et à Girgis, je vais aussi te montrer ma ville et les pyramides...

Epilogue

Grâce à Dieu, j'avais retrouvé mon frère de cœur et tous mes soucis s'étaient résolus. Ma situation avec les Fatimides était clarifiée. Abbas m'avait fait don de son trésor, que j'allais pouvoir partager avec ma complice et faciliter son rêve. Clément, ma seule famille en ce monde, était désormais à mes côtés. Hiba et Girgis l'avaient accueilli comme tel et notre joie à tous était si grande que je n'avais pas souvenir d'un jour aussi heureux que celui-là.

Puis vint le temps des explications. Nous nous étions perdus depuis près de huit mois et nous avions bien des choses à nous confier.

J'entrepris de lui conter dans le détail les péripéties survenues depuis ma disparition : les deux captives dans la cale, Gozo, notre arrivée à Malte, mon empoisonnement, nos démêlés avec Badis, la fuite en Égypte, l'incroyable histoire du musicien *fedayin*, la mort tragique d'Abbas, jusqu'à mes démêlés avec le chef de la sécurité du vizir.

Clément me regardait avec étonnement et fierté.

— Sais-tu qu'en huit mois à peine tu as vécu plus de choses que n'en vivent la plupart des hommes en une vie entière ?

Mais maintenant c'était son tour. Que s'était-il passé de leur côté ? Qu'était-il advenu des autres membres du groupe et d'Alix ? Je mourais d'envie de savoir enfin...

Il me raconta comment, après m'avoir cru bel et bien mort, ils avaient compris à partir des ballots maculés d'encre que j'étais bien vivant. Ils avaient alors remonté la piste de ce Gozo jusqu'à cette cabane du port de Pise que nous avions malheureusement quittée un peu avant leur arrivée.

J'ouvris de grands yeux quand il m'apprit que la comtesse de Toscane les avait pris de haut et fait annuler la mission d'espionnage, au nom du Pape, puis son ordre de me récupérer à Malte. Je blêmis quand j'appris la ruse d'Alix pour se mêler à l'expédition. Je frissonnai quand il me décrivit l'attaque de leur navire par les Maures, dans l'anse de Marsaxlokk. Je fus sidéré d'apprendre que, là aussi, ils m'avaient manqué de très peu.

— Que s'est-il passé ensuite ? demandai-je, anxieux.

— Notre bateau avait souffert. Nous comptions des morts et des blessés. Nous sommes restés à Malte quelques jours et avons pu aider à mettre fin à l'insurrection. Comme il nous était impossible de gagner l'Égypte avec un bateau militaire chrétien, nous sommes donc retournés à Pise pour y prendre de nouvelles consignes. Notre mission a pris tristement fin ce jour-là. Elle aura été un fiasco complet du début à la fin...

— Que vous a dit la comtesse ?

— Elle était furieuse et nous a renvoyés vers le comté de Mâcon avec ordre de ne plus nous mêler de rien. Ton ravisseur étant mort, nous avons considéré que tu étais hors de danger et que tu pouvais donc revenir par toi-même à tout moment et où que tu sois.

— Que sont devenus nos frères ?

— Aldebert a repris la direction du *scriptorium* de Cluny. Les frères issus de Beaulieu ont réintégré le cloître de l'abbaye comme simples moines. Nous sommes piteusement rentrés dans le rang.

— Et Alix et Paula ?

— Elles ont sèchement décliné l'hospitalité de Mathilde de Toscane et sont rentrées en Bourgogne à nos côtés. Nous sommes arrivés à Cluny fin octobre, le jour même où Urbain II consacrait l'autel de notre nouvelle abbatiale [1]. Le pape s'est rendu ensuite à Clermont où s'est déroulé un important concile [2] réunissant les plus éminents archevêques, évêques et abbés de la chrétienté. J'ai eu moi-même la chance de m'y glisser dans le sillage de notre abbé Hugues.

— Que s'est-il passé à Clermont ?

— C'était une véritable démonstration de force du pouvoir ecclésiastique. Le dernier jour, le Pape a prononcé un ultime discours devant une foule de clercs et de laïcs où il a officialisé son grand dessein : libérer Jérusalem. Urbain II a ainsi appelé officiellement toute la noblesse de la chrétienté à prendre les armes et à partir lutter contre les Turcs qui menacent l'empire byzantin et à délivrer les lieux saints occupés par les musulmans.

— L'appel à la guerre sainte est proclamé ?

— Oui. On parle désormais de « croisade », car ce sont des milliers d'hommes et de femmes qui se portent volontaires et cousent, dans l'allégresse, des croix rouges sur leurs vêtements. Sache que cet appel s'est répandu dans tout le royaume et dans l'empire comme une véritable lame de fond. Partout dans leur diocèse, les évêques rassemblent les foules et se font l'écho d'Urbain, égrenant fièrement la liste des prestigieux barons qui vont participer au projet papal : au nord, le duc de Basse-Lotharingie, Godefroy de Bouillon et ses frères Baudouin de Boulogne et Eustache III ; au sud, l'élite provençale menée par ton oncle Raymond de Toulouse. Sans oublier les redoutables Normands de Sicile dirigés par Bohémond de Tarente et Tancrède de Hauteville.

1. Le 25 octobre 1095, le pape Urbain II, de passage à Cluny, consacrait l'autel majeur et l'autel matutinal de la nouvelle église abbatiale alors en construction.

2. Le 27 novembre 1095, le pape Urbain II profitait d'un concile à Clermont (Auvergne) pour lancer un appel aux chevaliers afin qu'ils fassent le voyage à Jérusalem et repoussent les infidèles.

— Nos armées convergent-elles déjà vers l'orient ?

— Les barons et leurs seigneurs sont toujours dans la préparation. Depuis l'appel d'Urbain, la plupart ont abandonné leurs guerres privées pour arranger leurs affaires, réunir leurs vassaux et gager quelques biens afin de financer leurs expéditions en Terre sainte. Les premiers gros départs officiels sont attendus pour cet été.

— Tu as l'air très sceptique.

— Ces bouleversements entraînent déjà de nombreux excès. Sache que l'appel à la croisade a aussi une résonance auprès du petit peuple. De pauvres gens incrédules sont excités par des prédicateurs qui usurpent souvent la qualité de clerc. Ces imposteurs montrent aux naïfs des pseudo-signes qui font d'eux des élus de Dieu tels que des croix qu'ils se peignent eux-mêmes sur le corps. Ils les exhortent à les suivre sur des routes improbables avec femmes et enfants, parfois armés de simples bâtons afin d'aller châtier les infidèles. Les routes du royaume sont désormais pleines de ces malheureux fanatisés, guidés par des illuminés qui vont devoir voler et piller en chemin pour subvenir à leurs besoins. Le plus inquiétant est que certains groupes sont désormais encadrés par des chevaliers-brigands, souvent de petits nobles, des cadets de famille ou des hommes d'armes frustrés et habités d'un désir de vengeance. On m'a rapporté que, dès qu'ils avaient passé les frontières de l'empire, ces groupes profitaient du climat d'exaltation générale pour aller piller et terroriser au nom du Christ, les populations des villages se trouvant sur leur route. Les juifs seraient particulièrement visés.

Je restai sans voix devant ce tableau implacable. Odon avait vu juste. Il nous avait pourtant mis en garde contre le projet papal. Cette croisade, c'était la guerre qui commençait avec son lot d'injustices et de malheurs annonçant inexorablement les combats et les massacres d'innocents sacrifiés à la cause du Christ.

— Qu'est devenu Hugues de Mâcon ?

— Dès son retour en Bourgogne, il a été assigné par le comte à la protection d'Alix et de Paula. Il craint toujours une vengeance du seigneur d'Helgon et les deux femmes sont donc particulièrement exposées. Hugues est assisté par Guillaume, son neveu, et ils se sont tous deux installés au château de Saint-Germain. Mais les choses vont évoluer. Tout comme le père d'Alix, Hugues va devoir rejoindre la croisade des barons à laquelle le comte Renaud participera avec tous ses vassaux.

J'avais gardé la question la plus importante pour la fin.

— Et Alix ? J'imagine qu'elle était déçue de ne pas me trouver à Malte...

Mon ami me regarda d'un air qui ne présageait rien de bon.

— Pour ne rien te cacher, elle a appris comme nous tous par cette femme nommée Nyatou que tu avais eu une liaison avec la plus âgée des deux captives. Cela a été difficile pour elle. Sache qu'elle s'était investie corps et âme pour te retrouver.

J'eus l'impression qu'on m'enfonçait une épée dans le cœur. Ainsi Alix savait à propos d'Esther... Clément poursuivit.

— Nous avons tous été un peu surpris. D'autant plus que tu avais abandonné ta coule de moine derrière toi... Cela faisait beaucoup de choses à interpréter. Elle a, depuis, retrouvé les siens et s'est concentrée sur la gestion de son domaine afin de pourvoir suppléer au départ de son père. Pour être complet, sache qu'Alix est désormais courtisée par Guillaume de Mâcon. Il lui a sauvé la vie à Malte lorsque nous avons été attaqués par les Maures.

Un long silence s'installa. J'étais accablé. Que pouvais-je répondre ? Que pouvais-je faire ? J'avais vraisemblablement perdu celle que j'aimais et j'en étais le seul responsable.

— Il est sans doute trop tard pour aller m'expliquer maintenant. Dommage que tu ne sois pas arrivé plus tôt. Pourquoi n'es-tu pas venu à mon rendez-vous à la grande pyramide cet automne ? Vous deviez encore être à Pise à ce moment-là...

— De quoi parles-tu ?

Je regardai Clément, stupéfait.

— Tu n'étais pas au courant ? J'avais consigné cela à votre intention sur un parchemin laissé à Nyatou. Un lieu et une date précise afin de nous retrouver ici. Le jour même de l'équinoxe d'automne à Gizeh... Je vous y ai guettés toute la journée en vain...

— Nous savions que tu étais parti pour Le Caire avec ce conteur, voilà tout...

— Nyatou ne vous l'aurait donc pas donné ?

— C'est Alix qui a reçu ce message. Mais selon ce qu'elle m'a dit ce jour-là, il ne contenait aucune autre information et elle a dû conserver ce bout de parchemin sans nous le montrer.

J'étais ébahi.

— Tu veux dire qu'Alix vous a délibérément caché mon message ?

— C'est probable. Cela montre à quel point elle devait être déçue par ton comportement.

— Sans doute, mais ce message vous était aussi destiné. Comment a-t-elle pu ne pas vous en faire part ?

Clément parut affecté, mais sa volonté d'aller de l'avant fut la plus forte.

— Et maintenant que fait-on ? Où en es-tu avec cette autre fille ?

— Cette histoire est derrière moi. J'y ai mis un point final. Elle va retourner vers sa propre vie.

— As-tu des projets pour la suite ?

— Jusqu'à ce matin, sans aucune nouvelle de vous tous, je comptais me rendre à Jérusalem puis à Constantinople... J'espérais peut-être inconsciemment vous y croiser dans votre mission pour Cluny ...

— Tiens-tu vraiment à te retrouver au beau milieu d'une guerre entre chrétiens et musulmans ?

— Ton arrivée subite et ces nouvelles que je n'espérais plus remuent bien des choses en moi.

Je fixai Clément d'un air résolu.

— Voici mes intentions : nous restons encore une semaine pour te faire visiter la ville. Ensuite nous retournons chez nous.

— Tu comptes réintégrer Cluny ?

— Qui te parle de Cluny ? J'en ai définitivement terminé avec la vie monastique. C'est à Saint-Germain que je vais. J'ai commis des erreurs et j'ai des torts à réparer. Il n'est peut-être pas trop tard pour les reconnaître et tenter de reconquérir celle que j'aime.

— Tu crois qu'elle pourra te pardonner ?

— Quel homme serais-je si je n'allais pas la voir maintenant pour tenter de gagner son indulgence ?

— Tu ne lui en veux donc pas d'avoir dissimulé ce parchemin ?

— Non, je comprends qu'elle l'ait fait. Elle devait être malheureuse à cause de moi. Je lui pardonne.

— Es-tu bien sûr de toi ?

— Évidemment que je suis sûr de moi !

— Très bien, si là est ton souhait le plus profond, nous prendrons la route du retour dans une semaine et nous rentrerons chez nous.

Le printemps tardait à s'imposer et la traversée des

alpes et de ses cols enneigés avait été bien rude. Après la douceur des bords du Nil, et malgré mon manteau de laine de Turin, je grelottais sur ma monture. À Gênes, deux semaines plus tôt, j'avais dû troquer à la hâte mon habit maure. Des groupes de vagabonds armés traînaient dans la vieille ville et dans les environs du port. Ils y vivaient de larcins et harcelaient principalement les juifs, les accusant de pactiser avec les musulmans contre les chrétiens. Ils se vantaient aussi avec effronterie qu'ils tueraient tous les Maures qu'ils croiseraient. Dans mon nouvel habit, je ressemblais désormais à « un fils de notable Génois enorgueilli par la réussite de sa belle cité ». De mon périple oriental, je n'avais conservé que mon seul turban de crêpe indien. Je l'avais enroulé autour de mon cou à la façon d'une écharpe. Tel un ami fidèle, symbole de mon voyage au pays des pharaons, des Coptes et des Fatimides, il m'avait protégé des rafales glacées et j'étais fier de le porter.

Plus d'un mois s'était écoulé depuis notre départ et j'avais désormais atteint ma dix-huitième année. Fustat et al-Qahira étaient loin à présent. Alors que nous chevauchions vers Mâcon en longeant la Saône, je me demandai où pouvaient être Hiba, Esther et Judith en cet instant. Le hasard avait voulu que nous quittions la ville le même jour. Les deux sœurs avaient embarqué sur une felouque le matin même, en compagnie de négociants juifs. Le rabbin avait pu persuader ce groupe de marchands en partance pour al-Andalus de les conduire jusqu'à Barcelone où on les attendait impatiemment. Puis ce fut le tour d'Hiba. Je n'oublierai jamais son regard au moment où la longue caravane s'ébroua en direction du désert. Je repensai à toutes nos péripéties depuis le palais d'al-Mamoun. Elle s'était éloignée, droite comme une déesse, les yeux embués de larmes, en route pour son mystérieux empire du Ghana. J'étais tellement heureux de l'avoir croisée et d'avoir été son ami. J'avais enfin embrassé Girgis. Lui qui m'avait tant appris et qui m'avait accueilli comme son fils, moi un étranger venu de nulle part.

Chevauchant à vive allure, je guettais l'instant où j'apercevrais les crêtes boisées du Mâconnais. Au détour d'une colline, j'aperçus Solutré et son étonnante roche calcaire. Le fier éperon rocheux semblait voguer tel un vaisseau sur un océan de vignes prestigieuses. Nous approchions du but et mon appréhension redoubla. Qu'allais-je trouver à Saint-Germain ? Personne ne m'y attendait et j'arrivais, là, comme un vagabond, sans même y avoir été annoncé. Clément dut percevoir mon trouble et me proposa de faire une ultime halte avant de conclure notre voyage.

Alors que j'ouvrais ma besace afin de saisir ma gourde, je dressai un rapide inventaire de mes biens. Je n'avais plus un sou. De la bourse d'Abbas, il ne me restait rien, hormis la valeur de mon cheval acheté à Gènes. J'avais offert mon ultime pièce d'or dans la dernière ville, à une petite fille que traînaient de pauvres gens. Ils étaient originaires de Champagne et arboraient fièrement des croix rouges dans leur dos. Mes yeux s'étaient embués quand l'enfant, épuisée d'avoir tant marché, avait levé ses yeux pleins d'espoir vers le grand clocher attenant. Quand les cloches s'étaient mises à sonner, elle avait pensé qu'ils avaient enfin atteint la cité céleste, et trouvé la ville de Jérusalem bien jolie.

Je n'avais plus d'argent mais qu'importe. Je n'en avais jamais eu et je n'en éprouvais pas le besoin. En revanche, j'étais riche des trésors que j'extirpais un à un de ma sacoche. Ceux-là, je ne les aurais cédés pour rien au monde. J'admirai d'abord la bague que Girgis m'avait offerte. C'était un bijou copte unique, orné d'une magnifique pierre précieuse. Il m'avait fait jurer de la réserver pour ma future épouse, dès que je l'aurais trouvée... J'exhibai ensuite mon carnet de voyageur et ses pages de papier soyeux. Je me promis d'aller soumettre mes notes et mes mesures à Hézelon dès que j'en aurais l'occasion. Je possédais aussi le merveilleux livre de contes d'Abbas qui rassemblait mille et une histoires extraordinaires que j'étais seul, désormais, à pouvoir lire et partager avec mon entourage. Enfin, il y avait l'icône de la sainte. Je regardai une dernière fois son visage pour me donner du courage. Elle me souriait inlassablement avec le même air mutin, comme si elle portait en elle un secret.

— Avant de repartir, j'ai quelque chose à t'apprendre à propos de notre retour.

Inquiet, je regardai Clément. Qu'avait-il donc à me dire maintenant ?

— Tu ne m'as jamais demandé pourquoi j'étais parti à ta recherche après tout ce temps.

— Peut-être parce que tu es mon frère et que tu t'inquiétais pour moi ?

— Non je ne l'étais pas vraiment. Je savais que tu étais parfaitement capable de te débrouiller seul. En réalité, c'est une personne qui m'a décidé à partir à ta recherche.

— Qui ?

— Alix.

— Alix ? Mais comment... ?

— Cet hiver, bien après notre retour dans le comté, elle est venue me trouver à Cluny. Elle était bien sombre.

— Que t'a-t-elle dit ?

— Ce jour-là, elle m'a avoué avoir dissimulé sciemment le parchemin de Nyatou à Malte. Elle me l'a montré et j'ai pris connaissance de ton message et de ce rendez-vous manqué à Gizeh, prévu le jour de l'équinoxe.

— Tu étais donc au courant ?

— Oui. Elle regrettait amèrement son geste. Sur l'instant, elle m'a expliqué avoir été folle de rage contre toi et s'être sentie trahie et humiliée. Mais avec le recul, elle avait compris qu'elle nous avait aussi privés, nous tes frères, de retrouvailles possibles. Elle s'était injustement immiscée en allant à l'encontre de quelque chose que tu avais initié et que, sans doute, tu espérais.

— Que s'est-il passé alors ?

— J'ai sondé son cœur. Cet aveu tardif semblait dissimuler bien des secrets. Finalement elle s'est confiée à moi.

Mes tempes se mirent à bourdonner.

— Que t'a-t-elle dit ?

— Qu'elle t'aimait et qu'elle était malheureuse. Elle m'a confié qu'elle comptait partir à ta recherche dès le printemps et qu'elle se demandait si j'accepterais de l'accompagner en Égypte.

Mon cœur se mit à battre si fort que je dus bafouiller la suite.

— Que s'est-il passé ensuite ?

— Je lui ai proposé une alternative qui pouvait peut-être régler la question.

— Quelle alternative ?

— Partir seul à ta recherche et sonder ton cœur à ton tour. Je ne devais te ramener que si tu exprimais la volonté absolue de la revoir et de t'engager auprès d'elle. Elle a accepté mon offre et je suis parti dès que les conditions de navigation l'ont permis.

— Tu veux dire qu'elle attend mon retour ? Pourquoi ne pas me l'avoir dit plus tôt ?

— C'était la meilleure façon de t'éprouver. Désormais, je suis certain que tu mérites de la retrouver. Nous y allons ?

Je serrai longuement Clément contre mon cœur.

— Tu as fait tout ce périple pour moi, sans jamais penser

un seul instant à toi ?

— Pour être honnête, je rêvais aussi de voir l'Égypte et les pyramides. Depuis Cluny je t'enviais secrètement et je me languissais aussi de toi. Grâce à sa requête, j'ai également pu accomplir mon rêve et j'ai récupéré mon frère.

Le soleil était à son zénith lorsque nous aperçûmes l'enceinte de Saint-Germain. Il teintait le ciel de feuilles d'or et les collines d'un vert incandescent. Partout aux alentours, le printemps éclatait. Des dizaines de brebis et leurs agneaux constellaient les pâturages de leurs petites taches blanches.

Alix travaillait la vigne du domaine quand elle nous aperçut. Elle se figea et nous observa un moment tandis que nous gravissions le chemin sinueux menant au village. Lorsque nous fûmes à mi-hauteur, elle délaissa son ouvrage et ses gens. J'abandonnai ma monture et continuai l'ascension seul. Elle marcha lentement vers moi au milieu des vignes, prenant tout son temps, comme si elle savourait un instant qu'elle attendait depuis longtemps.

Dans le lointain, un monastère sonnait sexte. Comme un signe du destin, nous nous retrouvâmes à la hauteur de la petite église, celle-là même où nous nous étions rencontrés pour la première fois. Elle était apparue telle une créature céleste. Ses yeux noisette brillaient de mille feux. Ses cheveux blonds étaient à nouveau longs et un étrange sourire mutin ornait son beau visage…

— À qui ai-je l'honneur, vous qui traversez mes terres ?

Pour toute réponse, je sortis la précieuse bague de Girgis que je lui présentai, mettant un genou à terre.

— Madame, voici là toute ma fortune. J'ai traversé bien des contrées, j'ai rencontré bien des personnes et j'ai appris beaucoup. Je suis parti novice et je vous reviens homme. De tous les astres que j'ai pu contempler en ce monde, aucun ne possède votre éclat. Je ne souhaite désormais qu'une chose, œuvrer à vos côtés et contempler votre sourire mutin...Voulez-vous de moi pour époux ?

— Oui, je te veux ! Plus que tout au monde.

Je lui passai la bague à l'annulaire de la main gauche, ce doigt relié directement au cœur.

— Je m'appelle Joachim. Joachim de Saint-Ange.

— Voilà qui sonne élégamment. Le domaine rayonne déjà de ta présence, s'attendrit-elle en sertissant de ses mains mon visage. Regarde comme la pierre scintille...

Autour de nous, s'étendaient les douces collines de Bourgogne, remarquable camaïeu d'émeraudes où mille nuances de vert côtoyaient les subtiles touches de blanc de la roche calcaire.

Je me levai, pris ma fiancée par la taille et l'embrassai. J'aurais voulu que ce moment dure mille ans...

Fin

Présentation des personnages historiques

On me demande souvent, si parmi les nombreux personnages du roman, certains ont existé et lesquels sont purement fictifs. Pour aider le lecteur, voici la liste exhaustive des personnages historiques apparaissant ainsi qu'une brève présentation pour chacun d'entre eux.

Les personnages historiques

Urbain II

Issu de la noblesse champenoise, ancien prieur de Cluny, Eudes de Châtillon devient pape sous le nom d'Urbain II en mars 1088.

En accord avec les thèses de son illustre prédécesseur Grégoire VII, et décidé à accroître le prestige moral de la papauté, il poursuit la réforme grégorienne. Il renouvelle les décrets contre le concubinage des clercs et l''investiture laïque. Mais surtout, il lance en novembre 1095, au concile de Clermont, un appel à la croisade pour permettre, d'une part, à la chrétienté de récupérer les Lieux saints et, d'autre part, pour rassembler tous les chevaliers d'Occident dans cette grandiose entreprise religieuse et politique. Il organise cette première croisade qui aboutit à la prise de Jérusalem en 1099.

Hugues de Semur (Saint; 1024 – 1109)

Appartenant à la famille des comtes de Semur en Brionnais, Hugues devient abbé de Cluny à vingt-cinq ans, en 1049. Il occupe cette charge pendant soixante ans, déployant une activité extraordinaire, et porte Cluny à son apogée. Excellent diplomate, il est le conseiller écouté de tous les papes qui se succédèrent durant son abbatiat et notamment d'Urbain II.

Hugues est aussi le parrain de l'empereur Henri IV. Dans les graves conflits entre le Sacerdoce et l'Empire, il garde une attitude modérée. C'est lui qui édifie la grande abbatiale de Cluny III.

Alexis Comnène (1058 – 1118)

Alexis Ier Comnène est l'empereur byzantin qui a régné de 1081 à 1118 sur l'empire romain d'Orient. Il profite de la première croisade pour reprendre Nicée et la partie occidentale de l'Asie Mineure aux turcs seldjoukides en 1097.

Mathilde de Toscane (1046 - 1115)

Liée aux plus grandes familles de l'Europe féodale, dont celle de l'empereur, la comtesse Mathilde dispose d'un vaste domaine s'étendant de Bergame à Sienne. Son rôle est essentiel durant la querelle des Investitures : entre 1076 et 1115, elle est la principale alliée des papes (qu'elle fait héritiers de ses biens) contre Henri IV, puis contre Henri V. C'est dans son château, à Canossa, que l'empereur vient s'humilier devant Grégoire VII en 1077.

Daimbert de Pise (1050 - 1107)

Archevêque de Pise, il participa à la première croisade aux côtés des Pisans, devint patriarche de Jérusalem (1099) mais fut déposé par le roi Baudouin Ier (1102).

Geoffroy Malaterra (1050 - 1107)

Moine du monastère Saint-Evroult en pays d'Ouche, il migra en Italie méridionale en 1061, en même temps que l'abbé de son abbaye, Robert de Grandmesnil. Il fut chargé par Roger de Hauteville, comte de Sicile (1062-1101), d'écrire sa biographie. Il rédigea une chronique qui narre les opérations normandes en Méditerranée, concernant notamment les expéditions siciliennes du comte Roger (1061-1091).

Roger de Hauteville, comte de Sicile (1031 – 1101)

Au début du XIe siècle, quelques chevaliers venus de Normandie arrivent en Italie du Sud. D'abord mercenaires, ils imposent leur domination dans le Sud. Roger enlève la Sicile aux Arabes musulmans entre 1061 et 1091. Fait comte de Sicile, ce dernier administra un vaste empire maritime depuis Palerme.

Al-Afdal Chahinchah, « le meilleur », vizir fatimide du Caire (1066 – 1121)

Fils du vizir arménien Badr al-Djamali, il fut le vizir des différents califes fatimides qui se succédèrent au Caire entre 1094 et 1121. Lorsque les croisés arrivèrent en Terre sainte, al-Afdal commis une erreur d'appréciation sur le caractère de cette invasion. Il considéra que les croisés étaient pour lui des alliés potentiels contre leur ennemi commun les Seldjoukides. C'est à ses troupes fatimides que les croisés reprennent la Ville Sainte en juillet 1099 refusant toute négociation avec le vizir du Caire.

Hassan ibn al-Sabbah « le vieux de la Montagne » (1036 ? - 1124)

Il fonda l'état d'Alamut, forteresse refuge surplombant la mer Caspienne. Il fréquenta le Dar al-Hikma (Maison de la sagesse) du Caire pour acquérir les connaissances religieuses sur le chiisme ismaélien. Intellectuel, pieux, austère et secret, il s'entoura de prédicateurs, de théologiens et d'astrologues pour créer un corps de soldats d'élite : les fedayins, « ceux qui se sacrifient ». Il sema la terreur et l'anarchie en pratiquant une politique d'assassinats ciblés visant principalement le calife de Bagdad et ses principaux alliés sunnites.

Quelques repères bibliographiques

Dom Anselme Davril, Eric Palazzo, *La vie des moines au temps des grandes abbayes*, Hachette Littératures, La vie Quotidienne.

Jacques Heers, *La première croisade, Libérer Jérusalem*, Perrin, Tempus.

René Grousset, *Histoire des croisades, l'anarchie musulmane*, Perrin, Tempus.

Alain Decaux, *l'avorton de Dieu, une vie de Saint Paul*, Perrin, Tempus.

Olivier Hanne, *L'Europe face à l'Islam, Histoire croisée de deux civilisations*, Tallandier.

Jean Verdon, *Voyager au Moyen Age*, Perrin, Tempus.

Bernard Lugan, *Histoire de l'Égypte, Des origines à nos jours*, éditions du Rocher.

Bernard Lugan, *Atlas historique de l'Afrique, des origines à nos jours*, éditions du Rocher.

Gilles Dormion, *La Chambre de Chéops, analyse architecturale*, Fayard.

Vladimir Bartol, *Alamut*, Libretto.

Amin Maalouf, *Les croisades vues par les Arabes*, J'ai Lu.

Amin Maalouf, *Samarcande*, J'ai Lu.

Jean-Paul Lemonde, *Le code de Cluny*, Dervy, l'aventure initiatique.

Sommaire

Dépôt légal octobre 2021

Librinova

www.librinova.com

Made at Bielany Wrocławskie, Poland
2022-08-13
http://www.print-info.eu/

93744278R00263